스트로베리 나이트

혼다 데쓰야

이로미 옮김

스트로베리 나이트

ストロベリーナイト

자음과모음

제1장

세상을 잿빛으로 물들이는 썩은 비가 내린다.

아니다. 바퀴로 흙탕물을 튀기며 눈앞에서 지나간 택시는 초록색이고, 골목에서 나온 초등학생의 우산은 선명한 주황색, 그 아이의 책가방이 빨간색인 것은 눈으로 보아 알고 있다. 내 교복 상의의 어깨가 빗물에 젖어 어두운 남색이 거의 검게 변했다는 것도.

그러나…… 머리로는 아는데, 마음은 그 색을 전혀 느끼지 못한다.

잿빛 시야. 흑백사진 같은 느낌이 아니다. 그런 정겨운 분위기나 깊이, 현실감 같은 건 느껴지지 않는다. 오히려 짙음과 옅음만으로 표현된 서투른 수묵화 같다. 내가 속한 곳은 여백조차 검게 칠해진 잿빛 세계다.

낡고 비에 젖어 거무칙칙한 집. 다녀왔다는 인사도 없이, 잠겨 있지 않은 문을 열고 어두운 현관으로 들어선다. 들어가자마자 온몸을 휘감는 쉰내. 기분 탓이 아니라 실제로 이 집은 썩어 문드러졌다. 아무렇게나 싸질러 놓은 똥, 가축 냄새 같은 인간의 훈김, 통풍하지 않아 탁한 공기, 곰팡이가 가득 핀 벽과 바닥, 천장……. 이런 집에 살면 코도 무뎌질 만한데 불행하게도 내 코는 아직 멀쩡해서 이 불쾌한 냄새를 맡아 가슴을 썩게 만든다.

"왔냐?"

더럽고 찐득한 찌꺼기로 꽉 막힌 배수구에서 간신히 새어 나오는 것 같은 목소리가 복도 끝 어슴푸레한 거실에서 들려온다. 귓속으로 바퀴벌레가 비집고 들어오는 듯 불쾌하게 느껴져 귀를 틀어막는다.

나는 대답하지 않고 가만히 서 있다.

"왔냐고 묻잖아, 이 새끼야!"

입에서 검은 진흙을 토해내는 그림자가 거실 입구를 막아선다. 대체 언제 갈아입었는지 모르겠는, 원래는 회색이었으나 갈색으로 더러워진 러닝셔츠 바람이다. 그것 말고는 아무것도 걸치지 않아 가랑이 사이로 성기가 꼴사납게 늘어져 덜렁거린다. 그 모습이 딱히 더럽게 느껴지지는 않는다. 그것 이상으로 집 안의 모든 것이 더러우니까. 아니, 이 세상에 깨끗한 것 따위 있을 리가 없다.

"왔으면서 왜 대답을 안 해, 어?"

재미있나? 나를 괴롭히는 게 재미있을까?

아버지랍시고 위세나 부리고, 조직 같지도 않은 조직에서도 쫓겨난 주제에 어디서 훔쳤는지 마약을 한 아름 들고 와서는 킬킬거리며 자기 몸뚱이가 먼저 파멸하는지 약이 먼저 떨어지는지 경쟁하듯 마약질을 한다. 마약을 하든 말든 당신 마음이지만 나와는 상관없잖아.

"이리 와! 이리 오라고!"

오늘도 어김없이 머리채를 휘어잡혀 거실로 끌려간다. 갈가리 찢겨 스프링이 튀어나온 소파에 엄마가 온몸에 똥칠을 하고 누워 있다. 눈으로는 나를 좇고 있지만 아무것도 하려 들지 않는다. 엄마가 나를 구해주기 바라는 마음은 버린 지 오래다. 그래도 조금쯤은 슬픈 표정이라도 지어주었으면. 엄마의 가는 팔이 주삿바늘 자국으로 검게 변했다 해도 내가 이렇게 당하는 꼴을 보면 인상이라도 써줬으면 싶다.

"이히히히, 배고프냐? 배고프지? 먹어. 엄청 많아, 엄청 많다니까."

남자가 오른손에는 거무튀튀한 똥을, 왼손에는 하얀 가루를 들고 흔든다.

"이거나 처먹으란 말이다아!"

차갑고 질퍽한 똥과 두툼한 주먹으로 콧등을 후려치는 바람에 나는 바닥에 나가떨어진다.

"크하하하하!"

남자가 소리를 지르며 내 허리에 올라탄다. 또 그건가? 엉덩이를 까고 항문에 손가락을 집어넣어 마구 헤집으려고? 오늘은 그걸 자기가 먹을까, 엄마에게 먹일까, 아니면 내게 처바를까?

"히히, 히히, 히히히!"

이 남자의 어디에 이런 힘이 남아 있을까? 폭력 조직에서 쫓겨났고, 가정을 건사하려는 마음은 손톱만큼도 없었다. 음식도 먹지 않고 오로지 마약과 정도가 더해가는 변태 짓에 빠져 있던 인간의 어디에 이런 힘이 남아 있었을까? 파괴라는 이름의 수렁에 머리 꼭대기까지 잠긴 남자의 어디에 이런 힘이 숨어 있었느냐고!

교복이 찢겨 나간다. 그저께 내 손으로 꿰맨 부분 같다. 똥이 묻어 더럽기도 하니 내일은 체육복을 입고 학교 가야지.

학교에 가도 반 아이들은 이제 나와 말하지 않는다. 선생들도 마찬가지, 내 곁에는 얼씬하지 않는다. 당연하다. 이렇게 냄새가 나는데, 구역질이 날 만큼 악취가 나는데 누가 상대해주겠는가. 교문 앞에서 집으로 돌려보내지 않는 것만으로도 학교에 감사해야 한다. 낮 시간이나마 이 집구석 외에 내가 있을 곳을 제공해주니까 말이다.

교실에서 맨 끄트머리에 있는 구석 창가가 내 자리다. 원래 청소 도구함이 있었는데, 누군가가 나를 위해 그걸 옮기고 자리를 만들어주었다. 이제 청소 도구함은 내 오른쪽에 있고, 나는 창문과 청소 도구함 사이에 끼어 칠판이 절반밖에 보이지 않는 자리에서 수업을 듣는다. 당연히 수업 시간에 지목당하는 일도 없다.

사실 그렇게 나 혼자 외로이 온종일 회색 체육복 차림으로 지내는 일쯤은 아무렇지도 않다. 지금 당하는 이 고통에 비하면 말이다. 옷이 찢기고, 얻어맞고, 차이고, 항문과 성기를 농락당하고, 몸이 비틀리거나 목이 졸릴 때도 있다. 강제로 똥을 먹고 바닥에 얼굴이 짓이겨지는 날들이다. 색을 잃고, 미각을 잃고, 말을 잃고, 그저 악취만 또렷하게 남는다.

파괴의 수렁에 빠진 건 이 남자만이 아니다. 나도 마찬가지다. 언제든 살해당할지 모른다는 공포에 시달리며 살아왔다. 그럼에도 아직 자살을 생각한 적은 없다. 어떻게 변할지는 모르지만 언젠가는 변하리라 믿어왔다.

지금이 그때인가.

정신을 차리니 눈앞에 납작한 펜처럼 생긴 것이 뒹굴고 있다. 분홍색, 예쁜 분홍색 플라스틱이다. 앞쪽은 은색, 뒤쪽은 흰색, 그것만이 따로 세상에서 분리되어 눈앞에 떠 있다. 내 상의 주머니에서 굴러 나온 싸구려 커터 칼.

"……어?"

남자가 무슨 일이 일어났느냐는 얼굴로 나를 내려다본다. 목덜미를 감싸 쥔 손바닥 사이로 새빨간 피가 솟구쳐 사방으로 튄다. 붉은색, 선명한 붉은색이 내 몸으로 쏟아져 내린다. 총천연색 비가 되어 나를 뒤덮는다. 세상은 잿빛으로만 이루어진 것이 아니었다.

"우억, 큭, 컥……."

남자가 울상을 지으며 바닥에 나뒹군다. 늘 죽고 싶어 안달인 사람처럼 보였기 때문에 그런 표정은 뜻밖이다.

뭐야, 이제 보니 별거 아니잖아.

내 솔직한 심정이다.

"사, 사, 살, 살려줘……."

남자는 겁에 질린 눈으로 나를 보며 살려달라더니 벽 쪽으로 기어가 애원한다. 왜 벽에 대고 살려달라는 걸까, 생각했는데 엄마가 누워 있는 소파로 다가간 남자는 엄마의 다리를 잡고 흔든다.

"사, 살려줘. 살려줘, 제발……."

나를 힐끗힐끗 돌아보다가 눈물을 흘리며 엄마를 흔든다. 하지만 엄마는 멍한 눈으로 발끝만 쳐다볼 뿐, 무언가를 하려는 의욕이나 기력이 없어 보인다. 그러는 사이 남자가 목숨을 구걸하는 모습도, 나를 바라보는 겁에 질린 눈빛도 엄마의 멍한 눈빛처럼 점점 둔해진다.

"아, 아름답다."

나는 무심코 중얼거린다. 마구 싸질러 놓은 오물도, 여기저기 흩어진 하얀 가루도, 모든 것이 붉은색으로 물들어간다. 온통 잿빛이었던 내 세계가 속속 핏빛으로 물들어간다. 피는 악취만 내뿜고 한없이 어두웠던 내 세상을 전혀 다르게 바꿔놓는다.

해방. 그런 단어가 머릿속에 떠오른다.

똥투성이 엄마도 붉은색으로 예쁘게 물든다. 그러나 한참 들여다보고 있으니 그 아름다운 붉은색에도 둔감해지기 시작한다. 피가 말라 검게 변색된다. 그러면 나는 잿빛 세상으로 다시 돌아가야 하나?

나는 재빨리 엄마의 목도 커터 칼로 그어버린다.

지긋지긋했던 그 집이 불타오른다.

피보다 밝은 붉은색이 창밖으로 뿜어져 나온다. 검은 연기가 저항하듯 집 주위에 자욱하게 피어오른다. 마치 먹구름이 마을을 감싼 듯하다. 연기 속으로 희미한 가로등 불빛이 보여, 엷게 구름이 드리워진 보름달처럼 운치마저 느껴진다.

불이 나고 얼마 지나지 않아 소방대원들의 진화 작업이 시작되었다. 물을 뿌릴 때마다 새하얀 연기가 커다란 구름처럼 피어올랐다. 조금 떨어진 공원에서 나무 사이로 훔쳐보느라 확실하진 않지만, 열심히 진화한 보람이 없는 모양이다. 불길이 잦아들지 않는다. 참 신나는 광경이다.

저 정도 불길이면 두 구의 시체는 재로 변하고도 남는다. 경찰에서 조사하면 생전에 그 남자가 약물중독이었다는 사실이 간단히 밝혀지겠지. 실성한 나머지 부인을 죽이고 자살한 것으로 결론지어질 것이다. 완벽해. 나는 그 남자의 지배에서 완전히 해방되었다. 파멸을 면한 거다.

"자, 가자. 오늘 일…… 아니, 지금까지 있었던 일은 모두 잊자. 깨끗이 잊고 이제 새로운 인생을 살자."

나는 세차게 고개를 끄덕인다. 깔끔하게 떠날 생각이었지만 그래도 작별은 괴롭다.

"이제 못 보는 거야?"

"응, 그러는 게 좋아."

"영원히?"

"영원히는 아니겠지만 한동안."

나는 또다시 혼자인가.

검은 연기와 흰 연기, 가로등 불빛과 공원의 검은 어둠…….
저 잿빛 세상으로 다시 끌려들어 가는 기분이 든다.

1

도쿄 도 분쿄 구 오쓰카.

히메카와 레이코는 도쿄 도 감찰의무원 근처 메밀국숫집에
서 법의학자인 구니오쿠 사다노스케와 점심을 먹는 중이었다.

"그래도 완전히 탄화(炭化)할 때까지 시체를 태우는 게 쉬운
일은 아니잖아요?"

레이코는 튀김우동을, 구니오쿠는 메밀국수 곱빼기를 먹고
있었다. 오늘은 구니오쿠가 밥값을 내는 날이라 좀 미안하긴 했
지만 여기까지 와서 이 집의 자랑인 튀김우동을 먹지 않을 수
없었다. 그렇다고 콜레스테롤을 신경 쓰는 구니오쿠에게 같이
먹자고 하기도 마땅치 않아 결국 레이코 혼자 튀김우동 특대를
시켰다.

구니오쿠가 아주 맛있다는 듯 메밀국수 장국을 그릇째 들고
마셨다.

"맞아, 아마추어가 시체를 태워봐야 고작 새까맣게 탄 권투 선수 자세밖에 못 만들지."

권투 선수 자세로 불에 탄 시체는 레이코도 잘 안다. 어느 쪽이 정식 명칭인지는 모르겠지만 '투사형 자세'라고도 한다. 열을 가했을 때 굽힘근과 폄근의 오그라드는 정도가 달라 생기는 현상으로, 등이 둥글게 굽고 두 팔과 두 다리를 앞으로 모아 웅크린 자세가 되는 것을 말한다.

최근 시체를 태워서 처리하려는 살인범이 많아졌다. 경찰관인 레이코가 할 말은 아니지만, 사실 추천할 만한 방법은 못 된다. 완전히 탄화될 때까지 인체를 태우는 건 높은 온도를 내는 대형 가마가 아니면 불가능하다. 공터 같은 곳에서 시체를 태운다 해도 권투 선수 자세로 오그라드는 게 고작이라 오히려 일만 커진다. 또 시체를 태우면 열 때문에 체내 조직 상태가 고정돼 사후 변화가 별로 일어나지 않는다는 이야기도 들은 적이 있다. 별로 효과적인 시체 처리 방법은 아닌 것이다.

살해한 뒤 불에 탄 시체로 꾸미는 것도 쉽지 않다. 시체는 숨을 쉬지 않으니 당연히 연기를 마시지 않는다. 해부하면 호흡기에 그을음이 없어 불에 타기 전에 이미 살해당했다는 사실이 금방 밝혀진다. 자연사라도 그 시체를 태우면 형법 제190조에 저촉되어 시체훼손죄로 처벌받는다.

"그런데 최근에 완전히 탄화된 시체를 봤어. 가엾게도 어린애가 소각로에 떨어진 사건이었지. 불길에 휩싸였을 때 살아 있었다는 것만 겨우 알아냈고, 사고인지 아닌지는 판단하기 어려웠네. 최종적으로 관할 서에서는 사고로 결론지은 모양이야."

구니오쿠와는 한 달에 한두 번 함께 식사한다. 세련된 프렌치 레스토랑일 때도 있고 뒷골목의 허름한 꼬치구잇집이나 라멘집일 때도 있다. 장소는 달라도 화제는 늘 변사체에 관한 거였다.

지난번에는 고급스러운 인도 요릿집에서 파울러자유아메바(Naegleriafowleri)라는, 여름철 담수호 같은 데서 서식하는 기생 아메바 이야기를 들었다. 그 아메바는 콧구멍을 통해 뇌로 직접 들어가 증식하는데, 마지막에는 뇌를 흐물흐물하게 녹여버린다고 했다. 파울러자유아메바의 두 번째 희생자가 도쿄 도내에서 나왔던 것이다. 물론 그 사례는 감염으로 인한 것이니 일종의 사고사였지만 레이코와 구니오쿠는 그것을 타살에 응용할 수 있는지 진지하게 토론했다. 그 후 도쿄 도내 연못 등의 수질 조사를 실시한다는 말이 돌았지만 결과는 듣지 못했다.

구니오쿠가 그릇에 다시 장국을 채웠다.

"어린 자식을 잃은 유족이 어찌나 불쌍하던지 못 보겠더군. 젊은 부모가 정신이 반쯤 나갔더라고. 소각로에 떨어진 게 그 집 영감의 부주의 때문이었다네."

레이코는 고개를 끄덕이며 구니오쿠의 상징인 텁수룩한 백발을 바라보았다. 실제 나이보다 훨씬 더 늙어 보이는 구니오쿠가 사건 관련자를 '영감'이라고 부르니 웃음이 나왔다.

레이코는 그런 그와 데이트하는 시간이 좋았다. 구니오쿠가 법의학계의 백전노장이기 때문이다. 법의학자는 '부자연사' 전문가다. 의료 행위 중 발생한 사망부터 명백한 타살까지 모든 형태의 부자연사를 다룬다. 사고사, 돌연사, 자택에서의 병사, 자살, 자살로 위장한 타살, 자연사로 위장한 타살 등등. 형사인 레이코는 구니오쿠의 이야기라면 무엇이든 흥미로웠다.

갑자기 구니오쿠가 짓궂은 눈빛으로 쳐다보았다.

"레이코, 아직 남자 친구 없지?"

레이코는 그만 사레가 들릴 뻔했다.

"뭐예요, 선생님까지 이러시기예요?"

"나까지라니, 또 누가 뭐라고 했나?"

레이코는 입을 꾹 다물고 콧방귀를 뀌었다.

"엄마랑 아빠보다 잔소리를 더 많이 하는 고모가 있어요. '레이코, 너도 이제 서른인데 언제까지 도둑잡기만 하려고 그래?' 이러세요. 내년에 서른 살인 건 맞지만 '도둑잡기'라니, 너무하잖아요. 게다가 요즘에는 제 비번 날에 맞춰 맞선까지 잡고, 어찌나 집요한지……. 어휴, 지겨워요."

구니오쿠가 재미있다는 듯이 웃었다.

"그래서 맞선 결과는 어땠는데?"

레이코도 싱긋 웃었다.

"올해만 벌써 두 번이나 바람맞혔어요. 지난번에는 맞선 도중에 전화가 오는 바람에 곧장 현장으로 달려갔다니까요."

두 사람이 박장대소하는 사이에 메밀국수 삶은 물이 나왔다. 레이코는 그 물을 그릇 가득 따랐다. 식당은 냉방이 센 편이라 처음 식당에 들어섰을 때는 시원해서 좋았지만 지금은 조금 한기가 느껴졌다. 마침 따뜻한 것을 먹고 싶었던 참이라 면수가 더욱 맛있었다.

그런데 선생님, 하고 레이코가 그릇을 쟁반 귀퉁이에 내려놓으며 물었다.

"선생님은 뭐가 재미있어서 저를 불러내세요?"

구니오쿠도 그릇을 내려놓았다.

"그야 레이코랑 밥 먹으면 기분이 좋으니까."

"손녀 같아서요?"

"손녀라니, 그렇게 말하면 나한테 실례야. 연인이지, 연인."

"그건 저한테 실례죠."

구니오쿠가 익살스럽게 울상을 지어 보였다.

"이거 섭섭한걸. 그래도 이 나이쯤 되면 짝사랑조차 즐거운 법이지."

"일은요? 수십 년간 변사체 해부만 하시는데 즐거우세요?"

"그럼, 즐겁고말고. 아직도 매일 새로운 것을 발견하거든. 법의학은 임상의학과 달라서 비약적인 진보라 할 만한 게 없어. 신약은 물론이고 최첨단 의료 기구도 없고, 있다면 해부를 통해 축적된 자료와 경험뿐이지. 경험으로 배양된 주의력과 감이라고 할까. 경험은 젊은 친구들에게 그리 쉽게 추월당하지 않거든. 그런 면에서 나같이 어정뜬 의사한테는 이 일이 제격이야."

구니오쿠는 그릇을 다시 손에 들었다. 크고 작은 검버섯 몇 개가 손등에 보였다.

"흠이라면 월급이 적은 건데, 어차피 복지보건부 직원이니까. 처음부터 개업의를 했으면 생활은 지금보다 훨씬 나았겠지만

난 이렇게 가끔씩 레이코와 밥 먹고, 메스로 말 없는 시체와 대화하는 생활이 의외로 마음에 들어."

레이코는 구니오쿠가 친할아버지같이 느껴졌지만 그러면 진짜 친할아버지에게 실례니, 대신 큰아버지처럼 여겼다. 일반인은 얼굴을 찌푸리는 직업에 대해 서슴없이 즐겁다고 말하는 구니오쿠가 좋았다. 자신도 그런 자세로 살고 싶었다.

레이코는 논커리어* 출신으로는 이례적으로 빨리 승진해서 스물일곱 살에 경위에 올랐고, 얼마 지나지 않아 경시청 본청으로 발령받아 수사 1과 강력계 주임이 되었다.

젊은 여자의 몸으로 살인 사건을 담당하는 형사이자 주임 경위가 되었으니, 당연히 자신보다 나이가 많은 부하도 있었고 '시험공부가 특기인 아가씨'라며 뒤에서 험담하는 사람도 적지 않았다. 한 번이라도 실수하면 남자보다 세 배, 네 배는 더 냉정한 평가를 받았다. '거봐, 이론과 현장은 다르다니까.' 같은 말을 귀에 딱지가 앉게 들었다.

결코 편한 직장은 아니었지만, 레이코는 형사라는 직업에 대한 자긍심 때문에 이직을 생각한 적이 한 번도 없었다. 오히려 지금은 형사 이외의 삶을 상상할 수 없다. 도망칠 수도 없다. 그러니 가능하다면 구니오쿠처럼 절로 즐겁다는 말이 나올 만큼 열심히 일하고 싶다.

다행히 그녀가 이끄는 수사 1과 10계의 부하들과는 원만하게

---

* 논커리어(ノンキャリア): non + career의 합성어로, 중앙관청의 국가공무원 중 1종 시험 합격자를 커리어라 부르는 데 반해 특수 경력직을 가리키는 말.

지내고 있다. 거기에는 그녀를 수사 1과로 데려온 직속상관이자 10계장인 이마이즈미 경감 덕이 컸다.

믿고 의지하는 상사와 부하. 레이코는 자신에게 동료 복이 많은 편이라고 생각한다.

지금은 오히려 일하는 시간보다 사적인 시간이 더 괴롭다. 다름 아닌 '처치 곤란 똥차' 취급을 하며 압박하는 가족들 때문이다. 내년이면 '아가씨 캥거루족'에서 마침내 '노처녀 캥거루족'으로 전락한다. 웃을 일이 아니다.

그녀는 이타바시에서 발생한 스토커 살인 사건 조사를 8월 초에 마치고 간신히 받아낸 휴가 사흘을 부모님과 함께 사는 미나미우라와의 집에서 보냈다. 지금은 본청 근무 기간이다. 살인 사건이 일어나서 출동 요청이 오기를 기다리고 있다. 오늘까지 출동하라는 연락이 없으면 본청 근무만 엿새째다. 살인 사건이 없으면 사회적으로는 바람직한 일이지만 아직 부모님과 함께 살고 있는 레이코에게는 고문이나 다름없었다. 수사본부가 설치되지 않으면 오늘도 그 숨 막히는 미나미우라와의 집으로 퇴근해야 한다. 요즘 들어 신경통 때문인지 어머니의 찌푸린 얼굴이 더 안 좋아 보였다.

아, 신이시여. 제발 저에게 일을 주소서.

사실 살인 사건 담당 형사에게 일거리를 하사할 정신 나간 신이 있을 리 없다. 혹시 있다면 그것은 악마나 다름없는 살인범뿐일 것이다.

"저기 말이야, 레이코……."

구니오쿠가 말하려는데 레이코의 품에서 휴대전화가 기분 좋게 진동했다. 그녀는 반가워하며 전화기를 꺼냈다. 기다리고 기다리던 경시청 본부에서 온 전화였다.

"네, 레이코입니다."

"지금 어딘가?"

변함없이 탁한 목소리, 10계장 이마이즈미 경감이다.

"오쓰카에 있어요."

"구니오쿠 선생과 같이 있나? 그럼 바로 나와도 되겠군."

"네, 가능해요."

"다행이네. 실은 구사카가 급성 맹장염으로 입원했거든."

"네?"

구사카 마모루는 10계 소속의 또 다른 주임 경위로, 레이코가 이 세상에서 두 번째로 싫어하는 남자다. 같은 10계지만 구사카 반(班)은 히메카와 반과 앙숙이었다. 그 인간이 급성맹장염이라니 쌤통이군.

"그럼 저희가 대신 출동할까요?"

"그렇게 해. 상황에 따라 가쓰마타가 뒤따라 나가게 될 거야."

5계 주임 경위 가쓰마타 겐사쿠. 가쓰마타의 반은 일명 '1과 속의 공안'이라 불리는, 정보전에 능숙한 프로 집단이다. 그들과 손잡아봤자 아무 이득이 없다. 이쪽에서 내주는 정보만 쪽 빨아먹고 자기네는 아무것도 내놓지 않는 파렴치한 인간들이다. 이쪽이 먼저 수사를 시작해도 철저히 경계하지 않으면 주도권을 빼앗길 게 뻔하다.

"알겠습니다. 빨리 해결하죠."

"사건 현장은 가나마치, 관할은 가메아리 서(署)다. 주소 불러주지."

"네, 말씀하세요."

레이코는 수첩에 주소를 받아 적고 손목시계를 보았다. 가나마치라면 여기서 50분쯤 걸리는 거리다.

"3시 전에는 도착할 거예요."

"그럼 부탁해. 이쪽도 곧 출발하지."

휴대전화를 닫자, 미소 짓고 있는 구니오쿠의 모습이 눈에 들어왔다.

"아주 좋아하는 것 같은데."

그렇다. 신중하지 못한 태도지만 살인 사건 현장에 출동하려니 신이 난다.

"신난 얼굴이야."

"신나긴요, 이것으로 지긋지긋한 부모님 집에는 안 가도 된다고 생각했을 뿐이죠."

아직은 대놓고 기뻐하기가 조심스럽다.

2

8월 12일 화요일, 오후 2시 37분.

레이코는 JR 조반선(線)을 타고 가다가 가나마치 역에서 내렸다. 게이세이카나마치선으로 갈아타고 남쪽으로 한 정거장만 가면 도라 씨*로 유명한 시바마타 다이샤쿠텐에도 갈 수 있지만 오늘은 버스를 타고 북쪽으로 향했다.

즐겨 쓰는 휴대용 지도를 꺼내 이마이즈미가 불러준 주소를 찾아보니, 시체 발견 장소는 도립 미즈모토 공원 바로 옆이었다. 미즈모토 공원은 강처럼 커다란 고아이다메 저수지를 따라 조성되어 있었다. 가쓰시카 구 변두리로, 그 맞은편은 사이타마 현 미사토 시였다.

방심하고 있었던 건 아니지만 버스에서 내린 순간 온몸을 휘감는 열기에 레이코는 그 자리에 멈춰 섰다.

역겨움같이 차가운 감정이 치민다.

증오스러운 여름. 불길한 밤의 기억.

검게 칠해진 열일곱 살의 여름.

괜찮아. 나는 더 이상 그때 그 여고생이 아니야.

레이코는 날뛰려 드는 '여름의 마물'을 애써 억눌렀다. 그것은 예전의 자신이다. 나약했을 때의 기억이다. 최근 몇 년 동안은 한결 나아졌고, 경위가 된 다음부터는 그 마물에게 지지 않았다. 경찰관이라는 자각과 경위라는 자부심이 지금의 그녀를 지탱해주었다.

지금 나한텐 햇볕에 그을어 생기는 기미가 더 큰 문제라고!

가볍게 고개를 젓고는 기미 방지를 위해 손수건으로 얼굴을

* 도라 씨: 일본 영화 〈남자는 괴로워〉의 주인공으로, 극 중 그의 고향에 동상이 있다.

가렸다. 도내 23개 구 안에 있다지만 이곳은 역시 변두리여서 높은 건물이 도심보다 훨씬 적었다. 그렇다 보니 그늘도 없어 훨씬 덥게 느껴졌다.

차가 많은 큰길을 건너자 펜스 밑으로 강처럼 넓은 수면이 보였다. 지도에 나와 있던 우치다메 저수지인 듯했다. 콘크리트로 둘러싸인 삼각형의 낚시터. 이렇게 물이 많은데 전혀 시원하지 않다. 낚싯배인지, 페인트칠이 벗겨진 작은 보트 20척 정도가 물가에 나란히 정박해 있었다. 낚시꾼의 모습은 보이지 않았다. 평일 낮이라 그런가.

우치다메 저수지를 따라 뻗은 좁은 도로를 걸어가니 저쪽에 경찰 관계자의 모습이 보이기 시작했다. 지도를 보며 예상했던 대로 사건 현장은 우치다메 물가인 듯했다. 경찰 차량은 보이지 않다. 다른 곳에 주차한 모양이다. 레이코는 걸어가면서 수사 1과 완장을 왼팔에 찼다.

경시청, 출입 금지, KEEP OUT.

눈에 익은 노란색 출입 통제선이 좁은 길을 막고 있었다. 경비를 서고 있던 제복 경찰이 이 여자는 뭔가 하는, 미심쩍다는 눈초리로 그녀를 쳐다보다가 완장을 발견했는지 "수고하십니다!"라며 거수경례를 붙였다. 일단 본청 사람이라고 인정은 받은 모양이었다.

제복 경찰 뒤에서 레이코의 부하인 유다 순경이 인사했다.

"주임님, 오셨습니까?"

"어, 유다! 빨리 왔네?"

둘이 주고받는 대화에서 제복 경찰은 레이코가 경시청 본부의 주임, 즉 경위라는 사실을 알아차린 듯했다. 미심쩍어하던 기색은 언제 그랬냐는 듯 사라지고 얼굴에서 경외심이 뚝뚝 묻어났다. 그런 속내가 손에 잡힐 듯 훤히 보였다. 그가 출입 통제선을 올려주었다.

레이코는 일부러 천천히 걸었다.

이런 게 계급사회의 묘미지.

경찰은 군대와 마찬가지로 계급사회다.

일본의 경찰에는 일반 기업체의 직급 체계와 달리 아홉 개의 계급이 존재한다. 밑에서부터 순경, 경사, 경위, 경감, 경정, 총경, 경무관, 치안감, 치안정감 순이다. 관할 서 서장은 경찰청으로 따지면 과장과 같고, 경시청의 주요 부장은 작은 현경의 본부장보다 직급이 높다.

계급은 처음 만난 사이라도 상하 관계를 명확히 해주고, 빠르게 명령 계통을 확립시킨다. 예를 들면 앞으로 관할 서인 가메아리 서와 도쿄 도 경찰 본부인 경시청이 꾸릴 합동 수사본부 역시 이 계급 체계대로 움직일 것이다.

왼쪽 가슴에 달린 배지를 보니 제복 경찰은 순경이었다. 레이코보다 두 계급이나 아래다. 그것은 나이, 성별, 외모, 경험, 인격을 초월해서 레이코가 더 높다는 뜻이다. 지극히 당연한 그 사실이 지금 레이코에게는 가장 든든한 방패였다.

경찰이라는 단순한 계급사회에서는 경위까지 오르면 그제야 할 만하다는 소리가 나온다. 논커리어 출신이라도 레이코는 남보다 배로 노력했다. 그리하여 스물일곱이라는 젊은 나이에 경위 계급을 따냈다. 그리고 계급의 힘을 마음껏 이용했다. 운이나 인맥이 아니라 실력으로 손에 넣었기 때문에 사양할 이유가 없었다.

누가 뭐라든 난 경위라고!

레이코는 유다를 따라 사건 현장 한가운데로 당당하게 들어갔다. 좌우에 서 있는 사복 경찰들은 가메아리 서 강력계 형사들인지 아는 사람이 한 명도 없었다. 조금 전 제복 경찰에게 받았던 따가운 시선이 여기저기서 느껴졌다. 일단은 무시하고 지나가자. 이 작자들과는 나중에 인사해도 늦지 않다.

"다른 사람들은 안 왔나?"

레이코는 고개도 돌리지 않고 유다에게 물었다. 다른 사람들이란 수사 1과 10계의 히메카와 반 부하들을 말한다. 이시쿠라 다모쓰 경사, 47세. 기쿠타 가즈오 경사, 32세. 오쓰카 신지 순경, 27세. 그리고 이 유다 고헤이 순경, 26세. 레이코의 부하는 네 명이다.

"이시쿠라 경사님하고 기쿠타 경사님은 기동수사대와 함께 현장 주변을 한 바퀴 돌아보겠다고요. 오쓰카 선배는……."

유다가 손으로 앞쪽을 가리켰다. 우치다메 저수지 끝에서 20미터쯤 앞이었다. 왼쪽에 있는 펜스와 오른쪽에 있는 전봇대를 끈으로 연결한 파란 천막이 길을 가로막고 있었다. 그 안이 시체 발견 현장이다. 지금은 아직 본부 감식과가 한창 작업하고 있을 것이다.

레이코가 서 있는 곳에서 천막까지는 노란색 현장 보존용 통행대가 깔려 있었다. 그 길을 따라 빠른 걸음으로 한 남자가 다가왔다. 오쓰카 순경이었다.

　"수고하십니다."

　그가 숨을 헐떡이며 레이코에게 경례했다.

　"상황은 어때?"

　"이제 끝나갑니다."

　"감식 팀은 어디야?"

　"고미네 반입니다."

　감식과의 고미네 주임은 나이가 많지는 않지만 경험이 풍부하고 실력이 좋다.

　"시체 상태는?"

　"그건……."

　오쓰카가 유다를 힐끔 쳐다보더니 대답했다.

　"주임님이 직접 보시고 판단하는 게 빠르겠는데요."

　"그래?"

　이번에는 레이코가 통행대를 따라 걸었고, 오쓰카와 유다는 그 뒤를 따랐다. 길 양쪽 끝에서 관할 서와 본부의 감식반이 뒤섞여 쭈그려 앉은 채 작업하고 있었다. 범인 체포에 단서가 될 만한 것이라면 모래알 하나도 놓치지 않겠다는 듯 다들 눈에 불을 켠 상태였다. 레이코와 눈이 마주친 본부 감식 요원이 인사했다. 관할 서 감식 요원은 관심이 없다는 듯 그녀를 소 닭 보듯 했다.

레이코 일행은 파란 천막 앞에 섰다.

"10계 레이코 경위입니다. 고미네 주임님, 들어가도 되겠습니까?"

"······어, 그래."

낮고 힘없는 목소리. 레이코는 눈이 시릴 정도로 새파란 천막을 젖히고 안을 들여다보았다.

천막은 그녀가 서 있는 곳에서부터 맞은편을 돌아 오른쪽까지 둘러쳐져 있었는데, 왼쪽에 위치한 우치다메 저수지를 면한 부분은 펜스 너머로 늘어져 있고 오른쪽은 다른 도로로 연결되었다. 현장은 T 자형 삼거리였다. 승용차가 겨우 돌아 나갈 정도로 도로 폭이 좁았다.

천막으로 둘러싸인 현장은 언뜻 보기에 감식 요원이 서 있다뿐이지 휑해서 시체가 없는 것 같았다. 그러나 자세히 보니 저수지 쪽 펜스와 도로 사이 좁다란 수풀에 커다란 무언가가 놓여 있었다. 성인 한 명 크기의 파란 비닐 꾸러미였다.

"들어올 거면 들어와."

고미네가 턱으로 들어오라는 몸짓을 했다. 레이코는 파란 꾸러미에 시선을 고정한 채 천막을 들추고 안으로 들어갔다.

"피해자인가요?"

"맞아."

"왜 비닐로 싸놓으셨어요?"

"나야 모르지. 범인한테 물어봐."

"네?"

"그런 건 범인한테 물어보라고. 어째서 시체를 일부러 파란 비닐로 둘둘 말아놨는지, 그렇게 알고 싶으면 싸놓은 본인한테 물어봐야지."

워낙 익숙한 파란색 비닐이라 당연히 감식반이 싸놓은 건 줄 알았는데 조금 생각해보니 그들이 그럴 이유는 없었다.

"시체가 원래 이 상태로 유기됐단 말인가요?"

"정확히 말하면 이 끈으로 양쪽 끄트머리하고 목, 팔꿈치, 허리, 무릎 근처를 꽉 동여매 놨더군."

고미네가 '이 끈'이라고 한 것은 젊은 감식 요원이 들고 있는 하얀색 비닐 끈이었다. 주로 헌 신문지를 묶거나 이사할 때 쓰는 끈. 지금은 비닐 뭉치에서 끊어내 둥글게 감아놨았다.

레이코는 시체 쪽으로 한 발 내디디며 물었다.

"자세히 봐도 되겠죠?"

"물론이지."

고미네가 얼굴을 찡그리면서 시체를 감싼 비닐을 벗겼다. 천막을 씌워놓은 작은 공간에 흰색, 빨간색, 갈색, 검은색, 자주색으로 얼룩진 시체가 비로소 모습을 드러냈다.

레이코는 자기도 모르게 인상을 찌푸렸다.

"끔찍하네요."

"그렇지? 냄새도 맡아봐. 바로 토할걸."

레이코는 시체를 자세히 관찰했다.

알몸 상태라 성별은 남성임이 확실했다. 나이는 30대 중반, 키는 170센티쯤, 뚱뚱하지도 마르지도 않은 적당한 몸집이었다.

칼에 베인 자잘한 크기의 상처가 얼굴에서부터 상반신에 걸쳐 무수히 났고, 전신에 검붉은 피가 말라붙어 있었다. 압흔(壓痕)과 찰과상도 한두 군데가 아니었다. 상처 몇 군데에 반짝거리는 무언가가 박혀 있었지만 그것이 치명상은 아닌 듯했다.

치명상은 아마도 목이었을 것이다. 왼쪽 경동맥이 깨끗하게 잘렸다. 예리한 칼날에 의한 절창(切創)이다. 이상한 점은 따로 있었다. 명치에서 고관절로 이어지는 크고 긴 절창. 그 부분은 사후에 절개되었는지, 목에 있는 절창에 비하면 상처 주변이 수축되지 않았다. 여름철이라 상처 대부분이 부패되었는데 하반신은 거의 멀쩡하다는 점도 신기했다.

고미네가 헛기침을 했다.

"죽은 지는 이틀 남짓 된 듯하고."

"사인은 과다 출혈인가요?"

"아마도. 그게 치명상이었을 거야."

고미네가 시체의 목 부분을 가리키더니 곧장 복부로 손가락을 옮겼다.

"이쪽은 사후에…… 아! 그러고 보니 레이코 주임은 시체 마니아라 설명하지 않아도 잘 알겠지?"

내가 시체 마니아라고?

레이코는 화가 치밀었지만 꾹 참고 질문을 계속했다.

"이 빛나는 건 뭐죠?"

"유리 파편이야. 과학수사연구소에 확인해봐야 알겠지만, 그냥 평범한 창유리일지도 몰라. 그렇다면 비닐이며 노끈도 출처가 확실해질 때까지는 시간 좀 걸리겠지."

파란 비닐 포는 건설 현장에서 일회용으로 쓰고 버리는 아주 흔한 물건이었다. 그렇게 버려진 비닐을 노숙자들이 주워 텐트로 사용하는 광경을 자주 목격했다. 어쩌다 출하량이 적은 제조 업체 제품이라면 다행이지만, 대기업 제품이라면 입수 경로를 추적하기란 사막에서 바늘 찾기다. 지금은 이 파란 비닐과 노끈의 조합에서 범인의 치밀함과 교활함이 느껴질 뿐이다.

레이코는 입술이 닿을 만큼 바짝 다가가 피해자의 얼굴을 들여다보았다.

"또 저런다."

고미네가 당장이라도 '변태'라고 말하고 싶은 얼굴로 한마디 툭 뱉었다. 하지만 그 행동은 레이코 나름의 피해자와의 소통 방식이었고, 반드시 거쳐야 할 의례였다. 빠뜨려서는 안 되는 의식이었다.

가르쳐줘. 당신이 마지막으로 본 것을 나에게 가르쳐줘.

이미 사후강직도 풀린 남자의 얼굴은 무표정했다. 탁한 눈은 반쯤 열려 있고 시선은 허공 속 한 점에 머물러 있었다. 하지만 이렇게 말없는 시체도 때로는 공포를 호소하거나 억울함을 알려줄 때가 있다. 이 남자는 어땠을까? 억울했을까? 슬펐을까? 무서웠을까? 분노했을까?

아무것도 느끼지 못한 거야?

눈앞에 있는 이번 사건의 사체는 아무 말도 해주지 않았다. 구니오쿠라면 이 시체에서 무엇을 읽어냈을까? 이건 명백한 타살이다. 사법해부*를 위해 대학 법의학 교실로 이송될 것이다. 그 일은 감찰의무원에 맡겨지지 않는다. 새삼 분야가 다르다는 사실이 못내 분하고 원통하게 여겨졌다.

구니오쿠라면 이 시체와 대화를 나누었을 텐데.

조금 전에 헤어진 구니오쿠가 팬스레 그리웠다.

탐문 수사는 현장 주변을 이 잡듯이 뒤지고 수소문하여 증거를 수집하는 과정이다. 초동수사의 기본 중 기본.

"집합!"

기쿠타가 현장 부근에 흩어져 있던 수사관을 불러 모았다.

히메카와 반에서 호령은 늘 그가 맡았다. 레이코가 막 주임으로 승진했을 때, 억지로 목청을 돋워 구령을 붙였다가 소리가 갈라져 비웃음을 산 적이 있다. 그 후로 호령은 언제나 기쿠타가 대신 했다. 항상 옆에서 도와주는, 두 살 연상의 진솔한 부하. 그가 바로 기쿠타 가즈오 경사다.

"수사 1과, 기동수사대, 선두에 정렬한다. 실시!"

레이코는 대열이 정비될 때까지 잠자코 기다렸다.

뒤이어 탐문 수사를 위한 구역 나누기가 시작되었다. 본부와 관할 서에서 각각 한 명씩, 두 명이 한 조가 되어 담당 구역을 배정받았다. 수사관의 머릿수를 세어보니 수사 1과가 네 명, 기

---

* 사법해부(司法解剖): 형사소송법에 의거하여 범죄에 관련된 것으로 보이거나 그러한 의문이 있는 시체에 대하여 사인, 병변의 유무, 사후 경과 시간, 사용된 흉기의 종류, 혈액형 따위를 밝혀 재판상의 증거를 얻으려는 목적으로 행하는 해부.

동수사대가 여섯 명, 관할 서는······.

"관할 서는 11명입니다."

레이코가 나중에 도착한 이마이즈미 경감에게 전달했다.

"그럼 자네가 들어가."

"네."

레이코는 혼자 남은 관할 서 수사관 앞으로 걸음을 옮겼다.

"아앗!"

그런데 그 수사관 얼굴을 보고 저도 모르게 소리를 질렀다. 옆에 있던 기쿠타가 돌아보았다.

"아니, 너! 너 이 자식, 네가 왜 여기 있어?"

기쿠타는 떨리는 손가락으로 그를 가리키며 물었다.

그 수사관이 실실 웃으며 혀를 내밀었다.

"네, 그기······ 헤헷."

이오카 히로미쓰. 작년 연말 세타가야 서 관내에서 발생한 살인 사건을 함께 수사한 형사였다. 계급은 경장. 나이는 레이코보다 한두 살쯤 위. 경장은 정식 계급이 아니어서 실제로는 순경과 같은 위치다.

"벌써 마, 넉 달이나 지났네예. 그라고 나서 오지 서로 이동했었다 아인교. 지난달에 다시 이짝으로 발령받아서 신세 지고 있지예."

그랬구나. 툭 튀어나온 입과 원숭이처럼 큰 귀가 강렬한 인상을 주는 데다 억센 간사이 사투리가 특징인 사기꾼 같은 남자다.

"아니, 뭘 어떻게 했는데 이동을 밥 먹듯 하는 거야?"

"아, 기야 각 경찰서에서 이 몸의 수사 능력을 원하니까네 안 그란교?"

"잘도 그랬겠다. 보나 마나 이동하는 족족 미움받을 짓만 골라 했겠지."

"레이코, 시끄럽다."

레이코가 돌아보자 클립보드를 든 이마이즈미가 어깨를 으쓱해 보였다.

"죄송합니다."

정신을 가다듬고 대열에 합류했다. 이오카가 킥킥대며 웃더니, 그녀가 째려보자 어설픈 윙크를 날렸다.

그렇다. 이 남자는 경장 주제에 상급자인 레이코에게 무례하게 굴고, 심지어는 추파를 던지기 일쑤다. 질 나쁜 남자는 아니지만 경찰이라는 조직에는 어울리지 않는 타입이다.

"1구 레이코, 40-1에서 8까지."

"알겠습니다."

"알겠심데이!"

게다가 늘 이렇게 까불거렸다. 농지거리를 싫어하는 기쿠타는 이오카를 볼 때마다 한 대 갈겨주고 싶은 걸 꾹꾹 눌러 참는 것 같았다. 확실히 형사로서의 감각은 나쁘지 않지만 그것 말고는 버려야 할 나쁜 점이 많았다. 레이코는 어쩐지 이번 수사가 순탄치 않을 듯해서 걱정부터 앞섰다.

구역 배분이 끝나자 10개 조 22명의 수사관이 각자 배당받은 구역으로 흩어졌다. 기쿠타가 출동하면서 이오카를 험악한 눈길로 흘기는 모습이 레이코는 마음에 걸렸다.

"레이코 주임님예, 우리도 갈까예?"

이오카가 그녀의 얼굴 가까이에 두 손을 비비며 물었다.

"함부로 이름만 부르지 마. 성까지 붙여!"

"에이, 개안심더. 모르는 사이도 아인데요, 뭘."

"남들에게 오해 살 만한 말도 하지 마."

"하이고, 섭섭하구로. 너무하시네예."

"저기 낚시터 가서 혼자 붕어라도 잡든가."

레이코의 구박에 응수하려는 듯 이오카는 우치다메 저수지를 향해 낚싯대 던지는 시늉을 했다.

그랬다. 이처럼 이 남자는 부러울 정도로 어수룩한 면이 있었다.

보통은 사건 현장에서 가까운 탐문 구역을 선호한다. 단지 정보량이 많고 공적을 올리는 데 유리하기 때문이다. 레이코가 그런 구역을 확보한 건 경위라는 계급 덕이었다. 하지만 계급과 별개로 파벌주의도 존재했다.

살인 사건은 수사 1과의 전문 분야다. 당연히 주도권은 1과가 갖고, 기동수사대는 1과 휘하에 들어간다. 1과 상급자에서 하급자로, 다음은 기동수사대 상부에서 하부 순서로 탐문 구역이 사건 현장에서 점점 멀어진다. 이번에 수사 1과 주임인 레이코와 한 조가 된 것은 관할 서 수사관인 이오카에게 큰 행운이었다.

"주임님이랑 같은 조라니 지가 봉 잡았네예."

그의 말이 상황에 맞지 않게 달콤하게 들렸다. 하지만 앞으로 사건을 해결할 때까지 이 작자와 함께 지내며 계속 이런 농지거리를 들어야 한다고 생각하니 아직 수사는 시작도 안 했건만 갑자기 피곤이 몰려왔다.

"최초 발견자부터 찾아가지."

레이코는 한숨을 짓고 고개를 저으며 이오카에게서 등을 돌렸다.

사건 현장을 둘러친 파란 천막을 젖히고 나와 현장 오른쪽의 도로로 갔다. 그곳에도 노란 통행대가 깔려 있고 주변에서는 여전히 감식 작업이 계속되고 있었다. 그 뒤로 경찰 차량들이 보였다. 주로 감식 팀 승합차와 기동수사대의 위장 순찰차가 늘어서 있었다. 도로를 따라 인도와 좁은 수로가 뻗어 나간다. 아마도 미즈모토 공원의 고아이다메 강과 이어질 것이다.

최초 발견자는 현장 맞은편 주택에 사는 주부였다.

'히라타'라는 문패가 걸린 문설주의 초인종을 누르자 오동통한 체격에 키 작은 중년 여성이 얼굴을 내밀었다. 히라타 부인인가?

"실례합니다. 경시청에서 나왔습니다."

신분증을 보이자 그녀는 노골적으로 인상을 찌푸리며 턱을 당기고 레이코를 훑어보았다.

"그 사건 때문이라면 파출소 순경에게 다 얘기했는데요."

두 번이나 사람을 귀찮게 하는 것이 불편하다는 듯 말하면서 눈으로는 레이코 개인에 대한 적대감을 드러낸다. 젊은 여자,

잘난 여자, 키 큰 여자.

'좀 반반하게 생겼다고 잘난 체하는 거야, 뭐야? 재수 없게!'
이런 생각이겠지. 아, 짜증 나.

하지만 레이코는 모르는 척 표정 관리를 하며 물었다.

"그건 압니다만, 귀찮더라도 발견했을 때 상황을 한 번만 더
저희에게 자세히 말씀해주시겠어요? 그것 말고도 확인할 게 더
있거든요."

"아유, 귀찮아."

히라타 부인은 탐탁지 않다는 얼굴로 대문을 열고 두 사람을
안으로 들여주었다.

"실례하겠습니다."

나무 그늘이 드리워진 작은 마당은 물을 뿌렸는지 시원했다.
밖에서는 그리 새집처럼 보이지 않았지만 현관에 들어서니 집
안 구석구석 깨끗하게 청소해서 그런지 청결한 느낌이었다.

"들어오세요."

에어컨을 켜서 실내 온도를 알맞게 맞춰놓은 거실로 들어가
자마자 이오카가 대뜸 손을 들고 말했다.

"지송한데예, 사모님요. 차가운 거 한잔 부탁드리도 되까예?
목이 타가 죽겠네예."

레이코는 반사적으로 이오카의 허리를 찔렀다.

그만두지 못해!

부인이 '네, 잠깐 앉아 계세요.' 하며 소파에 앉기를 권하고는
주방으로 들어갔다.

"이오카, 갑자기 왜 그래?"

레이코는 목소리를 죽인 채 한 번 더 이오카의 옆구리를 찔렀다.

"왜긴예, 지는 기냥 목이 말라가……."

가뜩이나 귀찮아하는 상대에게 차가운 음료를 달라니 이게 무슨 경우냐. 더 불쾌하게 만들어서 어쩔 셈이냐고. 레이코는 이오카가 무슨 짓을 할지 몰라 조마조마했다.

"사실 맥주를 드리면 더 좋을 텐데, 지금은 업무 중이시니 안 되겠죠?"

뜻밖에도 히라타 부인은 미소를 지으며 거실로 돌아왔다.

"고맙심더. 잘 묵겠심데이."

이오카가 보리차를 단숨에 들이켜자 부인은 흡족한 표정으로 두 번째 잔을 따라주었다.

이게 대체 무슨 상황이람.

심지어 잡담까지 늘어놓는다. 바깥이 엄청 덥죠? 하이고 마, 죽겠심더. 날도 더운데 힘드시겠어요. 내사 마, 사건은 날 좀 시원해진 다음에 벌어지믄 좋겠어예. 그래도 그건 아니죠. 아, 그런가예? 아하하하.

뭐 이런 인간이 다 있어?

레이코는 헛기침을 하며 두 사람의 대화에 끼어들었다.

"흠…… 죄송합니다만, 본론으로 들어가야겠습니다. 우선 가족은 몇이신지요?"

부인이 처음 만났을 때처럼 불쾌하다는 얼굴로 돌아갔다.

"그러니까, 남편은 평범한 회사원이에요. 아들이 있는데 대학생이죠. 그리고 시아버님이 계세요. 지금 문화 센터에 가셨어요. 제가 있고요."

"아드님은요?"

"외출했는데요."

"그게 아니라 혼자인가요?"

부인이 의아해하는 얼굴로 쳐다보았다.

"네, 학생이니까 아직 혼자죠."

여기서는 레이코가 질문을 잘못했다.

"아니요, 그게 아니라 외아들인가요?"

"어머! 그런 뜻이었어요? 죄송해요."

부인은 눈을 동그랗게 뜨고서 무슨 영문인지 이오카 쪽을 향해 웃었다.

"아들은 둘이에요. 큰아들은 대학 졸업하고 취직해서 지금은 회사 기숙사에서 지내죠. 회사가 우쓰노미야에 있어요. 오봉* 때라도 집에 오면 좋으련만, 안 그래요?"

이오카가 웃으며 "당연하지예."라고 맞장구쳤다.

오봉이라…….

보통 사람들과 다른 리듬으로 생활하는 직업을 가진 탓에 레이코는 명절 따위 잊고 지나치기 일쑤였다. 명절 휴가가 허용되는 회사였다면 당연히 이번 주 내내 오봉 연휴를 즐겼을 것이

---

* 오봉(お盆): 음력 7월 15일 전후에 치르는, 우리나라의 추석과 비슷한 명절.

다. 보통 며칠을 쉬더라? 내일부터 닷새 정도인가?

"그럼 남편분은 출근하셨나요?"

"네, 남편 회사는 외국계라 오봉 휴가가 없어요."

레이코는 고개를 끄덕이고서 '잘 마시겠습니다.' 하고 앞에 놓인 보리차를 마셨다. 이오카처럼 단숨에 마시지 않고 조심스럽게 한 모금만 마셨다. 마신 물은 땀으로 변한다. 여자가 땀을 줄줄 흘리는 모습도 남자 이상으로 꼴불견이다. 탐문 수사 중에는 특별히 더 주의를 기울여야 한다. 이오카에게 가족 전원의 이름을 적어두라고 한 뒤 다시 부인을 향해 이야기했다.

"발견 당시 상황에 대해 여쭐게요. 처음 보신 게 오늘 아침이 확실한가요?"

"네, 맞아요. 침실에서 보였어요. 저와 남편이 쓰는 침실이 바로 이 위인데, 시체가 있던 쪽으로 창문이 나 있거든요. 제가 아침이면 커튼을 열어요."

"몇 시쯤이었나요?"

"정확히 6시였어요. 그때 처음 봤어요."

"수풀 속에서 말이죠?"

"네, 처음에는 쓰레기인 줄 알았어요. 집 뒤에 신사가 있는데 그 주변 잡목림에다 쓰레기 불법 투기를 하는 사람들이 있거든요. 저수지 수풀에까지 쓰레기를 버렸나 보다고 생각했죠."

불법 투기라. 그 점에 대해 감식반이 조사했을까?

"그런데 그때 바로 신고하지는 않으셨군요?"

"네, 아침에는 저도 바빠서요. 남편 출근시키고, 아버님과 아들 깨우고, 아침밥 차리고, 그런 다음에도 쓰레기 버려야지, 세탁기 돌려야지……."

"실제 신고 시각은 오전 11시 반인데, 그때 신고하신 이유가 있을까요?"

"시아버님이 문화 센터에 가시는 시간이라 버스 정류장까지 모셔다드렸거든요. 정류장으로 가는 길에 '몹쓸 사람들, 저렇게 큰 쓰레기를 아무 데나 버리다니 양심도 없네.'라고 생각했죠. 그런데 돌아올 때 보니까…… 그게 사, 사람 형태로 보이는 거예요. 그 순간 갑자기 무서워져서……."

"그래서 신고를 하셨단 말씀이군요."

"네. 그러니까 만약, 만약에 그게 별것 아니더라도 그렇게 큰 쓰레기는 신고해도 되지 않나, 그 정도라면 신고해도 뭐라고 하지 않겠지 싶었어요."

"맞아요, 적절한 판단이셨어요."

"그, 그렇죠? 그렇게 말씀해주시니 다행이에요."

부인은 무엇을 걱정했고 무엇에 안도했을까? 어쨌든 레이코는 그녀가 선의의 제3자라고 느꼈다. 처음에는 파란 비닐 포로 묶인 시체를 쓰레기로만 여겼는데 갑자기 사람 형태로 보여서 겁이 나 신고했다. 말에 조리가 있고 현실감도 있었다.

"그럼 그것이 없었던 수풀을 마지막으로 보신 때는 어제 몇 시쯤이었나요?"

"그것이 없었던 때요?"

"네, 아주머니가 기억하시는 범위에서 그것이 몇 시 이후에 그곳에 놓였을지 참고하려고요."

부인은 다행이라는 듯 안도하는 표정이 되었다.

"아마도 어제는 없었을 거예요. 장 보러 갔다가 집에 돌아왔을 때도 못 봤거든요."

"그때가 몇 시쯤이었죠?"

"4시 반이었나, 5시쯤이었나…… 그랬어요."

"그럼 침실 커튼은 몇 시쯤 닫으셨나요?"

"자기 전이니까 11시쯤요."

"그때도 못 보셨고요?"

"너무 어두워서 있었다 해도 몰랐을 거예요."

맞는 말이다.

"이 부근에서 수상한 소리가 났다거나 이상한 차를 본 적은 없으시고요?"

"말하자면 그걸 저기에 가져다 놓은 차를 봤냐는 거죠?"

"네."

"그야…… 거기도 도로는 도로니까, 오가는 차는 별로 없지만 그렇다고 어떤 차가 다니는지 일일이 신경 쓰지도 않죠."

"그렇군요. 어제 가족분들은 몇 시쯤 들어오셨나요?"

"남편은 8시쯤이었고, 아들은 10시쯤이었을 거예요. 시아버님은 어제 아무 데도 나가지 않으셨고요."

"남편분과 아드님은 아무 말씀 없으셨나요? 저 수풀에서 뭘 봤다든가."

"아무 말 없었어요. 밤이라도 그 옆으로 지나왔다면 눈에 띄었을 테니까 봤으면 무슨 말이 있었겠죠. 아들 녀석은 봤어도 아무 말 안 했겠지만요. 맞아요, 그냥 넘어갔을 거예요."

이상하다. 이 부인이 이상하다는 말이 아니다. 그런 곳에 시체를 버리다니 이상하다는 뜻이다.

날이 저물면 눈에 띄지 않는 낚시터 옆 수풀이지만 아침에는 당연히 인근 주민들 눈에 띈다. 지나다니는 사람도 적지 않은 편이다. 범인이 조금만 생각했다면 쉽게 알 수 있는 일이다. 그곳은 결코 시체 유기 장소로 적합하지 않다. 디지털카메라 화면 속 비닐 끈으로 묶인 시체의 포장 상태는 꽤 견고해 보였다. 용의주도한 포장 솜씨와 허술하기 짝이 없는 시체 유기 장소의 선택 사이에 현격한 차이가 느껴졌다. 어디까지나 느낌일 뿐이라 애매해서 아직 구체적으로 설명하기는 어려웠다.

레이코는 고개를 끄덕인 후, 히라타 부인에게 정중하게 인사했다.

"수사에 협조해주셔서 감사합니다. 그리고 대단히 죄송하지만 나중에 진술하러 서에 나오셔야 할지도 모릅니다. 그때도 꼭 협조 부탁드립니다. 그리고 가족분들 중에서, 특히 아드님께 뭔가 짚이는 게 있다면 귀찮으시더라도 꼭 알려주세요. 사소한 거라도 괜찮습니다."

그러고는 자기 명함 뒷면에 가메아리 서 전화번호를 적어서 부인에게 건넸다. 부인이 명함을 조심스럽게 두 손으로 받아 들고 내용을 확인하더니 그녀의 얼굴을 힐끗 쳐다보았다.

또 뭐야, 젊은 여자가 진짜 경위인지 묻고 싶은 건가? 하지만 경위가 어떤 위치인지 이 부인이 알기나 할까? 어쩌면 경사가 훨씬 위라고 생각할지도 몰라. 일반 시민들이 경찰을 이해하는 수준은 그 정도니까. 그게 아니면 뭐, 이름과 어울리지 않는다고 말하고 싶은 건가?* 알아서 판단하라지.

레이코는 그렇게 생각하며 부인의 표정을 살폈다. 뜻밖에도 완벽하게 화장한 얼굴임을 그제야 알아차렸다. 처음부터 저렇게 화장한 상태였나? 아니다. 어쩌면 보리차를 가지러 부엌에 갔을 때 슬그머니 했을지도 모른다.

아! 지금 내 얼굴이 엉망인가?

레이코는 자기 얼굴의 화장이 번지지 않았는지 갑자기 신경이 쓰였다.

대문을 닫고 히라타 부인의 집을 다시 한 번 돌아보았다. 눈부신 석양에 물들어가는 주택은 히라타 가족의 구성원 수에 알맞은 크기였다.

"보리차가 엄청 시원했지예."

이오카가 뺨을 타고 흘러내리는 땀을 재빨리 닦았다.

"그러게."

그때 레이코의 상의 안주머니에서 휴대전화가 진동했다. 그녀가 전화를 꺼내 들자 이오카는 넉살 좋게 몸을 기울이고 화면을 들여다보았다.

---

* 레이코의 성씨인 히메카와의 '히메(姬)'는 일본어로 '공주'라는 뜻이다.

"어딘교? 집인교?"

"왜, 집에서 전화 오면 안 되나?"

휴대전화 화면에는 '우리 집'이라는 글자가 떠 있었다. 그러니까 어머니다. 회사에서 일하는 아버지가 이 시간에 집에서 전화할 리는 없었다. 휴대전화가 계속 진동했다. 보나 마나 오늘은 저녁 식사 때까지 들어와라, 다음 휴일은 언제니, 요코하마에 계신 고모님께 전화드렸니, 같은 쓸데없는 말들뿐일 것이다.

레이코는 종료 버튼을 눌렀다.

"굳이 끊을 필요까지는 없잖아예?"

"됐어. 다음 집으로 가지."

레이코는 이오카를 따라 '마쓰미야'라는 문패가 걸린 옆집 초인종을 눌렀다. 그때였다.

이런 망할! 하필이면 이런 때 전화가 와서는.

다음 집 초인종을 누르고 나서야 화장을 안 고쳤다는 사실을 깨달았다.

3

8월 12일 화요일, 오후 7시 30분.

가메아리 서에서 가장 큰 회의실. 입구에는 '미즈모토 공원 변사체 유기 사건 특별 수사본부'라고 적힌 종이가 붙어 있었다. 정확하게 말하면 시체 발견 장소는 미즈모토 공원이 아니지만 아무렴 어때랴.

레이코는 회의실 맨 앞줄 중간에 앉았다.

"그럼 회의를 시작하겠습니다. 일동 기립, 경례."

회의에는 감식 팀을 포함해서 30명 안팎의 수사 관계자가 참석했다. 탐문 시간이 충분했기 때문인지 수사관 전원이 제시간에 복귀한 상태였다.

상석에는 가메아리 서 서장과 와다 수사 1과장, 이마이즈미 10계장이 나란히 앉았다. 회의 진행은 수사 1과 하시즈메 관리관이 맡았다.

"우선 수사 1과에서 사법해부 결과를 보고하겠다. 피해자는 30대 중반의 남성, 신장 171센티, 체중 70킬로 전후. 혈액형은 B형. 사인은 경부 절창의 과다 출혈에 의한 쇼크사다. 사망 추정 시각은 그저께 오후 7시에서 10시 사이. 절창은 하악골 왼쪽 밑을 통과해서 인후 윗부분까지 일직선으로 절단된 형태고, 상처의 깊이는 2.5센티, 길이는 20센티, 왼쪽 경동맥이 끊어졌다."

하시즈메가 자기 목을 긋는 시늉을 했다.

"흉기는 면도칼이나 커터 칼처럼 얇은 칼날로 짐작된다. 등 뒤에서 있는 힘을 다해 피해자를 끌어안고 목을 그은 것으로 보인다. 여기까지 질문 있나?"

딱히 손을 드는 사람은 없었다.

"그럼 이어서 상반신에서 발견된 다수의 절창에 대해 설명한다. 크고 작은 상처가 총 94개. 상처 대부분에서 출혈이 있었지만 상처가 깊지 않아서 그것들을 사인으로 보기는 어렵다. 그중

52개에서는 모두 크기가 다른 유리 파편이 채취되었다. 비교적 깊은 상처 주위에 생활반응을 보이는 타박상이 있었다. 그것이 11개. 골절은 없다. 이상으로 볼 때 피해자를 바로 눕힌 다음 상반신에 판형 유리를 올려놓고 거대한 둔기로 위에서 내리쳤을 것으로 추정된다. 예를 들면 이렇다."

하시즈메는 또 한 번 구체적인 동작을 보여주었다. 눈앞의 책상에 사람이 똑바로 누워 있다고 가정하고 위에서 내리치는 시늉이었다.

그때 이오카가 옆에서 속삭였다.

"마술이라도 부릴 작정이었으까예?"

설마, 그럴 리가.

레이코가 제일 먼저 떠올린 경우는 사적인 처벌, 즉 린치였다. 유리판을 올린 채 둔기로 구타한 뒤 다른 방법으로 목숨을 끊어버리는 식의 폭행이 떠올랐다. 뭔가 자백을 받으려는 목적이었는지, 아니면 본때를 보이기 위해서였는지, 지금 단계에서는 확실하지 않다. 그녀와 비슷하게 생각한 사람이 회의실에 또 있는지 어딘가에서 '혹시 린치 아냐?' 하는 소리가 들렸다.

피해자는 대체 왜 린치를 당했을까? 유리판 린치에 효과가 있어 결국 자백하고 죽었을까? 아니면 그 자백이 도저히 용서할 수 없는 이야기여서 죽였을까? 아니다, 섣부른 판단은 금물이다. 선입견은 수사를 방해할 뿐이다.

"질문 없으면 다음으로 넘어간다. 이것이 마지막에 생긴 절창이다. 명치에서 고관절로 이어진다. 죽은 후에 생긴 절창이며,

깊이는 9.5센티, 길이는 36센티다. 이 상처는 어느 정도 두께가 있는 칼이나 잭나이프 혹은 부엌칼 종류에 의한 것으로 보인다. 맨 먼저 명치를 깊이 찌르고 그 상태에서 조금씩 고관절 쪽으로 절개해나갔다. 상처 안쪽이 몹시 복잡하게 훼손된 점으로 미루어 양손에 힘을 주어 복부를 36센티까지 절개한 것으로 보인다. 여기까지 질문 있나?"

레이코가 즉시 손을 들었고 하시즈메가 지명했다.

"복부에 생긴 절창은 그냥 절개만 되었습니까?"

하시즈메가 이해할 수 없다는 표정으로 되물었다.

"무슨 뜻이지?"

"예를 들면 피해자가 범인이 노리는 무언가를 삼켜서 배 속에 숨겼을 가능성은 없을까요? 폭행을 견디지 못한 피해자가 범인이 바라는 것을 자백하자 목을 잘라 살해하고, 배를 갈라 원하는 것을 꺼내 갔을 가능성요. 그랬다면 범인은 단순히 배를 가르는 데 그치지 않고 상처 내부를 마구 헤집지 않았을까 해서요."

하시즈메는 손에 든 자료를 훑었다. 멀찍이 떨어진 곳에 앉아 있던 관할 서의 젊은 형사가 입을 손으로 틀어막았다. 레이코의 발언을 상상하고서 속이 메슥거렸나 보다. 옆에 앉은 오쓰카가 괜찮으냐며 젊은 형사의 등을 쓸어주었다.

"그런 소견은 어디에도 없다. 혹시라도 그런 흔적이 있었다면 틀림없이 해부 소견서에 명기했겠지. 따라서 배를 갈라서 무언가를 꺼내 갔을 가능성은 전혀 없다는 이야기다."

아마도 하시즈메의 말이 맞을 것이다. 배를 가르고 그 속을 헤집었다면 틀림없이 해부 소견에 그런 내용이 들어갔으리라.

"알겠습니다."

레이코가 자리에 앉자 하시즈메는 해부 소견서의 다음 장으로 넘어갔다.

"다음은 손목의 압흔과 찰과상이다. 손목 피부에서 미량이지만 접착제가 검출되었다. 아직 확실하게 밝혀지지는 않았지만 박스 테이프로 손목을 결박한 게 아닐까 추측한다. 피해자가 저항했거나 손에 묶인 박스 테이프를 풀려고 하니까 아예 테이프로 손을 발라버린 것 같다. 손목 바깥쪽에 폭 1센티 정도의 압흔과 찰과상이 있다. 피해자는 손목을 결박당한 상태로 유리판 밑에서 큰 충격을 받았고, 등 뒤에서 목이 베였다. 사법해부 결과는 이상이다. 질문 있나?"

아무도 손을 들지 않았다.

"그럼 다음, 감식과. 본청부터 시작하도록."

레이코 뒤에 앉아 있던 감식과 사람이 일어섰다. 고미네 주임이었다.

"네. 우선 시체를 감쌌던 파란 비닐 포는 건설 현장 같은 곳에서 흔히 사용하는 제품으로 제조사는 미노와 자산 주식회사입니다. 소재지는 가와사키로 판명되었습니다. 지문은 일곱 종류가 나왔는데 그중 하나는 피해자 것이고 다른 여섯 종류는 모두 전과가 없어서 신원을 밝히지 못했습니다. 다음으로 비닐 끈은 과학수사연구소에서 제조 업체를 찾고 있습니다. 유감이지만 피해자의 신원은 아직 밝혀내지 못했습니다. 치과 치료를 받은 흔적이 보여 법치의학회로 수배 자료를 보냈으니 하루 이틀 안에는 결과가 나올 것입니다. 다음으로 현장 주변에 대해……."

고미네와 관할 서 감식 요원의 현장 주변에 대한 감식 결과가 뒤를 이었다. 눈에 띄는 물증은 없었던 모양이다. 현장에서 채취한 증거 몇 가지를 과학수사연구소로 보냈으니 내일이나 모레쯤에는 무언가 새로운 정보가 나올 것이다. 감식과의 잠정 보고는 대략 그 정도였다.

"다음, 탐문 수사 결과. 1구역부터 시작하지."

"네."

레이코가 일어섰다. 사실 마이크가 있기를 바랐지만 여의치 않아서 최대한 큰 목소리로 보고했다.

"저희는 현장 주변을 탐문했습니다. 최초 발견자는 히라타 야스코, 현장 바로 앞에 위치한 가정집 주부입니다. 야스코는 오늘 아침 6시, 자택 3층 침실 창문에서 시체를 묶은 비닐 꾸러미를 목격했지만 당시에는 불법 투기 쓰레기로 오인하여 신고하지 않았습니다. 그 후 11시가 조금 지난 시각에 시아버지를 미즈모토 공원 버스 정류장까지 모셔다드리면서 다시 목격했는데, 집으로 돌아오는 길에 그 꾸러미가 사람 형태임을 알아채고 오전 11시 30분에 신고했습니다. 이 진술은 현장에 맨 처음 도착한 미즈모토 공원 앞 파출소 소속 아라이 경사의 보고와도 일치합니다. 야스코 씨는 그 꾸러미를 어제는 보지 못했다고 합니다. 또한 밤사이에 수상한 소리나 차량 등 의심할 만한 점은 없었던 듯합니다. 조금 전 히라타 씨 집으로 다시 전화를 걸어보았는데 야스코의 남편 미키오와 시아버지 야스지로도 오늘 아침부터 비닐 꾸러미가 있다는 건 알고 있었지만 특별히 미심쩍게 여기진 않았다고 합니다. 마지막으로 이 집에는 대학생인 둘째 아들 마사유키가 있는데 외출 중이어서 참고 조사는 아직 못 했습니다. 나중에 다시 찾아가 보겠습니다. 다음으로……."

레이코는 탐문한 다른 집들에 대해서도 보고했다. 증언 내용은 비슷비슷했다. 그녀 다음으로 이어진 다른 구역의 탐문 보고도 레이코가 듣기에는 다들 거기서 거기였다.

야간에 수상한 소리나 차량을 감지한 인근 주민은 없었다. 다음 날 아침 다들 그 파란 꾸러미를 보았으면서도 시체라고는 미처 생각지 못하고 지나쳤다.

역시 이상하다. 근처 주민들 눈에 훤히 드러나는 곳에 시체를 방치했다. 아무리 생각해도 이상하다. 범행 수법이 워낙 대범해서 신고가 늦어졌지만 범인이 그것까지 계산했으리라고는 생각되지 않았다.

범인은 시체를 그렇게 단단하게 포장했으면서 왜 그런 장소에 어설프게 던져두었을까? 사람들에게 발견되어야 할 특별한 이유라도 있었을까? 시체의 신원이 밝혀지지 않아 아직 어느 것 하나 단정하기 어렵지만 인근 주민이 아닌 것은 확실했다. 주민 가운데 일요일 밤부터 행방불명인 사람은 한 명도 없었고, 적어도 레이코의 탐문 수사 범위에 속한 주민은 아니었다. 그렇다면 주민의 지인이거나 그 지역에서 일하는 사람일까? 지금은 피해자가 도내 치과에 다녔기만을 기도할 뿐이다.

수사 회의가 막바지에 이르렀다. 첫 회의치고는 짧은 편이었다. 그건 현재 유력한 물증이나 증언을 확보하지 못했다는 뜻이다.

끝으로 와다 1과장이 마이크를 잡았다.

"피해자의 신원도, 범행 목적과 동기도, 지금 시점에서는 아무것도 밝혀지지 않았다. 하지만 계획적이고 엽기적인 살해 수법으로 볼 때 범인이 제2, 제3의 범행을 저지를 가능성이 충분하다. 어떻게든 그런 사태만은 피해야 한다. 내일부터 다시 본부 수사관 전원이 똘똘 뭉쳐서 하루라도 빨리…… 아니, 1분 1초라도 빨리 사건이 해결되도록 최선을 다하길 바란다. 이상으로 오늘 수사 회의를 마치겠다."

하시즈메 관리관이 호령했다. 기립, 경례, 해산! 회의가 끝났다.

소지품을 정리하고 있는데 뒷자리에서 기쿠타가 말을 걸었다.

"주임님…… 한잔하실래요?"

"그럴까? 가지."

레이코는 상석 쪽으로 시선을 돌리고 이마이즈미 계장을 향해 술잔 드는 시늉을 했다. 하지만 이마이즈미는 얼굴을 찌푸리고 손을 저으며 '안 가.'라고 대답했다.

하긴, 위궤양을 앓고 났으니 그럴 만도 하지.

레이코는 고개 숙여 인사하고 이번에는 이시쿠라를 돌아보았다.

"이시쿠라 씨, 가끔은 같이 한잔하시죠?"

젊은 수사관이 많은 히메카와 반이지만 쉰에 가까운 이시쿠라도 엄연한 멤버다. 워낙 베테랑이라 오쓰카나 유다처럼 편하게 대하기가 쉽지 않으니 더더욱 술자리에 함께하기를 바랐다. 그가 레이코의 부하라는 사실에는 변함이 없으니까. 다른 젊은 수사관들과 마찬가지로 허심탄회하게 대화할 기회가 필요했다.

"모처럼 좋은 기회인데 어쩌죠, 오늘은 좀……. 여기서 집이 가깝거든요. 가끔은 일찍 퇴근하는 날도 있어야죠."

이시쿠라는 두툼하게 살집이 붙은 등을 구부리며 양해를 구했다.

"아, 맞다. 집이 이치카와였죠?"

이시쿠라에게는 대학생 딸과 중학생 아들이 있는데 아들은 등교 거부로 속을 썩이고 딸은 취직을 못 해 걱정이라고 했다. 이시쿠라에게 직접 들은 이야기가 아니라 기쿠타를 통해 전해 들은지라 대놓고 알은척은 못 하지만 어쨌든 사정은 파악하고 있었다. 처지가 그러니 술자리를 권하기도 미안하다.

"그럼 먼저 가세요. 내일 보죠. 수고하셨어요."

이시쿠라는 몇 번이나 고개를 조아리며 윗옷을 말아 쥐고 도망치듯 회의실을 빠져나갔다.

"그라믄 지가 같이 가드리겠심더."

갑자기 이오카가 끼어들자 오쓰카가 뒤에서 그의 팔을 붙잡았다.

"자, 자, 이오카 씨는 이쪽으로 오세요."

"이쪽? 느그들도 같이 가는 거 아이가?"

이오카가 오쓰카와 유다를 번갈아 보며 물었다.

유다도 오쓰카가 하듯이 이오카를 붙잡았다.

"아니요, 우리는 따로 갈 건데요."

"왜, 같이 가지 않고?"

레이코가 물었지만 다들 못 들은 척했다.

"아니, 내는 레이코랑 같이 가능 기⋯⋯."

이오카의 말에 기쿠타의 눈썹이 움찔했다.

오쓰카가 이오카의 어깨를 끌어안았다.

"그러지 말고 우리랑 같이 가요. 도모히코에서 잠복근무할 때
같이 비 맞아가며 홀딱 젖은 사이 아닙니까?"

"내는 니랑 같이 비 맞고 싶은 생각 밸로 없었거등!"

"이오카 씨, 우리랑 같이 가요."

유다도 오쓰카를 거들었다.

"아⋯⋯ 아니, 와들 이카는데?"

"자, 갑시다. 네네, 가자고요."

"이거 쫌 놔봐라!"

"가방은 제가 들어드릴게요."

"그런 말이 아이라카이!"

기쿠타는 그저 잠자코 있었다. 레이코도 아무 말 하지 않았
다. 이오카가 오쓰카와 유다에게 양팔을 잡힌 채 뒷걸음질하며
회의실에서 질질 끌려 나갔다. 계단도 저렇게 뒷걸음질로 내려
가면 위험할 텐데.

"그럼⋯⋯ 우리도 그만 나가죠."

왠지 모르게 기쿠타의 표정이 굳어 있었다. 레이코도 눈치가 없는 편은 아니어서 그의 표정을 보고 짚이는 데가 있었다. 작전은 오쓰카와 유다, 둘이서만 짰을까, 아니면 이시쿠라와 이마이즈미도 합세했을까?

"그러지, 뭐. 우리끼리 가볼까?"

레이코는 대답하면서 기쿠타의 얼굴을 살폈다. 숨을 들이마시는 기쿠타의 볼이 발그레해 보였다.

적당한 가게를 찾아 자리 잡은 곳은 체인점 선술집이었다.

"수고했어."

"수고하셨습니다."

우선 생맥주 한 잔을 경쟁하듯 단숨에 비웠다.

두 번째 맥주와 안주 두세 가지가 나왔을 때쯤 기쿠타가 레이코와 눈을 마주치지 않은 채 물었다.

"그러고 보니, 지난번 맞선은…… 어땠어요?"

레이코는 일부러 입을 삐쭉거리며 그를 째려보았다.

"기쿠타 너까지 그런 걸 묻기야? 아니, 왜? 내가 왜 그렇게 빨리 결혼해야 하는데?"

"저까지라니, 누가 또 그러던가요?"

째려보기만 하고 묵묵부답이자 기쿠타는 삶은 풋콩을 까면서 혼자 중얼거렸다.

"아, 구니오쿠 선생님인가?"

그는 각지고 늠름한 얼굴로 풋콩을 씹었다. 커다란 입으로,

레이코가 주문한 해초 샐러드를 볼이 미어지게 가득 물고서 우적거렸다. 울대뼈가 툭 튀어나온 굵은 목은 마시는 대로 얼마든지 맥주가 들어갈 것 같았다. 평소 기쿠타의 호쾌하게 먹고 마시는 모습은 '이런 남자가 진짜 사나이지!' 하며 반할 만큼 왕성한 생명력의 발현이었다. 하지만 지금 그는 자기 입을 막기 위해 음식을 욱여넣고 맥주를 들이켜고 있었다. 도무지 남자다운 행동으로는 보이지 않았다.

그런 걸 묻는 당신 의도는 뭐지?

레이코는 어린애도, 바보도 아니다. 기쿠타처럼 서투르지만 솔직한 남자의 마음 정도는 말하지 않아도 알았다. 하지만 안다고 해서 말로 표현하지 않아도 좋다는 뜻은 아니지 않은가. 무뚝뚝한 남자를 좋아하는 여자도 있겠지만 레이코는 아니었다. 감정을 확실하게 말로 표현해주기를 바랐다. 하고 싶은 말이 있다는 듯 잔뜩 분위기만 띄워놓고 안주와 맥주도 모자라서 심지어 일 이야기로 도망치는 건 곤란하다.

당신은 어떻게 하길 원하는 거야?

업무 중 과묵한 자세는 용서가 된다. 이쪽에서도 용서할 이유가 분명하니까. 하지만 이렇게 일과 후에 한잔하자고 먼저 말해놓고는 자기 혼자 먹고 마시면서 '좋아해'의 'ㅈ' 자도 못 꺼내는 태도는 용서하지 못하겠다. 용서하지 못한다는 표현이 얼마나 교만한 것인지 레이코도 잘 안다. 그저 그럼 단둘이서 뭣 하러 왔느냐고 묻고 싶었다.

사실 이런 일이 오늘 처음도 아니었다. 기쿠타는 대개 레이코가 맞선을 본 다음 날 술을 마시자고 했다. 마음에 걸렸다면 그렇다고 말해주면 좋을 텐데, 좋아하면 좋아한다고 솔직하게 표현해주면 좋을 텐데, 그것만 말해준다면, 그것만…….

레이코는 지나가는 웨이터를 불러 빈 맥주잔을 들어 보였다.

그것이 신호인 듯 기쿠타가 나직이 중얼거렸다.

"역시 린치겠죠?"

이번에도 정해진 패턴대로다. 그걸 알면서 매번 똑같은 방식으로 상대해주는 그녀도 문제가 있기는 마찬가지였다. 일 이야기를 꺼내자 우유부단한 기쿠타 때문에 생긴 짜증까지 손가락 사이로 흘러내리는 마른 모래처럼 술술 빠져나가 버렸다. 이미 머릿속에는 시체의 그림이 선명하게 그려졌고, 수사 회의 때 얻은 정보까지 주석이 달리듯 줄줄이 떠올랐다.

"글쎄…….'"

저절로 미간에 주름이 잡히고 입은 멋대로 대답을 내놓는다.

"피해자의 신원이 밝혀지기 전에는 린치인지 아닌지 아무리 추리해봤자 소용없지. 오히려 우리가 신경 써야 할 건 36센티의 복부 절창이야. 그 상처의 의미를 도저히 모르겠네."

"아, 그거요. 회의 때도 질문하셨죠?"

기쿠타가 네 번째 잔을 비웠다.

"아까는 표현이 지나쳤어요, 상처를 후비다니."

"거짓말! 난 헤집었다고 했어."

레이코는 세 번째 잔을 비웠다.

"그게 그거죠. 참, 그 말에 헛구역질하던 젊은 친구가 누군지 아세요?"

"오쓰카의 파트너인 젊은 친구? 아니, 모르는데."

"3방면의 기타미 가쓰요시 본부장 아들이래요."

3방면은 시부야, 메구로, 세타가야를 총괄하는 본부다.* 3방면의 본부장이라면 고위 경찰 관료로 계급은 치안감, 그런 사람의 아들이라면 기억해둘 필요가 있다.

"그럼 그 도련님도 간부 후보란 얘기네."

"네, 경찰대를 졸업하고 지금 연수 중이랍니다."

기쿠타가 '카더라 통신'을 전하며 쓴웃음을 지었다. 레이코는 의아했다.

"근데 별일이네. 연수 중인 간부 후보 도련님을 일부러 현장에 투입시켰다는 얘기잖아. 어차피 석 달이면 끝나는데 적당히 굴리면 될 것을."

"그게 신기하게도 본인이 자청했다나 봐요. 이것도 하나의 경험이라면서."

"뭔 헛소리래? 그런 주제에 회의 때는 헛구역질이나 하고, 민폐가 따로 없지."

"네…… 그러게요."

레이코는 그때 자신을 똑바로 바라보는 기쿠타의 시선을 알아차렸다. 그랬다. 기쿠타는 이런 이야기를 할 때만 레이코의 눈을 똑바로 바라보았다. 맞선에 대해 물을 때는 시선을 어디에

---

* 도쿄 도를 관할하는 경시청은 방대한 치안 수요를 효율적으로 관리하기 위해 관할구역을 열 개의 방면 본부로 나누고 산하에 102개 경찰서를 두고 있다.

둘지 몰라 갈피를 잡지 못하고 헤맸으면서 지금은 달려들 듯한 기세로 쳐다보고 있다.

저 눈빛 그대로 좋아한다고 고백한다면 얼마나 좋을까. 그 분위기에 사로잡혀 '나도 그래.'라고 대답할 수 있도록 제발 강하게 나온다면.

하지만 레이코의 그런 마음이 기쿠타에게 통할 리 없었다.

"간부 후보라…… 좋겠네요. 그런 애송이도 어쨌든 경위인 거니까."

엉뚱하게도, 레이코는 기쿠타 혼자 깨끗이 먹어치운 음식 접시들을 탁자에서 그대로 싹 쓸어버리고 싶은 충동에 갑자기 사로잡혔다.

기쿠타! 이 많은 걸 너 혼자 먹어치우고서 나보고 나눠 내자는 소리만 해봐!

가나마치의 밤이 조용히 깊어갔다.

4

8월 13일 수요일.

레이코는 이른 아침에 열린 회의에서 오늘의 수사 방침을 확인한 뒤 가메아리 서에서 택시를 탔다. 현장 부근에 도착해 겨우 탐문을 재개하려던 오전 9시 반, 주머니에서 휴대전화가 진동했다. 지시는 간단명료했다.

긴급회의, 본부로 복귀할 것.

"본부로 다시 들어오라는데."

그녀는 휴대전화를 닫으며 쓴웃음을 지었다.

"에? 뭐가 좀 나왔나 보네예?"

"피해자의 신원이 파악됐어. 역시 치과 치료는 빼먹으면 안 된다니까."

이오카가 아이처럼 앙증맞게 주먹을 쥐고 승리 포즈를 했다.

"아싸! 쓸데없는 탐문 수사는 고마 빠이빠이데이."

"피해자 주변 사람을 조사해서 소득이 있을지 없을지는 해보지 않으면 모르는 거야."

사실 레이코도 환호성을 지르고 싶은 기분이었다. 이 사건에서는 탐문 수사가 도움이 안 된다고 느꼈기 때문이다. 범행이 계획적인 데다 몹시 복잡하게 얽힌 배경이 있는 듯했다. 와다 1과장은 '엽기적'이라고 표현했지만 그 말만으로는 부족한 뭔가가 있었다.

견고하게 포장된 파란 비닐 꾸러미만 보더라도 치밀함이 느껴졌다. 현장 부근 주민들이 이구동성으로 전혀 짐작이 가지 않는다고 말하는 데서도 같은 느낌이 들었다. 더 뒤져본들 여기서 어떤 단서가 나올 것 같지는 않았다.

그 점에서는 일찌감치 범인에게 백기를 든 셈이었다. 어쩌다 무언가가 나온다 해도 감식과나 과학수사연구소에서일 것이다. 물론 탐문 수사에 충분한 시간을 할애하지는 않았으므로 어디까지나 추측에 불과했다. 그런 상황이어서 당분간은 전혀 다른 수사 방법으로 접근했으면 하고 생각하던 차였다.

그런데 자꾸 신경이 쓰인단 말이야……

레이코는 큰길로 나와 이오카와 나란히 우치다메 저수지 길을 되짚었다. 걷는 중에 문득 시체 유기 장소를 돌아보았다. 우치다메 저수지를 따라서 난 폭이 좁은 길, 가느다란 잎이 무성하게 자란 짙푸른 수풀.

왜 저곳에 시체를 놔뒀을까?

하늘에 구름이 덮여 우치다메 저수지의 수면도 어둡고 탁한 먹색이었다.

"아까 나카노의 한 치과 의사에게서 치료 흔적이 일치하는 환자가 있다는 연락이 왔다. 가네하라 다이치, 34세. 사무기기 임대 회사인 오쿠라 상회 직원이며 거주지는 도쿄 도 네리마 구 헤이와다이 ××번지 ×호, 그라운드 하이츠 헤이와다이 707호. 기혼이며 아이는 없음. 어젯밤 관할 서인 네리마 서에 가네하라의 가족이 행방불명으로 신고한 상태다. 레이코와 오쓰카는 지금 바로 나카노에 있는 치과로 가서 시신의 엑스레이 사진과 진료 기록을 대조해보고, 그길로 곧장 오쿠라 상회 본사로 가서 관계자를 조사하도록. 이시쿠라하고 기쿠타는 감식과를 데리고 가서 피해자의 집과 그 주변을 조사해. 유다는 대기하고. 기동수사대는 탐문 구역을 재배치하겠다. 1구역과 2구역은 이케가미, 3구역과 4구역은 하기오, 5구역과 6구역은……"

레이코는 탐문 구역 재배치를 끝까지 듣지 않고 일어났다. 그대로 상석 왼쪽에 있는 지휘 본부 담당자에게 다가가 자료를 받았다. 건네받은 갈색 봉투에는 피해자의 치아 엑스레이 사진과 가네하라 다이치의 인적 사항 및 치과와 근무지의 주소가 적힌 메모지가 들어 있었다.

회의실 출구로 향하자 이오카, 오쓰카 그리고 어젯밤 기쿠타가 말했던 '간부 후보 도련님' 기타미 노보루 경위가 따라왔다. 레이코는 기타미에게 인사하라고 말하지 않았고, 그가 알아서 먼저 인사하기를 바라지도 않았다. 그저 걸리적거리며 방해하지 않기를 바랄 뿐이었다. 자신에게 소속된 수사관이자 조력자로서 적어도 뒤처지지만 말고 따라오라고 말하고 싶었다.

빠른 걸음으로 계단을 내려가는데 오쓰카가 작은 목소리로 물었다.

"주임님, 어제 어떠셨어요?"

"뭐가?"

"아…… 아니요, 아무것도 아니에요."

기분 나쁘게 대답할 생각은 아니었는데 오쓰카는 그 한마디만 듣고서 걸음을 늦추더니 뒤따라오던 기타미와 나란히 걸었다.

어땠긴. 괜히 술값만 절반이나 냈다고!

레이코는 코로 한숨을 내뿜었다.

이번에는 이오카가 옆에 붙었다.

"인자 엄청 바빠지겠지예?"

"그러겠지. 조금이라도 해결될 기미가 보이면 좋을 텐데."

"나카노라믄 일단 오테마치까지 가서 도자이선으로 갈아타믄 되겠네예."

"아, 그래? 택시를 탈까 하는데 여기서는 얼마나 걸릴지 감이 안 잡히네."

결국 이오카의 제안을 따랐다. 가나마치에서 조반선을 타고 기타센주로 가서 지요다선으로 갈아탄 다음 오테마치에서 다시 도자이선으로 바꿔 타고 나카노에서 내렸다. 개찰구를 빠져나왔을 때 손목시계를 보니 오전 10시 정각이었다.

먼저 피해자가 다녔던 치과를 찾아갔다. 치과 이름은 '나카노 덴탈 클리닉'이었다. 역에서 도보 3분 거리에 위치한 조금 낡은 복합 빌딩 4층에 있었다. 오래전에 개업했다고 하는데, 인테리어를 새로 했는지 병원 내부가 밝고 청결한 인상이었다. 수사본부에서 미리 방문하겠다고 알려둔 터라 피해자 관련 서류는 이미 준비되어 있었다.

레이코를 맞아준 사람은 원장 아들이었다. 지금은 그가 환자 대부분을 진료하는 듯했다.

"아침에 팩스를 보니 알겠더군요. 이 사랑니요, 이가 난 모양이 특이하고 이미 충치가 생겼잖아요. 이런 상태라면 차라리 뽑아버리는 편이 낫다고 가네하라 씨에게 말한 기억이 났어요. 그분이 이 뽑는 걸 어찌나 무서워하던지 결국 뽑지 못했지만요. 충치는 제가 진찰했을 때보다 훨씬 더 진행됐군요."

시신의 엑스레이 사진과 병원에 남아 있는 자료를 비교해보니 치료 흔적이 정확하게 일치했다. 그 사실을 본부에 전하자 이마이즈미는 가네하라의 자택 앞에서 대기하고 있던 감식과에게 지문을 채취하라고 지시했다.

드디어 수사가 제대로 돌아가기 시작했다.

오쿠라 상회에도 수사 요청을 해놓은 상태였다. 소재지는 치과와 같은 지역인 나카노였으며 회사 사옥은 10층짜리 빌딩이었다. 상사로부터 형사가 찾아온다는 이야기를 들었는지 접수처 여직원은 레이코가 경찰수첩을 내밀자마자 자리에서 벌떡 일어섰다.

"6층에 있는 제3회의실에서 영업 2과 아사다 씨가 기다리고 계십니다. 통로 끝에서 왼쪽 엘리베이터를 타고 올라가시면 됩니다."

직원 말대로 엘리베이터를 타고 올라가 6층에서 내렸다. 제3회의실은 찾을 필요도 없었다. 엘리베이터 문이 열리자 양복 차림의 남자가 서 있었던 것이다.

"기다리고 있었습니다."

마흔 안팎으로 보이는, 키가 크고 앞머리가 약간 벗겨진 남자였다.

"경시청 수사 1과 히메카와 레이코입니다."

"아, 네. 전 가네하라의 상사인 영업 2과장 아사다입니다. 자, 이쪽으로 오세요. 자세한 말씀은 자리에서 하시죠."

아사다를 따라 회의실로 들어가자, 살인 사건이라고 들어서인지 사장을 비롯하여 전무, 상무, 부장 등 예닐곱 명의 임원들이 복잡한 표정으로 앉아 있었다.

아사다가 참석자들을 다 소개하려는 듯 보여서 레이코는 도중에 말을 끊었다.

"저…… 죄송합니다. 사건의 성격상 저희가 여러분께 알려드릴 만한 내용은 한정되어 있습니다. 현재로써는 가네하라 다이치 씨로 추측되는 남성이 살해당했다는 것밖에 드릴 말씀이 없군요. 일방적으로 부탁드려 죄송합니다만 저희는 한 분씩 따로 얘기를 들어봐야 합니다. 귀찮으시겠지만 여기 계신 여러분께서는 일단 자리를 비워주시든가, 아니면 다른 장소로 옮겨주시면…… 차라리 저희에게 다른 방을 내주시면 어떨까요? 좁아도 괜찮습니다."

그러자 사장이라고 소개된 쉰 살쯤으로 보이는 남자가 아사다에게 별실을 준비하라고 지시했다. 그리고 레이코를 향해 말했다.

"레이코 씨라고 했던가요?"

"네, 경시청 수사 1과의 히메카와 레이코입니다."

"당신을 수사 책임자로 봐도 되겠습니까?"

"네, 그렇습니다. 오늘 이 자리의 수사 책임자입니다. 수고스럽더라도 제 부탁대로 따라주시기를 부탁드립니다."

금방 아사다가 돌아와 다른 회의실을 준비했다고 보고했다. 그곳이 임시 취조실인 셈이다.

레이코는 오쓰카와 기타미를 회의실에 남겨두고 별실로 이동했다. 두 사람은 혹시라도 높으신 분들이 말을 맞추지 못하도록 감시하는 역할을 맡았다. 필요할 경우 한 사람씩 불러 레이코가 별실에서 면담하려는 것이다.

하지만 아마도 면담해야 할 사람들은 여기 모인 높은 사람들이 아니라 피해자와 가까웠던 동료나 상사, 부하들일 것이다. 가네하라와 특별한 관계가 있다면 모를까 임원들은 별로 조사할 게 없을 터다.

누구지? 아까부터 계속 시선 하나가 레이코를 좇았다. 아무렇지 않은 척 돌아보니 그 시선의 주인은 사장이었다.

징그러운 저 눈빛은 뭐야?

레이코는 회의실을 나가면서 그에게만 고개를 까딱해 보였다.

따로 준비해준 별실은 열 사람 정도가 들어갈 만한 회의실이었다. 취조실로 쓰기에는 넓은 편이지만 나쁘지 않았다. 냉방기를 이제 막 틀었는지 실내가 후텁지근했다.

첫 번째로 가네하라의 상사인 아사다를 조사했다.

가네하라가 살해당한 날로 추정되는 일요일 밤에 아사다는 자기 집에 있었다고 했다. 증명해줄 사람은 가족뿐이었지만 특별히 수상한 점은 없었다.

아사다는 월요일 오전에 가네하라 부인의 연락을 받았다. 부인은 가네하라가 회사에 출근했는지부터 확인하려 했다. 출근하지 않았다고 하자 경찰에 신고하는 게 나을지 의견을 물어, 잠시 기다려보는 게 좋겠다고 대답했다. 결국 부인은 그다음 날 밤 네리마 서에 실종 신고를 했다.

"가네하라는 아주 성실한 직원이었습니다. 고지식하다는 뜻은 아닙니다. 대인 관계도 좋았고 직원들과도 잘 지냈죠. 주로 외부 영업 업무를 했는데, 행사 같은 것을 맡겨도 알아서 척척 해내는 요령 좋은 친구였습니다. 그런데 살해당했다는 게 사실인가요?"

아사다의 말투에는 가네하라 다이치가 살해당했다는 사실이 믿어지지 않는다는 느낌이 고스란히 담겨 있었다. 만약 이게 연기라면 배우를 해도 좋을 것이다.

"최근 가네하라 씨의 행동에 뭔가 이상한 점은 없었나요?"

아사다는 고개를 갸웃했다.

"아뇨…… 없었어요."

"달라진 점이나 새로 무언가를 시작했다거나 대인 관계 등등 아무거나 좋습니다."

"특별히 이상하다고 느낀 적은 없습니다."

"그럼 누군가에게 원한을 샀다든가."

"절대 그럴 리 없습니다. 그 친구는 그럴 사람이 아닙니다."

"그렇게 단언하시는 근거는 뭐죠?"

"근거라기보다는…… 가정에도 충실했고 부인도 끔찍이 아꼈고 일도 남들보다 몇 배는 더 열심히 했으니까요."

"일 관계로 누군가와 부딪친 적도 없나요?"

"물론 영업직이니까 다른 업체의 단골을 끌어온 경우가 있긴 했지만 크게 문제 될 만한 일은 없었습니다. 영업 사원이 그런 일로 번번이 원한을 사거나 살해당한다면 목숨이 백 개라도 살아남지 못하죠."

맞는 말이다. 살해 수법을 듣고 나면 아사다는 더욱 강력하게 부정하리라.

"그럼 회사 안에서 사이가 나빴던 사람은요?"

"없습니다. 가네하라는 상사, 동료, 부하를 가리지 않고 두루두루 인망이 두터운 사람이었으니까요."

"그렇다면 반대로 사이가 좋았던 분은?"

"사이가 좋았던 사람은……."

아사다는 잠시 생각했다.

"특별하게 사이가 좋았다고 할 만한 사람도 없었던 것 같습니다. 몇 번이나 말씀드리지만 결코 동료 간에 미움을 살 사람이 아니었죠. 외톨이도 아니었고요. 하지만 친구라고 부를 만한 사람은, 글쎄요…… 회사 밖이라면 모를까 적어도 제가 아는 한 회사 안에는 없습니다. 그러고 보니 속마음을 털어놓는 사람은 아니었던 것 같군요. 죽은 사람을 두고 이런 말 하면 벌 받을지 모르겠지만…… 굳이, 굳이 말하자면요, 겉으로만 친한 척했을지도 모르겠네요."

나중에 생각하니 이 사람이 진짜 말하려는 게 무엇이었는지 아리송했다. 별로 특별한 내용도 없었다. 그저 솔직하게 자기 심정을 토로했을 뿐이다.

현대사회에서, 특히 기업 안에서 타인을 두둔하는 이유는 어디까지나 회사를 위해서다. 그와 반대로 좋지 않게 말하는 이유는 이해를 둘러싸고 갈등 관계에 있는 사람이 개인적 견해를 주장하는 것에 지나지 않는다. 사람과 사람의 관계는 대부분 잿빛이다. 세상 이치가 그렇다.

레이코는 이 아사다라는 사람에게 차츰 흥미가 없어져 조사를 마치기로 했다.

"알겠습니다. 음, 가네하라 씨에게 부하 직원이 있었나요?"

"아, 네. 가네하라는 주임이라 부하 직원이 여섯 명 정도 있었습니다."

"남자인가요?"

"네, 모두 남자입니다."

"그중에서 가네하라 씨와 가장 친했거나 오랫동안 같이 지낸 분은 누구인가요?"

"친하기도 하고 오래 알고 지낸 사이라면 오자와일 겁니다. 오자와는 가네하라보다 오륙 년 후배인데, 2과로 오기 전에도 같은 지사에서 근무했죠. 영업직이라 업무 자체는 각개전투나 마찬가지여서 각자 알아서 해야 합니다. 전에 일했던 지사에서는 가네하라가 오자와에게 일을 가르쳐주었을 겁니다. 부하들 중에서는 오자와를 가장 잘 챙기는 것 같았습니다."

"그럼 오자와 씨를 불러주시겠습니까?"

아사다가 침통한 표정으로 회의실에서 나간 뒤 젊은 남자가 들어왔다. 오자와는 굳은 표정으로 대뜸 물었다.

"가네하라 씨가 정말 살해당했습니까?"

귀찮은 타입이다. 떠드는 대로 놔뒀다가는 말소리가 복도까지 울려 퍼질 것이다.

"네, 그렇습니다."

"왜요, 왜 가네하라 씨가……? 아니, 어디서요? 누가 그랬습니까?"

"일단 앉으세요."

우선 진정부터 시켜야 한다. 성가신 청년이다.

레이코는 가슴 앞에 두 손을 모아 깍지를 끼고서 그를 올려다보며 말을 이었다.

"오자와 씨, 저희도 가네하라 씨를 죽인 범인이 누군지 꼭 잡고 싶습니다. 하지만 아직은 가네하라 씨에 대한 정보를 수집하는 단계라서요. 사소한 것이라도 아시는 게 있으면 빼놓지 말고 말씀해주세요."

"어떻게 살해당했습니까?"

이 작자에게 남의 말을 경청하는 법 좀 누가 가르쳐주었으면 좋겠다.

"그건 말씀드리기 어렵습니다."

"어, 언제, 살해당했죠?"

"일요일 밤 8시 전후입니다. 그 시간에 오자와 씨는 어디에 계셨죠?"

"네?"

그 순간 자기가 의심을 받는다고 생각했는지 오자와는 눈썹을 치켜세웠다. 하지만 요즘에는 경찰이 모든 관련자의 알리바이를 조사한다는 게 상식이다. 오자와도 생각이 거기에 미친 듯 짧게 한숨을 쉬고는 의자에 앉았다. 겨우 이성을 되찾은 모양이었다.

"저는 금요일 밤부터 친구 별장에 있었습니다. 대학교 때 친구죠. 별장은 가루이자와에 있어요. 돌아온 일요일 밤에는 교통 정체가 심해 차 안에서 오도 가도 못하고 있었습니다. 구간이 어디서부터 어디까지였는지는 기억 안 나지만 사고가 나서 길이 꽉 막혔거든요."

"운전은 누가 했나요?"

"별장을 가진 친구가요."

"통행료 영수증은요?"

"버리지 않았다면 그 친구가 갖고 있을 겁니다."

"그럼 그 친구분 이름하고 전화번호 좀 알려주세요."

오자와는 오늘 휴대전화를 집에 두고 와서 수첩을 봐야 알겠다고 했다.

사무실로 수첩을 가지러 갈 때 이오카를 딸려 보냈다. 이오카를 붙인 이유는 그 친구라는 자에게 전화하거나 문자 보내는 걸 방지하기 위해서였다. 오자와를 의심해서가 아니었다. 혐의가 없는 인물이라고 판단되면 목록에서 제외할 생각이다. 레이코는 오히려 그러기를 기대했다.

다시 돌아온 오자와가 불러주는 별장 주인 친구의 신상 정보를 받아 적은 그녀는 질문을 계속했다.

"가네하라 씨는 어떤 분이셨습니까?"

"아주 성실한 분이었어요. 일할 때는 열심히 일하고 놀 때는 신나게 놀고…… 사모님도 무척 아끼셨죠. 귀가가 늦어질 때면

늦는다고 꼭 전화하셨고, 선물 같은 것도 자주 사 가셨어요."

"원한을 살 만한 일은 없었나요?"

오자와는 아주 잠깐 뜸을 들였다.

"원한이라……."

이오카가 옆에서 코로 크게 숨을 들이마셨다. 바로 지금이 끼어들 순간이라고 생각해서일 것이다. 하지만 레이코는 틈을 주지 않았다. 질문을 바꿔서 계속했다.

"최근 가네하라 씨에게 뭔가 달라진 점은 없었습니까? 아니면 가네하라 씨 주변이라든가."

"달라진 점이라…… 예를 들어 어떤 거죠?"

"대인 관계라든가, 단골 가게가 바뀌었다든가, 행동이 변했다든가, 겉보기에 인상적인 변화요. 뭐든 상관없습니다."

오자와는 말을 아꼈다.

이오카가 조용히 노트를 덮었다. 이것도 틈을 주지 말고 몰아붙이라는 신호였다. 애당초 취조 내용을 노트에 일일이 기록하지는 않는다. 구체적인 인명이나 단체명, 지명이 나왔을 경우가 아니라면. 실제로 이오카가 펼쳐놓은 노트에는 가루이자와에 함께 갔던 친구에 대한 내용 말고는 아무것도 적혀 있지 않았다. 사람들은 자기가 하는 말을 누군가가 기록한다고 의식하면 입이 무거워지기 마련이다. 따라서 이오카는 노트를 덮어 오자와가 말하기 쉽도록 유도한 것이었다.

이제 슬슬 기술을 걸어볼까?

레이코는 팔짱을 끼고서 책상에 팔꿈치를 댔다. 목소리 톤도

의도적으로 바꾸었다.

"이봐요, 오자와 씨. 자세히는 말하지 못하지만 가네하라 씨는 굉장히, 아주 비참하게 살해당했어요. 평범하게 죽은 게 아니다, 이겁니다."

"'묻지마살인' 같은 건가요?"

레이코는 대답 대신 고개를 저었다.

"그러니까 뭐가 단서가 될지 우리도 지금은 몰라요. 자, 오자와 씨, 요즘 가네하라 씨한테 변한 점은 없었나요? 원한을 살 만한 일이라든가. 뭔가 짐작 가는 일 없나요?"

"원한까지는 아니지만……."

오자와는 크게 한숨을 쉬며 등에서 힘을 뺐다.

레이코가 보기에 그는 고민하는 것 같았다. 중요한 무언가를 털어놓을지 말지 망설이고 있었다. 말을 했다가 죽은 가네하라에게 명예롭지 못한 일이 일어나지는 않을지, 가네하라의 유족에게 괜한 피해를 주지는 않을지, 그 점을 걱정하는 듯했다.

이윽고 생각을 정리한 듯 오자와가 천천히 입을 뗐다.

"저 같은 사람이 보기에 가네하라 씨는 지나치게 바른 사람이었어요. 솔직히 피곤한 구석도 조금 있었죠. 그렇다고 우리에게 너희도 더 열심히 하라고 다그치거나 하지는 않았어요. 말은 안 했지만 자기만의 행동으로 표현했다고 할까, 그런 압박은 있었죠. 특히 올해 초봄쯤부터……."

이오카의 손가락이 조금 움직였다. 레이코도 '올해 초봄'이라는 말에서 이상함을 감지했다.

"도가 지나치게 성실했다고나 할까요. 본사 영업은 지사 영업과 달라서 주 고객이 기업이거든요. 대체로 직원 수가 1천 명 이상인 기업이죠. 저희 회사는 기업체에 복사기나 팩스, 전화기는 물론이고 책상, 사물함, 책장, 문구류까지 온갖 사무용품을 통째로 임대하거나 판매합니다. 그런 기업을 혼자서 몇 군데씩 담당하는 거죠. 특히 임대 기한이 끝날 때쯤 선수를 쳐서 재임대 조건을 제시해야 합니다. 그러지 않았다가는 경쟁 회사에 빼앗기기 십상이니까요. 솔직히 자기 담당 고객을 빼앗기지 않고 유지하는 것만으로도 힘겨운 부서라 위에서도 신규 개척 같은 건기대 안 해요. 그런데 가네하라 씨는 달랐죠. 올해 들어서……정확히 언제부터인지는 모르겠지만 과감하게 신규 개척에 나서더군요. 그것도 보통 기업이 아니라……."

오자와는 잠시 숨을 골랐다.

"도토 은행을 파고들었어요."

도토 은행이라면 수도권 소재 은행들 중에서도 다섯 손가락 안에 드는 대기업이다.

"도토 은행에 일괄 임대를요?"

"아뇨. 그런 계약을 따낸다면 그야말로 대박이겠죠. 전국에 깔린 지점에까지 납품할 수 있으니까요. 하지만 도토 은행은 거액의 자금을 대출해준 사무기기 임대 업체와 그 산하의 중간 규모 업체 그리고 대형 고객인 제조 회사와 직접 임대 계약을 맺었거든요. 그런 큰 계약을 다 따낸다는 건 꿈도 못 꿀 일이죠. 그중 일부만으로도 매출이 어마어마하게 올라갈걸요. 산하 업체

분량만 따내도 우리 회사로선 굉장히 큰 건입니다."

"그렇다면 그 일로 원한을 샀을 거란 말인가요?"

오자와가 복잡한 표정으로 웃었다.

"아닙니다, 가네하라 씨도 결국 해내지 못했으니까요. 계약을 가로채지 못했으니 원한을 살 이유가 없죠. 애초에 큰 계약을 따내려면 도토 은행 같은 경우, 적어도 20명 정도로 프로젝트 팀을 짜서 교섭에 들어가는 게 일반적입니다. 그런 일을 혼자 파고들었으니 오히려 무모해 보였죠. 개인적으로 인맥 같은 게 있다면 모르지만 그렇지도 않은 것 같았거든요."

"그럼 주위 분들은 그런 가네하라 씨를 반년 동안이나 방관했다는 말씀인가요?"

레이코의 '방관'이라는 말에 기분이 상했는지 오자와가 눈살을 찌푸렸다.

"그건 아까 말씀드린 대로입니다. 기존 고객 유지가 저희의 주요 업무죠. 그걸 가네하라 씨는 완벽하게 처리했으니 저희가 가타부타 말할 입장이 못 되었다는 겁니다. 나쁜 사람이 아니라 굉장히 좋은 분이었어요. 멋진 사람이었다고 생각합니다. 하지만 좀…… 뭐라고 해야 하나, 피곤하다고 할까요. 이런 말은 하고 싶지 않지만 솔직히 조금 거리를 두고 싶었습니다."

"그렇군요."

레이코는 그쯤에서 오자와에 대한 청취를 마쳤다. 오자와는 자기가 한 말을 후회하는 걸까. 회의실을 나가는 모습이 들어올 때보다 작아 보였다.

"열심히 일하다가 죽었다꼬 보기에는 시체가 쫌 많이 훼손됐지예?"

이오카가 의자에 등을 기대며 기지개를 켰다.

시계를 보니 벌써 12시 50분이었다.

점심은 오쓰카 조와 넷이서 편의점 도시락으로 때웠다. 아사다가 배달 음식이라도 주문하겠다고 했지만 직무상 곤란하다며 사양했다. 유니폼 차림의 여사원들이 주는 차만 받아 마시고 말았다.

오후는 누쿠이라는 가네하라의 부하를 한 사람 더 면담하는 것으로 시작했다. 아쉽게도 다른 부하 네 명은 영업하러 나간 상태라 다음에 다시 하자는 쪽으로 결론이 났다. 그 밖에 여사원 두 명과 다른 부서에서 일하는 가네하라의 동기 한 명, 인사부서 직원 두 명을 만났다. 이날은 총 여덟 명을 면담한 뒤에야 조사를 마쳤다.

5

8월 13일 수요일, 오후 9시, 야간 수사 회의.

기동수사대가 담당한 탐문 구역에서는 별다른 새 정보가 나오지 않았다. 조금 안됐다는 생각도 들었다. 새로운 정보가 없는 게 기동수사대 책임은 아니니까.

기동수사대 다음으로 수사 1과의 피해자 주변인 탐문 보고가 이어졌다. 먼저 레이코가 오쿠라 상회 직원 여덟 명의 면담 결과를 보고했다.

　"가네하라의 인상에 대해 주위 사람들은 대단히 근면하고 성실한 사람이라고 입을 모았습니다. 하지만 면담자 가운데 가네하라의 직속 부하인 오자와 무쿠이는 그의 업무 방식을 따라가기가 조금 벅차다고 느꼈던 모양입니다. 구체적인 언급은 하지 않았지만 가네하라의 업무 방식 때문에 상당히 스트레스를 받은 눈치였습니다. 오자와는 그런 분위기가 특히 심화되었던 시기를 올해 초봄부터였다고 했습니다. 내일은 오늘 만나지 못한 네 명의 부하 직원을 조사하기 위해 오쿠라 상회를 다시 방문할 예정입니다. 오후에는 가네하라와 연관된 도토 은행을 방문하려고 오쿠라 상회 업무 일지에서 도토 은행 관계자의 이름을 확인해두었습니다. 이상입니다."

　"질문 있나?"

　하시즈메 관리관이 불참해서 오늘 밤은 이마이즈미 계장이 사회를 맡았다. 레이코의 보고 내용에 대해 별다른 질문은 없었다.

　"없으면 다음, 피해자 자택 보고로 넘어가지."

　"네."

　레이코 자리에서 한 줄 뒤에 앉은 기쿠타가 일어섰다.

　"오늘은 우선 피해자의 자택을 방문하여 가네하라의 부인을 만났습니다. 가네하라는 사건 당일 밤 업무 관계자를 만난다면

서 집을 나섰습니다. 상대가 누구인지는 밝혀지지 않았습니다. 집을 나간 시각은 저녁 6시가 조금 지나서였고, 자가용이 있지만 타고 가지 않았습니다. 전철이나 택시 혹은 버스를 이용했으리라 추측합니다."

전철, 택시, 버스, 샅샅이 조사하려면 어지간한 인원으로는 어림도 없다.

"일 때문에 술자리가 없지는 않았다고 합니다. 하지만 새벽 1시나 2시가 넘어서까지 연락이 없는 적은 드물었기 때문에 휴대전화로 전화를 걸어봤지만 받지 않았습니다. 그대로 아침까지 귀가하지 않아서 회사에 연락했으나 출근하지 않았고요. 일단은 점심까지 기다리다가 다시 회사에 연락했지만 여전히 출근하지 않아서 그제야 상사인 아사다에게 사정을 얘기했고, 아사다가 실종 신고는 조금 기다렸다가 하자고 해서 하루가 지난 어젯밤 7시, 네리마 서에 부인이 직접 가서 실종 신고를 했다고 합니다."

이 부분은 레이코가 아사다에게 들은 진술과 일치했다.

"가네하라와 부인은 대학 선후배 사이로 교제하다가 7년 전에 결혼했습니다. 아이는 없지만 부부 사이는 좋았던 모양입니다. 가네하라는 올봄쯤부터 한 달에 한 번씩 휴일 밤에 집을 비우기 시작했답니다. 이유는 그때마다 달랐습니다. 그 전까지는 휴일에 집으로 일을 가져오는 경우는 있어도 혼자 외출한 적은 없었답니다. 아예 없었던 것은 아니지만 아주 드물었죠. 처음에는 부인도 눈치채지 못했지만 그런 행동이 반년 넘게 계속되니 의심이 들더랍니다. 두 달 전, 확실히 기억나진 않지만 지난달에는 틀림없이 13일, 둘째 주 일요일이었다고 합니다. 사건 당일인 10일도 둘째 주 일요일입니다. 무언가 숨기고 있다고 생각하던 차에 이런 일이 벌어진 거라고 하더군요."

대학생 때부터 사귀었다면 벌써 10년도 넘은 사이다. 결국은……

"부인에게 여자 문제일 가능성도 물어보았는데, 절대 아니라고 단정할 순 없어도 아마 아닐 거라고 했습니다. 근거는 없지만…… 여자의 감이라더군요. 굳이 설명하자면 한 달에 한 번 일요일 6시쯤 집을 나가서 11시쯤 귀가했지만, 그 밖에는 달리 무언가를 할 틈은 없지 않았을까 하더군요. 가네하라의 인품에 대해서도 얘기했는데, 부인 말로는……"

기쿠타의 보고가 계속되었지만 레이코는 혼자 생각에 빠져들었다.

가네하라는 한 달에 한 번, 둘째 주 일요일 밤에 누군가를 만났다.

가장 먼저 짐작 가는 사람은 도토 은행 관계자, 즉 접대다. 하지만 오자와 말대로라면 웬만큼 특별한 관계가 아닌 이상 혼자서 진행할 만한 규모의 거래가 아니었다. 중간 규모 사무기기 임대 회사의, 게다가 중역도 아닌 가네하라가 도심의 대형 은행 관계자를 접대한다고 계약이 이루어질까?

회사 안에서 가네하라 개인의 재량으로 봐도 무리였다. 가네하라가 자기 돈을 들여서 접대했다고 해도 스스로 한계를 알았을 것이다.

아니면 지금까지 들은 가네하라의 인품과 반대인 이야기지만 기존 업체의 일에 훼방을 놓거나 정탐 행위를 하러 다녔을 가능성도 염두에 두어야 할까? 그렇다면 린치하듯 인정사정없이 끔찍하게 칼로 그어댄 살해 방법도 이해가 된다. 둘째 주 일요일마다 스파이 짓을 하다 발각되어 보복과 린치, 살해로 이어졌다?

아니, 일반 기업이 고객 유치 경쟁 때문에 그렇게까지 했을까? 애초에 둘째 주 일요일로 정한 이유는 무엇일까?

이거 참 점점 더 미궁으로 빠지네. 수수께끼가 따로 없군.

레이코는 혼자 생각을 접고 보고에 집중하려 고개를 들었다.

"피해자 자택 주변 탐문 보고는 이시쿠라가 하겠습니다."

기쿠타가 이시쿠라에게 보고 순서를 넘겼다.

"그럼 이시쿠라가 계속해봐."

이마이즈미가 재촉하자 이시쿠라가 쭈뼛거리며 일어섰다.

"음, 우선 가네하라에 대한 주위 평판입니다만⋯⋯."

수사 회의는 10시 반까지 계속되었다.

다음 날도 그다음 날도 레이코와 이오카는 가네하라의 업무 관계자를 탐문했다. 하지만 아무리 이야기를 들어봐도 가네하라가 원한을 사서 살해당할 만한 정황은 보이지 않았다. 근면하고 성실한 사람이었습니다, 참 열심히 사는 분이었어요, 모두가 이구동성으로 아까운 사람을 잃었다며 겉으로나마 안타까움을 표했다.

가네하라가 과감하게 영업을 시도했던 도토 은행에서도 딱히 눈에 띄는 단서는 나오지 않았다. 탐문 결과, 가네하라는 도토 은행 본부에 직접 뛰어들어 계약을 따내려고 한 게 아니라 지점 단위로 영업하면서 우선 개인적인 친분부터 쌓으려 했다는 사실을 알았다.

"문턱이 닳도록 열심히 드나드셨어요. 예를 들면 처음에 컴퓨터와 관련해서는 쉽사리 새로운 업자에게 맡길 일이 아니었고, 복사기와 팩스도 본점에서 지정해준 업자가 따로 있다고 거절했죠. 그래도 소모품이 있지 않느냐며 복사용지라도 좋고, 볼펜이나 지우개는 물론이고 명찰이나 바인더, 아무거나 괜찮으니 자잘한 사무용품부터 거래를 터달라고 어찌나 매달리는지요."

주변 사람들의 증언처럼 가네하라 역시 작은 물방울이 바위를 뚫듯이 산 노력가였던 걸까.

"솔직히 난감했습니다. 아닌 게 아니라 지점 단위에서 재량껏 구매하는 물품이 있긴 한데, 그조차도 기존 거래처가 있거든요. 이렇게 말하긴 뭣하지만, 작은 부탁인데도 반년 넘게 사생결단하듯 매달리는 걸 보면서 조금 융통성 있게 해야겠다고 마음을 바꿔 도움을 줄까 하던 참이었죠. 정말 유감입니다. 그런데…… 가네하라 씨가 돌아가신 게 맞나요? 사실 우리 쪽과 실질적인 관련은 없었지만 오쿠라 상회로서는 큰 손실일 겁니다. 훌륭한 영업 사원이었죠. 우리 회사로 데려오고 싶을 정도로요."

이렇게 진술한 사람은 나카노 지점의 차장이었다. 나카노 지점과는 거래가 없었지만 이케부쿠로 지점과 이미 소규모로 거래를 시작했던 모양이다.

참고 삼아 도토 은행과 물품 임대 계약을 맺은 기존 업체 직원들도 찾아보았으나 역시 도토 은행 관계로 오쿠라 상회와 부딪친 일은 없다고 했다. 그 분야에서는 원한을 살 만한 일이 없어 보였다.

"원한 관계는 헛다리인갑네예."

가메아리 서로 돌아가는 전철 안에서 양손으로 손잡이를 잡고 매달린 이오카의 모습은 영락없는 원숭이 꼴이었다.

"그러게 말이야. 사생활에 숨겨놓은 뭔가가 있다면 또 모를까, 직장에서 벗어나면 전혀 다른 인격으로 변한다든가."

레이코는 씁쓸하게 웃었다. 그 추측이 맞다면 레이코 조의 역할은 여기까지다. 사적인 원한 때문이라면 이번 수사의 공적은 기쿠타나 이시쿠라에게 빼앗길지도 모른다. 차라리 부하가 해내면 기동대에 빼앗기는 것보다야 백배 나았다. 일단 체면이 서니까.

"그럴 리가예. 부인 얘기를 들어보믄 그건 또 아니다 아닌교. 맞선이라면 모를까, 학생 때부터 사귄 사이에 연애결혼인데 숨겨진 이면이 있었다 카믄 말했겠지예."

"그럴까? 꼭 그렇지만도 않을걸."

"10년 이상 사귀다 결혼했다 카는 마누라도 눈치코치 못 챈 '이면'이 있었다꼬예?"

"이렇게 말하면 천벌 받을 거 같긴 한데, 내 생각에는 그런 이면이 있을 법도 하거든."

"그래요? 참말로 그른 긴가……."

거기서 대화가 잠시 끊겼다.

전철 안은 사건에 대해 진지하게 이야기할 만한 장소가 아니었다. 어디서 누가 들을지 모르니 목소리도 낮추어야 했고, 단어 선택도 신중해야 했다. 그렇다 보니 자연스럽게 대화는 토론이라기보다 불평에 가까워졌다.

"아, 점심때 먹었던 라멘! 그거 맛있었지예?"

"맞아, 맛있었어. 만두도 먹고 싶었는데 냄새 날까 봐 참았지."

"그 집 내일도 갈까예? 스가모 지점에 거래 내역 확인하러 가는 걸 점심시간에 맞추면 될 낀데예."

"싫어. 내일은 내가 낼 차례잖아. 식당은 애초에 정한 순서대로 돌 거야. 고이시카와에 새로 생긴 이탈리아 레스토랑에 갈 거라고."

두 사람은 가나마치 역 개찰구를 빠져나왔다. 시계를 보니 7시 반. 아직 서쪽 하늘이 푸르스름하게 밝았다. 빌딩 꼭대기에서 빙글빙글 도는 네온사인 불빛이 연보랏빛 하늘로 퍼져 나갔다. 거리는 낮의 열기가 아직 식지 않아 서 있기만 해도 땀이 축축하게 배어 나왔다.

아아, 싫다. 기분 나쁜 이 망할 놈의 여름밤…….

아주 잠깐 그런 생각이 스쳤지만 이제는 그때의 내가 아니라고 마음속으로 되뇌었다. 의식을 덮쳐 오는 시커먼 마물을 떨쳐 낸다. 생각만 해도 치가 떨리는 여름밤은 이제 권태와 후텁지근한 공기가 뒤엉킨 덩어리에 불과하다. 지금은 이렇게 동료가 있고 어제도 동료들과 함께 회식을 했다. 레이코는 자칫 과거로 돌아가려는 의식을 억지로 현재로 끌어 올렸다.

바로 앞 길모퉁이에 회의 첫날 기쿠타와 들어갔던 술집이 보였다.

그러고 보니 그날 이후 기쿠타와는 개인적으로 대화를 나눈 적이 없었다. 술을 마실 때는 오쓰카나 유다가 함께했고 어제는 이오카도 끼어들었다. 평소 이오카는 근무를 마치면 가메아리 서에 있는 숙소로 돌아갔고, 히메카와 반 동료들은 경찰서 내부의 훈련 도장에 이부자리를 펴고 잤다.

냉방이 너무 세서 춥다고 불평했지. 불쌍한 기쿠타.

레이코는 역 앞 싸구려 시티 호텔에 묵었다. 가메아리 서 서장은 여자 숙소의 빈방을 써도 된다고 했지만 호텔에서 지내는 편이 뭐니 뭐니 해도 마음 편했고 침대 시트도 매일 갈아주어 기분 좋았다.

퇴근할 때는 늘 누군가가 바래다주는 데다, 경위까지 달고서도 부모님과 함께 사는 터라 경제적 여유가 있으니 호텔 숙박비쯤은 대수롭지 않았다. 물론 수사가 길어지면 계속 호텔에서 지내기도 어렵겠지만.

레이코는 버스 정류장에서 휴대전화를 꺼내 매너 모드인지 확인했다. 전철을 탈 때 바꿔놓기는 했다.

참! 그러고 보니 오늘도 집에서 전화가 왔지.

레이코는 현장에 나오면 집에서 오는 전화는 거의 받지 않았다. '집'이라는 표시만 보고 끊어버렸고, 나중에 다시 전화를 걸지도 않았다. 어차피 맞선이나 보라는 잔소리일 게 뻔했다. 그렇지 않아도 수사 때문에 머리가 터질 지경이니 쓸데없는 일로 시달리고 싶지 않았다.

레이코는 내친김에 수신 목록을 삭제했다.

고개를 들자 미즈모토 공원 쪽으로 가는 도가사키 조차장행 버스가 눈에 들어왔다. 그 버스는 이번 사건 현장에 처음 갔던 날에만 타봤다. 다음 날 아침부터는 탐문할 곳으로 바로 간 데다 탐문 첫날은 조사가 일찍 끝났던 탓에 어두워진 현장은 본 적이 없다. 처음으로 그 사실을 깨달았다.

다시 한 번 봐둬야겠어.

레이코는 반대쪽으로 가는 마바시행 버스를 타려던 이오카를 불러 세웠다.

"와예?"

이오카가 뭔가 오해를 했는지 웃으며 돌아보았다.

"미즈모토 현장을 보러 가자고."

"뭐라꼬예? 그건 뭐 할라꼬요?"

"아, 시끄럽고. 얼른 가지. 저 버스 금방 출발하겠는데."

"지금 그짝으로 가믄 회의에 늦을 낀데예."

"어차피 처음에는 구역별 탐문 보고잖아. 뭔가 나왔으면 벌써 연락이 왔겠지. 탐문 보고는 나중에 들어도 돼."

문득 대학 시절 수업 빼먹고 농땡이 치던 기분이 되살아났다.

"하이고 마, 주임님이 그러겠다믄야 지는 그저 따라가야지예.

어데든지요."

레이코는 이오카의 손을 잡아끌었다. 가슴이 두근거렸다.

버스에서 내리니 주위가 완전히 어두워져 있었다.

두 사람은 횡단보도를 건너서 우치다메 저수지를 따라 난 길을 걸어갔다. 왼쪽 펜스 너머로 보이는 수면은 시커멓고 고요했다. 낚싯배도 떠 있을 게 분명하지만 어둠 속에서는 구분하기 어려웠다. 집으로 돌아가는 인근 주민이라도 만나면 모를까, 사람 그림자 하나 없는 어둡고 외진 곳이었다.

"주임님……."

이오카가 뒤에서 뭐라고 떠들었지만 레이코는 무시했다.

이런 분위기에서 지금보다 훨씬 더 늦은 시간에 시체를 유기했다. 인근 주택가의 불빛까지 사라졌을 때 시체를 옮겼겠지.

틀림없다.

레이코는 어두운 우치다메 저수지 길을 따라 시체 유기 현장을 향해 걸어갔다. 신기하게도 이렇게 추리에 몰두할 때는 여름밤의 어둠도 무섭지 않았다.

"주임님도 참말로! 이래 어두운 데꺼정 지를 마, 꼬셔내 가꼬……."

시체를 이 부근까지 옮기자면 틀림없이 차를 이용했겠지?

그렇다면 어느 쪽에서 왔을까?

"그기 마, 지는 말입니데이, 처음 만났을 때부터……."

이 길이 아니라면 미즈모토 공원 쪽에서 오는 길일 것이다.

출동 첫날 감식과 차량이 서 있던 길. 그 길과 이어진 삼거리가 바로 유기 현장이었다.

대체 어느 쪽에서 왔을까? 아, 모르겠다.

"참말로 예쁘네, 겁나 귀엽네, 그리 생각했다 아인교."

분명 날이 밝으면 쉽게 사람들 눈에 띄는 장소다. 하지만 지금보다 더 어두워지면 알아보기 힘든 장소이기도 하다. 저 T 자형 삼거리. T 자형 삼거리. 시체 유기, T 자형 삼거리, 수풀, 펜스, 우치다메 저수지⋯⋯.

"레, 레, 레이코도 내, 내를⋯⋯."

번뜩 떠올랐다. 맞아, 그거야! 좀 더, 좀 더 생각하면 더 확실하게 보일 것 같은데⋯⋯.

"레이코도 다 알고 있었지예? 내는 그게 우찌나 기쁜지⋯⋯."

아까부터 종알종알 시끄럽게 뭐라는 거야? 어, 뭐였더라? 아무리 생각해도 자꾸 마음에 걸렸던 게 뭐였지?

"운명일까예? 레이코 새끼손가락이랑 내 새끼손가락이 요래요래⋯⋯."

맞아, 절창. 복부의 절창. 유리 때문에 생긴 절창은 고통을 주려는 목적이었어. 인후부의 절창은 숨통을 끊으려는 목적이었고. 그럼 복부는? 사후에 생긴 복부의 절창은 대체 무슨 목적이었지?

"뻘건 실⋯⋯ 아니, 털실⋯⋯ 아니, 그것보다 더 굵은 밧줄 같은 걸로 맺어졌을 기라예. 분명히."

복부를 절개해서 여기에 두면 어떻게 되지?

아니, 반대로 절개하지 않고 여기에 두면 어떻게 되지? 뭐가 달라지지?

"지 생각은예…… 작년 말이었을 기라예, 우리가 운명적으로 만나게 된 기. 그란데 지가 전출되고 또 전출돼뿌렀지예. 그케도 우린 여기서 다시 만났다 아인교. 이거는 진짜로, 진짜로 이거는 천, 천……."

사후의 손상은 뭣 때문이지? 시체를 훼손하는 주된 이유가 뭐였더라?

"처, 처, 처, 천, 천생연분이라꼬 새, 새, 생각 안 하는교?"

시체 훼손은, 시체 훼손은…….

"레, 레, 레이코짱……."

시체 훼손은, 시체 훼손은, 시체 훼손은…….

"레이코짱, 내, 내 맴을 쪼매 받아주소."

시체 훼손, 시체 훼손, 시체 훼손, 시체 훼손…….

"레이코짱, 내를 아, 안아주이소."

아, 알았다! 그거야!

"레이코짱, 안아주소!"

"아, 시끄러워!"

레이코는 오른 주먹으로 이오카의 왼쪽 얼굴을 후려쳤다.

"너 말이야, 아까부터 뭘 그렇게 쫑알거리는 거야?"

이오카가 풀썩 주저앉아 무릎을 끌어안았다.

"쫑, 쫑알거린다꼬예? 흑! 너, 너무하요. 지가 그래 사랑 고백을 해꾸만. 레이코는 뭘 그래 부끄러워하는교?"

"뭐라고 쫑알거렸든 그건 됐고, 드디어 알았어. 내가 알아냈다고."

"지 사랑이 얼마나 고귀한지 알았는교?"

이오카가 엄지손가락을 깨물었다.

"그딴 건 죽을 때까지 알고 싶지 않아. 그게 아니라 시체를 왜여기에 유기했고 왜 복부를 절개했는지 알았단 말이야."

"레, 레이코짱, 그럼 쭉 사건 생각만 하고 있었든교?"

레이코는 이오카의 정수리를 쥐어박았다.

"친한 척 '짱'이라고 부르지 말랬지. 그럼 대체 사건 말고 무슨 생각을 하라는 거야?"

"굳이 말하자믄 지와의 미래?"

레이코가 또 한 대 쥐어박았다.

"됐어! 그만 가자. 회의다, 회의."

그녀는 발길을 돌려서 왔던 길로 돌아갔다. 이오카도 후다닥 따라붙었다.

우치다메를 따라 난 어두운 저수지 길. 이번에는 펜스를 오른쪽에 두고 걷는데 중간쯤에서 끊겼다. 거기서 수면 쪽으로 뻗어나가듯 인도가 깔려 있었다. 물가에 설치된 작은 다리라고 해야할까. 아마도 여기서 낚시꾼들이 낚싯대를 드리우겠지.

레이코는 별생각 없이 물가를 따라 난 길로 들어갔다. 폭은 1미터 정도일까? 낚시꾼이 낚시 의자에 앉아 낚싯줄을 드리우고 있어도 그 뒤로 지나다니기에 충분한 너비다. 총길이도 넉넉 잡아 30미터 이상은 된다.

"미끼 재활······ 이게 뭐지?"

오른쪽에 푯말이 보였다.

레이코는 가방에서 펜 라이트를 꺼내 비추었다. 길을 등진 위
치, 즉 낚시꾼이 돌아보면 바로 보이는 곳에 경고 푯말들이 서
있었다. 한 푯말에는 '필요 없는 미끼는 미끼 재활용 박스로, 양
질의 비료로 다시 태어납니다.'라고 적혀 있었다. 설치 기관은
가쓰시카 구.

레이코가 이상하게 여긴 것은 다른 푯말 쪽이었다.

"도쿄 도 환경국······."

거기에는 커다랗고 빨간 글씨로 '수영 금지'라고 적혀 있었다.

　수질이 수영에 적합하지 않아 위험함

올해 8월 10일자로 도쿄 도 환경국이 설치한 푯말이었다.

"주임님, 와 그라는데예?"

나란히 서 있던 이오카가 그녀의 표정을 살폈다.

"이오카, 여기서 수영할래?"

레이코는 펜 라이트를 꺼서 가방에 집어넣었다.

"아니요, 더러워서 싫어예. 주임님이 수영복 입은 모습을 보
여준다 카믄 또 모를까."

"그러니까 굳이 경고하지 않아도 수영은 안 하겠다는 뜻이지?"

"그걸 말이라고예? 이딴 데서 우째 수영을 하겠는교?"

"그런데 왜 최근 들어 이런 경고판을 세웠을까, 그것도 도쿄

도 환경국이? 사고라도 났었나?"

이오카가 잠시 생각하더니 갑자기 찰싹 손뼉을 쳤다.

"그게…… 어, 뭐시드라…… 수질 조사를 했드만 균인지 뭐신지가 나왔다꼬, 물에 들어가믄 안 된다 카는 말이 있었어예. 그래서 들어가지 말라꼬."

균인지 뭔지? 설마…….

레이코의 머릿속에서 겹칠 리 없는 두 점이 갑자기 하나로 겹치면서 불꽃이 튀었다. 하얀 불꽃이 격렬하게 사방으로 튀면서 어렴풋이 검은 형체를 비추었다.

서, 설마, 그럴 리가!

레이코는 휴대전화를 꺼내 감찰의무원에 전화를 걸었다. 발신음 두 번 만에 상대가 전화를 받았다.

"네, 도쿄 도 감찰의무원입니다."

전화를 받은 사람은 레이코도 아는 직원이었다. 목소리만 듣고도 얼굴이 기억났다.

"수고하십니다. 수사 1과 히메카와 레이코인데, 구니오쿠 선생님 지금 계세요?"

"네, 계시는데 바꿔드릴까요?"

"바꿔주세요."

잠시 후 구니오쿠가 전화를 받았다.

"여, 레이코! 무슨 일이야, 벌써 내가 보고 싶어졌나?"

"선생님, 한 가지 물어볼 게 있는데요. 지난번에 말씀하셨던 아메바 어쩌고 하는 박테리아 말이에요. 그것 때문에 죽은 사람이야기 좀 자세하게 해주세요."

"아아, 파울러자유아메바? 근데 그건 박테리아가 아니라 기생 아메바야. 죽은 사람은…… 잠깐 기다려봐."

차트를 찾는지 구니오쿠가 잠시 수화기를 내려놓았다.

"음, 이거로군. 그러니까 사망자는 후카자와 야스유키, 21세, 아다치 구 거주. 근데 왜?"

"그 후에 도내 여러 지역에서 수질 조사를 했다고 하셨잖아요? 그럼 혹시 후카자와가 어디서 그 파울러 뭐라는 아메바에 감염됐는지 밝혀졌어요?"

"파울러자유아메바라니까. 음, 조사는 해봤는데 유감이지만 어디서 감염됐는지를 파악하지는 못했어. 뭐라더라, 가쓰시카 구에 있는 무슨 낚시터인가…… 도내에서 검출된 곳은 거기뿐이야. 그런데 후카자와에게는 낚시 취미가 없었다나 봐."

"거기가 혹시 미즈모토 공원 근처에 있는 우치다메 저수지 아니에요?"

"글쎄, 그런가? 내가 조사한 게 아니라서 잘 모르겠네."

"어디서 조사했어요?"

"어디더라…… 환경국 환경 지휘과하고 데이토 대학 환경위생학 연구실이야."

"죄송하지만 지금 바로 그 보고서 좀 준비해주세요."

"뭐? 이렇게 갑자기 얘기하면 어떡해?"

"부탁 좀 드릴게요. 수사에 필요한데 정식으로 협조를 요청할 시간이 없네요."

구니오쿠는 그녀의 음색에서 사태를 파악한 듯했다.

"알겠네. 지금 바로 준비하지."

"어휴, 이제 살았다. 고맙습니다. 그리고 현재까지 밝혀진 사실만도 괜찮으니까 그 후카자와라는 사람의 자료와 신상 정보도 같이 가메아리 서 수사본부로 보내주시겠어요?"

"그래, 알겠네. 팩스로 보내놓지."

레이코는 휴대전화에 대고 깊이 고개 숙여 인사한 뒤 전화를 끊었다.

"주임님, 뭐가 어찌 된 기라예?"

"곧 알게 될 거야. 자, 이제 회의하러 가자."

레이코도 사건도 해결을 향해 달려가고 있었다.

6

레이코는 가메아리 서 앞에 바짝 정차한 택시에서 내리자마자 정문을 향해 달렸다. 제복을 입은 입초 경관의 경례를 받으며 자동문을 통과했다. 엘리베이터를 기다리려니 답답해서 3층까지 단숨에 계단을 뛰어 올라갔다. 그대로 복도를 내달려 온몸으로 회의실 문을 밀치고 안으로 들어갔다.

"관리관님!"

레이코는 곧장 상석으로 향했다.

20명이 넘는 수사관 대부분이 본부로 돌아와 있었다. 그들의 시선이 일제히 그녀에게 집중되었다. 그중에서도 '간부 후보 도련님' 기타미 경위의 시선이 날카로웠다. 엘리트는 지각하는 인간을 싫어하나?

"웬 소란이야? 뭔데?"

하시즈메가 말은 거칠게 하면서도 레이코에게 넌지시 발언 기회를 주었다.

"네, 관리관님. 드릴 말씀이 있습니다. 회의를 잠시 중단해주세요."

그러자 옆에 있던 이마이즈미가 레이코를 쳐다보며 인상을 찌푸렸다.

"히메카와, 갑자기 뭔데 그래? 자다가 홍두깨도 아니고."

"계장님, 죄송합니다. 하지만 만약 제 감이 맞는다면 이건 엄청난 사건이에요. 지금 급히 간부 회의를 열어서 수사 방침을 수정해야 합니다."

"그러니까 대체 뭐냐고?"

레이코는 다시 하시즈메를 향해 말했다.

"그건…… 그러니까 간부 회의에서 말씀드리겠습니다. 일단 회의를 중단해주세요. 부탁드립니다, 관리관님."

가메아리 서 서장부터 부서장, 형사과장까지 어리둥절한 표정으로 레이코를 올려다보았다.

와다 1과장이 있었다면 이런 행동은 어림도 없겠지만 지금 멤버라면 조금 억지를 부려도 들어줄 것 같아 레이코는 배짱을 부렸다.

"부탁드립니다, 관리관님!"

간부들이 서로 얼굴을 쳐다보았다. 가메아리 서의 형사과장이 강력계 계장을 쳐다보자 강력계 계장은 힐끗 기타미 경위의 안색을 살폈다. 그것이 레이코는 조금 마음에 걸렸다.

"히메카와, 들을 만한 가치는 충분하겠지?"

이마이즈미의 묵직한 목소리는 레이코의 말을 들어주겠다는 증거였다.

"그럼요, 확실합니다."

하시즈메가 팔짱을 낀 채 목소리를 깔고 엄포를 놓았다,

"히메카와…… 자네는 매번 이러는데 말이야, 아무 근거도 없으면서 감이라는 둥 번뜩 머리에 떠올랐다는 둥 소란을 피우는데, 허무맹랑한 말을 하거나 감이 틀렸을 경우 각오하라고. 이번만큼은 자네만이 아니라 이마이즈미에게도 책임을 물을 테니까."

레이코는 하시즈메 옆을 힐끔 보았다. 눈이 마주친 이마이즈미가 눈짓으로 괜찮다고 대답했다.

이마이즈미에게는 늘 미안했다. 기왕이면 같은 10계의 구사카 경위처럼 물증으로 빼도 박도 못하게 자백을 받아내고, 충실하고 정확한 증거로 자백을 뒷받침하고, 신속하게 검찰 송치 절차를 지킨다면 상사를 곤경에 빠뜨리는 사태는 일어나지 않을 텐데.

고맙게도 이마이즈미는 언제나 '자네 원하는 대로 해봐.'라며 레이코에게 힘을 실어주었다. 그 한마디에 레이코는 자신의

의지를 유감없이 발휘했다.

지나치게 비약해서 결론에 도달하려고 애쓰는지도 모른다. 사건의 맥락을 읽는다지만 실은 헛발질만 해대고, 그러다 운 좋게 맞히는지도 모른다. 하지만 그렇게라도 하지 않았다면 한 사람의 어엿한 형사로 인정받지 못했을 것이다. 다른 형사들만큼만 수사해서는 그들만큼 인정받기 힘들었다.

이마이즈미도 현장에서 뛰던 시절에는 레이코와 마찬가지였다고 한다. 직감에 의지하는 막무가내 형사. 그런 경력의 형사였던지라 현장 업무에서 벗어난 뒤에 만난 레이코를 자기가 속한 수사 1과로 끌어왔다. 이마이즈미는 레이코에게서 현역 시절의 자신이 보인다고 했다.

"뭔지는 모르지만 한번 들어봐 주시죠, 관리관님."

이마이즈미가 한숨을 쉬며 고개를 조아렸다.

"뭐, 자네가 그렇다면야 난 상관없네만."

"죄송합니다. 감사합니다."

레이코도 하시즈메에게 고개를 숙였다. 하지만 사실 그것은 이마이즈미를 향한 행동이었다.

반드시 제 손으로 해결해내겠습니다.

하시즈메가 자리에서 일어나 회의를 중단시키며, 재개할 때까지 전원 대기하라고 지시했다.

간부들만 작은 회의실로 이동하여 회의를 열었다.

참석한 사람은 가메아리 서 서장과 부서장, 형사과장, 본부의 하시즈메 관리관과 이마이즈미 계장, 레이코와 이오카까지 모두 일곱 명이었다. 와다 1과장은 다른 수사본부 회의 때문에 당분간 이곳에는 오지 못한다고 했다. 그 와중에도 이오카는 약삭빠르게 레이코 뒤에 서서 본부 소속인 척했다.

"그래, 무슨 묘책이라도 떠올랐나?"

하시즈메는 레이코에게 눈길도 주지 않고 귓구멍만 후볐다.

그럴 만도 하다. 레이코는 작년 말 용의자를 체포 직전에 죽게 만들었다. 올해도 이미 한 차례 일을 그르쳐 사건을 미제로 남긴 채 수사본부가 해산되었다. 레이코는 올해 들어 히메카와 반으로서도 개인으로서도 아무런 성과를 내지 못한 셈이다. 그런 주제에 난데없이 회의를 중단시키고 자기 얘기를 들어달라며 생떼를 썼다.

상황이 그러하니 레이코는 하시즈메의 빈정거리는 말쯤은 꾹 참고 들어주기로 했다.

"네, 맞습니다."

레이코는 이오카와 나란히 섰다.

"저는 줄곧 피해자의 복부에 있는 절창에 대해 생각했습니다. 그 상처는 대체 무엇 때문에 생겼을까, 범인은 유리 조각으로 고문하고 경동맥을 잘라 이미 죽어버린 가네하라의 배를 대체 무슨 목적으로 갈랐을까 하는 점입니다."

하시즈메가 검지로 이마 위 모발의 경계 부분을 긁적거렸다.

"그 이유라도 알아냈다는 말인가?"

레이코는 고개를 끄덕였다.

"범인이 시체를 훼손하는 이유는 주로 쉽게 처리하기 위해서입니다. 토막을 내거나 불에 태우거나 하죠. 이번 사건의 경우도 같은 이유라고 생각합니다."

"배를 가르는 것만으로 시체가 깔끔하게 처리될까?"

"맞습니다, 배를 가른 것 자체는 처리법이 아닙니다. 처리에 필요한 사전 작업일 뿐이죠."

모두가 서로 얼굴만 쳐다보았다.

처리에 필요한 사전 작업이라는 말이 의외였나? 아니면 의미가 제대로 전달되지 않았나? 어느 쪽이든 아직 그녀의 의도를 파악한 사람은 없는 듯했다.

"매번 그렇지만 이번에도 어디까지나 저 혼자만의 가설입니다. 미리 양해해주시기를 부탁드립니다. 애초에 범인의 의도는 가네하라의 시체를 우치다메 저수지에 빠뜨리려던 게 아니었을까 저는 생각합니다."

다섯 간부들의 얼굴에서 핏기가 사라졌다. 레이코의 뒤에 서 있던 이오카는 침을 삼켰다.

"잘 아시겠지만 사람이 죽으면 장기에서 부패 가스가 발생하기 때문에 물속에 유기했더라도 쉽게 떠오릅니다. 시체를 냉장고에 넣어서 물에 빠뜨려도 떠오른다 하니, 부패 가스로 인해 생기는 부력은 굉장하죠. 그런데 부패 가스를 모아주는 풍선, 다시 말해 내장이 처음부터 찢어져 있다면 어떨까요? 당연히 풍선은 아무리 시간이 지나도 부풀지 않을 겁니다. 그러니 시체도 떠오르지 않습니다. 그런 이유로 복부에 절창을 만들지 않았을까 하는 생각입니다."

하시즈메가 검지를 세워 보이며 물었다.

"그럼 범인은 왜 시체를 곧장 저수지에 빠뜨리지 않았지? 그렇게 수풀에 하룻밤 방치할 필요는 없었을 텐데?"

당연한 질문이다.

"저도 같은 생각을 했습니다. 그것은 혹시 범인에게 예상치 못한 문제가 생겼기 때문 아닐까요? 저수지에 유기하려고 했으나 일이 틀어진 겁니다. 다시 말하자면 저는, 시체를 그곳까지 옮기는 역할과 물속에 유기하는 역할이 각각 다른 사람의 몫이 아니었을까 하는 가설을 세워보았습니다. 운반책과 행동책이 따로 있다는 가설입니다. 어떤 이유에선지 물속에 유기하기로 한 행동책이 그러지 못했습니다. 현장에 오지 않은 겁니다. 아마도 그 이유는…… 물속에 유기하기로 한 자가 이미 죽었기 때문이라고 추측했습니다."

이마이즈미가 끼어들었다.

"그렇게 단언하는 근거라도 있나?"

"네, 설명해드리겠습니다."

하시즈메는 고개를 숙이며 크게 한숨을 쉬었다.

"여기 보시면 한 달 전에 의문사한 시신의 검안서 복사본이 있습니다. 후카자와 야스유키, 21세. 그는 여름철 담수호나 연못에서 아주 드물게 발생하는 파울러자유아메바라는 기생 아메바에 감염되었고, 그 결과 뇌가 흐물흐물 녹아서 사망했습니다. 감염 초기에는 뇌수막염과 증상이 비슷하여, 보통 의사들은 파울러자유아메바 감염이라고 진단하기 어렵다고 합니다. 사망 일자는 7월 21일. 사망하기 약 일주일 전에 감염되었다고 추정됩니다. 즉 7월 14일 전후죠. 이는 가네하라가 한 달 전 외출했던 날짜와 겹칩니다."

레이코는 자료를 책상 위에 놓았다.

"후카자와 야스유키가 어디에서 파울러자유아메바에 감염되었는지는 특정하기 어렵지만 저는 사건 현장인 우치다메 저수지일 가능성이 높다고 생각합니다. 환경국이 도내 전역에서 수질 조사를 실시한 결과 우치다메 저수지 말고 다른 곳에서는 파울러자유아메바가 검출되지 않았기 때문입니다. 이 결과는 무엇을 의미할까요? 후카자와는 보호관찰 중이어서 허가 없이 도쿄를 벗어나면 안 되었습니다. 물론 규정을 무시하고 어딘가에 갔다가 거기서 감염됐을 가능성도 있지만 우선은 도쿄 도내에서 감염되었다고 생각하는 쪽이 타당합니다. 그렇다면 후카자와는 7월 14일을 전후로 해서 우치다메 저수지에 제 발로 들어갔든가 아니면 실수로 빠졌겠죠."

레이코는 자료에서 우치다메 저수지에 관한 내용이 적힌 면을 펼쳐 보였다.

"아시다시피 우치다메는 여름철에도 수영하기 적합한 곳이 아닙니다. 한쪽 면에는 수문이 나 있고 다른 두 면은 그냥 콘크리트 벽입니다. 통행로 쪽에 약간 돌출된 형태의 작은 다리가 있어서 낚시꾼들이 거기 앉아 낚시할 때도 있지만 수영하기에는 적합하지 않은 구조죠. 그럼에도 불구하고 후카자와는 굳이 저수지에 들어갔습니다. 7월 14일 전후로 무슨 이유에서인지 저수지 물에 들어가 파울러자유아메바에 감염되었습니다. 그 말인즉슨……."

이마이즈미는 눈을 감고 아무 말도 하지 않았다. 가메아리 서의 간부들 역시 벌레라도 씹은 듯한 표정으로 레이코의 다음 말을 기다렸다. 이오카의 씩씩거리는 콧소리가 시끄러웠다.

"그 말인즉슨…… 뭐지?"

하시즈메가 팔짱을 끼고서 의자에 등을 기대며 물었다.

"네, 어쩌면…… 가네하라보다 먼저 죽은 희생자가 저수지 바닥에 가라앉아 있을지도 모릅니다."

간부들의 표정이 놀라움으로 바뀌었다.

레이코는 이런 광경을 볼 때 가장 희열을 느꼈다.

제2장

여전히 내 인생은 잿빛이었다.

보호자가 죽어서 맡겨졌던 시설에서도, 가끔씩 강제로 입원해야 했던 병원에서도 나는 있을 곳을 찾지 못했고 살아 있다는 실감도 제대로 하지 못했다. 불에 타서 사라진 그 집에 갇혀 있는 듯한 감각이 지금도 나를 괴롭힌다. 악취, 울부짖는 소리, 성난 고함, 폭력, 파괴, 광기, 파멸…….

'너 같은 건 애초에 태어나지 말았어야 해.'

이런 말은 시작에 불과했다.

'죽어. 네가 죽어줘야 얼마라도 돈이 들어온다고. 그래야 또 약을 사지.'

'나온 게 들어가서 다시 나오는 것뿐이야. 넌 들어갔다가 나온 그 똥 같은 거라고. 고상하게 말하면 배, 설, 물.'

배설물. 확실히 그럴지도 모르지.

내 의지와는 관계없이 그저 남의 손에 이끌려 시설에 들어갔고, 그곳에서 말썽을 일으켜 병원에 강제로 입원당했다. 무언가 치료를 받고 때가 되어 시설로 돌려보내졌다. 하지만 시설이 감당하기 힘든 지경이 되면 병원행, 어느 정도 시간이 지나면 시설로 복귀, 그런 일이 반복되었다. 병원, 시설, 병원, 시설, 병원. 어느 쪽이 배설물이고 어느 쪽이 변소일까? 어디가 하수구고, 어디가 오물 처리장일까? 이제는 나도 모르겠다. 아마 둘 다 마찬가지겠지. 분명한 사실은 내가 부모의 배설물이고 온 세상의 배설물이라는 것이었다. 그것 하나만큼은 똑똑히 알고 있었다.

그럼에도 이상하게 자살할 생각은 들지 않았다. 나는 계속 무언가를 찾아다녔다. 그것이 내가 있을 곳인지, 살아 있다는 사실을 실감 나게 해줄 무엇인지, 진심으로 원하는 것인지조차 확실하지 않았다. 하지만 나는 무언가를 찾아 거리를 방황했다. 시부야는 화려해서 나와 어울리지 않는 느낌이었고, 롯폰기나 하라주쿠는 더더욱 맞지 않았다. 이케부쿠로는 그럭저럭 괜찮았지만 그보다 신주쿠였다. 신주쿠가 가장 마음에 들었다.

몹시 더럽고 시끌벅적한 거리 분위기가 꼭 내 머릿속 같았다. 신주쿠 가부키초는 밤이라도 대낮처럼 훤했는데 뒷골목만큼은 밤에 어울리게 암흑천지였다. 특히 잿빛이 아니고 흑백의 구분이 뚜렷해서 좋았다. 조직폭력배가 가득하다는 사실을 알고서 왠지 가슴이 두근거리기도 했다. 부랑자도 많았고 길에서 고함 지르는 나 같은 부류의 인간도 종종 눈에 띄었다. 널따란 공원에 무언가가 도사리고 있는 듯한 위험이 느껴지기도 했다. 신주쿠는 나를 철저히 망가뜨려줄 것 같았다.

하지만 그런 곳이라도…… 아니, 그런 곳이라서 내게 더 잘해주는 사람도 있었다. 부랑자 아저씨가 그랬다.

"아주 땟물이 줄줄 흐르는구먼. 이거 너 입어라. 저기서 주웠는데 난 작아서 못 입겠더라. 난 또 주우면 돼. 기껏 주운 걸 버리기도 뭣하고."

아저씨가 준 옷은 오토바이족들이 입을 법한, 검정 가죽으로 만든 위아래가 이어진 레이싱 슈트였다. 마침 날이 추워지기 시작한 때라 고마웠다. 그 후로 나는 그 레이싱 슈트만 입었다.

물론 그런 행운은 드물었다. 나에게 친절했던 아저씨는 어느날 아침 차가운 시체로 발견되었고, 노숙자들이 묵었던 지하도의 종이 상자 마을도 깔끔히 치워졌다. 다시 가부키초에 가보았으나 내가 워낙 더러워서인지 사람들은 멀찍이 떨어져 쳐다보기만 했다. 또다시 배설물 취급을 당하는 듯한 기분에 사로잡혔다. 그래서 무슨 짓을 어떻게 했는지, 정신을 차렸을 때는 병원이었다. 나는 그 병원에서 도망쳐 다시 신주쿠로 달려갔고 신주쿠 역화장실에서 환자복을 벗어 버리고 레이싱 슈트로 갈아입었다.

마코를 만난 것은 그 무렵이었다.

"싫지? 정말 이런 거 싫지? 다 이해해. 네가 어떤 마음인지 나도 잘 알아……."

마코는 길가에 쭈그리고 앉아 있던 내 머리를 감싸 안고 울었다. 길고 하얀 머리카락이 아름다워서, 눈동자가 참 맑아서, 나도 마코의 무릎에 기대어 울었다.

"끔찍하지? 이러지 않으면 살아 있다는 실감을 못 하는 거잖아? 알아, 나도 다 이해해. 그래서 지금 이렇게 우는 거잖아, 그렇지? 눈물이 다 마를 때까지 실컷 울자. 나쁜 건 네가 아니야. 그래, 네가 아니야. 알아, 난 다 이해해. 따라와 봐, 친구들을 소개할게."

친구란 그 당시 자칭 '갱'이라 내세우던 내 또래 소년들이었다. 구역이나 패거리, 심지어는 조직폭력배든 경찰이든 가리지 않고 여기저기서 충돌을 일으키고 말썽을 부리면서 신주쿠에서 살아가는 문제아들.

마코는 나를 좋아했지만 다른 멤버들은 달가워하지 않았다. '도키'라고 불리는 마코의 오빠는 주먹이 세서 멤버들 사이의 리더 같은 존재였다. 나를 보는 눈초리가 어딘지 담임선생과 비슷해서 나도 그가 별로였다. 그래도 나를 내쫓지는 않았으니 착한 녀석이었는지도 모른다. 먹을 게 있으면 똑같이 나누어주었고 상처를 치료해주기도 했다. 어쩌면 내가 항상 마코 옆에만 달라붙어 있어서 그런 눈초리로 본 것일 수도 있다. 마코는 무척 예뻤으니까. 도키는 늘 마코 걱정뿐이었으니까.

나는 받은 호의만큼 싸웠다. 아무것도 무섭지 않았다. 여차하면 조직폭력배든 경찰이든 진짜로 죽여버리겠다고 생각했다. 그렇잖아? 그 피가 그 피 아닌가? 잘난 척해봤자 그놈들 몸에 흐르는 피나 내 몸에 흐르는 피나 다 똑같은 피 아닌가? 죽어서 재가 된 내 아버지의 것도. 이것 봐, 내 다리에서 흐르는 피를.

레이싱 슈트가 검은색이라서 검게 보이지만 손에 묻혀보면 예쁜 빨간색이지. 이걸 보라고. 네 피도 그래, 똑같은 빨간색이잖아. 파란색이었다면 깜짝 놀랐겠지만 그렇지 않아. 엄연히 빨간색이야. 어느 쪽이 더 예쁠까? 농담이야. 똑같아. 똑같아도 괜찮아. 똑같으니까 안심이 되지? 이렇게 예쁜 빨간색이니까, 이렇게 예쁜 빨간색이 남들과 다르지 않으니까, 이렇게 비교해도 어느 피가 누구 것인지 모르겠으니까 마음이 놓이잖아? 안 그래?

하지만 마코는 늘 울기만 했다. 내가 새빨갛게, 예쁘게 물들면 마코는 언제나 미친 사람처럼 울었다. 도키가 그런 마코를 두 팔로 끌어안아 진정시켰다. 나는 마코가 우는 이유를 알았다. '다치지 않았으면 좋겠어.'라고 내게 말하곤 했으니까. 그래서 온몸에 붕대를 감을 때면 마코에게 조금 미안한 마음이 들기도 했다.

하지만 그보다는 다른 녀석들이 '너 아주 끝내주더라!' 하며 칭찬해주는 게 기뻤다. 이곳이 내가 있을 곳이라는 생각도 들었다. 이것이 내가 정말로 하고 싶은 일인지도 모른다고 생각했다. 이런 게 사는 보람인지도 모른다고 느꼈다. 동료들도 나를 달리 보기 시작했다. 오랜만에 진짜 색이 느껴져서 마코의 긴 금발을 바라보았다.

동료들은 모두 서로를 짧은 이름으로 불렀다. 마코, 구스, 엘, 모치, 다지, 도키. 나는 말을 '못했'으므로 땅바닥에다 이름을 써서 보여주었다. 마코가 '그럼 넌 에프네.'라고 내 이름을 정해주었다. 괜찮은 이름이라고 생각했다. '에프'를 발음하면 원래 이름과 전혀 다른 느낌이어서 다시 태어난 것 같았다.

그 후로도 나는 무리의 선두에서 싸웠다. 그랬다고 내가 '세다'는 뜻은 아니다. 그저 포기하지 않았을 뿐이다. 상대가 제발 그만하라고, 살려달라고 애원할 때까지. 아무리 내 몸이 많이 다쳐도 끝장을 보았다. 상처는 오히려 내 쪽이 더 심할 때가 많았지만 단 한 번도 항복한 적은 없다. 말을 '못해서'이기도 했다. 어쨌든 마지막에는 상대가 목숨을 구걸했다.

그래, 마치 그 인간처럼.

차츰 다른 패거리에도 에프라는 이름이 알려졌다. 어쩌다 스쳐 지날 때면 상대가 먼저 피할 정도였다. 기분은 나쁘지 않았지만 싸울 일이 줄어들자 주변 색깔이 잿빛으로 돌아왔다. 그것에 조금 괴로웠다.

그런 때 마코가 살해당했다.

발견자는 다른 패거리의 멤버였는데 일부러 찾아와서 알려주었다. 마코는 황거* 쪽으로 나 있는 터널 안에 알몸 상태로 죽어 있었다. 흑백이었다. 전혀 예쁘지 않았다.

"그놈들이야. 그놈들이 마코를 윤간하고 죽인 거라고."

모치의 목소리가 떨렸다.

"제길! 제기랄!"

다지는 주먹으로 땅바닥을 있는 힘껏 내리쳤다.

동료들은 모두 도로에 주저앉아 울었다. 알려주러 왔던 녀석

---

* 황거(皇居): 일본 도쿄 도 지요다 구에 위치한 일왕과 그 가족이 거처하는 궁성.

도 우리 동료는 아니었지만 함께 울었다. 자동차 경적이 몇만 겹으로 겹쳐 들려왔다. 하지만 누구도 비켜주지 않았다. 다 같이 도키 등 뒤에서 계속 울었다.

"……내가, 갈게. 안내, 해."

처음으로 내 목소리를 들은 동료들은 굉장히 놀라는 눈치였다. 처음에는 누구 목소리인지 알아듣지 못했던 모양이다. 다른 패거리 녀석이 '그만두는 게 좋아.'라며 말렸다. 그때 터널 저쪽에서 경찰차 사이렌 소리가 들려와 우리는 죽은 마코만 터널에 남겨둔 채 뿔뿔이 흩어져 도망쳐야 했다.

다음 날부터 마코를 죽인 놈들을 찾아다녔다. 나는 몰랐지만 다른 동료들은 이미 다 알고 있는 모양이었다. 나는 주머니 안에서 손에 익은 커터 칼로 딸각딸각 소리를 내며 그저 녀석들 뒤를 따라다녔다.

그러기를 사흘째, 드디어 마코를 죽인 놈들을 찾아냈다. 대학생으로 보이는 세 녀석이었다. 진짜인지 아닌지 모르겠지만 권총을 갖고 있었다. 어쩌면 겉으로 보기에만 다를 뿐 조직폭력배일 수도 있었지만 그런 건 상관없었다. 세상에 인간은 두 종류밖에 없다. 항복하는 놈과 항복하지 않는 놈. 그래도 피 색깔은 똑같다. 예쁜 빨간색.

"이 자식이 딱 한 번만 해보자고 하도 졸라서…… 그래서 그런 거야. 하지만 좀 심하긴 했지? 알았어, 진짜 미안하게 생각해. 이 자식이 다 보상해줄 거야."

"어라? 이봐, 그건 아니지!"

"뭔 개소리야? 네가 흥분해서 날뛰다가 목도 조르고 이래저래 갖고 놀다가 죽은 거잖아!"

"뭐야, 너희도 좋다고 보고 있었잖아!"

"그냥 보기만 했지. 난 털끝 하나 건드리지 않았다고."

"이, 이제 와서 그래봤자……."

됐다. 이제 피를 볼 시간이다.

"억!"

"우욱!"

"뭐야…… 어?"

분수였다. 새빨간 분수. 내 시야에서 그 새빨간 피가 튄 자리만 원래의 색을 되찾고 있었다. 빌딩숲 사이로 보이는 연보랏빛 하늘, 짙은 녹색의 외벽, 베이지색인 그 반대쪽 벽 그리고 커터칼의 분홍색.

"으, 으아, 으아아악!"

놈들 중 한 명이 잽싸게 도망쳤다. 하지만 나는 왠지 기분이 좋아져서 황혼에 물든 하늘을 멍하니 올려다보았다. 그자를 죽였을 때가 떠올랐다. 엄마도 떠올랐다. 부랑자 아저씨의 따뜻한 종이 상자 집도 떠올랐다. 상냥했던 마코의 웃는 얼굴, 목소리, 아름다웠던 금발이 떠올랐다.

어느새 내 동료들도 사라지고 없었다. 발치에는 잘 익은 딸기처럼 얼굴이 빨갛게 물든 녀석이 여전히 경련을 일으키며 움찔거리고 있었다. 그리고 무슨 까닭인지 그 녀석의 일당 한 명이 남아 있었다.

1

8월 16일. 미즈모토 공원 옆 우치다메 유료 낚시터 주변은 경찰 차량 여러 대가 모여들어 이른 아침부터 분위기가 삼엄했다.

수사본부에서는 와다 1과장, 하시즈메 관리관, 이마이즈미 10계장, 가메아리 서 서장과 부서장과 형사과장, 레이코를 포함한 10계 수사관과 그들의 파트너, 감식관까지 대략 20명이 나왔다. 경찰 기동대에서는 수난 구조대 소속 잠수부 여섯 명과 지휘관 두 명이 출동했다. 그리고 교통정리와 구경꾼 통제를 위해 가메아리 서 지역과 소속 제복 경찰 20명이 배치되었다.

그렇다. 사실 구경꾼들이 가장 골칫거리였다.

더군다나 오늘은 토요일. 근처에 사는 주민과 지나가려는 사람들은 그나마 통제할 수 있었지만, 여가를 즐기려고 낚싯대를 짊어지고 온 낚시꾼들까지 구름처럼 모여들어 주위가 더 복잡했다. 미즈모토 공원 자체가 하나의 관광지나 다름없어서 평일과 비교할 수 없을 만큼 혼잡했다. 그렇다고 수사를 다음 주초로 미룰 수 있냐 하면 그것도 여의치 않았다.

하시즈메가 주위를 둘러보며 레이코에게 계속 으름장을 놓았다.

"자네, 이렇게까지 했는데 아무것도 안 나오면 끝장인 줄 알라고."

"구경꾼이 많은 거랑 그게 무슨 상관인데요?"

레이코는 하시즈메가 하는 말을 적당히 받아친 뒤 수면 쪽으로 시선을 돌렸다.

"하긴…… 이 지역이 수난 구조대가 있는 제7방면이라 그나마 다행이지. 관할구역도 다른데 힘들게 출동해서 아무것도 안 나오면 그게 더 낭패잖아."

레이코는 하시즈메가 무슨 말을 하고 싶은 건지 전혀 이해할 수 없었다. 이럴 때 입에서 나올 대답은 네, 말고는 없었다.

"잘 들어. 튀는 짓은 얼마든지 해도 좋지만, 지금 자네 주임 자리를 노리는 녀석이 한둘이 아니라는 사실도 명심하라고. 알았나?"

"네."

네, 네, 네, 네, 네, 네, 네! 그건 이미 나도 아는 사실이거든요!

경찰 내부 평가는 철저한 감점제라 반드시 공적을 올려야 한다. 자칫 실수라도 했다가는 감당하기 힘들 만큼 비난이 쏟아진다. 지위가 높을수록 비난은 더욱 가혹하다. 그렇다 보니 적극적으로 움직이다가 실수하는 자보다 아무것도 하지 않아 실수도 공적도 없는 쓸모없는 자들이 더 높은 평가를 받는다. 경찰이란 이렇게 괴상한 집단이다.

어차피 내가 관할 서 교통과로 밀려나도 당신하고는 아무 상관 없잖아.

하시즈메는 레이코가 수사 1과 주임 자리에서 잘리는 걸 걱정하는 게 아니라 관리자로서 자신의 능력을 의심받을까 봐 두려운 것이다.

지금까지는 레이코의 감이 비교적 잘 맞았다. 그래서 하시즈메도 마지못해 수난 구조대에 출동을 요청했다. 그런데 막상 잠수부가 물속에 들어가고 구경꾼들이 몰려들자 생각보다 일이 커진 듯싶어 시쳇말로 바짝 쫀 것이다. 게다가 오늘 아침 조회 때 일도 신경 쓰일 터였다. 회의에 얼굴을 내민 와다 1과장이 수중 수색을 꼭 해야 하는 이유를 물었는데, 하시즈메는 그 질문에 간단명료하게 대답하지 못해 불안한 것이다.

누군가가 움직이거나 나서지 않으면 아무것도 시작되지 않아. 나는 늘 외줄 타기 하듯 조마조마하다고.

레이코는 잠수부가 들어간 저수지 쪽을 바라보았다. 하지만 수면에 반사되는 햇빛이 너무 강해서 쳐다보기가 힘들었다. 이런 작업이 오후까지 계속된다고 생각하자 솔직히 지루하게 느껴졌다. 시계를 보니 오전 10시 반을 가리키고 있었다. 얇은 블라우스는 이미 땀에 젖어 반투명해졌다.

"주임님, 브래지어 끈이 비칩니데이."

나불대는 이오카의 가랑이를 무릎으로 세게 올려 쳤다. 이 한 방이면 30분은 조용하겠지.

낚싯배를 빌려주는 낚시용품점에 물으니 우치다메에서 수심이 가장 깊은 곳은 3미터 정도라고 했다. 거대한 삼각형의 한가운데였다. 일일이 묻지 않아도 가운데가 가장 깊다는 건 상식이다. 그러니 범인도 시체를 물속에 가라앉힐 생각이었다면 저수지 한가운데를 노렸을 가능성이 높다. 잠수부도 거기부터 뒤지기 시작했다.

물 위에 보이는 네 개의 부표는 조사 중인 구역을 표시했다. 사방 5미터 정도 되는 구역 하나를 조사하는 데 걸리는 시간은 5분에서 10분, 조사가 끝나면 부표를 옮긴 뒤 다시 잠수한다. 잠수부가 물 위로 모습을 드러낼 때마다 무언가 발견했을까 기대했지만 여섯 명 모두 빈손으로 나오자 허탕인가 싶어 구경꾼들까지 실망했다. 그런 기대와 실망이 계속 반복되었다.

제대로 찾고 있긴 한 거야? 부탁이다, 제발!

레이코도 이곳에 분명히 시체가 있다고 장담할 만한 근거는 없었다. 그래서 더 초조했다. 그저 잠수부가 '찾았습니다!' 하고 외치며 물 위로 올라오기만을 기다릴 뿐이었다.

여섯 번째 구역을 조사할 때였다. 잠수부들이 들어간 지 일이 분쯤 지난 후 한 명이 물 위로 올라왔다. 산소 탱크에 문제라도 생겼나 했는데 그게 아니었다.

"뭔가 있어. 카메라, 카메라 줘봐!"

잠수부는 물 밖에 미리 준비해놓은 플래시가 달린 방수 카메라를 건네받아 다시 물속으로 들어갔다. '뭔가'란 뭘까? 아까부터 화장실에 가고 싶은 것도 꾹 참으며 기다리는 중인데 뭐라고 한마디 해주고 들어갈 일이지.

물속에 들어간 지 3분이 지나고, 5분이 지나자 카메라를 들지 않은 잠수부 한 명이 얼굴을 내밀더니 물가로 다가왔다.

"이봐, 찾았어?"

와다 1과장이 쭈그려 앉아 수면을 들여다보며 물었다.

"뭔가 사람 키만 한 게 서 있습니다."

뭐가 서 있다고?

"지금 곁에 묻은 것들을 제거하고 있는데, 아무래도 파란 비닐 포로 감싼 것 같습니다."

파란, 비닐…….

레이코는 그 말을 듣는 순간 머리 꼭대기부터 발끝까지 소름이 끼치는 걸 느꼈다.

잠시 후 카메라를 손에 든 잠수부가 솔처럼 생긴 도구와 함께 물 위로 올라왔다. 수난 구조대 지휘관과 감식관에게 의논하는 눈치였다.

"잘라도 되겠습니까?"

고미네 감식관이 잠수부를 보며 고개를 갸웃했다.

"가능한 한 원상태 그대로가 가장 좋은데……."

"안 되겠나? 다 함께 힘을 모으면 들어 올릴 수 있잖아?"

지휘관이 감식관과 잠수부 사이를 중재하는 꼴이었다.

"시도는 해보겠는데요, 위에서 끌어 올리다가 훼손될 수도 있으니 차라리 자르는 게 낫겠다는 거죠."

고미네가 팔짱을 끼며 말했다.

"그런가…… 그렇다면 잘라야겠지."

지휘관은 고개를 끄덕여 보이고 수면 쪽을 향해 지시했다.

"좋아, 잘라!"

"알겠습니다!"

잠수부가 다시 물속으로 사라졌다.

얼마쯤 시간이 지나자 잠수부 여섯 명이 한꺼번에 물 위로 얼굴을 내밀었다. 그런데 머리가 일곱이다. 검은 머리가 여섯, 파란 머리가 하나. 곧 파란 머리는 잠수함이 떠오르듯 사람 키만한 몸체를 물 위로 드러냈다.

사방에서 비명이 터져 나왔다. 우치다메 저수지를 빙 둘러싼 구경꾼들 사이에서 소란이 벌어졌다.

이마이즈미가 땀에 젖은 레이코의 어깨를 툭 쳤다.

"제법인걸!"

"솔직히 이제야 한숨 놓이네요."

몇 시간 만인가. 레이코는 가슴 깊이 모아두었던 숨을 크게 내쉬었다.

물가로 끌어 올린 파란 비닐 꾸러미는 바로 개봉되었다.

"어휴, 끔찍해."

여기저기서 탄식이 흘러나왔다.

알몸 상태인 시체는 이번에도 남성이었다. 시체의 얼굴은 흔히 '적귀*' 상태라고 해서 거인 얼굴처럼 일반인보다 1.5배 정도 부풀어 있었다. 피가 전부 빠져나간 허연 몸에 크고 거무죽죽한 얼굴이 붙어 있는 모습은 으스스했다.

목에 가네하라와 마찬가지로 절창이 나 있고 경동맥이 끊겼

---

* 적귀(赤鬼): 지옥 옥졸의 하나로, 살갗이 붉고 도깨비처럼 험상궂으며 거대하게 생긴 귀신.

다. 상반신에는 상처가 여러 군데 있었지만 원인은 알 수 없었다. 복부도 훼손되었다. 장기 대부분이 부패해서 흐물거리고 비닐 안쪽에 하얗게 불어터진 살점들이 달라붙어 있었다. 모든 상처가 퉁퉁 불어, 앞서 가네하라의 시체를 보지 못했다면 절창이라고 추측하기도 어려웠을 것이다.

그나마 이 정도라도 살점이 남아 있는 것은 파란 비닐로 감쌌기 때문이리라. 그러지 않았다면 물고기 밥이 되고 물살에 쓸려 앙상한 뼈만 남았을 것이다. 손과 발도 부풀어 장갑과 다비* 모양으로 변했지만 살이 뼈와 분리되지 않고 붙어 있었다. 지문만 제대로 뜨면 신원 확인이 가능할지도 모른다.

잠수부와 고미네가 자르자, 자르지 말자 했던 것은 파란 꾸러미를 고정시킨 밧줄인 듯했다. 공사 현장에서 주로 울타리를 고정할 때 사용하는 원형 콘크리트가 바닥에 가라앉아 있고, 그것과 파란 꾸러미가 밧줄로 연결되어 있었다고 했다. 부패 가스만 생기지 않으면 시체는 물속에 가라앉기 때문에 원형 콘크리트 정도면 닻처럼 쓰기에 충분했다.

수색 작업을 잠깐 중단하고 시체는 그대로 대학 법의학 교실로 보냈다. 수난 구조대 일부 대원은 수중 수색을 계속했다. 물속에 가라앉은 시체가 더 있을 가능성이 충분했기 때문이다.

수사관들은 일단 가메아리 서에 모였다. 그리고 다른 시체가 발견될 상황을 고려해서 수사 방침을 조정했다.

* 다비(足袋): 일본의 전통 버선으로, 첫째 발가락과 나머지 발가락들 사이가 갈라져 있다.

오후 1시, 회의실에 모인 수사관들은 수난 구조대의 조서와 수중 현장 사진이 나오기를 기다리고 있었다. 현장을 보지 못한 수사관은 목격한 사람들에게 상황을 묻느라 바빴고 수중 수색에 참가했던 수사관은 아침에 미처 챙겨 보지 못한 신문을 읽느라 바빴다. 그 밖에도 멍하니 앉아 보리차를 마시며 담배를 피우는 수사관, 책상에 쌓인 수사 자료를 다시 살펴보는 수사관 등, 시간을 보내는 방법도 제각각이었다.

갑자기 회의실 문을 거칠게 여는 소리가 들렸다. 돌아보니 꼭 단체로 맞춘 듯 밋밋한 회색 양복을 입은 남자 다섯 명이 회의실 입구에 서 있었다.

"간테쓰……."

레이코가 낮은 목소리로 중얼거렸다.

간테쓰, 즉 가쓰마타 겐사쿠는 경시청 형사부 수사 1과에서도 살인범 수사 5계 주임이다. 그가 이끄는 가쓰마타 반은 '1과 안의 공안'으로 불릴 만큼 정보전의 전문가 집단으로 통했다. 실제로도 가쓰마타를 포함한 대부분의 구성원이 공안 업무 경험자라는 이야기를 레이코도 들은 적이 있었다.

큰일 났네. 저 팀을 까맣게 잊고 있었어.

그러고 보니 이마이즈미가 앞서 언질을 주었다. 수사가 길어져 1과 인원을 보충할 경우 가쓰마타 반이 투입된다고 했다. 수사가 난항을 겪거나 지연되는 상황은 아니었지만 다른 시체가 등장했으니 어차피 수사관 보충은 불가피했다. 이런 경우 당연히 순서에 따라 가쓰마타 반이 투입된다.

"오, 공주님. 생리할 때 수영하면 몸에 해로운데!"

가쓰마타의 목소리가 회의실 안에 울려 퍼지자, 기쿠타가 붉으락푸르락한 얼굴로 주먹을 쥐고 자리에서 일어났다. 레이코는 의자에 앉은 채로 기쿠타를 주저앉히고 대신 자기가 일어섰다.

"괜찮아요. 제가 물에 들어가는 것도 아닌데요, 뭘."

"그건 나도 알아. 보통 운전면허에 영어 검정 2급밖에 없는 촌뜨기가 잠수를 할 줄이나 알겠어?"

그렇다. 레이코가 갖고 있는 공인 자격증은 그 두 개뿐이다. 잠수사 자격증은 없다. 그리고 실제로 생리 기간은 아니지만 곧 시작할 때가 되긴 했다.

어떻게 내 생리 주기까지 알고 있지?

가쓰마타는 '보통 운전면허에 영어 검정 2급'을 언급하면서 생리 운운했던 말이 단순한 성희롱이 아님을 주장하려는 속셈이다. 레이코에 관해서라면 속속들이 다 안다는 의미였다. 이쯤 되면 전직 공안이 아니라 현직 스토커다.

"노닥거리는 걸 방해해서 미안한데 잠깐 얼굴 좀 보실까."

가쓰마타의 말이 끝나기가 무섭게 그의 등 뒤에 서 있던 남자 네 명이 레이코를 둥글게 에워쌌다. 이번에도 기쿠타가 자리에서 일어서려 했다. 오쓰카와 유다, 이오카도 가쓰마타의 부하들을 흉내 내듯 둥글게 섰다. 그 와중에도 이시쿠라는 자리에 앉은 채 신문만 들여다보았다.

"뭐야, 공주님 팬클럽에게는 볼일 없다고."

가쓰마타가 기쿠타를 쏘아보았고 기쿠타도 맞서서 노려보았다. 그 정도 반응은 가쓰마타도 예상한 듯했다. 일단 순순히 따르는 게 좋겠다고 생각한 레이코는 이번에도 흥분한 기쿠타를 주저앉혔다.

"알겠어요. 가시죠."

"오, 역시 영리해. 그 고릴라 조련 방법만 터득하면 만점일 텐데 말이야."

가쓰마타를 향해 어깨 높이까지 올라온 기쿠타의 주먹을 이오카와 오쓰카가 붙잡아 내렸다.

레이코는 가쓰마타를 따라가다가 문 앞에서 뒤를 한번 돌아보았다. 기쿠타가 엄마에게 버림받은 아이처럼 애처로운 표정을 하고 있었다. 레이코는 말없이 고개를 끄덕여서 그를 안심시켰다.

가쓰마타는 복도로 나가 한 칸 건너에 있는 회의실로 들어갔다. 레이코가 따라 들어가자 그의 부하들이 등 뒤에서 문을 닫았다.

"대충 앉아."

가쓰마타는 레이코에게 바로 앞에 보이는 간이 의자를 권했다.

"아니, 괜찮아요."

"왜, 아직 젊다 이거야? 내일모레면 서른이잖아."

울컥 화가 치밀었지만 아직까지는 참을 만했다.

"할 얘기가 뭐죠?"

"내가 얼굴 보자고 했지, 얘기하자고 했나? 공주님한테 무슨 할 얘기가 있겠어?"

"저를 부르신 용건이 있을 텐데요."

"일단 앉으라니까 그러네."

레이코가 계속 서서 버티자 가쓰마타는 제 손으로 의자를 당겨 앉았다. 그리고 곤충의 것처럼 작은 눈으로 그녀를 올려다보았다. 키가 작은 땅딸보지만 몸놀림은 민첩한 가쓰마타다. 이마 이즈미 10계장과 동기라고 했으니 나이는 오십이 될까 말까 할 텐데 짧은 머리카락 사이로 희끗희끗 새치가 눈에 띄었다.

그 나이에 벌써 흰머리라니, 마음고생을 많이 하는 사람 같지는 않은데…….

레이코는 불안해하며 의자에 앉았다. 눈높이가 같아지자 곤충의 시선도 한결 부드러워졌다.

그녀는 다시 한 번 물었다.

"자, 앉았어요. 뭐예요?"

가쓰마타가 재빨리 의자에서 일어섰다.

"쉽게 말하지. 너희 팀이 가진 정보를 모조리 넘겨. 우리 팀은 늦게 합류했으니까 그래야 공평하겠지?"

가쓰마타를 쳐다보는 레이코의 눈앞을 그의 부하들이 가로막았다. 주위를 둘러보니 어느새 남자 네 명에게 둘러싸인 꼴이었다. 그들이 같은 형사만 아니었어도 신변의 위협을 느끼기에 충분한 상황. 마치 어두운 우물 속에 갇힌 기분이었다.

"지금까지의 진행 상황이 궁금하다면 조서와 보고서만 봐도 충분할 텐데요."

레이코를 둘러싼 부하들 틈으로 가쓰마타의 성난 얼굴이 나타났다.

"얼빠진 소리 하고 있네! 조서와 보고서는 너덜너덜해질 정도로 읽어봤어. 하지만 그 어디에도 근거가 없잖아! 네가 저수지에서 한 달 전에 죽은 남자와 복부의 절창을 연관 지은 직접적인 근거 말이야. 보나 마나 또 그놈의 감인지 뭔지 지껄여서 이마이즈미를 구워삶았겠지. 하지만 나한테는 안 통해. 넌 왜 시체를 수풀에 버린 자와 물속에 가라앉힌 자가 다르다고 생각했지? 어떻게 그자가 시체를 저수지에 버리기로 한 놈인 걸 알았어? 수사 선상에 오르지도 않은 남자가 저수지 속에 죽어 있는 걸 어떻게 알았냐고, 어떻게! 말해!"

레이코는 엉겁결에 벌떡 일어섰다.

아니, 얼빠진 소리가 어쩌고 어째?

그녀는 앞을 가로막은 부하를 밀어제쳤다.

"좋아요, 전 아무것도 숨기는 게 없으니까! 궁금한 게 뭐예요? 다 대답해드리죠. 뭐가 궁금하다고요?"

가쓰마타가 둥그스름한 어깨를 들썩이며 웃었다.

"그래, 공주님. 그렇게 나와야지. 일단 네가 복부의 절창과 물속에 버려진 시체를 연관 지은 이유부터 들어보자고."

레이코는 화가 나서 한숨을 내쉬었다.

"비닐 포로 꼼꼼하게 감싼 데 비해 아무 데나 내다 버린 게 이상했어요. 그래서 절창을 세 단계로 나누어 다시 생각해봤죠. 죽은 뒤에 만든 절창은 시체를 쉽게 처리하기 위해서가 아닐까 생각했고요. 마침 시체가 버려진 수풀 맞은편이 저수지더군요.

그게 다예요."

"포장과 운반, 유기 담당이 다 달랐다는 건……."

"물속에 가라앉히려고 했다는 가설을 세우려면 그렇게 생각할 수밖에 없잖아요? 게다가 실제로 시체가 버려진 수풀은 T자형 삼거리였어요. 어두울 때는 눈에 띄지 않지만, 삼거리 쪽 수풀에 버렸다고 하면 장소를 알려주기도 쉽고 정확하니까요."

"그럼 한 달 전에 죽은 변사체에 대해서는 어떻게 알았지? 또 감찰의 영감이 알려줬나?"

"네, 그래요. 구니오쿠 선생님께 이상한 시체 이야기를 들었죠. 이 사건이 일어나기 훨씬 전에 발견된 시체였어요. 그리고 우치다메 저수지에는 수영 금지 표지판이 있었죠. 누가 그 더운 낚시터에서 수영을 한다고, 그런 경고판을 세워둔 게 이상하잖아요. 그런 것들이 머릿속에서 하나로 연결되더군요."

가쓰마타가 코웃음을 쳤다.

"무슨 뜻인지는 알겠어. 그런데 내가 궁금한 건 다른 게 아니야. 물속에 시체를 버리는 담당자로 네가 점찍은 후카자와라는 남자는 가네하라가 살해되기 3주 전에 이미 죽었는데, 실행범혹은 운반을 맡은 놈은 여전히 시체를 거기 갖다 놨다는 거잖아. 그걸 네가 어떻게 의심하게 됐느냐, 그게 궁금하다는 거야."

가쓰마타는 두툼한 집게손가락으로 레이코를 가리켰다.

"시체라는 바통을 건네줄 상대, 그러니까 공범이 3주 전에 죽었다고. 그런데 왜 시체를 옮기로 한 놈이 그 사실을 몰랐을까? 후카자와가 죽었으면 다른 녀석이나 저수지까지 옮긴 놈이 직접 시체를 물속에 버리면 되잖아. 그런데 범인은 그러지 않았어. 죽은 후카자와가 버리기를 원했다고. 왜 그랬을까? 너는 왜 그런 점은 의심하지 않았지?"

레이코는 언뜻 이해가 되지 않아 어리둥절했다.

"……네?"

"'네'는 무슨 네야? 대답이나 하라고!"

"그야 뭐, 연락 두절…… 때문에?"

레이코는 말을 얼버무리며 고개를 갸웃했다.

"연락 두절 좋아하시네. 그걸 지금 말이라고 해?"

"음, 충분히 가능한 얘기잖아요?"

"가능하긴 뭐가 가능해? 넌 그런 것도 모르면서 기동대에 출동 요청까지 한 거야?"

"결과적으로 보니 그런 셈이네요."

"그런 셈이라니……. 나 참, 어처구니가 없군. 그러고도 이렇게 태평해? 대체 네 머릿속엔 뭐가 든 거야?"

"그것도 질문인가요?"

가쓰마타는 자기가 졌다는 듯 두 팔을 들었다.

사실 레이코도 그 부분에 의문이 들기는 했다. 하지만 진짜로 연락 두절이라고 여겼다. 별다른 이유는 없었다. 후카자와가 시체를 버리지 않은 점까지도 범인 쪽의 단순한 실수라고 생각했다. 설명이 미흡하다고 비난해도 다른 수가 없다. 어차피 사람이 하는 일이다. 처음부터 끝까지 완벽한 설명은 불가능하다. 범인이 아차, 실수할 때도 있다. 이렇게까지 몰아붙이다니, 참는 데도 한계가 있다.

"이봐, 레이코. 네 그런 발상은 아주 위험해."

가쓰마타가 오만상을 쓴 채 돌아보자 레이코는 되물었다.

"위험하다니, 누구한테 위험하다는 거죠?"

"멍청한 녀석, 그야 너 자신이지."

"왜 제게 위험하다는 건지 이해가 안 되는데요."

"등신! 모르겠으면 생각을 해, 생각을!"

당신이 뭔데 나보고 멍청이라느니 등신이라느니 함부로 지껄이는 거야? 내 직속상관도 아니면서!

"네, 천천히 생각해보죠. 이만 가보겠어요."

레이코는 경사 두 명을 양손으로 밀치며 문으로 향했다.

문을 열자 기쿠타, 오쓰카, 유다, 이오카 그리고 이시쿠라까지 걱정을 담은 얼굴로 서 있었다. 등 뒤에서 가쓰마타가 한마디 했다.

"어이, 레이코. 지금도 무섭나?"

레이코는 닫으려던 문에다 발차기를 날렸다.

"무더웠던 그 여름밤이……."

그녀의 발차기 한 방에 벽이 흔들리고 복도에 굉음이 울려 퍼졌다. 가쓰마타가 하려던 말도 그 굉음 속에 파묻혔다. 하지만 그는 똑똑히 말했다. 입의 움직임만으로도 알 수 있었다. '무더웠던 그 여름밤'이라고 했다. 놈은 분명히 물었다, 지금도 무더운 여름밤이 무섭냐고.

"주임님, 괜찮으십니까?"

레이코는 손을 내미는 기쿠타에게 기대려고 했지만 그 손이 아주 멀게 느껴졌다. 곧바로 눈앞에 검은 안개가 자욱하게 피어올랐다.

2

8월 17일 일요일 오전 11시. 레이코와 이오카는 후카자와 야스유키의 주소지인 아다치 구 고호쿠를 관할하는 니시아라이 서를 찾아갔다. 협조자는 니시아라이 서 지역과 소속 이토 계장이었다.

"아, 맞아요. 뇌가 녹아버린 사건 말이죠? 정말 얼마나 식겁했던지. 하지만 그 사건은 범죄성이 없었던 걸로 기억하는데요. 뭔가 나왔습니까?"

이토의 얼굴에는 불안한 기색이 역력했다.

감찰의가 감염증에 의한 병사(病死)로 결론지은 변사체 사건이었다. 그런데 본청 수사 1과가 다시 조사한다니 이상하게 여기는 게 당연했다. 만일 살인 사건으로 판명되면 니시아라이 서의 수사가 불충분했다는 결론이 난다. 자칫 징계를 받을 수도 있다. 하지만 사실 그럴 정도는 아니었다.

"아니요, 후카자와의 사인은 의심할 여지가 없습니다. 감찰의 무원에서 결론지은 대로 일종의 병사라고 판단되기는 합니다. 그런데 최근 들어 후카자와가 살아 있을 때 어떤 사건에 연루된

게 아닐까 하는 혐의가 드러나서요. 오늘은 그 일 때문에 몇 가지 확인하러 왔습니다."

"아, 네……."

이토는 여전히 불안해 보였다.

"후카자와의 시체가 발견된 곳은 고호쿠의 빌라였죠?"

"네, 맞습니다."

"당연히 현장검증을 하셨겠죠?"

"그럼요, 진즉에 해치웠죠."

"조서를 봐도 될까요?"

"네, 바로 갖다 드리죠. 이봐, 후루타! 후루타!"

후루타라고 불린 젊은 경관이 책장에서 서류철을 빼 이토에게 건넸다. 이토는 후카자와가 살았던 빌라의 현장검증 조서 부분을 펼쳐서 보여주었다.

레이코는 조서를 쭉 훑어보았다. 가장 먼저 집 구조와 동거인 부분에 의문이 들었다. 목조 빌라의 2층, 현관에서 주방을 지나 약 10제곱미터와 7제곱미터 크기의 방 두 칸으로 이어지는 구조였다. 욕실은 없었다.

"둘이서 이 집에 살았나요?"

동거인 칸에 '유카리'라는 이름이 적혀 있었다.

"네, 후카자와에게는 세 살 어린 여동생이 있었습니다."

"그 아이가 유카리겠군요."

"네, 맞습니다."

"그럼 지금 여동생은 이 집에 혼자 사나요?"

"아닙니다, 벌써 다른 곳으로 이사했을 겁니다. 후카자와가 죽었을 때 여동생은 병원에 입원해 있었거든요. 그 여자애는 정신적으로 불안해 보였습니다."

"어느 병원인지 알 수 있을까요?"

"네, 잠시만요."

이토는 자리에서 일어나 가까이 있는 책상 위에 놓인 수화기를 들었다.

"나 이토 계장인데, 마침 잘됐군. 자네 그 사건 알지, 후카자와 야스유키였나? 왜, 그 뇌가 흐물흐물 녹아버렸다는 사건. ……그래. 그 여동생이 입원한 데가 어느 병원이었지? 자네가 갔잖아. ……아, 그랬군. ……아니, 본청에서 오신 분들이 후카자와에 대해 물어보셔서. ……에이, 그런 건 아닌가봐. 됐으니까 병원이나 알려줘. ……응. 주오 의대 부속병원? 거기였어? ……응. ……아냐, 괜찮아. 신경 쓸 거 없다니까. ……알았어, 그래. 고맙네."

후카자와의 여동생이 입원한 병원이 주오 의대 부속병원인가보군.

"주오 의대 정신과에 입원했다는 말인가요?"

이오카가 재빨리 수첩에 받아 적었다.

"네, 그렇답니다."

이토는 원래대로 레이코의 맞은편 자리로 돌아왔다.

"방금 통화하신 분은 누구죠?"

"파출소에 근무하는 도도로키 경장입니다. 유카리라는 아이가 입원한 병원에 조사 나간 적이 있죠. 그런데 담당 의사가 면회는 불가능한 상태라고 제지했나 봅니다."

"그랬군요."

레이코는 조서를 계속 살펴보았다.

시체를 맨 처음 발견한 사람은 빌라 관리인과 후카자와의 직장 동료라고 적혀 있었다. 후카자와는 빌라 근처에 있는 경비 회사에 다녔다. 몸 상태가 좋지 않아 사흘 정도 휴가를 냈는데 나중에는 전화해도 받지 않자 그를 걱정한 직장 동료가 그의 빌라로 찾아갔던 모양이다.

"직장이 여긴가 보네예?"

이오카가 경비 회사의 주소를 가리키며 물었다.

"후카자와 그 사람, 보호관찰 대상자였던데, 무슨 나쁜 짓이라도 저질렀나요?"

"아, 그거요……."

이토는 의미심장하게 묘한 표정을 지었다.

"다른 게 아니라 자기 집에 불을 질러서 부모를 태워버렸답니다. 자기 부모를 태워 죽였다는 게 아니고 부모의 시체가 안에 있는 집을 통째로 불태웠다는 얘기죠."

"자기 부모를……."

레이코는 손에 든 조서를 다시 보았다.

후카자와는 열일곱 살 때 방화 사건을 일으켰다. 거실에 죽어 있는 부모에게 휘발유를 뿌리고 집을 모조리 불태웠다. 하지만 그는 사흘 뒤 자수했다. 당시 작성된 진술서 사본에는 이렇게 적혀 있었다.

제가 집에 돌아갔을 때 부모님은 이미 돌아가신 상태였습니다. 마약을 너무 많이 해서 죽었다고 생각했습니다. 엄마, 아빠, 모두 약물중독이었고 가정 폭력이 심했기 때문에 차라리 속이 시원하다고 생각했지만, 그래도 부모님이라 슬프기도 했습니다. 집에 불을 지른 건, 이유가 있습니다. 부모님이 약물중독으로 죽었다고 하면 제대로 장례식도 못 치를 테니 차라리 제 손으로 부모님을 보내드리자는 마음, 다른 한편으로는 생각하기도 싫은 기억만 가득한 집이니 아예 태워 없애버리고 싶은 마음에서 그런 짓을 저질렀습니다.

가정환경에 문제가 많아 보였다.

"그런데 실제로는 부모의 사인이 약물에 의한 중독사가 아니라는 의견도 있었나 봅니다. 시체가 시커멓게 타서 눌어붙었을 정도라 사인을 밝히기가 어려웠다더군요. 결국 후카자와는 소년형무소에서 3년간 살았습니다. 진술서만 봐서는 나름 이유도 있는데 형벌이 좀 가혹하지 않았나 싶기도 하지만, 그 전에도 감별소와 소년원에 들락거린 이력이 있어요. 애초에 나쁘게 살았던 게 화근이었겠죠. 소년형무소에서 출소하자마자, 그러니까 약 1년 전에 그 빌라에 입주했고 경비 회사에 취직했습니다. 그 회사 사장이 범죄예방위원을 겸하고 있어요. 사장은 후카자와를 아주 좋게 평가하더라고요. 완전히 개과천선해서 열심히 살았다고 했으니까. 그랬던 사람이 도대체 어디서 얼마나 더러운 물을 마셨는지는 모르지만 뇌가 흐물흐물 녹아버렸다고 하니, 정말 무서운 이야기죠."

레이코는 조서에서 다른 항목에 다시 주목했다.

"그런데 이 현금 73만 엔, 이건 뭔가요?"

후카자와의 자택 조사 내용은 주로 그의 최근 행적을 파악하는 데 초점이 맞추어져 있었다. 일기 종류는 거의 없는 듯했고 계산서와 영수증, 책, 사진, 일회용 카메라 등이 일시 압수 품목으로 기재되었다.

그중에 현금 73만 엔이 든 봉투도 있었다. 구권 1만 엔짜리 지폐가 73장. 돈이 든 봉투는 평범한 은행 봉투가 아니라 조금 사용해서 낡은 갈색 봉투였다. 어쨌든 범죄의 냄새가 났다.

이토가 난감한 표정을 지었다.

"그 돈은…… 결국 무슨 돈인지 밝혀내지 못했습니다. 경비 회사 사장 말로는 회사 다닌 지 1년 만에 그런 큰돈을 모을 만큼 월급을 넉넉하게 주지도 않았답니다. 다른 돈벌이가 있었느냐 하면 그럴 시간도 없었다고 하고요. 혹시 나쁜 짓이라도 해서 번 돈일까 물었더니 동료들은 후카자와에게 그런 낌새는 없었다고 했습니다. 오히려 가진 돈이 별로 없어 보였고 평소 검소하게 생활했다고 합니다."

레이코는 손가락으로 미간의 주름을 펴면서 생각했다.

시체 유기를 돕고 받은 돈인가?

하지만 그런 보수라기에는 액수가 크다. 살인 청부 대가라면 적은 돈이지만 시체를 물속에 버리는 대가치고는 큰돈. 더군다나 가네하라의 시체는 물속에 버리지도 않았다. 그러기 전에 후카자와 본인이 죽었으니까. 결국 73만 엔은 어제 물속에서 나온 시체에 대한 보수라는 이야기인가? 그렇다 쳐도 금액이 크다. 무엇보다 어중간한 액수다.

설마 물속에 시신이 더 있는 건 아니겠지?

엊저녁까지 계속 수색했지만 우치다메 저수지에서는 더 이상 시체가 발견되지 않았다.

"저기, 뭐가 잘못됐습니까?"

이토는 후카자와가 어떤 사건에 연루되었는지 궁금해했다. 차를 마시면서도 몇 번이나 떠보듯이 물었지만 레이코는 그때마다 적당히 얼버무렸다.

"바쁘실 텐데 협조 감사합니다."

"아, 별말씀을요. 제가 도움이 됐나 모르겠습니다."

이토는 영 개운치 않은 기색이었지만 더 이상 물어도 다른 도리가 없었다. 레이코 입장에서는 공개수사가 아닌 데다 전후 사정을 반드시 설명해야 할 이유도 없다. 쓸 만한 정보라도 얻을 수 있다면 모를까, 그렇지도 않았다.

"그럼 이만 실례하겠습니다."

"네, 수고하셨습니다. 무슨 일이 있거든 언제든지 오십시오."

무슨 영문인지 궁금했을 것이다. 그럼에도 이토는 정중하게 정문까지 따라 나와 두 사람을 배웅했다.

니시아라이 서에서 나오니 열기가 여전히 뜨거웠다. 잔뜩 찌푸린 하늘에는 잿빛 구름이 가득했다. 일요일이라 그런지 눈앞의 간조 7호선 도로에 덤프트럭이나 트레일러는 드물고 대신 승용차들이 빠른 속도로 질주하고 있었다. 서너 시쯤 되면 가혜이 인터체인지에서 토해내는 자동차들이 이 근처까지 꼬리를 물고 늘어설 것이다. 하지만 지금은 비교적 한산해서 승용차들이 속도를 내기에 좋아 보였다.

여유롭게 탁 트인 도로 분위기가 문득 레이코의 본집이 있는 미나미우라와 주변의 풍경을 떠올리게 했다. 그리고 과거도.

그 저주받은 여름, 온통 검게 칠해진 열일곱 살의 여름…….

지금도 무섭나, 무더웠던 그 여름밤이?

레이코는 자기도 모르게 있는 힘껏 숨을 들이마셨다.

숨이 차올라 가슴이 뻐근했다.

극복했다고 믿었던 공포.

그때 기억은 저 혐오스러운 구사카의 얼굴만 보면 떠올랐다. 그것도 이제 덤덤해진 줄 알았는데, 심장이 빠르게 뛰어 터질 것 같다. 긴장 때문인지 관자놀이 주위가 지끈거린다. 숨 쉬기가 힘들다. 숨이, 숨이…….

"주임님! 주임님예!"

문득, 눈앞에서 자신의 두 어깨를 붙잡고 세게 흔들며 무어라 소리치고 있는 이오카의 모습이 보였다. 그의 목소리가 점점 또렷해졌다.

주임……?

그래, 나는 더 이상 그때의 고등학생이 아니야.

레이코는 머릿속으로 그 사건 이후의 자기 모습을 빠르게 떠

올려 보았다. 재판, 입시, 입학, 졸업, 입청(入廳), 훈련, 배치, 근무, 시험, 근무, 시험, 근무, 시험 그리고 동경했던 수사 1과…….

의식적으로 자신의 역사를 짚어, 다시 고개를 들던 공포는 한낱 과거의 감정인 것을 스스로 깨달았다. 이미 다 지난 일이고 확실하게 매듭지어진 일이니 두려워하지 말라고 스스로를 다독였다.

"주임님, 괜찮으신교?"

이오카는 어느새 레이코가 떨어뜨린 핸드백까지 주워 들고서 그녀의 겨드랑이 밑에 팔을 받쳐 부축해주고 있었다. 레이코는 그 당시 지푸라기라도 잡는 심정으로 배웠던 요가 호흡법을 시도했다. 서서히 숨쉬기가 편해졌고 두근거리던 심장박동도 가라앉았다. 정신을 차리고 보니 니시아라이 서 입구에서 입초 근무를 서고 있던 사복 경찰까지 걱정스러운 표정으로 살피러 와 있었다.

그래, 나에게는, 내 뒤에는 언제나 이 강대한 조직이 버티고 있어.

"아, 미안. 이젠 괜찮아."

레이코는 이오카를 안심시켰다. 경관에게도 그냥 현기증이 났을 뿐이라고, 놀라게 해서 미안하다고 사과했다. 그는 이오카와 눈을 맞춘 뒤 경례하고 경찰서 입구로 돌아갔다.

그러나 이오카는 더욱 불안한 눈초리로 레이코를 살폈다.

"주임님, 가쓰마타 주임이랑 뭔 일 있었는교? 그 인간 만난 다음부터 계속 안색이 안 좋십니다."

사실 레이코는 어제 가쓰마타와 이야기를 나눈 뒤 잠시 정신을 잃었다. 기쿠타에게 기대듯이 쓰러졌다가 깨니 의무실 침대 위였다. 당연히 수사 회의에는 그녀 대신 기쿠타가 참석했다. 가쓰마타도 이번 수사본부에 배치된 뒤 처음으로 참석한 회의라서 그랬는지 얌전하게 굴었다고 한다. 별다른 문제는 발생하지 않았다는 보고를 받았다.

저녁에는 기운을 차린 레이코도 탐문 수사에 합류했다. 회의에도 참석했다. 오늘은 그렇게 계획된 일을 예정대로 해나가는 중이었다. 이오카에게 '그 인간 만난 다음부터'라는 이야기를 들을 만큼 약한 모습을 보일 생각은 없었다.

하긴, 그럴 만도 했지.

이오카는 눈치가 빠른 남자였다. 게다가 언제 한번 레이코를 껴안아보나 호시탐탐 기회를 노렸으므로 그녀의 행동을 주시하고 있었다.

이오카, 얼버무리지 말라 이거지?

그러나 과거사를 털어놓고 이야기할 만한 사이도 아닌 데다, 덤덤하게 들려줄 수 있을 만큼 레이코는 강하지 않았다.

"괜찮으니까 걱정하지 마."

결국 대충 얼버무리고 말았다. 그보다는 가쓰마타가 왜 그런 말을 근무시간에 했는지 그게 더 신경 쓰였다.

그 영감탱이가 도대체 나한테 왜 그러는 거지?

"이오카, 그만 가지."

레이코는 이오카에게 건네받은 핸드백을 어깨에 멘 뒤 입을 일자로 꾹 다물고 걸었다.

산쇼 경비 회사는 주로 공사 현장 주변의 교통정리와 주차장 경비를 전문으로 하는 업체였다. 3층짜리 빌딩의 맨 위층은 사장의 자택, 2층은 직원 숙소라고 했다. 1층에는 사무소와 주차장이 있었다. 레이코는 1층의 사무소에서 기시카와 사장의 이야기를 들었다.

"후카자와 말입니까? 성실하고 착한 젊은이였죠."

기시카와가 돌봐주는 직원들은 대부분 소년원과 소년형무소에서 복역했던 젊은이들이다. 현재 숙소에서 지내는 직원들도 모두 그렇다고 했다.

"전 아무리 나쁜 아이라도 다시 태어나게 할 자신이 있습니다. 하지만 후카자와는 그런 아이가 아니었습니다. 물론 말투나 예의범절은 엄격하게 가르쳤죠. 그런데 사람은 천성이란 게 있잖습니까. 그게 그렇게 비뚤어진 편이 아니었다는 얘깁니다. 말수는 적었지만 자기 동생을 얼마나 끔찍이 여기던지, 저는 그 녀석이 참 맘에 들었죠."

반들반들한 민머리에 기모노를 입은 기시카와는 옷에 어울리지 않게, 그것도 실내에서 선글라스를 끼고 있어서 패션 감각이 독특해 보였다. 일부 폭력 조직 간부 중에 이런 차림새를 한 사람이 있기는 하지만 일반 기업체 사장인 경우는 처음 보았다.

"후카자와 씨가 따로 자기 집을 구한 이유는 뭘까요? 왜 숙소에 살지 않았죠?"

기시카와는 잠시 입을 굳게 다물었다.

"그 녀석은…… 여동생이 퇴원하면 마땅히 갈 곳이 없다고 했습니다. 그래서 따로 자기 집을 구한 거죠. 동생 입원비에다 집세까지 내고 보면 아무리 식비를 아낀다고 해도 형편이 쪼들릴 게 뻔해서 제가 아침하고 저녁은 여기 숙소 친구들과 같이 먹으라고 했습니다. 하지만 휴일에는 달리 방법이 없었죠. 또 매일 현장에 나가면 자기 돈으로 점심을 사 먹어야 하는데, 돈 아낀다고 번번이 점심을 거르는 게 아닌가 싶어 아내하고 걱정을 많이 했습니다."

"그런데 후카자와 씨가 살던 빌라에서 거액의 현금이 나왔어요. 그 일을 아시나요?"

"네, 니시아라이 서 경찰분께 들었습니다. 그 돈은 후카자와가 불태웠다는 자기 집에서 가지고 나온 게 아닐까요? 70만 엔이던가요? 우리 회사에서 일한 지 1년도 채 안 됐는데 그렇게 큰돈을 모은다는 건 말이 안 됩니다."

결국 후카자와는 시체 처리를 도와준 대가로 여동생의 입원비와 집세를 마련했다는 얘기인가?

"혹시 후카자와 씨가 어떤 사건에 관여해서 대가로 그런 거액을 받았을 거란 생각은 안 해보셨나요?"

기시카와가 선글라스 속의 눈을 천천히 감더니 고개를 가로저었다.

"그런 낌새는 없었습니다. 저도 녀석을 안 지 1년도 안 됐기 때문에 사람 됨됨이까지 다 알지는 못하겠죠. 그래도 제가 느낀 인상으로는 그럴 놈이 아니었습니다. 유흥비가 필요하다고 나쁜 짓에 손대는, 그런 종류의 인간이 아니었단 뜻입니다. 소년형무소에 가기 전부터 감별소를 들락거렸던 것도 대부분 치기 어린 싸움 때문이었다고 들었습니다. 싸움이라고는 해도 부모가 자식 교육 제대로 할 테니 선처해달라고 한마디만 하면 끝날 수준이었고요."

기시카와는 한숨을 쉬더니 창문 쪽으로 고개를 돌렸다.

"그 녀석이 어쩌다 그런 식으로 죽었는지 전 지금도 이해가 되지 않습니다. 그저 안타까울 뿐이죠. 동생 때문에 빌린 집에서는 결국 같이 살지도 못했잖아요. 여동생이 한창 꾸밀 나이라서 작지만 예쁜 화장대와 침대를 사주고 싶다면서 저한테 돈을 빌려 갔어요. 다달이 조금씩 갚았죠. 원룸에 욕실 딸린 집이 좋을지, 욕실은 없지만 방 두 칸짜리 집이 좋을지 한참 고민했어요. 동생 나이도 있고 하니 따로 방을 주고 싶다면서…… 여동생은 그 집에 한 번도 오지 못했는데 말이죠. 고생고생해서 집세를 치르고 저한테 빌린 돈을 갚았습니다. 후카자와는 그런 녀석이었습니다."

기시카와는 울지 않았다. 한결같이 차분하고 따뜻한 목소리로 담담하게 이야기했다. 그것이 오히려 레이코의 마음을 아프게 했다.

"그랬군요. 잘 알겠습니다. 혹시 죽은 후카자와 씨를 가장 먼저 발견했다는 직원을 만날 수 있을까요?"

"아, 도가시 말이군요. 지금은 회사에 없고 현장에 나가 있는

데, 주차장 경비니까 그리로 가보시죠. 별로 바쁜 일이 아니라서 만날 수 있을 겁니다."

기시카와가 가르쳐준 곳은 아라카와 구에 있는 사립 의대 주차장이었다. 레이코와 이오카는 기시카와에게 고맙다고 인사한 뒤 산쇼 경비 회사에서 나와 택시를 잡아탔다.

택시 안에서 이오카는 레이코에 대한 일은 아무것도 묻지 않았다. 장소가 장소인 만큼 수사 내용도 언급하기가 조심스러웠다. 다행스러우면서도 답답하기도 한 침묵이 계속되었다.

"지는예…… 주임님을 지 상사로 생각하니까예."

한참 만에 이오카가 뜬금없이 툭 내뱉었다.

레이코는 이오카의 옆얼굴을 힐끗 쳐다보기만 하고 아무 대꾸도 하지 않았다. 솔직히 말하면 대꾸할 수 없었다.

이오카, 나에 대해 어디까지 알지?

레이코는 이오카가 무슨 생각으로 그런 말을 했는지 궁금했다.

설마……?

지금 같은 때에는 경위라는 직급이야말로 레이코를 지탱해주는 힘이다. 그것을 이오카가 어느새 감지하고는 그런 말로 위로한 게 아닐까. 나는 당신의 부하라고 다짐하듯이. 에이, 설마 그건 아니겠지.

하지만 그게 맞는다면?

이오카, 너 무서운 사람이구나.

그럼에도 이오카의 배려를 느끼기엔 충분하다.

무엇보다 지금 이 침묵이 더없이 고마웠다. 레이코는 잠시 눈을 붙이기로 했다.

도가시도 만나봤지만 기시카와가 했던 이야기와 별반 다르지 않았다. 그러나 도가시는 기시카와 만큼 호의적으로 이야기하지 않았다. 주차장 직원실 작은 창문 너머로 "돌아가쇼!"라고 윽박지르며 퇴짜를 놓았다. 그럴 만도 했다. 전과가 있는 젊은이들은 경찰 관계자가 직장에 찾아오는 것을 극단적으로 싫어했다. 성실하게 직장 생활을 하는 사람일수록 더했다. 그래도 시간을 들여 좋은 말로 구슬리자 도가시도 후카자와에 대한 이야기를 풀어놓았다.

"그렇게 돈이 많았으면 나한테도 좀 나눠줄 것이지."

도가시는 실없는 농담까지 했다.

"녀석을 좀 더 어려서 만났거나 조금이라도 더 빨리 만났더라면 내가 지금 이 꼴로 살지는 않았을 거란 생각은 해봤어요. 직접 본 적은 없지만 그 녀석이 여동생 위하는 걸 보면…… 나 자신이 참 한심하더라고요. 이래 봬도 그 녀석 덕분에 조금 마음 잡고 삽니다. 그러니까 죽은 사람 괜히 괴롭히지 마세요. 부탁입니다."

여동생에 대한 이야기를 듣고 싶었는데 도가시는 입을 굳게 다문 채 한마디도 하지 않았다. 레이코와 이오카가 조립식 건물인 작은 주차장 직원실에서 나올 때도 도가시는 눈길조차 주지 않았다.

밖으로 나와 하늘을 올려다보니 잿빛이었다. 저물지도 않았는데 시곗바늘은 벌써 6시를 지나고 있었다.

"전철로 돌아갈까?"

이오카가 고개를 끄덕이자 레이코는 걸음을 내디뎠다.

3

8월 17일 일요일 오후 2시.

가쓰마타는 주오 의대 부속병원으로 향하는 중이었다.

오전에는 후카자와의 과거 행적을 조사했다. 감별소와 소년원에는 무슨 죄목으로 몇 번 송치되었는지, 소년형무소에는 무슨 이유로 들어갔는지, 가정법원에서는 어떤 판결을 내렸고 형무소 안에서 평판은 어땠는지, 주로 가스미가세키에 위치한 가정법원과 지방검찰청에서 구한 자료를 참고했다.

이럴 때 가쓰마타는 관할 서 소속 파트너를 전철 안에서 따돌리고는 한다. 관할 서 주변을 조사하는 일이라면 길 안내라도 시킬 수 있어 괜찮지만, 관할 지역을 벗어나면 파트너는 거추장스럽기만 할 뿐 쓸모가 없었다. 차라리 혼자 움직이는 편이 훨씬 홀가분했다. 만일 인원이 더 필요하다면 자기처럼 파트너를 따돌린 직속 부하와 합류했다.

당연히 파트너를 따돌린 일은 보고서에 넣지 않았다. 그저 파트너에게 똑바로 하라고 귓속말로 으름장을 놓아 입막음했다. 그러면 대개는 이삼일 기를 쓰고 따라다닌다. 하지만 실력이 고만고만한 관할 서 형사가 가쓰마타를 따라잡기란 쉽지 않았다.

나흘째쯤부터는 말하지 않아도 알아서 따로 행동했다.

혼자서도 충분했다. 살인범을 수사하는 형사는 결국 누구나 고독한 한 마리 늑대였다. 신뢰하는 부하라도 자신의 공적을 언제 낚아채 달아날지 몰랐다. 그런 면에서 공안은 팀 단위로 움직이고 구성원도 고정되어 있어 활동하기가 편했다. 하지만 좋은 점은 그게 전부였다.

가쓰마타는 요즘 들어 나이가 든 탓인지 이마이즈미 계장처럼 책상이나 지키는 일도 나쁘지 않겠다는 생각을 종종 했다. 하지만 그렇다고 지금 이 나이에 시험공부를 할 마음은 나지 않았다. 공부를 하느니 차라리 만년 경위로 이렇게 혼자 현장에서 뛰는 편이 백배는 낫다고 마음을 고쳐먹었다. 결국 사람은 공부를 그만두는 그 시점에 성장도 멈춘다. 천하의 가쓰마타도 공부벌레형 인간들은 당할 재간이 없었다.

문득 '공부'라는 두 글자에 레이코의 얼굴이 겹쳐졌다.

아무튼 그 계집애는…….

가쓰마타는 레이코가 주는 것 없이 미웠다. 굳이 말하자면 새초롬하고 반반한 얼굴이 재수 없었다.

자기가 무슨 절세가인이라도 되는 줄 아는 낯짝이라니까.

말없이 조용하거나 뭐라고 지껄일 때도, 화내거나 눈물을 짤 때도 가쓰마타의 눈에는 레이코가 '어쩌겠어, 난 미인인걸.' 하며 우쭐대는 듯 보여 여간 눈꼴사나운 게 아니었다. 그래서 그런 짓궂은 악담만 하게 되었다.

기절까지 할 건 뭐야. 그 때문에 노상 방방 뛰는 성질도 조금

142

은 죽었겠지.

가쓰마타는 1과에 배치되는 사람들의 경력을 발령이 날 때부터 모조리 조사해둔다. 경시청에는 언제 들어왔고, 어디서 근무했고, 어떤 사건을 해결해서 무슨 공을 세웠는지, 누구 연줄로 1과 살인범 수사계에 발탁되었는지 등등 빠짐없이 알아두었다. 히메카와 레이코도 예외는 아니었다. 오히려 아주 흥미를 끄는 여자 경관이어서 임용 이전의 인적 사항까지 들추었다.

레이코의 집은 사이타마 현 미나미우라와다. 도쿄에서 4년제 여자 대학교를 졸업한 뒤 신입 공채로 경시청에 들어왔다. 경찰학교 졸업 후 배치된 곳은 시나가와 서였다. 처음에는 여경이 주로 근무하는 교통과에 배치되었지만 얼마 지나지 않아 형사과로 이동했다. 그 후 승진 시험 두 번으로 경사를 달았고, 경위 승진 시험은 한 번에 통과했다. 이때 레이코의 나이는 27세였다. 일반적으로 서른을 전후해서 경사를 달기 때문에 논커리어 출신치고는 이례적으로 빠른 승진이었다. 경위로 진급하여 교통과 수사계장을 맡고 있던 레이코를 이마이즈미가 수사 1과로 끌어왔고 지금에 이른 것이다. 무엇보다 흥미로운 점은 경찰이 되기 전 고등학교 때, 레이코는 어떤 사건의 피해자였다는 사실이다. 그 사건으로 사이타마 현 경찰 본부 소속 순경이 순직했고, 레이코는 형사재판에서 증언대에 서기도 했다. 그녀 나이 열일곱, 열여덟 때의 일이었다. 그 일이 있고 나서 집 근처 정신과에 다니기도 했고 학교에 나가지 않은 적도 있지만, 다행히 유급은 하지 않고 제때 고등학교를 졸업했다.

어려운 일을 겪은 사람치고는 굉장히 자신만만하다니까. 알다가도 모를 녀석이야. 좀 더 기를 콱 죽여놔야겠어!

가쓰마타가 가장 못마땅하게 여기는 점은 바로 레이코의 태도였다. 직급이 같으면 나이 불문하고 말하는 데 거리낌이 없었다. 그것을 미인의 특권인 양 착각하는 모양이었다. 솔직히 그 정도 얼굴을 미인이라고 하지는 않는다. 큰 키에 비해 상대적으로 얼굴이 동안이라 예쁘게 느껴질 뿐. 일종의 착시 현상이다. 고작 그런 얼굴에 넋이 빠져 친위대 노릇이나 하는 놈들도 얼간이다. 특히 기쿠타가 가장 골칫거리였다. 레이코에게 완전히 사로잡혔다. 얼빠진 놈, 허수아비가 따로 없지.

마음에 들지 않는 점은 또 있었다. 레이코는 수사의 기본을 몰랐다. 수사란 바둑에서 돌을 하나 놓은 다음 다른 곳에 있는 자기 돌을 발견하면 그 사이에 하나둘 돌을 놓아 메워가듯 정보와 정보 사이의 틈을 채워나가는 작업이다. 그런데 그 계집애가 수사하는 방식을 보면 기가 찰 노릇이었다. 틈은 채우지도 못하면서 당장 눈앞에 보이는 정보만 날름날름 집어삼키는 바보짓만 했다. 그래놓고 다 파악했다는 듯 우쭐대며 또 한 건 올렸다고 팬티가 다 보이게 짧은 치맛자락을 팔랑거리며 펄쩍펄쩍 뛰다니. 형사가 아니라 그냥 바보 천치다. 그런 계집애 말만 믿고 기동대까지 동원한 이마이즈미도 한심했지만 그걸 허락한 하시즈메는 더 멍청한 인간이다.

하시즈메, 나도 다 알아. 당신 머리, 가발이지!

하지만 절차에 문제가 있어도 결과를 낸다는 점에서 레이코는 쉽게 얕볼 상대가 아니었다. 올해는 아직까지 큰 공적을 올리지 못했지만 작년에는 '묻지마살인' 사건을 사흘 만에 해결했고, 강도 살인 사건을 반나절 만에 해결했다. 그것도 물증이나 증언으로 범인을 잡은 것이 아니라, 처음 본 순간 범인이라고 확신했다. 사람을 죽이고도 남을 눈빛이라는 등 터무니없는 이유를 들어 피의자라고 단정하고는 체포에 성공했다.

가쓰마타가 보기에는 이번 수사도 그때와 양상이 비슷했다. 물속에 버려진 시체를 알아맞혔고, 그것을 변사체로 발견된 후카자와 야스유키 사건과 연관 지었다. 그 계집애는 다른 형사들과 달리 이른바 '형사의 감'이라고 하는 감각을 가졌다.

설마 자기는 사실 귀신을 보는 영매라고 고백하려는 건 아니겠지?

아무렴 어때. 나까지 수사본부에 합류한 이상 얼마나 더 마음대로 날뛸지 두고 보자고. 직속상관인 5계장도 세상에서 둘째가라면 서러울 정도의 얼간이라 다행이지.

가발남 하시즈메와 이마이즈미, 거기에다 바보 천치라니. 이번 수사본부 참 볼만하겠어.

사실 가쓰마타가 보기에 가장 큰 골칫거리는 따로 있었다. 수사가 길어져 10계 패거리인 구사카 반이 끼어드는 경우였다. 구사카는 만만한 상대가 아니었다. 급성맹장염으로 수술해서 입원한 상태지만 일주일 정도면 현장에 복귀할 것이다.

오든지 말든지, 성과는 내가 올리면 그만이야.

가쓰마타는 주오 의대 부속병원 입구의 자동문 안으로 들어갔다.

　병원 접수대에는 여직원이 앉아 있었다. 서툰 화장과 어울리지 않는 갈색 머리 때문에 아무리 좋게 봐주려 해도 촌스럽기 짝이 없었다.

　"경시청에서 나왔는데 경찰수첩 보여줘야 하나?"

　여자가 어리둥절한 표정으로 가쓰마타를 올려다보았다.

　"네?"

　"여기서 경찰수첩을 보여주면 되느냐고 묻고 있잖아, 이 촌뜨기야!"

　"겨, 경찰수첩이라니, 그게 무슨 말씀이세요?"

　상황 파악이 안 되나 보다. 이럴 때는 행동으로 보여주면 된다. 가쓰마타는 품에서 경찰수첩을 꺼내 옆으로 펼쳐 내밀었다.

　"경시청 수사 1과에서 나온 가쓰마타다. 신경정신과 오무로 선생을 만나야겠는데."

　병원 입구 근처에서 어슬렁거리고 있던 입원 환자와 응급 환자, 외래 진료를 기다리는 환자들이 일제히 가쓰마타를 돌아보았다. 접수대 여직원은 가쓰마타가 말한 경찰수첩이 무슨 뜻인지 그제야 알아들은 모양이었다.

　"자, 잠깐만 기다리세요."

　여직원은 자리를 비우고 원무과로 보이는 안쪽 사무실로 뛰어갔다. 문 정도는 닫고서 얘기해도 좋으련만 열어놓은 채, '경찰이 왔어요. 어쩌죠? 무슨 문제라도 생겼나요?'라며 호들갑을 떨었다.

그 소리를 들은 가쓰마타는 속으로 혀를 찼다.

쯧쯧, 너한테는 볼일 없어.

그녀를 대신해서 상사로 보이는 양복 차림을 한 남자가 나타나 가쓰마타를 접수대 끝으로 안내했다.

가운데나 끝이나 거기가 거기구먼, 하여튼 한심한 인간들 같으니라고.

일단은 그의 말대로 따랐다.

"이봐, 오무로 선생 만나러 왔는데 어디로 가야 하지?"

양복 차림의 남자는 대중목욕탕에서 자신 없는 가운뎃다리를 감추듯 어정쩡한 자세로 서서 연신 머리를 조아렸다. 이 인간은 천성이 비굴한 듯했다.

"죄송합니다만 오무로 선생님은 지금 의국에서 회의 중이시라……."

"언제 끝나는데?"

"네, 한 시간이나 아니면 30분 정도면 끝날 겁니다."

"한 시간이야, 30분이야? 똑바로 말해!"

"아, 네…… 아니, 그러니까 그게……."

"됐어. 기다리지, 뭐. 의국이 어디야?"

"네?"

"의국이 어디냐고. 거기서 회의한다며? 그 앞에서 기다리지."

"아, 네. 신관 6층입니다. 엘리베이터에서 내려 오른쪽으로 가시면 됩니다."

"알았어."

가쓰마타는 발길을 옮기려 했는데 남자는 아직 할 말이 더 있는 듯한 눈치였다. 하지만 그에게 더 이상 볼일이 없었으므로 가쓰마타는 성큼성큼 걸어갔다. 가쓰마타는 안내도를 보면서 구조가 복잡한 본관을 빠져나와 힘들게 발견한 연결 통로를 지나 신관으로 들어갔다. 겨우 도착했다 싶었는데 이번에는 엘리베이터가 4층에 멈춰 서서 내려올 생각을 하지 않았다.

뭐 이딴 병원이 다 있어? 누굴 우습게 아나.

조바심이 나서 어금니를 악물고 엘리베이터를 기다렸다. 그 사이 등 뒤에 몇 사람이 더 모였다. 휠체어를 탄 환자도 있었다. 도리상 먼저 타도록 양보하고 가쓰마타가 뒤따라 탔다. 그나마 문에서 가장 가까운 층수 버튼 옆자리를 확보했다. 뒤돌아보니 당연한 얘기지만 엘리베이터 안은 온통 환자들뿐이었다.

이봐, 이상한 병균 같은 거 옮기지 말라고!

가쓰마타는 병원이라면 질색이었다. 몸 상태가 나빠도 웬만해서는 병원에 가지 않고 기본 체력으로 버텼다. 사오 년 전 폐렴에 걸려 동네 병원에서 치료를 받은 게 마지막이었다. 그때도 괜히 병원에 갔다가 더 심한 병을 얻었다고 생각했다. 자기 탓이 아니라 병을 옮긴 병원과 주변 환경이 자기 몸에 병균을 옮겼다고 믿었다. 아참! 그때 폐렴은 마누라한테 옮았던가. 이혼하기 전이었지, 아마. 원래가 그 여자는…… 아니다, 관두자.

생각할수록 성질이 났지만 가쓰마타는 고개를 휘휘 저어 떨쳐버렸다.

6층에서 내린 사람은 가쓰마타 혼자였다. 아까 접수대에서 본 비굴하게 생긴 남자는 엘리베이터에서 내리면 오른쪽에 의국이 있다고 했다. 가쓰마타는 그 말이 맞는지 자기 눈으로 확인하기 위해 병원 안내도를 살펴보았다. 신관 6층 전체가 신경정신과 병동 같았다.

신경정신과는 일반적인 정신과와 다른 건가?

오래전에 전두엽 절제 수술을 받은 환자가 일으킨 사건을 조사하느라 정신병원에 찾아간 적이 있었다. 그 병원과는 분위기가 사뭇 달랐다. 간호사가 옆에 붙어 따라가는 환자도 정신적으로 별 이상이 없어 보였다. 하긴, 겉보기에 멀쩡해 보이는 사람도 알고 보면 정신과 치료가 필요하다고 하지 않던가. 현대사회가 그만큼 깊이 병들었다는 얘기겠지.

어쨌든 이 병원 참, 돈을 아주 그냥 쓸어 담는구나, 쓸어 담아.

가쓰마타는 지나가는 간호사의 어깨를 툭 치며 물었다.

"이봐, 의국이라는 데가 어디야? 오무로 선생을 만나야겠는데, 당신이 좀 불러주지그래."

가쓰마타는 재빨리 경찰수첩을 펼쳐 보였다.

"죄송하지만 지금 회의 중이세요."

간호사는 상냥하게 응대했다.

뭐야, 경찰보다 회의가 더 중요해?

"알았어. 가봐."

가쓰마타는 긴가민가하면서 일단 오른쪽으로 가보았다. 긴 복도가 보였고 오른쪽에 두 개의 문이, 복도 끝에는 다섯 개의

문이 나란히 붙어 있었다. 남녀 화장실, 무슨실, 무슨실, 비상구까지 보였지만 어디에도 '의국'이라는 표지판은 보이지 않았다. 불친절하기 짝이 없었다.

회의라고 했으니 이 큰 방이겠군.

가쓰마타는 오른쪽 가장 안쪽 문을 열었다. 실제로 그곳은 회의실이었으나 의사는커녕 간호사나 환자도 없었다.

허! 아니, 왜 텅 비었지? 회의는 회의실에서 해야 할 거 아냐! 사람 헷갈리게. 하여튼 이 병원 무엇 하나 맘에 드는 게 없어. 멀쩡한 사람 등신이나 만들고.

문을 쾅 닫고 지나쳐온 문으로 돌아갔다. 회의를 할 만한 곳은 그 방이 마지막이었다. 이 방에도 없으면 간호사에게 가서 다시 물어봐야 하는데 그러기엔 창피했다. 그렇게 되기만 해봐라. 먼저 그 비굴하게 생긴 인간부터 주리를 틀어야겠다며 이를 갈았다.

햐, 이것들이 나를 뺑뺑이 돌리네. 두고 보자고!

가쓰마타는 손잡이를 힘주어 잡고 세게 문을 열어젖혔다.

의국이 뭐 하는 곳인지는 모르겠지만 만일 이런 데가 의국이라면 그냥 사무실이 아닌가. 책상 여섯 개가 마주 놓여 있고 흰가운을 입은 남자 세 명과 여자 한 명이 의자에 앉아 있었다. 가장 나이가 많아 보이는 남자가 파일을 든 채 일어서면서 손가락으로 안경을 바로잡으며 말하려는 찰나였다. 그러나 가쓰마타가 한발 빨랐다.

"여기 오무로 선생이라고 있나?"

바로 그 순간, 여자 옆에 앉아 있던 서른은 넘어 보이는 남자에게 시선이 집중되었다. 그가 바로 오무로 선생이란 뜻이다.

귀하게 자란 도련님 같은 인상이었다.

"제가 오무로인데 무슨 일이시죠?"

이미 아는 눈치인데 뻔뻔하게 되물었다. 그 태도가 아주 그럴 듯했다.

"경시청 수사 1과의 가쓰마타요. 잠깐 시간 좀 내주시면 좋겠소만."

일단 형식을 갖추어 인사했다. 오무로는 별일도 다 있다는 듯 맨 처음에 일어났던 남자와 눈길을 주고받았다. 그런 다음 오무로는 못마땅한 얼굴로 고개를 갸웃하더니 겨우 고개를 끄덕였다. 그 상황을 굳이 말로 표현한다면 이랬다.

경찰이 무슨 일이죠?

낸들 알아?

어쩌죠?

아, 몰라. 널 보자니까 네가 알아서 해.

오무로는 앉은 채로 가쓰마타를 다시 쳐다보았다.

"용건이 뭡니까?"

그는 단도직입적으로 찾아온 이유를 물었다. 자기 머리로 추측할 생각은 없는 모양이었다.

"후카자와 유카리 일로 찾아왔는데 몇 가지 물어봅시다."

그러자 또 한 번 오가는 두 사람의 눈길, 떨떠름한 표정과 도움을 바라는 눈빛, 가로젓는 고개.

신경정신과란 데가 원래 텔레파시를 연구하는 곳이었나?

"아무튼 시간 좀 내시지. 일요일이라 진찰도 없을 것 같아서 왔더니만, 회의를 하신다고? 좋아. 아직 멀었으면 여기서 기다리지, 뭐. 어서 끝내시든가 나중에 다시 하시든가. 어쨌든 얼굴 좀 봅시다."

그러자 오무로가 외모와는 어울리지 않게 험악한 표정으로 말했다.

"이봐요! 약속도 없이 갑자기 찾아와서 뭐 하자는 겁니까? 경찰이면 답니까?"

"입 다물어!"

가쓰마타는 열려 있는 문을 부서질 듯 세게 쾅 닫았다.

"당신! 한 달 전에 니시아라이 서 경찰이 유카리를 면회하러 왔을 때 안 된다고 거절해서 돌려보냈지? 경찰이 할 짓이 없어서 정신병자 문병이나 하고 다니는 줄 알아? 꼭 만나야 하니까, 만나야 할 이유가 있으니까 당사자를 보려고 일부러 찾아온 거라고! 회의인지 참회인지는 모르겠으나 빨랑빨랑 해치우고 수사에 협조해. 당신한테 선량한 시민으로서 상식이란 게 조금이라도 있다면 말이야."

가쓰마타가 이렇게까지 나오자 오무로도 동료와 텔레파시나 주고받을 때가 아니라고 깨달은 모양이었다. 그는 천천히 자리에서 일어나 서 있는 남자가 상사인지 그에게 꾸벅 고개를 숙여 양해를 구하고 가쓰마타 쪽으로 나왔다.

어휴, 속 터져. 얼른 나오지 못해?

가쓰마타는 다시 문을 열고 가능한 한 정중한 태도로 오무로를 복도로 안내했다.

　오무로를 따라 들어간 곳은 제3진찰실이었다. 이렇다 할 특징이 없고 평범했다. 창문 앞에 컴퓨터를 올려둔 책상이 있었다. 오른쪽 가장자리를 둥글게 자른 책상을 경계로 실내공간이 둘로 나뉜 듯 보였다. 틀림없이 의사가 안쪽에 앉아 '어떻게 오셨습니까?' 하고 환자들에게 질문하겠지.

　"어떻게 오셨습니까?"

　예상대로 오무로는 그 안쪽 자리에 앉아 환자를 대하는 말투로 가쓰마타에게 물었다.

　"몇 번을 말해? 유카리에 대해 물어볼 말이 있다고 했잖아."

　무슨 까닭인지 오무로는 짜증 난다는 듯 미간을 찌푸렸다.

　"그건 전에 오셨던 형사님께도 설명했듯이……."

　"시끄럽고. 선생, 내 말부터 잘 들으쇼."

　가쓰마타는 책상을 내리치며 오무로의 말을 가로막았다.

　"미리 말해두겠는데, 전에 왔던 사람은 내가 아니라고. 경찰이라는 작자가 전국에 26만 명이나 있어. 고작 한 사람 면회 금지시켰다고 해서 그게 전국 모든 경찰들에게 다 통할 거라고 믿는다면 아주 큰 착각이야. 웃기지 마. 게다가 전에 온 그자는 형사도 아니고 지역과 경장 나부랭이였다고. 그냥 파출소 순경이야, 알아? 그런고로 난 면회가 안 된다는 얘기를 들은 적이 없어. 면회를 금지시키려면 나한테 직접 하라고. 그러려면 각오단단히 해야 할 거야. 내가 납득할 만한 이유부터 충분히 생각해줘야 할 테니까."

오무로는 반론할 의욕이 사라진 건지 잠시 아무 말이 없었다. 그렇다면 일은 쉽게 풀린다. 하지만 실제로는 그렇지 않았다.

"하지만…… 당신은 한 달 전에 제가 면회를 금지시킨 일도 알고 계시네요. 방금 그렇게 말씀하셨잖아요? 사정을 다 알고 오신 거 아닙니까?"

어우, 이 자식을 그냥!

가쓰마타는 제대로 반론도 못 하는 근성 없는 인간도 싫었지만 당당하게 받아치는 시건방진 녀석은 더 싫었다.

"이봐, 자꾸 똑같은 말 반복하게 할래? 면회가 안 된다는 말은 나한테 한 게 아니잖아. 그리고 이번에는 살인 사건 수사 때문에 온 거라고. 죽은 유카리의 오빠는 그냥 뇌가 녹아서 죽은 이상한 사람이 아니었어. 다른 사건에 연루됐을 가능성이 크기 때문에 찾아온 거라고. 그러니 여동생이 어떤 애인지 알고 싶다 이거야. 알겠어?"

오무로는 더는 못 당하겠다는 듯 한숨을 쉬었다. 가쓰마타는 그것으로 충분했다. 인간이란 생물은 끈기가 바닥을 드러내어 만사가 귀찮아지면 제 입으로 술술 털어놓기 마련이다.

"더 얘기해봐야 소용없겠군요."

오무로는 그러면서도 도전적인 눈빛으로 가쓰마타를 똑바로 쳐다보았다.

"지난번 같은 얘기라 죄송하지만 그렇게까지 원하시면 설명해드리죠. 하지만 그 전에 경찰 신분증이나 명함이라도 보여주시죠. 경시청에서 나온 가쓰마타 씨라고 하셨나요? 제가 경찰 계통은 문외한이라 판단이 서질 않는군요."

어허, 이런 고집불통 도련님을 다 봤나.

가쓰마타는 명함을 꺼내 탁자 위에 던졌다.

"경위라……."

"알았으면 어서 설명해봐. 우선 유카리의 병명이 뭐야?"

"그건 말씀드리기 어렵습니다."

입을 꾹 다문 오무로는 꼭 선생님께 혼나는 초등학생 같았다.

"비밀 유지 의무 때문인가?"

"알고 계시니 넘어가면 되겠군요."

"넘어가긴 뭘 넘어가!"

"제가 말하지 못하는 이유를 잘 아시지 않습니까?"

어처구니가 없다. 비밀 유지 의무 따위로 설렁설렁 넘어갈 한심한 인간이 누가 있을까. 대충 형사 흉내만 내면 된다고 듣고 왔던 파출소 경장이든가, 그 철딱서니 간부 후보밖에 없을 것이다. 바로 이 오무로 같은 인간이 국가 공무원 시험 1종에 합격해서 경찰청에 채용되면, 양복을 빼입고 공장 견학하는 기분으로 관할 서에 연수나 받으러 오는 '얼치기 간부 후보 나리'가 될 것이다.

하긴…… 이번 수사본부에도 그런 인간이 하나 있지.

3방면 본부장 기타미 가쓰요시 치안감의 장남 기타미 노보루였다. 하지만 가쓰마타는 같은 핏줄인 아버지에 비해 날카로운 눈매를 가진 아들 쪽이 인상 깊었다. 예전에 자기가 알던 사

람에 비유한다면 공안 시절 공작 임무를 맡았던 모 종교 단체의
홍보부장과 비슷한 분위기였다. 설마 경찰청에서 그 종교 단체
사람을 신입으로 채용하지는 않았겠지. 모르는 일이다. 좌우간
이 문제도 언젠가 한번 신중하고 은밀하게 조사해볼 만하다.

지금은 그 일에 신경 쓸 때가 아니지.

가쓰마타는 짧게 자른 머리를 긁적이고는 하던 이야기를 계
속했다.

"오무로 선생, 그 비밀 유지 의무란 게 사람 목숨보다 중한
가? 내 얘기 잘 들어보라고. 사람이 죽었어요, 그것도 두 명이나
살해당했다고. 마음의 병이 얼마나 대단한지는 모르겠으나 목
숨을 잃은 사람에게는 병에 걸릴 마음조차 없어요. 목숨을 아
예 빼앗겼거든, 알겠어? 나는 유카리의 병세를 신문에다 대서
특필하자는 게 아니야. 우선 대화가 가능한 상태인지 아닌지만
알면 돼. 그런 다음 유카리의 얘기를 들어볼지, 아니면 당신들
이 작성한 진료 기록을 보고 전후 사정을 파악할지를 판단할 거
야. 그런 건 나중에 결정할 일이지만. 자, 어때? 이해가 가나? 이
제 병명 따위는 집어치우고, 유카리가 대화를 할 수 있는지 없
는지, 그것만 말해봐."

가쓰마타는 이렇게까지 떠들었으니 거부하지 못하리라 생각
했다.

"죄송합니다. 그것도 말씀드릴 수 없습니다."

오무로는 떨리는 목소리로 대답하면서도 아주 매서운 눈빛
으로 가쓰마타를 쏘아보았다.

접수대도 그렇고 건물도 그렇고…… 이놈의 병원이 사람을 아주 갖고 노네!

가쓰마타도 오무로에게 질세라 같이 노려보았다.

"이유가 뭐야? 왜 대화가 가능한지 아닌지도 말할 수 없다는 거야?"

"꼭 그렇지는 않아. 말도 안 통하는 사람을 억지로 만나서 뭐 하겠어?"

오무로의 눈가가 붉어지더니 눈물이 고였다. 왜 눈물을 글썽이는지 가쓰마타는 도통 이해되지 않았다. 굳이 해석을 붙인다면 오무로가 유카리에게 반했다든가 그 비슷한 이유일 것이다. 만약 사실이라면 그것도 성가신 문제다. 때로는 사랑에 빠진 남자가 두목에게 충성을 다하는 조직폭력배보다 훨씬 더 고집스럽다.

"당신, 유카리에게 마음 있어?"

"뭐요? 이 사람이 진짜!"

오무로는 새빨갛게 달아오른 얼굴을 하고 주먹 쥔 손으로 책상을 짚고 벌떡 일어섰다.

"그게 무슨 말도 안 되는 소리입니까?"

이런 걸 두고 사람들은 흔히 순정이라고 하던가. 그러나 가쓰마타의 생각은 달랐다.

저건 그냥 허세다. 자기가 비련의 주인공인양 연기하는 것이다.

"근데 눈물은 왜 글썽거리는지 모르겠군."

오무로는 가쓰마타가 비아냥거리자 분해서 못 참겠다는 듯 책상을 쾅 내리쳤다.

"누가 눈물을 글썽거렸다는 겁니까? 전 그저 의사로서 당신처럼 위압적인 사람이 제 환자와 접촉하는 걸 바라지 않을 뿐입니다. 당신의 그런 태도는 사람의 마음을 극도로 위축시킨다고요. 그런 현상은 당신과 만나는 그 순간에는 바로 나타나지 않습니다. 뒤늦게 공포감이 떠올라서 호전되던 상태를 급속히 악화시킵니다. 이럴 줄 알았으면 지난번에 도도로키 씨가 왔을 때 면회시켜 드릴 걸 그랬습니다. 그분은 당신보다 몇 십 배는 더 사려 깊었으니까요."

이번에는 내가 무신경하다고 난리군. 흥! 사려 좋아하시네. 한심한 자식. 어처구니가 없어 말이 안 나온다.

가쓰마타는 코웃음을 쳤다.

"사려 깊지 못해서 미안한데 그건 사려의 문제가 아니라 책임감의 차이야. 난 수사에 대한 책임감이 더 크거든."

"환자에 대한 인권 무시가 당신이 말하는 책임감입니까?"

"내가 환자의 인권을 무시했다고? 애초에 그럴 작정이었으면 유카리 병실이 몇 호냐고 간호사한테 물어서 곧장 찾아갔어."

"마, 말 같은 소리를 하세요. 당신 미쳤어요?"

하다하다 이제는 '미친놈' 취급인가? 보면 볼수록 한심한 인간이군.

비통해하는 오무로의 얼굴을 쳐다보며 가쓰마타는 불가사의하다는 말밖에 나오지 않았다. 경찰이 환자 좀 면회하겠다는데 왜 저렇게 쌍심지를 켜고 반대할까. 참으로 이해하기 힘든 행동이었다. 하지만 여기서 면회를 성사시키지 못하면 가쓰마타로서는 여간 낭패가 아니었다.

후카자와 야스유키는 실형 3년을 선고받았다. 소년형무소 출소 이후 1년간의 행적은 히메카와 반이 조사하기로 했다. 새로운 정보가 나올 가능성이 가장 많은 수사 범위여서 탐이 났지만 뒤늦게 합류한 가쓰마타 반으로서는 불평할 처지가 아니었다. 그다음으로 중요한 문제가 소년형무소 안에서의 인간관계였다. 그 수사는 가쓰마타가 부하들에게 맡긴 상태였다. 자기가 먼저 직접 내린 지시 사항이라 지금에 와서 딴말할 수도 없었다. 나머지는 소년형무소에 들어가기 전 행적이었다. 솔직히 말해서 가쓰마타는 후카자와가 이번 사건에 직접 관련이 있는지 없는지 의문이었지만 그래도 해보겠다며 자원했다.

이유는 간단했다. 4년 전 판결이 의문스러웠기 때문이다. 죽은 부모의 시체를 훼손할 목적에서 방화한 게 아니라 불을 질러 죽였다는 쪽으로 혐의가 갔다. 당시 수사관도 의심은 했겠지만 그 사실을 입증할 만한 방법이 없어서 살인죄를 적용하지 못했을 것이다.

누구라도 후카자와가 부모를 죽인 뒤에 불을 질렀다고 생각했겠지.

후카자와가 과거에 살인을 저지른 적이 있었다면 이번 사건에 연루되었을 가능성이 높다. 이건 어디까지나 가쓰마타의 추측일 뿐이었다. 그리고 아무리 의심스러워도 '후카자와 야스유키는 과거에 살인을 저질렀다'는 말을 대놓고 떠벌려서는 안 되었다. 그런 말을 함부로 떠들고 다니는 바보 같은 인간은 저 여자 주임 하나로 충분했다. 먼저 심증을 굳히고 사건의 정황을 확정한 다음, 증거 확보에 주력한 후 사실 가능성이 높은 쪽으로 수사 범위를 압축한다. 그런 다음 증언을 수집한다. 이게 바로 수사다. 그러려면 죽은 후카자와의 과거를 아는 중요인물, 여동생 후카자와 유카리의 증언이 필요했다.

"……공황장애, 울증, 이인증(離人症), 자해 행위."

갑자기 오무로가 중얼거리듯 병명을 늘어놓았다.

"뭐라고?"

가쓰마타가 되물었지만 오무로는 설명하지 않았다.

끝까지 기분 나쁜 놈이야.

그래도 대충 감은 잡았다. 공황장애란 말은 아마도 패닉을 일으키기 쉽다는 뜻인가 보다. 울증이란 흔히 말하는 우울증이다. 이인증은 잘 모르겠고, 자해 행위는 '리스트 컷 증후군'이라 불리는 병증이다.

상태를 말하라니까 그걸 또 속사포 쏘듯 쏟아내네.

"그게 전부 유카리의 병명이라는 거야?"

"그렇습니다. 중증 정신 질환자라고 보시면 됩니다."

"대화는 불가능하겠군."

"대화는 될 때도 있고 안 될 때도 있다는 대답밖에는 못합니다. 그래도 외부인과의 접촉은 아주 신중하게 판단해야 합니다. 문제는 면회를 할 때 대화가 가능한지 여부가 아닙니다. 아까도 말씀드렸듯이 면회 후에 나중에 가서 중대한 장애가 생길 가능성이 높습니다. 그 부분도 이해해주셨으면 합니다."

"그럼 유카리의 입퇴원 이력이나 읊어봐."

"쭉 입원해 있었습니다. 상태가 호전됐을 때는 퇴원해서 아동 보호 시설로 돌아가기도 했지만 최근에는 계속 입원해 있었습니다."

"내 눈으로 확인하게 진료 기록 좀 보여줘 봐."

"그건 안 됩니다. 수색 영장이라도 가져오면 모를까, 기본적으로 사생활 침해가 될 사항에는 협조하지 않습니다."

가쓰마타는 자기도 모르게 한숨이 나왔다.

드물지만 꼭 이런 작자들이 있다. 자기가 세상에서 가장 정의로운 사람이라고 믿어 의심치 않는 인간들. 이 의사 놈은 자기 환자를 자신과 동일시하여 보호하려는 것이다. 가쓰마타 쪽에서는 일일이 영장이나 받으러 다닐 틈이 없어서 이렇게 부탁하는 건데, 그런 고충은 티끌만큼도 이해하려 들지 않는다. 더군다나 가쓰마타가 생각하기에 의사란 족속들은 푼돈에는 꿈쩍도 않는 생물이다. 100만 엔 이하는 돈으로도 안 본다. 공안 시절이면 모를까, 형사부에서는 그런 거액의 공작금은 꿈도 꾸지 못한다.

가쓰마타는 두 손으로 탁자를 짚고 일어섰다.

"알았어. 오늘은 이쯤에서 돌아가지. 다음에는 당신도 다른 말 못 하게 제대로 영장 받아 오겠어. 그때는 의사 양반이 좋든 싫든 유카리에 대해 아주 탈탈 털어보자고, 오케이?"

"어이가 없군요. 이제는 아예 협박입니까?"

오무로가 입술을 깨물며 대답했다.

"그렇게 이해해도 상관없고."

가쓰마타는 문을 열면서 오무로를 한번 돌아보았다. 탁자에 엎드린 그의 등이 들썩거렸다.

뭐야, 우는 거야? 사내 녀석이 기분 나쁘게 훌쩍거리긴.

가쓰마타는 재수 없다는 듯 어깨를 으쓱하고는 문을 닫았다.

마침 아까 만났던 간호사가 건너편에서 나왔다. 자세히 보니 꼼꼼하게 화장해서 꾸민 얼굴이 돈푼깨나 밝히게 생겼다.

4

8월 18일 일요일. 오전 8시 30분.

그날의 수사 방침을 확인하는 조회에서 중대 사실이 발표되었다.

"음…… 어제 우치다메 저수지에서 발견된 시신의 신원이 밝혀졌다. 피해자 이름은 나메카와 유키오, 38세. 주소는 도쿄 도 미나토 구 아자부다이 ××번지. 기혼이고, 두 딸을 둔 가장이다. 대형 광고 회사 하쓰코도 사원이며 그쪽 업계에서는 꽤 유명한 크리에이터로 통한다고 한다. 나메카와는 재작년에 교통 사고를 낸 사실이 있는데 단독 사고였고 본인 외에 부상자는 없었다. 그 사건 조서에 날인한 지문이 이번 시체의 지문과 일치하여 동일 인물로 확정됐다. 나메카와는 지난달 19일 행방불명자로 등록된 상태다."

이어서 수사 담당자가 정해졌다.

"가쓰마타와 레이코는 피해자가 근무했던 하쓰코도를 조사하도록."

레이코는 숨을 죽였다.

왜 하필 간테쓰랑…….

레이코는 슬쩍 이오카 맞은편을 보았다. 보충된 수사관 수에 맞춰 개수가 늘어난 책상들 사이로 가쓰마타가 보였다. 그는 왼쪽 맨 앞줄에 앉아서 한결같은 표정으로 손에 든 자료를 읽으며 메모하고 있었다. 그 옆에는 가메아리 서의 베테랑 경사가 앉아 있었다. 오늘은 가쓰마타와 베테랑 경사가 한 조로 뛰고 레이코와 이오카 조가 동행한다.

가쓰마타를 보자 어제 불쾌했던 감정이 되살아났다. 하지만 이제는 아무렇지 않았다. 어제는 잠깐 방심했던 모양이다. 머릿속에서 맴돌던 가쓰마타의 말이 니시아라이 서 앞의 뜨거운 열기와 풍경을 접하는 순간 불현듯 열일곱 살 그날의 광경을 떠오르게 했던 것뿐이다.

오늘은 무슨 말을 듣더라도 버틸 거다. 또 기절해선 안 돼.

레이코는 감았던 눈을 떴다. 무의식중에 표정이 험악해졌던지 이오카가 걱정을 담은 눈으로 레이코를 쳐다보았다. 그러더니 금세 억지웃음을 띠며 그녀를 향해 소곤거렸다.

"지가 주임님을 지킬 겁니데이."

레이코도 미소로 답했다.

"고마워. 하지만 이제 정말 괜찮아. 다시는 지지 않아."

레이코는 마음속으로 다짐했다.

그래, 난 그때 그 여고생이 아니야.

레이코는 회의가 다 끝날 때까지 기다리지 않고 자리에서 일어섰다.

하쓰코도에 도착한 레이코 일행은 곧장 수사를 시작했다. 업종만 다를 뿐 나메카와에 대한 회사 안의 평판은 가네하라의 경우와 별 차이가 없었다.

아니, 어찌 보면 가네하라보다 훨씬 더 후했다. 나메카와는 회사 안팎에서 존경받는 존재였으며, 천재적인 능력까지 갖춘 사람이었다. 레이코가 참고할 겸 그가 무슨 광고를 만들었는지 물어보자 레이코도 잘 아는 화장품 광고가 거론되었다. 그 밖에도 인스턴트라면 포장지도 개발했고 최근에는 인기 많은 아이돌 가수의 뮤직비디오까지 제작했다. 유명 크리에이터라는 말이 맞긴 맞았다.

사생활이 복잡해서 교제 상대도 여고생부터 쉰 살이 넘은 여배우까지 아주 다양했다. 같은 부서에서 근무한 동료가 말하기를, 나메카와의 부인은 남편의 화려한 여성 편력을 눈감아주었다고 했다. 아량이 넓은 여자인지, 아니면 질투도 하다 지쳐 무뎌진 것인지는 모르겠지만, 어느 쪽이든 레이코로서는 이해하기 힘든 정신 구조를 가진 여자다. 레이코에게 외도란 결코 있어서는 안 될 일이었다. 어쨌든 그 부분은 자택 수사를 맡은 기쿠타가 자세히 보고할 것이다.

여자 문제만 빼면 나메카와와 가네하라 사이에는 여러 가지 면에서 공통점이 있었다. 나메카와의 부하 직원이 했던 증언은 그것을 뒷받침했다.

"나메카와 씨는 재작년에 광고대상을 받았는데요. 자기 목표는 광고대상이 아니라고 했으면서 그 후로는 아무 의욕도 없어 보이더군요. 미래가 불투명하다는 말도 했고요. 작년 내내 그랬어요. 그래도 천하의 나메카와 씨가 어디 가나요? 다른 제작자들은 기를 쓰고 달려들어도 못 하는 일들을 다 해내더라고요. 하지만 가까이서 지켜본 저나 동료들은 눈치채고 있었어요. 아이디어 감각이 예전보다 떨어진다는 사실을요. 사고가 굳어져서 현 상태를 유지하는 데만 급급했다고나 할까요?"

예술 계통에서 일하는 사람이라면 누구나 한 번쯤 가졌을 법한 고민이다.

"그런데 올해 들어 확 변했어요. 예전 감각이 살아난 건지 아니면 사람이 바뀐 건지는 모르겠지만, 광고대상을 타기 전보다 훨씬 더 끝내주더군요. 역시 천재는 다르다면서 다들 입을 모아 칭찬했고 우러러봤죠. 나메카와 씨도 신나 했어요. 하지만…… 그것도 도가 지나치니까 따라가기 힘든 부분이 있더라고요. 일에서도 마찬가지였어요. 얼마든지 할 수 있으니 일을 더 달라고 조르는 느낌이었다고 해야 하나……."

따라가기 힘들었다는 부분이 마음에 걸렸지만 일단 부하 직원의 말을 계속 들어보기로 했다.

"그래서…… 제가 한마디 했어요. '나메카와 씨, 지금처럼 그렇게 죽어라 일만 하다가는 진짜 죽어요.' 하고 말이죠. 그랬더니 뭐랬는줄 아세요? 언제 죽더라도 후회하지 않게 지금 열심히 살아야 하지 않겠냐고 하더군요. 어찌나 무안하던지. 저도 그분 말이 무슨 뜻인지는 잘 압니다. 하지만 빨리 죽는 거하고 매일 후회 없이 사는 건 전혀 다른 얘기잖아요. 나메카와 씨는 한시라도 빨리 죽고 싶어서 발악하는 사람 같았어요. 적어도 제 눈에는 그렇게 보였어요. 그래서 죽었다는 얘기를 들어도 전혀 놀랍지가 않더군요. 그런데…… 나메카와 씨는 왜 죽었어요? 살해당했다던데 싸움이라도 했나요? 어째서 한 달씩이나 발견이 늦어진 거죠?"

원한에 대한 구체적인 이야기는 들을 수 없었다. 가네하라와 비교하면 업무 관계로 원성을 샀을 이야기들이 나올 만도 했다. 하지만 나메카와도 일개 직원일 뿐이었다. 일하다 보면 문제가 생기기도 하지만 그렇다고 해서 엽기적인 수법으로 상대를 죽이진 않는다. 보통은 살인 사건으로까지 발전하지도 않는다. 현재로써는 업무상의 문제는 배제해도 좋을 듯했다.

아직 가네하라와 직접 연관된 단서는 나오지 않았다. 하긴, 사무기기 임대 회사의 영업 사원과 잘나가는 광고회사 크리에이터 사이에 무슨 연관성이 있겠는가. 업무의 범주가 전혀 다르다. 하쓰코도 본사에 복사기 같은 사무용품을 대여해주는 회사도 오쿠라 상회는 아니었다.

나메카와의 스케줄을 가장 자세하게 파악하고 있는 부하 여직원에게 이야기를 들어보았다.

"확인해보니 7월 13일에는 저녁 일정을 분명히 취소하셨어요. 그 전 달이면 6월 8일인가요? ……아, 그날은 휴가를 내셨군요. 또 그 전 달 둘째 주 일요일이면 5월 11일인데…… 어머, 신기하네? 이날도 저녁 일정이 없었어요. 전혀 몰랐네요. 매달 둘째 주 일요일마다 나메카와 씨가 뭔가를 하셨나요?"

그건 내가 묻고 싶은 질문이라고!

부하 여직원의 증언은 대단히 중요한 단서였다.

날짜를 거슬러 올라가 보니 나메카와는 작년 12월부터 매월 둘째 주 일요일은 일정을 잡지 않고 비워두었다는 사실이 드러났다. 4월에는 먼저 잡혀 있던 일정을 취소하기도 했다. 선약까지 취소해가며 가려던 곳이 어디였을까? 무엇을 하려던 것일까? 물론 회사 측에서는 그런 변화를 전혀 파악하지 못하고 있었다. 무엇을 했는지조차 몰랐다. 아무튼 둘째 주 일요일을 비워두기 시작한 시기와 직속 부하가 증언했던 나메카와의 '부활' 시기가 묘하게 맞아떨어졌다.

아마도 나메카와는 작년 12월 8일 일요일에 무언가와 만났을 것이다. 매월 둘째 주 일요일로 정해진 무언가를. 만나야 할 그 것이 사람이었을까, 자연발생적인 현상이었나, 어디서 개최한 이벤트였을까. 모종의 거래? 아니면 이 모든 것을 뛰어넘는 특별한 무엇?

나메카와는 도대체 무엇에 자극을 받았을까?

그 무언가로 인해 나메카와는 다시 업무에 의욕을 내기 시작했고, 이전보다 뛰어난 실력을 보여주었다. 그리고 약 6개월 뒤인 7월 13일 갑자기 행방불명되었고 19일에 행방불명자로 등록되었다. 신고 날짜가 늦은 이유는 나메카와가 가네하라처럼 평일 9시에 출근해서 5시에 퇴근하는 평범한 직장인이 아니었기 때문일 것이다.

어쨌든 둘째 주 일요일의 무언가가 그들을 일터로 달려가게 했다.

이 가설대로라면 가네하라 역시 도토 은행에 적극적으로 공략해 들어간 봄 무렵부터 둘째 주 일요일마다 무언가와 연관되기 시작했을 것이다. 그의 부인이 정확하게 기억하지 못해서 확실하지는 않지만 봄부터 매달 한 번씩 휴일 밤이면 집을 비었다고 증언했다. 가네하라와 나메카와는 매월 둘째 주 일요일에 무엇을 했을까? 대체 무엇을.

그리고 그들은 둘째 주 일요일에 살해당했다.

정확히 말하면 나메카와가 7월 13일에 살해되었다는 것도 아직은 추측일 뿐이다. 사망 추정 날짜는 7월 중순. 그의 시신에서 더 이상의 증거를 기대하는 것은 불가능하다. 어쨌든 그는 13일 밤에 잡혀 있던 일정을 취소했고, 그 후에 행방불명되었다. 또한 동일한 살해 방법에 비추어 볼 때 사망일은 13일이라고 봐도 무방할 것이다.

가설을 좀 더 확대시키면 8월에 가네하라, 7월에 나메카와, 그 전 달인 6월과 5월에도 희생된 사람이 더 있으리란 추측도 가능하다. 나메카와가 작년 12월부터 계속 똑같은 '무언가'에 관련되었던 거라면 최악의 경우 희생자는 아홉 명으로 늘어난다.

그럼 또 다음 달 둘째 주 일요일에 누군가가 살해될지 모른다.

대체 무엇일까? 그것과 연관되면 일의 의욕이 살아나는 무엇. 한편으로는 살해당할 위험도 있는 무엇.

살해당할, 순서를 기다린다?

레이코는 문득 무언가가 떠올랐지만 곧 말도 안 된다 싶어 피식 웃어넘겼다.

레이코는 하쓰코도 회사 안의 회의실 두 곳을 빌려 가쓰마타 조와 따로따로 각각 면담했다. 사전에 나메카와의 상사에게 평소 그와 친했던 직언들 목록을 뽑아달라고 부탁하여 인원수를 두 팀이 똑같이 나누어 가졌다.

레이코와 이오카는 오전 동안 예상했던 인원의 절반쯤 면담을 마쳤다. 시계를 보니 12시 10분이 지났다.

"우리도 이제 점심이나 먹을까?"

레이코가 말은 먼저 꺼냈지만 정작 자신은 별로 배고프지 않았다. 그보다는 다른 회의실에서 직원을 면담하고 있는 가쓰마타가 무슨 성과를 올렸는지가 가장 궁금했다.

오늘 아침 가메아리 서에서 하쓰코도 본사가 있는 미나토 구 시바우라까지 오는 한 시간 동안 전철에서나 길에서나 가쓰마타는 레이코에게 불필요한 말은 한마디도 하지 않았다. 회사에 도착해서도 두 팀으로 나누어 면담하자는 제안과 면담 대상자 분담 이야기만 했을 뿐, 쓸데없는 말은 전혀 하지 않았다.

왜 이러시나, 이 스토커 아저씨가.

하지만 레이코 입장에서는 다행이었다. 차가운 바늘로 상처를 쿡 찌르는 듯한 가쓰마타의 독설, 그것을 듣지 않은 덕에 오늘 아침에는 평소처럼 일을 척척 해치울 수 있었다. 무슨 말을 듣더라도 동요하지 말자고 마음속으로 다짐했지만 불안하지 않았다고 하면 거짓말이다. 실제로 그 인간이 무슨 소리를 지껄일지 모르기 때문이다.

"가쓰마나 주임님한테도 같이 점심 묵자고 해야겠지예?"

이오카가 가볍게 한숨을 쉬었다.

"같이 식사 못 할 이유도 없잖아. 게다가 오전 면담에서 성과가 있었다면 서로 교환하는 게 좋겠지. 우리가 얻은 정보하고 맞춰봐야 오후 면담 때 효율도 오를 테고."

레이코는 이렇게 말하면서도 내심 불안했다. 과연 가쓰마타가 면담에서 자기가 얻은 정보를 레이코 쪽에 순순히 넘겨줄까? 그렇다, 그가 아무리 이기적인 인간이라고 해도 공동으로 분담해서 진행한 면담 내용까지 숨기지는 않을 것이다. 이번 조사는 가쓰마타와 레이코가 각자 얻은 성과를 대조해봐야 비로소 하나의 결과물이 된다. 가쓰마타도 레이코가 얻어낸 면담 내용이 궁금할 게 틀림없다.

"자, 가지."

레이코는 이오카를 데리고 회의실에서 나왔다. 파란 양탄자가 깔린 깨끗한 복도를 지나 크리에이티브국이라고 적힌 넓은 사무실로 들어갔다. 광고 회사의 일상이 어떤지는 모르겠지만 지금 상황은 그야말로 전쟁터가 따로 없었다. 사람들이 뒤섞여 분주하게 오갔다. 정오가 지났는데도 점심시간의 여유는 조금도 느껴지지 않았다. 어깨 높이까지 올라오는 칸막이로 구분된 책상은 하나같이 산더미 같은 서류와 상품포장, 모형 샘플들이 뒤덮고 있었다.

미로같이 복잡한 사무실 안쪽에 회의실이 세 칸 있었다. 각 칸의 칸막이는 허리 높이를 경계로 윗부분이 유리창으로 되어 있었다. 가쓰마타 조는 가장 왼쪽 방을 차지했다. 그 방에는 노란색 블라인드가 쳐 있었다. 오른쪽 방도 누가 사용하는 중인지 녹색 블라인드가 내려져 있어서 안이 보이지 않았다. 가운데 방만 블라인드가 쳐 있지 않아 빈 회의실임이 분명했다. 저 방의 블라인드는 무슨 색일까?

레이코는 직원들의 업무를 방해하지 않도록 벽을 따라 걸었다. 왼쪽 회의실 문을 두드리려고 하는데 가까이 있던 여직원이 레이코에게 말을 걸었다.

"저기요."

"왜 그러시죠?"

"그 방에 계시던 일행 분들은 30분쯤 전에 나가셨는데요."

순간적으로 레이코는 그 여직원의 말을 이해하지 못했다.

"일행이라면 혹시 이 회의실을 빌린 우리 형사 말씀이세요?"

"네."

이오카가 문을 열어보더니 "음마, 진짜 없네." 하고 중얼거렸다.

"둘 다 나갔어요?"

레이코가 여직원에게 되물었다.

"네…… 아, 아니요. 가스미 씨도 같이 갔으니까 세 명이네요."

가스미…… 아, 당했다!

시라토리 가스미는 사내에서 나메카와와 오래된 연인 사이였다.

"저기요, 가스미 씨 말인데요. 오후에나 회사에 온다고 하지 않았나요?"

"그건, 확실하게 약속드릴 수 있는 시간이 오후쯤이라는 뜻 아니었을까요? 11시쯤 지나서 회사에 왔고, 또 그 일행분이……."

이런 비겁한 짓을!

가스미는 원래 나눠 가진 명단대로라면 레이코 담당이었다. 오전 면담 중에도 그녀의 이름이 여러 번 나와서 시내에서는 공공연한 연인 관계였음을 알 수 있었다. 사실 나메카와는 가정이 있으니 불륜 관계라고 해야 하나. 어쨌든 그녀는 나메카와가 결혼하기 전부터 사귀어온 사이였으므로 공적으로나 사적으로나 나메카와의 모든 것을 꿰고 있을 중요한 인물이었다.

간테쓰, 치사하게 나온다 이거지!

그저 면담 기회를 가로챈 것뿐이라면 봐줄 수 있다. 그게 아니라 자기 마음대로 회사 밖으로 데리고 나가다니, 이건 또 무슨 경우인가? 이제 와서 가쓰마타의 휴대전화로 전화해본들 받을 리가 없고, 가스미에게 연락한다고 해도 가쓰마타가 넘겨주지 않을 게 뻔했다. 설령 넘겨주더라도 중요한 내용은 다른 형사에게 말하지 말라고 가스미에게 입막음했을지도 모른다.

그렇다. 그 인간이라면 그런 치사한 일쯤은 아무것도 아니다.

젠장, 깨끗이 당했어. 내가 너무 방심했어.

레이코는 오늘 아침부터 가쓰마타가 쓸데없이 입을 놀리지 않고 과묵했던 이유를 그제야 깨달았다.

* * *

기쿠타는 아자부다이에 위치한 나메카와의 자택을 찾아갔다.

바깥쪽 담장과 가옥의 외벽이 벽돌로 통일되어 있어 언뜻 보기에 오래된 저택 같았다. 하지만 자세히 보면 진짜 벽돌이 아니라 요즘 유행하는 벽돌처럼 디자인 된 외장재임을 알 수 있었다.

대문에 붙어 있는 카메라 달린 인터폰을 누르자 '네, 누구세요?' 하고 기품 있는 여자 목소리가 흘러나왔다.

"실례합니다. 경시청에서 나왔습니다."

"잠시만 기다리세요."

바로 문이 열렸고 황록색 원피스를 입은 여자가 나타났다. 나이는 레이코와 비슷하거나 조금 더 어려 보였다. 현관에서부터 대문까지 걸어올 때 몸짓이나, 대문 안에서 발을 모으고 서 있는 모습에서 바르게 교육받고 자란 티가 역력했다. 양갓집 규슈, 이런 말이 어울리는 여자였다.

기쿠타는 열린 문으로 들어가서 우선 머리를 숙였다.

"삼가 고인의 명복을 빕니다."

그녀는 아무 대답 없이 그저 천천히 고개를 숙여 답했다. 기쿠타를 현관으로 들어오라고 할 때도 기어드는 목소리로 '들어오세요.'라는 한마디밖에 하지 않았다. 남편의 죽음을 알고 낙담해서라기보다 원래부터 그렇게 시원시원한 성격이 아닌 듯했다. 이 여자가 레이코처럼 활기차게 걷거나 책상을 내리치며 고함을 지르는 모습은 상상되지 않았다.

나는 이런 여자보다 역시 레이코 같은 여자…….

기쿠타는 가메아리 서의 젊은 순경과 함께 부인을 따라갔다.

현관 안으로 들어가자 고급스러워 보이는 세간이 한눈에 들어왔다. 광고 회사의 잘나가는 크리에이터쯤 되면 이렇게나 벌이가 좋은가, 아니면 내가 가구 보는 눈이 없어서 내 눈에만 비싸 보이는 건가.

"들어오세요."

안내를 받아 들어간 곳은 넓은 거실이었다. 바닥도 보통 바닥재가 아닌 데다 도형을 여백 없이 붙여서 채운 고급스러운 디자인으로 깔려 있었다. 레이스로 장식한 돌출형 창문의 선반 위에는 액자가 몇 개 놓여 있었다. 틀림없이 나메카와 부부와 두 딸의 사진이겠지만 지금은 그 사진을 보며 뭐라 말할 분위기가 아니었다. 일단 권하는 대로, 몸이 푹 파묻힐 정도로 부드러운 소파에 앉았다.

부인은 금방 차가운 홍차를 내온 뒤 맞은편에 앉았다.

"상심이 크실 텐데, 송구합니다만……."

운을 뗐으나 부인은 잠자코 고개만 끄덕였다. 남편을 잃은 충격으로 이성을 잃고 흐트러질 법도 하건만 그런 기색은 전혀 보이지 않았다. 기쿠타는 썩 내키지 않았지만 가족 구성부터 확인하기 시작했다.

부인은 나메카와 도모요, 28세. 나메카와와는 정확히 열 살 차이였다. 도모요는 단기 대학을 졸업하고 종합 상사에서 근무했을 때 업무차 드나들던 나메카와를 알게 되었고 6년 전에 결혼했다. 결혼 이듬해에 큰딸이 태어났고, 지금은 다섯 살과 세 살짜리 두 딸의 어머니였다. 친정은 상당한 부자인 듯했으며, 이 집을 지을 때도 꽤 많은 지원을 받았다고 했다.

그렇겠지. 마흔도 안 된 회사원이 가질 수 있는 집은 아니지.

기쿠타는 조금 전에 봤던 돌출형 창문 쪽으로 눈을 돌렸다.

"좀 무례한 질문 하나 하겠습니다. 너무 기분 나쁘게 생각하지는 마십시오."

"네, 무엇이든 물어보세요."

도모요는 탁자를 내려다보며 대답했다.

"최근 부부 사이는 어떠셨습니까?"

가늘게 숨을 들이쉬기는 했지만 도모요는 평정을 유지한 채 쓸쓸하게 미소 지었다.

"좋지도 나쁘지도 않았어요. 처음으로 말하는 건데 저는 남편에 대해 잘 몰라요. 이런 이야기까지 하면 집안의 치부를 드러내는 꼴이지만…… 회사 쪽을 조사하시면 언젠가는 아실 테니 제가 먼저 말씀드릴게요. ……회사에 남편과 결혼 전부터 사귀어온 여성이 있어요. 시라토리 가스미라는 여자예요."

도모요가 이야기하는 내용과 그녀의 침착한 태도에서 묘한 괴리감을 느꼈다. 기쿠타는 의심스러운 점을 숨기지 않고 물었다.

"부인은 그 사실을 알고도 결혼하신 겁니까?"

부인은 천천히 고개를 저었다.

"아뇨, 결혼하고 딸이 생긴 뒤에 알았어요. 본인 입으로 분명하게 들은 건 둘째 딸을 임신했을 때였고요. 하지만 그 전부터 어렴풋이는…… 저처럼 둔한 사람이 눈치챌 정도로 확실한 증거를 묻혀 오고도 태연한 사람이었거든요."

와이셔츠에 립스틱 자국이 묻었다거나 향수 냄새가 났다거나 하는 말일까.

"하지만 분명히 저에게도 원인이 있었을 거예요. 저는 남편에게 프러포즈를 받고 바로 결혼했어요. 그때는 '아, 결혼이란 이런 건가?' 싶더군요. 첫째가 태어났을 때도, 이 집을 지을 때도 그랬어요. 아, 이런 건가……. 저도 여자라서 프러포즈를 받고나니 기쁘기도 했고, 그이가 남들보다 곱절은 더 일할 수 있는 사람이어서 주위의 친구들이 대단하다고 호들갑을 떨면 자랑스럽기도 했어요. ……하지만 기쁘기는 한데 억지로 기뻐하도록 제가 제 자신에게 최면을 걸었다고 할까, 저도 제 진심을 몰랐다고 할까, 그렇더군요."

도모요가 시선을 피하며 고개를 갸웃했다.

"남편도 당신은 어떻게 생각하느냐고 저에게 종종 물었어요. 하지만 그런 질문을 받으면 딱히 드는 생각이 없었어요. 제가 기쁜지, 슬픈지, 즐거운지, 괴로운지……. 아마 그런 점이 원인이었을 거예요. 남편은 저에게 따로 사귀는 여자가 있다고 했어요.

그때도 묻더군요. '당신은 어떻게 생각해?' 그 순간에도 전 그저 '아, 이런 건가?' 하는 생각밖에 들지 않더라고요. 배신당했다는 사실에 화가 나기는 했어요. 슬프기도 했고, 앞으로 닥칠 일을 생각하면 불안하기도 했고…… 하지만 그것도 이런 건가, 하는 막연한 감정이었을 거예요. 이 감정은 도대체 뭘까요?"

기쿠타는 말문이 막혔다. '글쎄요.'라고 솔직하게 답할 수도 없는 노릇이었다. 일단 이런 화제는 대충 얼버무리는 게 상책이었다.

"그러셨군요. 그럼…… 최근에 남편분 행동에 이상한 점은 없었습니까?"

"사실 저희 둘 사이가 서먹해서 저도 아는 게 없어요. 직업상 주말에도 집에 있는 때가 드물었어요. 집에 오면 아이들에게는 다정하고 좋은 아버지였어요. 저도 최근에는 이렇게 살아도 나쁘지는 않겠다고 느끼는 정도였죠. 집에 월급을 가져다주지 않는 일도 없었고요. 그러니 부부 사이가 좋았는지 어땠는지는…… 주위에서는 이런 관계를 좋지 않게 보기도 하겠지만 저는 원래 그러려니 하고 살았어요."

기쿠타는 점점 열불이 났다. 쓸 만한 정보를 하나도 못 건졌다는 실망보다 이 여자가 가진 부부 관계나 인생에 대한 가치관 때문에 짜증이 났다. 기쿠타라면 죽었다 깨어나도 그렇게는 살지 못한다. 성장 배경이 어땠기에 저런 인간이 됐는지 짐작하기도 어려웠다.

대답이 이런 식이면 뭘 물어도 헛수고야.

기쿠타는 거의 포기하는 심정으로 도모요에게 나메카와의 대인 관계를 물었다.

* * *

가쓰마타는 세련된 이탈리안 식당에서 가스미와 마주앉았다. 물론 이 식당을 고른 사람은 가쓰마타가 아니라 가스미였다. 가쓰마타였다면 주저 없이 돈가스 전문점을 택했을 것이다.

이름이 가쓰마타라서? 아니, 그건 아니다.*

1시가 넘은 시각이었다. 가쓰마타는 크리에이티브국으로 들어온 이 미인에게 눈길을 빼앗겼다. 그때 면담 상대였던 나메카와의 부하 직원에게 저 미인은 누구냐고 물으니 그가 씩 웃으며 대답했다.

"저 사람이 나메카와 씨의 애인입니다. 아까 말씀드린 시라토리 가스미 씨요."

검은 민소매 셔츠에 흰 바지. 냉방이 센 곳에서 걸치려고 챙긴 예비용 상의와 가방을 들고 있었다. 커다란 외까풀 눈매가 가야말로 가쓰마타 취향이었다.

오호, 이것 봐라. 제법 괜찮은데!

시신과 생전의 사진만 보았으나 인상이 날렵하고 사나운 나메카와와 썩 잘 어울리는 여자였다. 그녀가 나메카와의 많은 부

---

* 일본어로 돈가스의 '가스'와 가쓰마타의 '가쓰'의 발음이 같은 것을 이용한 말장난.

분을 알고 있으리라 직감했다. 이대로 있다가 오후가 되면 가스미는 레이코가 면담한다. 그런 약속은 무시해도 괜찮다.

"아…… 자넨 이제 됐어."

가쓰마타는 나메카와의 부하 직원을 내보내고 자기 파트너의 어깨를 두드렸다.

"마쓰오카, 그만 나가지."

오늘은 어제 파트너였던 젊은 순경 대신 새로 가쓰마타와 나이가 비슷한 경사와 한 조가 되어 움직였다. 나름 자기 생각이 있어 보였지만 실제로는 아무 말 없이 따라다니기만 했다. 무척 다루기 쉬운 인간이었다. 가쓰마타는 회의실을 나가면서 생각했다. 예정대로 레이코가 회의실에서 나오는 시간은 정오쯤이겠지. 중간에 화장실을 가거나 다른 이유로 지나가다가 이 회의실이 비었다는 사실을 알면 귀찮아지는데. 앞으로 적어도 10분만 시간을 벌어두면 가스미를 밖으로 빼돌리기는 어렵지 않다. 가쓰마타는 불을 켜고 블라인드를 내렸다. 블라인드 색이 하도 선명해서 눈이 번쩍 뜨일 지경이었다.

"시라토리 가스미 씨입니까?"

가쓰마타가 말을 걸자 방금 의자에 앉은 가스미는 의아하다는 눈빛으로 올려다보았다. 그러더니 경찰수첩을 보여주기도 전에 알겠다는 표정을 지으며 고개를 끄덕였다.

"제 차례인가요?"

허스키하고 섹시한 목소리였다. 가스미는 업무 능력이 뛰어난 데다 자타가 공인하는 미인이었다. 레이코처럼 무늬만 미인이 아니었다. 조형적인 면에서도 완성도가 높은 진짜 미인. 게다가 아무리 불륜이라지만 최고의 크리에이터와 애인 사이였다. 어떤 의미에서는 가장 이상적인 여자라고 할 법했다.

흠잡을 데 없이 완벽한 여자는 이렇게 환히 빛나나 보군.

가쓰마타는 아무리 한눈에 반한 사람이라도 쉽사리 결혼해서는 안 된다고 생각했다. 상대 여자를 아낀다면 오히려 가스미와 나메카와 사이처럼 거리를 두어야 훨씬 좋은 경우도 있는 것이다. 여자가 일을 가졌다면 더욱 그렇다. 떨어져 지낸 만큼 품에 안았을 때의 기쁨도 더한 법이니까. 같이 살지 않으니 숨겨진 부분을 보고 싶은 욕망도 더해진다. 욕정 혹은 에로스란 그런 것이다. 차례차례 목욕을 하고 낡은 잠옷으로 갈아입고 같은 이불을 덮는 생활에서는 숨겨진 부분이나 에로스는 존재하지 않는다. 남자와 여자는 서로에게 모든 것을 보여주는 순간 그걸로 끝이다.

뭐, 깔끔하게 이혼한 이 몸은 아직 팔팔한 현역이라고.

가쓰마타는 가스미에게 점심이나 먹자고 말한 뒤 파트너인 마쓰오카에게는 3만 엔을 쥐여주고 쫓아버렸다. 그 나이쯤 먹은 경사라면 푼돈에 약한 법이다. 돈푼이나 쥐여 주고 놀다 오라고 하면 신이 나서 연기처럼 사라져준다. 특히 마쓰오카는 말이 필요도 없었다. 나중에 가서 보고가 어쩌니 하며 귀찮게 굴지는 않을 것이다.

"그래서, 아가씨는 나메카와가 행방불명된 걸 어떻게 생각해?"

가쓰마타는 이름도 모르는 스파게티를 먹으면서 질문했다.

하다못해 일본식 퓨전 파스타였다면 국물 없는 우동이라 생각하고 먹었을 텐데, 그런 메뉴는 없으니 대충 배나 채워야겠다.

지금 가쓰마타 앞에 놓인 음식은, 가스미에게 가장 담백한 것으로 주문해달라고 부탁해서 시킨 것이었다. 분명히 페로페로 뭐라는 이름이었다. 하지만 이게 또 담백하다 못해 기름과 마늘과 고추 맛밖에 나지 않았다. 솔직히 재료 하나를 빼먹지 않았을까 의심스러운 맛이었다. 간을 맞추려 해도 테이블에 간장은커녕 소스도 없었다.

가스미는 일단 포크질을 멈추고 대답했다.

"처음에는 무슨 영문인지 몰랐어요. 제가 아는 한 그 사람은 자기 일을 하루 종일 팽개쳐둘 사람이 아니거든요. 물론 앞선 일정이 밀릴 때도 있었지만 그럴 때는 몇 시간만 지나면 자기 힘으로 해결하는 사람이었어요. 그런 사람이 며칠씩 연락이 없으니 일주일이 지났을 때는 어디서 죽은 게 아닐까 하는 생각도 들긴 하더군요."

하얗고 가냘픈 목. 그 목으로 가쓰마타가 먹는 것과 같은 스파게티가 넘어간다. 새빨간 입술이 기름으로 반질거린다. 실로 욕정을 자극하는 모습이었다. 역시 여자는 저래야 해.

"오랜 연인이 죽은 것치곤 담담해 보이는데."

눈앞에 놓인 담백한 스파게티만큼.

"그럼 안 되나요? 혹시 절 의심하세요?"

이 질문은 무시하자.

"슬프지는 않나?"

"물론 슬퍼요. 목 놓아 울고 싶을 만큼."

"그런데 울지는 않는군."

"네, 아직 근무 중이니까요."

"아, 그런가?"

음식을 다 먹고 나니 이게 대체 뭔가 싶게 콩알만 한 컵에 든 진한 커피가 나왔다. 하지만 그것도 가스미가 마시자 세련되어 보여 넋을 잃고 바라보았다.

이거, 이러다 큰일 나겠는걸. 근무 중인 것도 잊겠어.

가쓰마타는 마음을 다잡고 질문을 계속했다.

"최근 나메카와 씨에게 이상한 점은 없었나?"

"이상한 점…… 예를 들면 어떤 거요?"

"뭐든 상관없어. 굳이 말하자면 둘째 주 일요일에만 예정된 일이라든가."

가스미의 정돈된 눈썹이 움찔했다.

"둘째 주 일요일에 무슨 문제라도 있었나요?"

"그건 내가 물었잖아. 최근에 나메카와 둘째 주 일요일을 같이 지낸 적 있었나?"

가스미가 잠시 조그만 컵을 내려다보았다.

"좀 더 구체적으로 말씀해주세요."

아주 냉철한 여자였다. 자기가 처한 상황을 정확히 파악한 후에 할 말을 골라 하겠다는 심산인가? 그래, 좋다. 가쓰마타도 월척을 낚기 위해서는 미끼를 아끼지 말자는 게 평소 소신이었다.

"나메카와는 매월 둘째 주 일요일이면 업무와는 상관없는 일로 어딘가에 갔어. 아마 회사와는 무관한 일정이었을 거야. 그 일에 아가씨가 관련이 있는지 묻는 거라고."

서비스 차원에서 꽤 많은 내용을 알려주었지만 가스미는 가쓰마타가 전혀 예상하지 못한 표정을 지었다.

그녀는 갑자기 울상을 하고 말했다.

"전…… 몰라요. 사실 저도 알고 싶었지만 가르쳐주지 않았어요. 그는 부인과 저 말고 다른 여자와도 종종 관계를 가졌는데 그걸 숨기는 사람은 아니었거든요. 하지만 둘째 주 일요일 일은 절대로 말해주지 않았어요. 그 문제에 대해서는 아주 완강하게 거부했어요. 혹시 부인이나 저와 헤어지고 다른 여자에게 가려는 게 아닐까 생각했지만 결국 아무것도 알지 못한 채…… 그 사람은……."

"여자라고 생각하나?"

가스미는 설핏 고개를 저었다.

"저도 몰라요. 물고 늘어지면 벌컥 화를 냈어요. 하지만 그럴 때마다 화를 낸 다음에는 몹시 괴롭고 슬픈 표정을 지었어요. 대체 무엇 때문에 그러는지 전 알 수가 없었어요. 그때만큼 정말 모를 사람이라고 생각했던 적이 없었어요. 벌써 10년이나 만나왔는데. 일이나 가정에 대해서 뭐든 다 이야기했는데."

"구체적으로 언제부터였지?"

"작년 말부터였을 거예요. 그 무렵부터 다시 일에 몰두하기 시작했다고 기억해요."

가스미가 갑자기 숨을 삼켰다.

"아…… 그러고 보니 제가 끈질기게 물으니까 딱 한 번 이상한 소리를 하긴 했어요."

그래, 바로 그거야. 월척이군.

가쓰마타는 춤이라도 추고 싶은 마음을 억누르고 가스미의 눈을 진지하게 들여다보았다.

"호오, 그게 뭐였지?"

"음…… 처음에는 제게 전쟁에 나갔던 지인이 있냐고 묻더군요. 전쟁이라고 해봐야 할아버지는 이미 전사하셨고, 아버지는 전쟁 당시 초등학생이셨어요. 다른 친척 중에서도 생각나는 사람이 없어서 그냥 없다고 대답했어요. 그랬더니 잠시 생각하다가…… 전쟁터에서 돌아온 사람은 특이하게도 강하다, 그걸 최근 실감했다, 이런 투로 말했어요. 그 말을 할 때 그 사람은 좀 무서웠어요. 꼭 처음 보는 사람 같았어요."

가쓰마타도 잠시 생각에 빠져들었다.

요즘 같은 세상에 웬 전쟁? 이거 정말 월척이 맞기는 한가?

어떻게 보면 썩은 물고기와 물에 퉁퉁 불은 나메카와의 시체가 닮은꼴이기는 했다.

5

오쓰카는 나메카와의 학창 시절 교우 관계를 조사하고 있었다. 형사들끼리 수사 범위를 넘지 않는 것은 암묵적인 규칙이었다. 예컨대 구역 수사 과정에서 아무리 관련 정보가 나왔더라도 자기 구역에서 벌어진 사건이 아니면 수사하지 않는다. 불가피한 경우에는 지구 담당자에게 양해를 구한 뒤 가능한 한 공조수사로 풀어가는 편이 바람직하다.

마찬가지로 나메카와의 대인 관계를 조사할 때 하쓰코도 관계자는 레이코나 가쓰마타가 조사 중이므로 건드리지 말아야한다. 회사에서 파생된 인맥은 이시쿠라나 가쓰마타의 부하가조사하고 있다. 가족과 관련한 대인 관계, 예를 들면 부인의 친구나 자녀가 다니는 학교의 학부모회, 이웃 주민은 기쿠타 담당이다. 그리고 유다와 가쓰마타의 부하가 보조한다.

그렇다면 오쓰카가 맡을 수사 범위는 어디까지인가. 나메카와가 취직하기 전, 학창 시절의 교우 관계다. 하지만 부인을 통해 파악한 범위는 기쿠타나 유다 쪽에 맡겨진다. 결국 오쓰카는 그들과 전혀 무관한 사항을 조사해야 했으므로 출신 학교인하세다 대학으로 갔다. 나메카와는 하세다 대학 사회과학부를15년 전에 졸업했다. 오쓰카가 아는 사실은 그게 전부였다.

대학이라. 나와는 인연이 없는 딴 세상이지.

오쓰카는 고졸 출신이었다. 경시청 채용 시험을 치르고 본청에 들어왔다. 연수 후에 배치된 곳은 변두리 지역에 있는 고가네이 경찰서였다. 물론 지역과 파출소 근무였지만 형사를 향한동경은 남들 못지않게 간절했다. 실제로 경찰관이 된 후에 드라마에서 보듯 형사들이 권총을 마구 쏘아대거나 용의자가 말대답을 한다고 두들겨 패지는 않는다는 사실을 알았지만 역시 한 번쯤은 그래보고 싶었다. 그래서 더욱 그런 감정이 분명해졌는지도 모른다. 오쓰카는 늘 형사과로 전환 배치되기만을 희망하면서 평소에는 길 안내나 분실물 처리를 성실하게 수행하고 순찰 연락 카드를 모으며 지냈다.

기회는 의외로 빨리 찾아왔다. 오쓰카가 근무하는 파출소에서 수백 미터 떨어진 곳에서 강도 살인 사건이 발생했다. 서에 수사본부가 설치되었고, 형사과만으로는 인력이 부족하여 지역과에서도 지원을 나갔다. 매일 순찰을 돌던 오쓰카가 그중 한 사람으로 강력하게 추천되었다. 현장에 나온 수사 1과는 그저 길을 안내할 사람이 필요했을 뿐이었지만 오쓰카는 수사에 성심껏 임했다.

며칠 후 범인은 오쓰카가 모르는 곳에서 체포됐다. 발바닥이 닳도록 열심히 돌아다니며 탐문했건만 모두 헛수고로 돌아갔다. 하지만 파트너였던 1과의 노장 형사만은 그의 그런 노력을 칭찬해주었다.

"자네, 제법 끈기 있던걸."

그 형사는 수사본부 해산 후 뒤풀이 자리에서 오쓰카의 어깨를 두드리며 웃어주었다. 오쓰카는 눈물을 감추려고 이마가 무릎에 닿도록 고개를 숙이며 그의 두 손을 잡았다.

얼마 후 오쓰카는 절도 사건을 수사하는 형사과 도범계(盜犯係)로 이동했다. 나중에 듣기로는 그 노장 형사가 서의 형사과장에게 추천했다고 했다. 오쓰카는 누가 되지 않도록 도범계에서도 성실하게 일했다.

언제든 한결같았다. 오쓰카는 눈에 띄는 성과를 내거나 큰 사건을 해결해서 직접 공을 세운 적은 없었다. 오쓰카가 한 일을 꼽는다면 결백한 인물을 용의자 목록에서 한 사람씩 삭제하는 작업뿐이었다. 사소한 일이지만 항상 누군가가 지켜보고 의미 있게 평가해주었다.

지금은 그런 작업을 왜 했는지 이유도 충분히 알고, 조직 수사에서 자기가 했던 일의 가치도 정확히 이해하고 있었다. 말하자면 소거법이다. 누군가는 용의자의 범위를 좁히는 작업을 해야 한다. 지금 위치에 있는 한 범인 체포에 직접 공헌하지는 못한다. 그러나 죄 없는 사람을 밝혀내는 일을 누군가는 해야 하지 않는가. 누군가는 바깥 구멍을 메우는 작업을 맡아야 한다. 오쓰카는 그것이 자기 일이라고 믿었다.

이시쿠라는 그런 면에서 레이코나 기쿠타보다 오쓰카를 높이 평가했다.

"이 팀에서는 자네의 끈기가 수사 범위를 대폭 좁혀준다네. 그러니 자네 책임이 아주 막중하다고."

이번에는 대학교를 공략하러 왔다.

하지만 대학 캠퍼스만큼 오쓰카에게 낯선 장소도 없었다. 일반 기업은 경시청과 별반 다르지 않았다. 각 부서에 상관과 부하가 있고 제 나름의 역할이 있어서 그날그날의 행동도 파악하기 쉬웠다. 또한 제조업을 하는 공장이나 중소기업, 상점은 지역과에서 근무하던 시절에 접해봐서 문제없었다. 학교도 고등학교까지라면 규모가 다르기는 해도 구조적으로는 어느 곳이나 큰 차이가 없을 것이다. 하지만 대학교는 애매했다. 수사 때문에 몇 번인가 발을 들인 적은 있었지만 익숙해지기는커녕 마음이 불편해지기만 했다. 전혀 다른 세상이라는 생각밖에 들지 않았다.

몇 시간 지나면 익숙해질 테지만 무엇보다 이해하기 힘든 상황은 종이 울리고 수업이 시작되었는데도 학생들이 모두 교실로 들어가지 않는다는 것이다. 어떤 이는 건물과 건물 사이 공간에서 캐치볼하기도 하고, 어떤 이는 식당에서 음료수를 마시며 담소를 나누기도 했다. 여기는 공부하는 곳 아니었나? 오쓰카의 눈에 대학교는 도심 한가운데에 탁 펼쳐진 별장지 같았다. 학생들이 젊은 나이에 인생의 여가를 즐기고 있는 사람들로만 보였다.

특히 지금은 여름방학이라 그런 분위기는 한층 더 강하게 느껴졌다. 수업도 없는데 캠퍼스에는 많은 학생들이 돌아다녔다. 운동장 한구석에 돗자리를 깔고 햇빛에 몸을 그을리는 학생, 어느 건물 안에서 드럼을 치는 학생, 흙투성이 럭비 선수는 어디다 쓰려는지 텅 빈 손수레를 끌고 간다. 그 남학생을 향해 은근히 섹시해 보이는 여자아이가 손을 흔든다.

"저기, 고모리 못 봤어?"

"아, 방금 부실에서 봤는데. 자료는 내가 받아뒀어."

"라커에 넣어놨지?"

"아니, 과함에 넣어놨어. 어딘지 알아?"

"응, 알아서 가져갈게."

"아, 내 것도 부탁해."

무슨 소리인지 한마디도 모르겠다. 과함이라니, 뭐지? 내 것도 부탁한다는 건 또 뭐고.

여학생은 등에 날개라도 돋은 것처럼 나풀거리며 어슴푸레한 건물 안으로 들어갔다. 마치 폐허 같고, 어떻게 보면 악마의 소굴로도 보이는 건물이었다. 저렇게 예쁜 아가씨가 저런 음침한 곳에 들어갈 줄은 생각도 못 했다.

오쓰카는 그들 나이 때 이미 파출소에서 근무하고 있었다. 여름에도 아침부터 밤까지 파출소 앞에서 입초를 서거나 하얀 자전거를 타고 순찰을 돌았다. 밤에는 책상 앞에 앉아서 어두컴컴한 길을 바라보거나, 가끔은 취객들에게 설교하기도 했다. 말상대는 주로 혼자 사는 노인, 주부, 상점 주인, 아파트 관리인, 부동산 업자, 마을 공사장 인부, 100엔짜리 동전을 주운 초등학생이었다. 역시 여기는 딴 세상이다.

문득 옆에 있는 기타미 경위를 돌아보았다. 따분하다는 듯 하늘을 올려다보며 담배에 불을 붙이려 했다.

참, 이 녀석은 명문대 나온 도련님이었지.

국가시험 1종에 합격해서 경찰청에 임용되었을 정도니 당연히 최고 학부를 거쳤겠지. 그것도 십중팔구 도쿄 대학 법대 출신일 것이다. 그리고 경찰대학에서 석 달 동안 초임 간부 과정 교양을 받고 지금 이렇게 현장에서 실습 중이다.

뭐, 그래도 겸손하긴 해.

경찰대학을 나온 시점에 이미 경위를 단 그가 실습 첫날 놀랍게도 순경인 오쓰카에게 고개를 숙였다. 심지어 주위에는 수사관들이 수두룩했다.

"저는 경찰로 치면 햇병아리니 많이 가르쳐주십시오."

그때 기타미는 단정한 검은 머리를 하고, 날렵하면서도 균형 잡힌 얼굴에는 무테안경을 쓰고, 비싸 보이는 양복과 넥타이를 걸치고 있었다. 반대로 오스카는 자면서 흐트러진 머리 그대로에 3년째 입는 낡은 양복과 경시청에 드나드는 장사꾼에게서 산 싸구려 넥타이 차림이었고, 이목구비도 기타미에 비해 밋밋했다. 이렇게 모든 것을 갖춘 기타미가 오쓰카에게 고개를 숙이니 함부로 대하기도 어려웠다. 애초에 정중히 대하라고 1과장과 가메아리 서 서장이 귀에 못이 박히게 당부하기도 했다.

"대학교에서는 교직원도 여름방학에 쉴까요?"

결국 오쓰카는 기타미에게 말을 높였다. 자기는 아무리 노력해도, 정년을 다 채울 때까지도 경감 자리에 앉지 못한다. 어쩌면 경장으로 경찰 인생을 마감할지도 모른다. 그런 오쓰카에게 기타미는 자기보다 젊었고, 감히 넘볼 수 없는 딴 세상 사람이었다. 저자세로 대한다고 해서 손해 볼 일은 없을 거였다.

기타미는 운동장 건너편에 있는 높은 건물을 바라보았다.

"글쎄요…… 요즘은 불경기라 취업을 알선하는 학생부 정도는 열려 있을 겁니다."

그렇군. 학생을 대상으로 하는 직업 안내소 같은 곳인가?

물론 요즘은 불경기고, 대학생들이 취업난에 시달린다는 사실도 당연히 알고 있었다. 그러나 오쓰카는 어째서 학생들 취업

난 때문에 학생부가 여름휴가를 반납해야 하는지 알 수 없었다.

오쓰카는 기타미에게 나메카와의 교우 관계 파악을 맡겨야 겠다고 생각했다. 한편으로는 가끔 둘이서만 있을 때 자신에게 약간 경박한 말투를 써서 그게 조금 걸리기는 했다.

"일단 학교에 다닐 때 활동했던 동아리부터 뒤져야겠습니다."

기타미가 먼저 의견을 내놓았다.

학생부 한쪽 구석에 앉아 있는 직원에게 용건을 말한 뒤 자료를 가져올 때까지 기다렸다. 직원이 가져온 서류는 동아리별 결산서였다.

"여기에 연도별 회원 명부도 들어 있어요."

교무 직원은 대수롭지 않게 말했지만 학교 안에 존재하는 동아리가 300개는 넘는 듯했다. 두껍게 철해놓은 1년 치 결산서가 한두 권이 아니었다. 자그마치 4년분에 달해서 그 양도 실로 어마어마했다.

어떻게든 일을 쉽게 하려고 기쿠타에게 연락했다.

혹시 그 부인이 학생 시절 속했던 동아리에 대해 말하지 않았느냐고 물었지만 소용없었다. 레이코에게도 같은 질문을 했지만 모르겠다며 냉정하게 전화를 끊었다. 기분 나쁜 일이라도 있었나? 분위기가 영 으스스했다.

체념하고 기타미와 둘이서 결산서를 뒤지기 시작했다. 처음에는 광고 회사에 다닌 사람이었으니 광고 연구회 같은 곳에 들어갔겠지, 하고 쉽게 생각했다. 그리고 나메카와가 남들에 비해 체격이 좋았던 점이 떠올라서 럭비부, 미식축구부, 축구부 등

체육 동아리를 뒤졌지만 그것도 허탕이었다. 처음부터 차근차근 뒤져야 했다. 작업은 장기전이 되었다.

오쓰카가 동아리 회원 명단 가운데서 간신히 나메카와의 이름을 발견했을 때는 학생들도 거의 보이지 않았고 잔뜩 짜증이 난 교무 직원의 시선만이 등 뒤에서 따갑게 느껴지는 오후 4시 반 무렵이었다.

"아, 찾았다! 기타미 씨, 여기 있어요. 아웃도어 동아리, 산악회."

기타미 같은 사람은 이런 단순 작업에 익숙지 않은 듯 몹시 지친 얼굴이었다. 오쓰카가 기뻐하며 말을 걸어도 '네에.' 하며 맥없이 대답했다. 허나 이건 시작에 불과하다. 두 사람은 이제 겨우 조사 대상이 될지도 모를 사람들이 과거에 속했던 동아리를 찾아냈을 뿐이다. 아직 수사라고 부를 만한 일은 시작도 하지 않았다. 결국 이날 수사는 산악부에 속했던 회원 부원들 명단만 들고 수사본부로 복귀하면서 끝났다.

다음 날 나메카와의 동기이자 대표였던 다케우치 유즈루에게 연락했다. 그는 작년 11월에 열린 졸업생 모임에서 나메카와를 만났다고 했다. 하지만 자기는 졸업 후에 개인적으로 만난 적은 없었고, 오히려 다시로가 더 잘 알 거라며 나메카와와 친했던 인물을 알려주었다.

다시로 도모히코. 전자 제품 영업을 하는 39세 남성이었다. 그에게 연락하자 저녁에는 시간이 난다고 선뜻 대답했다. 다시로의 직장이 시부야 중심가에서 가까워 그곳의 한 카페에서 만나기로 했다.

"이렇게 갑자기 뵙자고 해서 죄송합니다."

오쓰카와 기타미는 자리에서 일어서며 다시로에게 고개 숙여 인사했다.

"아닙니다, 그건 괜찮은데…… 나메카와가 죽었다니, 그게 사실입니까?"

맞은편에 앉은 그는 아주 성실한 회사원 같았다.

"네, 그럼 바로 본론부터 말씀드리죠. 다케우치 씨 말로는 나메카와 씨와 친하셨다고요."

"네, 나메카와하고는 졸업한 뒤에도 석 달에 한 번, 못해도 반년에 한 번쯤은 만났습니다. 요 근처에서 술을 마셨지요. 우리 회사와 하쓰코도는 전혀 무관한 사이라서 완전히 사적인 만남이었어요. 그래도 녀석은 우리 쪽 광고를 자기한테 맡겨달라며 농담 아닌 농담을 하기도 했는데…… 그랬군요, 나메카와가 죽었군요."

다시로는 나메카와가 어떻게 죽었는지 묻고 싶은 눈치였지만 오쓰카는 칼에 찔렸다고 간단히 대답해서 얼버무렸다. 아무래도 한 달씩이나 낚시터 안에 가라앉아 있었다는 이야기는 할 수 없었다.

"최근에는 언제 만나셨습니까?"

"그러니까…… 4월 말이었나? 그때가 골든위크*라 저는 쉬고

---

* 골든위크: 4월 말에서 5월 초에 걸친 일주일 정도의 일본 연휴.

있었는데 녀석은 일이 산더미라고 투덜거리던 기억이 분명히
나는군요."

"그때 뭔가 달라진 점이 없던가요?"

"달라진 점이라……."

다시로는 잠시 생각에 잠겼다.

"아뇨, 딱히 없었던 것 같아요. 뭐라고 해야 하나. 남들과 다
른 점이라면 나메카와답다고 할까요? 여전히 여자관계는 복잡
해 보였고, 일에 파묻혀 산다고 했어요. 아, 분명히 작년쯤에는
약간 슬럼프에 빠졌다는 말도 했는데, 그 녀석이 야구 선수도
아니고, 저로서는 어떤 슬럼프였는지 잘 모르겠더라고요."

이 문제는 어제 수사 회의에서 레이코가 보고를 했다.

"녀석이 만든 광고가 대상을 받았는데 그게 무슨 상이었더
라? 프로듀서 뭐라는 상이었어요. 개인 자격으로 받았는지는
기억이 나지 않는군요. 꽤 명예로운 상 같았어요. 그런데……
그런 큰일이 지나간 뒤로는 왠지 기운이 빠져서 더 이상 힘이
나지 않는다는 말을 자주 하더군요. 그래도 4월에 만났을 때는
씩씩해 보이기에 이제 슬럼프에서 빠져나왔나 보다, 싶었죠. 그
렇군요. 그 녀석 정말 살해당했군요."

여기까지는 앞서 회의 때 보고된 내용과 다른 점이 없었다.

"나메카와 씨가 슬럼프에서 어떻게 빠져나왔는지 짐작 가는
부분이 있던가요?"

"음, 뭐라고 했더라. 빠져나온 계기라…… 아뇨, 애초에 저는
슬럼프였는지도 몰랐으니까요. 무슨 계기가 있었다고 말했었

나? 아뇨, 역시 아무 기억도 나지 않는군요."

참고로 그의 알리바이를 물었더니 이번 달 10일은 어땠는지 모르겠고 나메카와가 살해된 날짜로 추정되는 7월 13일 전후로는 오사카로 출장을 다녀왔다고 했다. 만일을 위해 회사에 확인해보았으나 일단은 틀림없는 듯했다. 그제야 다시로가 물었다.

"녀석이 죽은 게 지난달인가요?"

"예, 뭐…… 그렇습니다."

오쓰카는 어물쩍 대답하고는 그만 일어나자고 한 뒤 다시로와 헤어졌다.

수사 회의를 마치고 가메아리 서에서 나온 시각이 밤 10시 30분. 오늘 밤도 히메카와 반은 가나마치 역 앞 술집에 모여 저녁밥 대신 술잔을 돌리고 있었다. 요 며칠 사이에 레이코를 둘러싼 기쿠타와 이오카의 관계가 아주 흥미진진했다.

어디, 오늘은 무슨 일이 벌어지려나.

이오카는 입만 뻥긋하면 '레이코 주임님, 사랑합니데이.'라며 선수를 쳤다. 억지로 입을 맞추려고 한 적도 종종 있었다. 그럴 때마다 레이코도 귀찮아하기는 했지만 아무리 봐도 진심으로 화를 내는 눈치는 아니었다. 싫어, 하면서 뿌리치거나 때로는 뺨을 때리기도 했다. 하지만 늘 얼굴은 웃고 있었다. 이오카가 콧구멍에 나무젓가락을 쑤셔 넣었을 때도 숨넘어가도록 웃어댔다. 이오카는 코피가 펑펑 쏟아지는데도 레이코를 웃기려고 그 짓을 해 보였다. 그때는 약간 무섭기도 했다.

그럴 때마다 자극을 받는 쪽은 늘 기쿠타였다. 어제는 갑자기 이오카의 멱살까지 잡았다.

"레, 레이코는…… 너, 너 같은 놈한테는 못 준다!"

코가 비뚤어지게 취해서 한 말이었지만 아무리 그래도 기쿠타로서는 엄청난 쾌거였다. 자신과 유다가 술을 마실 때면 '난 그런 말 못 해. 못 하겠어.'라며 훌쩍거리던 기쿠타가 벌떡 일어나서, 그것도 '레이코!' 하고 이름까지 부른 것이다. 천하의 이오카도 이때만큼은 꽤 겁을 먹은 모양이었다.

더 재미있었던 사람은 레이코였다. 새빨갛게 달아오른 얼굴을 하고서 쪼그려 앉아 두 손에 물수건을 쥔 채 꼼짝도 하지 않았다.

"이 자식아, 알아들어?"

기쿠타가 이오카를 밀치고는 철퍼덕 주저앉아 양반다리를 꼬자 무슨 영문인지 옆에 있던 레이코가 조용히 고개를 끄덕였다. 물수건을 손에 꼭 쥐고 보일 듯 말 듯 연신 고개를 끄덕거렸다. 그 모습을 봤는지 못 봤는지 기쿠타는 레이코의 어깨를 세차게 끌어당겼다. 레이코는 기쿠타가 이끄는 대로 그의 몸에 기대어 또다시 고개를 위아래로 끄덕끄덕 움직였다. 기쿠타는 한 손으로 레이코를 부축하고 다른 한 손으로 맥주잔을 들고서 혼자 생맥주를 벌컥벌컥 들이켰다. '참말로 너무한데이.'라며 울먹이던 이오카는 잠들어 코를 골았다.

"이제 우리는 어쩌면 좋죠?"

유다가 황당한 얼굴로 웃으면서 물었다.

"글쎄, 내일 이 상황을 누가 기억하려나. 볼만하겠네."

그러나 오늘은 어제와 아무것도 다르지 않은 하루였다. 수사는 결정적인 진전도 없었다. 그저 각자 맡은 구역을 탐문하고 빈손으로 돌아와 책상에 보고서만 쌓아올렸다. 레이코와 기쿠타의 관계가 한 단계 발전한 기미도 없어 보였고, 이오카가 레이코를 포기한 눈치도 아니었다.

그래도 또 술 마시러 가면 어제의 속편을 이어서 보여줄지도 모르겠는걸.

오쓰카는 내심 기대했다. 그러나 가나마치 행 버스에 타려고 하는 순간 가슴께에서 휴대전화가 진동했다. 주머니에서 꺼내보니 모르는 번호였다.

"아…… 먼저 가세요."

어차피 늘 가는 그 술집이겠거니 생각하며 오쓰카가 레이코와 기쿠타에게 말했다. 오늘은 무슨 일인지 이시쿠라도 따라붙어서 이오카까지 총 다섯 명이 버스에 올라탔다. 오쓰카는 버스 정류장에서 멀리 떨어져 전화를 받았다.

"네, 오쓰카입니다."

"어제 뵀던 다시로입니다. 밤늦게 전화를 드려 죄송합니다."

오쓰카는 다시로에게 자기 전화번호가 적힌 명함을 주었다. 기억나는 일이 있으면 아주 사소한 일이라도 괜찮으니 연락 달라고 부탁해놓았다.

"아뇨, 괜찮습니다. 뭔가 기억나셨습니까?"

다시로는 잠시 침묵했다. 선뜻 이야기하지 못하고 망설이는 모양이었다.

"사소한 거라도 상관없으니 말씀해주세요."

"네, 잠깐 녀석에 대해서 생각하다 떠올랐는데 정말 별것 아니어서요."

"그렇지 않습니다. 뭐든 좋습니다. 말씀해주세요."

"네, 저기 4월에 만났을 때요. 그 녀석이 자기는 지금 살아 있는 게 실감 난다고 했어요. 하루하루가 굉장히 만족스럽다며 도통 모를 소리만 계속하더군요. 그때는 어디서 근사한 여자라도 잡았거나 일이 잘 풀려서 그런가 보다, 그런 줄만 알았어요."

"그랬는데요?"

"그런데 그게 저기…… 형사님은 인터넷 검색 같은 거 하십니까?"

"아, 네, 그렇게 자주는 아니지만 컴퓨터가 있으니까 가끔요. 네, 그런데요?"

"그러시군요. 그럼 '스트로베리 나이트'라고 아십니까?"

"네? 뭐라고요? 스트로베리, 뭐요?"

"스트로베리 나이트요."

문득 경찰서 현관을 쳐다보니 파트너인 기타미가 서장, 형사 과장과 나란히 걸어 나오고 있었다.

오쓰카는 재빨리 순찰차 뒤로 몸을 숨겼다. 별다른 이유는 없었지만 지금 이 전화를 받는 모습을 아무도 알아서는 안 된다고 직감했다.

6

'미즈모토 공원 연속 변사체 유기 사건' 수사는 제자리걸음만 하고 있었다.

레이코가 가네하라의 복부 절창과 파울러자유아메바로 사망한 후카자와를 연결 지으면서 물속에 유기된 또 한 명의 피해자였던 나메카와의 시체를 끌어 올린 데까지는 순조로웠다. 그러나 살해된 가네하라와 나메카와 주변을 아무리 수사해도 두 사람을 이어주는 구체적인 접점은 나오지 않았다. 게다가 물속에 시신을 유기한 범인으로 지목했던 후카자와 주변에서도 가네하라나 나메카와와 연관된 점은 발견되지 않았다.

거참, 이상하네. 좀 더 쉽게 풀릴 줄 알았는데…….

지금까지 밝혀진 사실은 가네하라와 나메카와가 매월 둘째 주 일요일 밤 어딘가에 갔었다는 것, 두 사람은 최근 수개월 사이에 이전보다 더 저돌적으로 일에 몰두했다는 것, 이 두 가지뿐이었다. 하지만 두 사람이 일에 몰두한 시기는 약간 차이가 있었다. 가네하라는 이번 봄부터였고, 나메카와는 올해 초부터였다. 이 차이는 대체 무엇을 의미할까?

성과 없는 탐문 수사, 유류품 출처 미확인, 피해자와 시체 유기범의 접점을 밝혀내지 못한 부검. 수사관들의 얼굴에도 점점 피로가 쌓여가는 기색이 역력했고 초동수사는 발목이 잡혀 주저앉기 일보직전이었다. 8월 21일 일요일. 가네하라의 시체를 발견한 지도 벌써 열흘째였다. 수사본부는 내일, 22일을 휴무일로 발표했다.

"지금으로써는 구체적인 범행 동기나 살해 방법, 범행 장소는 물론 그 밖에 많은 점들이 아직 의문에 싸여 있다. 하지만 구체적으로 밝혀야 할 과제가 더욱 분명해진 것도 사실이다. 두 피해자는 무수한 작은 절창들, 경동맥이 잘린 절창, 복부가 크게 갈라진 절창 등의 공통점이 있다. 또한 두 사람이 둘째 주 일요일에 했던 행동, 시체를 포장하는 데 사용한 파란 비닐 포와 끈의 유통 경로처럼 범인과 연관된 단서들이 결코 적지만은 않다. 이제부터라도 철저히 조사하면 틀림없이 사건 해결의 실마리가 나타나리라 믿는다. 하지만 여러분은 수사본부가 설치된 이래 열흘 가까이 몸을 아끼지 않고 수사에 임했다. 유감스럽게도 지금 단계가 해결까지 약 80퍼센트쯤 왔는지, 아니면 이제 단 한 발만 내디디면 되는지 우리는 알지 못한다. 초초하기도 할 것이다. 한 치 앞이 보이지 않아 지친 사람도 있을 것이다. 그러니 이쯤에서 내일 하루 느긋하게 쉬면서 심신을 회복하기 바란다. 하루 쉬고 다시 모레에는 여러분 모두 새로운 각오와 사건 해결을 위한 의욕을 충전해서 이 수사본부로 복귀하도록!"

와다 1과장이 열의를 담아 이야기할수록 레이코가 듣기에는 너희는 쉴 자격도 없다는 소리로 들렸다.

어휴, 수사본부 휴가 인사말이 어쩜 저렇게 매번 똑같을까.

사실 레이코도 정신적으로 한계였다. 지지부진한 수사는 물론, 저 가쓰마타와 본부 안팎에서 마주치는 상황이 지긋지긋했다.

특히 시라토리 가스미 일로 레이코와 가쓰마타의 관계는 더욱 악화되었다. 잠시라도 좋으니 가쓰마타와 떨어져 있고 싶었다.

이번 휴일은 엄마네 집에서 지내도 상관없겠어.

이날 레이코는 웬일로 술자리에 가지 않고 가메아리 서에서 곧장 본가로 향했다.

먼저 조반선을 타고 신마쓰도로 가면 미나미우라와까지는 무사시노선으로 한 번에 간다. 한 시간 가까이 걸렸지만 거리로만 따지면 본청으로 출근하는 시간과 별 차이가 없었다. 미나미우라와에서 가메아리 서까지는 다니려고 마음만 먹으면 매일 출근하기에도 힘들지 않은 거리였다.

레이코는 수사본부가 설치되면 해당 관할지까지 거리가 얼마든 무조건 꼭 호텔에서 지내려고 했다. 편한지 아닌지를 떠나서 그저 집에 들어가고 싶지 않았기 때문이다. 결국 수사본부 어쩌고 하는 말은 부모님과 자신에게 하는 핑계일 뿐이었다.

특히 역에서 집으로 가는 길이…….

집까지 가는 지름길이 따로 있었다. 큰길을 지나지 않고 주택가를 빠져나와 공원을 가로질러 가면 된다. 하지만 레이코는 오래전부터 그 길로는 다니지 않았다. 멀리 돌아서 가는 길이지만 큰길을 지나서 꼭 비디오 대여점과 편의점을 거쳐 집으로 갔다. 딱히 보고 싶은 영화나 먹고 싶은 음식이나 읽고 싶은 잡지 때문이 아니었다. 단지 방범 카메라에 자기 모습이 찍히기를 바라서였다. 그 기록은 자기가 이 장소에서 몇 시 몇 분에 살아 있었다는 증거가 된다. 더 이상 그럴 필요가 없다고 생각할 때도 있었지만 오랫동안 계속해온 습관이었다.

레이코의 본가는 중학교 1학년 때 이사 온 단독주택이었다. 그때까지만 해도 자기 방을 갖는다는 사실에 뛸 듯이 기뻤다. 근처 공원에서 개를 데리고 산책하는 게 꿈이었다. 하지만 개는 결국 한 번도 키우지 못했다.

넉넉잡아 20분 정도 걸려서 도착한 집은 쥐 죽은 듯 조용했다. 시간은 10시 22분. 회사원인 아버지는 퇴근 전이었다. 그런데 이상했다. 아무리 밤이 늦어도 아버지가 돌아올 때까지 자지 않는 어머니가 이렇게 일찍 잠자리에 들 리 없었다. 현관 앞 전등을 끄기에는 너무 이른 시각이었다. 대체 무슨 일이지?

뭐, 아무도 없으면 나야 더 좋지.

레이코는 가방에서 열쇠를 꺼내 칠도 벗겨지고 색도 바랜 목제 현관문을 열었다.

역시 집 안 분위기도 여느 때와 달랐다. 복도 왼편에 있는 거실에는 불빛이 없는 대신 원래 여동생이 썼던 2층 방에 불빛이 보였다. 동생이 재작년에 결혼해서 지금은 아무도 사용하지 않는 방이었다.

레이코가 안으로 들어와 문을 잠그자 위층에서 목소리가 들렸다.

"어, 언니."

틀림없이 여동생 다마키였다.

"어? 와 있었구나."

레이코는 빨랫감이 가득 담긴 배가 불룩한 가방을 마룻귀틀에 내려놓았다.

다마키가 계단으로 내려왔다. 품에는 갓 태어난 딸을 안고 있었다. 레이코에게는 첫 조카인 하루카였다. 잠이 들었는지 하루카는 꼼짝도 하지 않았다.

"'와 있었구나.'라니……."

다마키의 표정은 화난 듯도 하고 슬퍼 보이기도 했다. 왜 화를 내는지 레이코는 영문을 몰랐다.

"왜 그래, 그렇게 무서운 얼굴을 하고?"

레이코는 거실로 들어가면서 우선 불부터 켰다. 냉방기의 리모컨을 찾아봤지만 보이지 않았다. 이상하게 집 안에 후텁지근한 공기가 가득했다. 마치 오랫동안 문을 꼭 닫고 비워뒀던 집에 돌아온 느낌이었다. 그냥 서 있기만 해도 땀이 났다. 어서 빨리 차가운 바람을 쐬고 싶었다.

"리모컨, 리모컨, 이게 어디 갔지?"

소파 위에 놓인 쿠션을 들춰보았지만 없었다.

"뭐 하고 있었어?"

다마키는 하루카를 천천히 흔들며 서 있었다.

"뭐 하다니, 당연히 일했지."

그런 바보 같은 질문을 하다니. 레이코는 신경도 쓰지 않고 계속 리모컨만 찾았다.

"어디서?"

아니꼬운 말투에 레이코도 슬슬 화가 났다.

"어디든 무슨 상관이야? 그걸 꼭 대답해야 해? 피곤하니까 시비 걸지 마. 그런데…… 엄마는? 어디 가셨어?"

레이코가 묻자 다마키는 눈을 부릅뜨고 분명히 화가 난 얼굴로 대답했다.

"역시 음성 메시지를 듣고 온 게 아니었구나?"

"뭐? 무슨 음성 메시지?"

리모컨이 좀체 보이지 않았다.

"내가 오늘 낮에 보냈잖아."

낮에? 아, 분명히 오늘 낮에도 전화가 오기는 했다.

"혹시 여기 집 전화로 걸었니?"

"어."

"미안. 나 현장 나가면 집에서 오는 전화는 안 받아."

그러자 다마키는 기가 막힌다는 표정을 짓더니 이런 바보가 어디 있나 하는 표정을 지었다. 그러더니 낙담과 눈물이 섞이면서 복잡 미묘한 얼굴로 변했다.

"엄마 말이 맞았어."

"안 받아. 어찌나 잔소리를 해대시는지 귀가 떨어질 지경이란 말이야."

"그럼, 그 잔소리쟁이 엄마가 지금 어디 있는지도 모른다 이거지?"

"그래서 아까부터 묻잖아, 어디 가셨냐고."

다마키는 안색이 바뀌었다. 하루카를 어르던 손도 멈췄다.

"엄마 입원하셨어."

"뭐라고?"

"입원하셨다고."

"엄마가……?"

"그렇다니까. 몇 번을 말해야 알겠어? 엄마 입원하셨다고."

"언제?"

"아빠 출근하는 거 배웅하고 나서 갑자기 가슴이 답답하더래. 그래서 엄마가 직접 구급차까지 불러서 병원에 가셨어. 받지 않을 걸 알면서도…… 언니한테 전화한 다음이었다고."

가슴이 답답해져서, 입원?

갑자기 머리 꼭대기부터 얼음물을 뒤집어쓴 듯한 느낌이었다. 몸속에서도 금세 차가운 기운이 올라왔다.

"그래서 어떠셔, 엄마는……?"

목소리가 떨렸다. 어떻게 해도 진정되지 않았다.

"심근경색이었대. 조금만 늦었으면 큰일 날 뻔했대. 지금은 발작도 가라앉았고, 안정을 취하면 생명에는 지장 없대. 정밀 검사를 해보고 만약 결과가 좋지 않으면 바이패스*가 필요할지도 모른댔어."

레이코의 어머니 미즈에의 집안에는 심장 질환 가족력이 있었다. 유전적으로 관상동맥이 좁다는 사실도 알고 있었다.

"전화는 왜 안 받았어?"

다마키의 눈빛이 더욱 사나워졌다.

---

* 바이패스: 막힌 관상동맥을 우회시키거나 국소성 장염의 장을 짧게 하는 단락 우회 수술.

"사, 사건이 터져서…… 전화를 받을 상황이 아니었어."

"전화를 받을 상황이 아니었다고?"

다마키가 큰 소리를 지르자 품에 안겨 있던 하루카가 눈을 반짝 떴다. 그렇지만 다마키는 신경 쓰지 않았다.

"전화를 받을 상황이 아니었다니, 그게 말이 돼? 언니는 대충 넘어갈 생각인지 모르겠지만 지금 다 말해야겠어. 오늘 아침에 아빠 연락 받고 우리 시어머님께 사정사정해가며 남편 뒤치다꺼리까지 부탁하고 나왔다고. 젖먹이 아이에다가 무거운 짐까지 끌고 지바 촌구석에서부터 전철 타고 왔다고. 집에 도착해서는 입원 채비하면서 언니한테 전화를 얼마나 많이 했는지 몰라. 병원에 갔더니 아빠는 복도에서 주먹을 꼭 쥐고 떨고 계시더라. 언니한테 다시 전화하려고 했더니 아빠는 언니 전화번호도 모른다고 하지, 나도 낮에 집에서는 단축 번호로만 걸어서 모르지. 애당초 난 언니가 휴대전화 번호를 바꾼 줄도 몰랐어!"

하루카가 크게 우는 바람에 다마키의 말이 겨우 끊겼다.

"아유, 우리 아가 놀랐구나. 미안, 이제 괜찮아, 괜찮아."

다마키가 부드럽게 속삭여도 아이는 울음을 쉽게 그치지 않았다.

"미안, 정말 미안해."

레이코가 머리를 깊이 숙이며 사과하자 다마키가 다시 노려보았다.

"나한테 사과해서 뭐 해?"

"알아. 그래도 미안해."

레이코가 이렇게까지 궁지에 몰려서 사과하는 일은 드물었다. 그 정도로 변명의 여지가 없는 상황이었다. 설마 어머니가 입원할 줄은 꿈에도 몰랐다.

"바빠서 전화 안 받은 거 아니지?"

자기도 다 안다는 말투였다. 레이코가 아무 말 못 하자 다마키는 비아냥거리듯 코웃음을 쳤다.

"맞선도 그래. 세 번이나 바람맞혔으면 됐잖아?"

"세 번이 아니라…… 두 번……."

"맞선 상대가 보는 앞에서 사건 전화를 받고 살인범 잡는다고 냉큼 가버리는 건 바람맞히는 것보다 더 큰 실례 아냐?"

역시 대꾸할 말이 없다.

"미안……."

"어쨌든 엄마가 쓰러지신 게 누구 탓이라고 생각해?"

가슴이 서늘할 만큼 차가운 기운이 등 뒤에서 밀려와 목덜미를 휘감았다.

다마키는 지금 상황에서 어머니가 입원한 것을 레이코 탓으로 돌리려는 모양인데 레이코는 떠오르는 일이 없었다. 실은 아예 없는 건 아니었다. 레이코가 맞선을 세 번이나 망친 것은 분명한 사실이었다. 하지만 그 일 때문에 어머니가 심장 발작을 일으켰다고는 생각되지 않았다.

"요코하마에 사시는 고모 때문이야."

다마키의 입에서 자기가 아닌 다른 사람의 이름이 나오자 레이코는 마음이 놓였다. 하지만 금방 착각이었음을 깨달았다.

"엄마가 고모한테 무슨 소리를 들었는지 알아? 언니가 결혼을 못 하는 이유가 그날 엄마가 집에 없었기 때문이라고 했대. 언니가 그 일을 당한 게 엄마가 집에 없었던 탓이란 얘길 들은 거라고. 그것도 한두 번이 아니고 언니가 맞선을 망칠 때마다 엄마는 고모한테 그런 말도 안 되는 소리를 수도 없이 들어야 했다고. 몰랐지? 엄마가 나한테 전화해서 운 적이 얼마나 많은지 알아? 엄마는 언니가 당했던 그 사건을 아직도 당신 탓이라고 생각하셔. 안 그래도 심장이 약한 사람이 그런 말을 들어왔으니 터져버리는 게 당연하지, 안 그래?"

하루카가 또다시 크게 울기 시작했다. 하지만 다마키는 이제 아이를 어르려고도 하지 않았다.

"언니가 큰일을 당하고도 다시 일어섰다는 건 나도 알아. 언니는 지금까지 줄곧 내 동경의 대상이었어. 키도 크고, 다들 예쁘다고 칭찬하고, 운동도 잘하고, 교과서만 갖고 공부하는데 성적도 좋고……. 나는 키도 작고 공부도 못하고 얼굴도 평범해. 유일하게 남들 눈에 띌 때라고는 모두가 동경하는 사람이 우리 언니라고 알려졌을 때뿐이었지. 그게 화제가 되었을 때뿐이었다고."

레이코의 의식도 자연스럽게 십대 시절로 되돌아갔다.

"언니는 나에게도 바로 가까이에 있는 동경의 대상이었지만 그러면서도…… 가장 가까운 증오의 대상이었어. 항상 비교당하면서 나는 안 된다고 자포자기로 살아왔어. 솔직히 말하면…… 언니가 그 일을 당했을 때 나, 은근히 속 시원했어. 그렇게 해서 나와 조금은 거리가 좁혀지겠다는 생각도 했어. ……하지만 역시 우리 언니야, 대단해. 보란 듯이 극복했으니 말이야. 대학도 한 번에 합격했고, 경시청에도 들어갔고, 서른도 되기 전에 경위까지 오르다니, 멋져. 정말 대단한 언니야.”

레이코는 어금니를 악물고 그때의 기억이 되살아나는 것을 견뎠다.

“내가 하루카를 낳고 나서 가장 먼저 무슨 생각을 했는지 알아? 이제야 내가 언니보다 낫다는 생각이었어. 언니는 한동안 결혼할 낌새가 없어 보이니까 엄마, 아빠에게 손주를 안겨줄 사람은 바로 나뿐이라고 생각하니 아주 뿌듯하더라든. 하지만 그것도 두 분이 지바에 하루카를 보러 오시기 전까지가 다였어. 두 분 얼굴을 보고서 알았지. 결국 엄마하고 아빠는 언니가 낳은 손주를 안아보고 싶으셨던 거야. 내가 낳은 손주로는 만족을 못 하셔. 언니가 신랑을 얻어서 우리 집안의 손주를 낳아주지 않는 한 두 분은 진심으로 기뻐하지 못하실 거야. 언니는 왜 그런 것도 몰라?”

하루카의 작은 손이 다마키의 가슴에서 힘없이 떨어졌다.

“도대체 어쩌다 엄마 몸이 저 지경이 되도록 눈치채지 못 했어? 오늘 아침까지는 멀쩡했다고 결코 큰소리치지는 못할걸. 지금까지 무슨 증세라도 있었을 거 아냐? 식구 중에 누가 몸이 안 좋다든지 걱정거리라도 있으면 언니는 금방 알아차렸잖아, 안 그래? 어떻게 된 거야? 언니가 언제부터 그렇게 변했냐고? 내가 동경하고 미워하고 그러면서도 너무나 좋아했던 언니는 괴로워하는 엄마를 모른 체하거나 오는 전화를 무시하는 그런 사람은 아니었잖아?"

이상하게 우는 쪽은 다마키였다. 레이코는 그저 우두커니 서서 울다 지쳐 잠든 하루카의 동그란 배가 천천히 오르내리는 모습만 바라보았다.

다마키의 눈물은 빰을 타고 흘러내려 턱에 고였다가 하루카의 입가에 떨어졌다. 하루카는 움찔 놀라긴 해도 눈을 뜨지는 않았다.

레이코는 샤워를 하고 나서 동생이 만들어준 음식으로 간단히 식사를 했다. 다마키는 답답해 보일 만큼 천천히 채소를 자르면서 '아까는 내가 미안했다. 말이 지나쳤어.'라고 사과했다. 그러나 레이코는 자기가 사과를 받을 입장인지 아닌지 그것도 알 수 없었다. 결국 아무 말 없이 데운 밥과 채소볶음을 먹고 둘이서 2층으로 올라가 각자 자기 방으로 들어갔다.

바로 침대에 눕기는 했지만 사실 잠이 올 리 없었다. 그렇다고 달리 무언가를 해야겠다는 마음도 들지 않았다. 완전히 지쳤다. 누워만 있으려고 불을 끄고 눈을 감았다.

다마키가 레이코를 질투했다는 사실은 오랫동안 함께 살았던 자매라 이미 아는 일이었고, 그 사건 직후 다마키가 예전보다 생기 있어 보였던 것도 사실이다. 입바른 동정 뒤에 딴생각이 있다는 점도 눈치챘다. 그것을 오늘 그렇게 대놓고 말할 줄은 몰랐지만, 이제 와서야 그렇게 만든 자신이 현명하지 못 했다고 깨달았다. 한마디 변명도 부질없음을 알고 그 모든 비난을 고스란히 감내하는 것은 자신의 몫이었다.

가장 충격이 컸던 이야기는 따로 있었다. 어머니 미즈에가 그 사건을 당신 탓으로 여겨 레이코를 결혼시키려 안달했고, 또 그것이 성사되지 않았다고 해서 고모에게 질책당했다는 말이었다. 끝내 입원까지 하시다니.

레이코도 그 사건으로 힘들었던 사람은 자기만이 아니라고 생각해왔다. 하지만 분명히 가장 큰 피해자였던 자신이 이렇게 보란 듯이 인생을 되찾았으니 그 점만은 인정하고 이해해주기를 바랐다. 평범한 여자의 행복과는 거리가 있을지 모른다. 하지만 레이코는 경찰관이 되었고, 형사가 되었으며, 경위를 달고 수사 1과에 배속되어 비로소 살아 있음을 실감했다. 그것을 알아주길 바라는 게 이기적인 욕심일까. 자기 인생은 하나부터 열까지 설명하지 않으면 용서받지 못한단 말인가.

그날 어머니 미즈에는 집에 없었다. 고등학교 동창회 때문에 신주쿠에 나가 있었다. 친구와 도쿄로 놀러 갔던 레이코는 어머니도 늦게 올 테니 평소 귀가 시간에 맞춰 들어가지 않아도 된다고 생각했다. 그런 판단이 모든 문제의 발단이었다. 잘못한 사람은 집을 비운 미즈에가 아니었다. 부모님이 다 안 계시니 조금 늦게 들어가도 상관없다고 철없이 생각했던 열일곱 살의 레이코 자신이었다.

그날 레이코는 밤 8시 반쯤 미나미우라와 역에 도착했다. 왜 늦었는지 꼬치꼬치 캐물을 부모님이 집에 없다는 건 알았지만 그래도 귀가를 서둘렀다. 그리고 아무 의심 없이 그 공원을 가로질렀다.

나무 그늘 속에서 나왔는지 홀연히 사람 그림자가 나타났다. 그대로 계속 걸어가면 길을 가로막을 것 같았다. 레이코는 자기도 모르게 오른쪽으로 피했다. 하지만 그보다 먼저 그림자는 재빨리 몸을 던져 레이코를 덮쳤다.

"움직이지 마."

쥐어짠 듯한 낮은 남자 목소리였다.

레이코는 공중화장실 뒤편 물탱크를 둘러싼 담장과 수풀 사이의 어두컴컴한 곳으로 끌려갔다. 남자가 떠밀어 땅바닥에 쓰러졌다.

딱딱한 땅바닥이 등 밑에서 느껴졌다. 축축하고 차가운 감촉, 화장실의 썩은 냄새, 남자의 거친 숨소리, 바람 한 점 불지 않아 쩍 달라붙는 무더위, 심연과도 같은 여름밤의 암흑.

남자는 압도적인 완력과 체중으로 레이코를 꼼짝 못 하게 만든 채 칼날을 뺨에 대고 위협했다. 여름방학을 맞아 친구들과 경쟁하듯 짧게 입은 치마는 남자가 목적을 달성하는 데 더없이 좋은 조건이었을 것이다.

저항다운 저항도 못 한 채 레이코의 속옷이 벗겨졌다. 남자는 강제로 다리를 벌려 비집고 들어왔다. 남자가 입을 틀어막아 소리는 나지 않았지만 레이코는 입속으로 온 힘을 다해 소리쳤다. 다리 사이가 찢어지는 듯한 극심한 통증, 남자의 폭력에 대한 공포, 집이 바로 근처임에도 아무도 구하러 와주지 않는다는 고독감, 미래를 잃는다는 절망감…….

남자는 결국 아무런 예고도 없이 레이코의 옆구리를 칼로 찔렀다. 찌르면서 또다시 레이코를 범했다. 레이코는 금방이라도 끊어질 듯한 의식 속에서 이 악몽이 어서 끝나기만을 빌었다.

더 이상 찔리고 싶지 않아, 더럽혀지고 싶지 않아, 죽고 싶지 않아.

바로 그때였다.

"어이, 거기 뭐 하는 거야?"

하얀 불빛이 휙 지나갔다. 어둠속에서 남자의 얼굴이 드러났다. 남자는 웃고 있었다. 하지만 바로 고개를 돌리고는 벌떡 일어나서 불빛의 방향과는 반대로 수풀을 뛰어넘어 자취를 감추었다.

"얘, 얘, 괜찮니?"

바로 옆에서 멈춘 발소리, 그와 동시에 쇠붙이가 흔들리는 소리, 레이코의 목을 끌어안은 두툼한 팔뚝, 셔츠에서 배어 나오는 땀 냄새. 레이코는 감당하기 힘들 정도로 밀려드는 안도감과 곤혹감으로 무너져 내려 그대로 정신을 잃었다.

의식을 되찾고 보니, 레이코는 당시 우라와 주변에서 발생한 연쇄 부녀자 폭행 사건의 피해자가 되어 있었다. 게다가 자신은 범인의 얼굴까지 보았다. 병실에 형사가 여럿이 찾아와 사건에 대해 여러 가지를 물었다. 하지만 레이코는 그들과 한마디도 하지 않았다. 아니, 하지 못했다. 형사뿐만 아니라 간호사나 의사, 가족과도 대화는 불가능했다.

그때는 아직 자신이 사건 피해자라고 의식하지 못 했다. 그저 자신은 회복하기 어려울 만큼 더럽혀졌고, 머릿속으로 그려오던 미래가 모두 사라졌다는 절망감으로 가슴이 미어졌다. 그 화장실 뒤편에 쌓여 있던 흙이 몸속에 가득 들어찬 느낌이었다.

선잠에서 깨면 순간적으로 그때 일이 악몽은 아니었을까 하는 생각도 들었지만 왼쪽 옆구리에 난 상처와 병실의 하얀 벽, 계속해서 찾아오는 형사들이 결코 악몽이 아니라 현실에서 일어난 틀림없는 형사 사건임을 확인시켰다. 울다 잠들면서 상처가 낫기를 기다렸다. 없었던 일로 하자는 안이한 생각은 허용되지 않았다. 자신에게나 다른 사람에게나 그때의 일이 미친개에 물린 것이나 마찬가지라는 변명은 통하지 않는 상황이었다. 레이코는 그 남자에게 강간당하고 옆구리를 찔린 명백한 사건 피해자였다. 레이코는 자기를 구해준 경찰관을 원망하기까지 했다. 그 경찰이 오지 않았더라면 상처만 치료하고 끝날 일이었을 텐데…….

하지만 며칠 지나자 병실에 찾아오는 형사의 수가 눈에 띄게 줄었다. 남은 경찰은 지금까지 얼굴만 몇 번 보았던 몸집이 작고 통통하며 레이코가 보기에도 귀여운 느낌의 여형사였다.

그 형사의 이름은 사타 미치코. 사이타마 현 경찰서 형사부 수사 1과 소속 순경이었다.

사타는 꽃을 가져오거나 여자아이들이 좋아할 만한 과자를 사 오기도 했다. 그 밖에도 CD, 패션 잡지, 만화책, 휴대용 게임기 등 종류도 다양했다.

이상하게도 사타는 사건에 대해서는 한마디도 꺼내지 않았다. 화제는 오로지 최근에 자기가 저지른 실수와 자기를 화나게 했던 상사의 말, 좋아하는 배우, 영화, 책, TV 방송 등이었다. 마치 친구나 친척 언니인 양 레이코에게 말을 붙였다.

처음에는 레이코도 어떻게 반응해야 좋을지 몰라 당황스러웠다. 대답도 하지 않고 그저 멍하니 창밖만 바라보았다. 그러던 어느 날 사타의 실수담을 듣고서 웃고 말았다. 범인을 체포하고는 실수로 범인이 아니라 자기 손목에 수갑을 채웠다는 이야기를 듣고 레이코는 자기도 모르게 웃음을 터뜨렸다. 그 일을 계기로 말수는 적었지만 사타와는 이야기를 나눌 수 있게 되었다. 다른 누구와도 말을 하지 않았으나 사타와는 서서히 여러 가지로 이야기를 주고받게 되었다.

얼마간 시간이 흐른 어느 날 사타가 '수사에 협조해주면 좋겠어.'라고 했다. 사타가 사건에 대해 말을 꺼낸 것은 그날이 처음이었다. 우선 지금까지 발생한 피해자들의 진술을 근거로 그린 초상화와 몽타주가 레이코를 덮친 범인과 비슷한지, 그것만이라도 확인해달라고 했다.

레이코는 거부했다. 그 얼굴을 한 번 더 봐야 할지 모른다. 그 어둠속에서 웃으면서 자신의 몸을 더럽혔던 남자의 얼굴을 다시 봐야 할지도 모른다. 그런 생각만 해도 가슴 속에 구더기가 들끓고 머릿속에서 파리 떼가 어지럽게 날아다녔다.

"힘들면 괜찮아. 어쨌든 레이코가 어서 기운을 차리는 게 우선이니까."

그날 사타는 더 이상 요구하지 않고 돌아갔다.

그 후에도 시간은 일정하지 않았지만 사타는 날마다 거르지 않고 레이코의 병실에 얼굴을 내밀었다. 이삼 일간은 사건에 대해 아무 말도 하지 않다가 불쑥 '아직도 싫으니?'라고 묻기도 했다.

"아직…… 안 되겠어요. 무서워요."

"그래, 그럼 할 수 없지."

사타는 매일 다른 선물을 들고 찾아왔다. 어떤 날은 직접 구운 쿠키였고, 또 어떤 날은 재미있는 책이었다. 가끔은 오는 길에 소프트아이스크림을 사 오기도 했다.

여전히 사건에 대해 묻지 않는 날이 많았지만 오히려 레이코의 마음속에서는 날마다 조금씩 변화가 일어났다. 사건과 정면으로 맞서자, 사타 씨에게 협조해서…… 아니, 도움을 받아서 이 사건을 직시하자고 생각하기 시작했다. 그리하여 간신히 몽타주를 봐주겠다고 결심한 날이었다. 무슨 이유인지 사타는 병실에 얼굴을 비치지 않았다. 그다음 날도 오지 않았다. 그리고 사타가 오지 않은 지 사흘째, 웬일인지 맨 처음에 사정 청취를 하러 왔던 형사가 병실을 찾았다.

체격이 다부진 중년 형사는 자기보다 조금 더 나이가 들어 보이는 여성과 함께 들어왔다.

"얼굴이 많이 좋아졌구나."

인사 대신 그렇게 말하는 형사의 웃는 얼굴은 어쩐지 희미하게 떨리는 듯 보였다.

레이코는 대답 없이 그저 두 사람의 얼굴을 번갈아 보고 시선을 돌렸다.

"저기…… 실은 너한테 해주고 싶은 말이 있어. 하나는 우리한테 아주 반가운 소식이야. 우리가 수사하고 있던 사건의 범인이 사흘 전에 잡혔단다."

우리가 수사하고 있던 사건. 그가 그렇게 에둘러 말하는 이유는 레이코가 아직 아무 진술도 하지 않아서였다. 레이코는 자기가 피해를 입었다는 사실조차 인정하지 않았기 때문에 그들은 레이코를 덮쳤던 범인을 체포했다고 확실하게 말하지 못했다. 그래도 레이코는 어렴풋이 잡았나 보다고 생각했다. 어둠 속에서 웃고 있었던 그 남자를.

"그런데 유감스럽지만 이 소식도…… 전하긴 해야겠구나."

그는 말을 잇지 못했다. 복받치는 감정을 필사적으로 억누르려는 그와는 반대로 옆에서 반쯤 넋이 나간 사람처럼 멍하니 서 있는 여자에게 더 신경이 쓰였다.

"사타 순경이…… 순직했어."

형사가 간신히 쥐어짜 낸 '순직'이라는 한마디. 그 말의 의미를 물론 레이코도 알았다. 하지만 사타가 순직했다니, 순간적으로 무슨 뜻인지 얼른 떠오르지 않았다. 사고 회로가 멈추었다.

"사타 순경은…… 저항하는 범인과 몸싸움을 벌이다가 칼에 찔렸어. 바로 병원으로 옮겼지만 출혈이 심해서…… 목숨을 구하지 못했다."

형사는 그제야 옆에서 있는 여자를 소개했다.

"이분은 사타의 어머니셔. 어머니께서 너에게 꼭 보여주고 싶은 게 있다고 하시면서 여기 가지고 오셨단다. 자, 어머님…….”

사타 씨의 어머니라고 소개받은 여성은 레이코에게 공손히 고개를 숙인 다음 천으로 만든 허름한 가방에서 노트 한 권을 꺼냈다. 진녹색 가죽 표지가 씌어 있고 둘레를 한 바퀴 두르는 끈이 달린 노트였다.

“읽어주세요. 우리 아이가…… 세상을 떠나기 전까지 쓴 일기예요.”

그러더니 참았던 울음을 쏟아냈다. 중년 형사가 그녀의 어깨를 안고 진정시켰다. 레이코는 조심스럽게 사타의 일기를 받아들고는 펼쳐 보았다.

페이지를 넘겨 자기가 피해를 입은 다음 날 일기를 찾아 읽었다. 거기에는 사건 수사 경위와 함께 레이코에 대한 내용이 가득했다.

레이코는 아직 표정을 전혀 되찾지 못했다. 웃으면 틀림없이 참 귀여운 얼굴일 텐데, 슬픈 표정도 괴로운 표정도 짓지 않는다. 그 아이가 사건을 자기 마음속에 가둬두려고 필사적인 것을 알 수 있다. 그 모습을 보고 있으려니 너무나 괴롭다. 주치의 선생님은 내장도 조금 다쳐서 2주 정도는 입원해야 한다고 했다.

레이코는 게임을 했던 눈치다. 잡지는 읽지 않았다. 만화책도 그대로다. 그래도 꽃은 싫어하지 않는 모양이다. 모험이긴 한데 혹시나 해서 프리지아를 들고 갔더니 슬쩍 봐주었다. 기뻤다. 음식은 아직 내 앞에서는 먹지 않는다. 무리하도록 하면 안 되지만 사탕 정도는 어떨까?

비를 바라보는 레이코의 옆모습이 참 예쁘다. 이 아이에게 그런 끔찍한 짓을 하다니 결코 용서하지 못한다. 내가 잡겠다. 내가 반드시 잡아내고야 말겠다.

다음 장은 레이코도 기억하는 날이었다.

웃었다! 레이코가 내 이야기를 듣고 웃었다! 필요할 때 써먹으려고 기억해둔 실수담 〈나를 체포하다!〉에 웃어주었다. 기쁘다! 귀엽다! 레이코의 웃는 얼굴은 정말 귀엽다! 몇 번 대답도 했다! 해냈다! 해냈어, 레이코! 오늘은 최고의 날!

어느새 레이코의 뺨이 눈물로 촉촉이 젖어 있었다. 사건 이후 줄곧 멍하기만 할 뿐 눈물 따위는 흘리지 않았었는데 뜨거운 눈물이 두 눈에서 쉼 없이 흘러내렸다.

레이코와 처음으로 사건에 대해 이야기했다. 오늘은 실패다. 말하는 법이 잘못됐던 것 같다. 오히려 입을 굳게 다물어버렸다. 슬픈 얼굴을 하게 만들었다……. 미안. 정말 미안해, 레이코. 내가 조바심을 내면 절대로 안 되는 거였는데. 더 이상 그 아이가 상처 받을 짓을 해서는 안 되는데. 한동안 상태를 지켜보자. 맞다, 쿠키는 좋아할까? 지금부터 쿠키를 굽는다면 잠잘 시간이 모자라겠지?

성범죄에 관한 책들이 꽤 모였다. 오늘 다 읽은 책까지 해서 13권. 하지만 아무리 공부해도 내가 내린 결론은 변함없다. 역시 레이코가 사건을 정면으로 마주해주면 좋겠다. 자기 안에 가둔 채 없던 일로 하려 해서는 안 된다. 결말을 짓지 않으면 레이코가 지는 셈이다. 절대로 그래서는 안 된다. 레이코의 인생은 길다. 이 사건 때문에 인생을 헛되이 보내서는 안 된다. 이겨야 해. 싸워서 이겨야 해. 레이코, 나와 함께 싸우자. 함께 싸워줘. 내 힘이 되어줘, 레이코…….

레이코가 좀 더 생각할 시간을 달라고 했다. 엄청난 진전이다. 그 아이의 마음이 움직이고 있다. 조금씩이긴 하지만 실제로도 앞으로 나아가기 시작했다. 주임님은 빨리 결과를 내라고 하지만 아직은 멀었다. 지금은 방해받고 싶지 않다. 레이코는 나에게 맡겨주면 좋겠다. 내가 형사고 강력사건이라서가 아니다. 나는 레이코의 친구니까. 같은 여자니까. 레이코가 다시 일어섰으면 좋겠다. 앞만 보고 살아갔으면 좋겠다. 그러려면 사건과 정면으로 맞서기를 바란다. 싸워서 자기 인생을 쟁취했으면 좋겠다. 되찾았으면 좋겠다. 힘내자, 레이코도 나도 힘내자. 살아가기 위해 같이 싸우자. 싸우자. 싸우자!

마지막 일기의 날짜는 나흘 전이었다.

오늘은 사건 얘기는 하지 않기로 마음먹었다. 하지만 나는 안다. 레이코는 이제 곧 내게 '공동투쟁'을 선언할 것이다. 그 아이의 눈에 강렬한 빛이 깃들기 시작했다. 생기를 되찾으려 한다. 이제 나는 잠자코 있어야지. 나머지는 레이코의 뜻에 맡기자. 중요한 건 레이코의 마음이다. 레이코 인생이니까. 레이코는 내게 충분히 힘을 주었다. 나에게 강인함을 주었다. 고마워, 레이코. 이제는 나도 싸울 수 있어.

내일은 미나미 공원에서 잠복근무를 해야 한다. 지금까지 주기로 보건대 이제 슬슬 범인의 인내심도 한계에 달했을 것이다. 그래, 덤벼라! 나에게 덤벼! 난 혼자가 아니야. 레이코와 함께야. 절대로 지지 않아. 잠깐이라도 내 앞에 모습을 드러내면 설령 그게 칠흑 같은 어둠 속이더라도 반드시 잡고 말겠다. 어디 한번 와 봐! 덤벼라, 악마야!

레이코는 일기장을 덮고 잠시 침묵했다. 말소리가 나오게 호흡이 정돈될 때까지 가만히 있었다. 두 사람도 잠자코 기다려주었다.

시끄러운 매미 소리에 창밖으로 눈을 돌리니 하얀 햇살이 비쳐 푸른 나무에 짙은 그림자가 드리웠다. 바람 한 점 없는 조용한 오후였다.

"저…… 싸울게요."

높고 맑은 파란 하늘. 그곳에서 틀림없이 자신을 지켜볼 사타미치코를 향해 레이코는 공동 투쟁을 선언했다.

긴 싸움이 시작되었다.

사정 청취와 진술, 현장검증 그리고 용의자 확인. 작은 유리창 너머에 다섯 남자가 있었다. 왼쪽에서 두 번째 얼굴을 본 순간 레이코는 등 뒤에서 커다란 독거미 타란툴라가 자신을 덮치는 착각에 사로잡혔다. 우글거리는 더러운 송충이 떼가 속옷 안

221

으로 파고드는 듯한 환각이 일어났다. 그대로 뛰쳐나가 온몸을 쥐어뜯고 콘크리트 벽을 들이받아 기절해버리고 싶은 충동에 사로잡혔다. 하지만 그런 충동을 참았던 이유는 지금도 눈을 감으면 떠오르는 사타의 다정한 미소와 그녀의 일기 속의 수많은 말들이었다.

  레이코, 나와 함께 싸우자.

레이코는 심호흡을 한 뒤 한 번 더 유리창을 노려보았다.
"저기, 왼쪽에서 두 번째 사람…… 웃어보라고 하세요."
"네?"
같이 있던 형사가 의아한 표정으로 물었다.
"저 사람에게 웃어보라고 해주세요."
그러자 형사 한 명이 옆방으로 들어가서 그곳에 있던 형사를 밖으로 데리고 나왔다. 잠시 후 왼쪽에서 두 번째 남자만 남고 네 사람이 방에서 나갔다. 형사는 한동안 남자에게 말을 걸었다. 남자는 고개를 갸웃거리거나 가로저었다. 목소리는 들리지 않았지만 형사에게 무어라 대답했다. 그때 희미하게 미소를 지었다.
앗……!
그 얼굴이다.
레이코를 깔아 눕히고, 더럽히고, 칼로 찌른, 존재조차 확인하기 어려웠던 남자의 얼굴. 경찰이 비춘 회중전등 불빛 속에서 떠올랐던 악마의 미소였다.

"저 사람이에요."

레이코의 말을 듣자마자 '좋았어!' 하고 형사들이 수사에 의욕을 보였다. 하지만 이상하게 레이코의 눈에는 저 먼 세계에서 일어나는 일처럼 보였다. 레이코는 마음속에 살아 있는 사타에게만 이야기했다.

사타 씨, 나…… 나 노력했어요. 나 도망치지 않았어요.

하지만 그것은 시작에 불과했다.

생각해보면 당연한 일이었지만 수사 단계에서는 주변에 있었던 경찰들은 모두 레이코의 편이었다. 하지만 재판에서는 그렇지 않았다. 범인 앞에 서서 나는 이 남자에게 강간당했다고 수십 명이 보는 앞에서 고백해야만 했다.

게다가 피고 측 변호사는 피고인의 죄를 조금이라도 가볍게 하는 방향으로 사건을 정의하려고 했다. 레이코에게도 잘못이 있지 않았느냐, 부주의하지 않았느냐, 진단서를 읽어보고는 필사적으로 저항한 것치고는 찰과상이 별로 없는데, 실은 합의하에 이루어진 성관계가 아니었냐, 애당초 처녀였냐 같은 질문을 퍼부었다. 레이코가 위축되는 모습을 보이자 변호사는 의기양양해서 계속 몰아붙였다.

"다시 말하면 당신은 피고에게 강간을 당한 것이 아니라 피고가 행위를 강요하자 바로 합의한 것으로 보입니다. 아까도 말씀드린 바와 같이 피고에게는 저항하는 여성에게 억지로 행위를 강요하면서 희열을 느끼는 이상한 성적 취향이 있습니다. 이

것이 정신의학적인 면에서 정상인지 아닌지에 대한 판단은 논점에서 벗어나므로 거론하지 않겠으나, 당신이 저항하지 않았기 때문에 피고는 당신의 옆구리를 찔렀다고 생각할 수 있습니다. 다시 말해서 사실은 칼로 찌름으로써 당신이 저항해주길 바랐다는 겁니다. 그 증거로 격렬하게 저항했던 다른 피해자는 칼레 찔리지 않았습니다. 따라서 본 사건은 상해죄를 피할 수는 없겠으나 적어도 강간죄는 성립하지 않는다고 사료됩니다."

말도 안 돼. 그게 합의하에 일어난 행위였다고? 지금 내가 칠흑같이 어두운 공원에서 본 적도 없고 알지도 못하는 남자에게 좋아서 몸을 허락했다는 말이야? 어떻게, 어떻게 그런 말을 할 수가 있지?

레이코는 속으로 격렬하게 부정했다. 그런 한편 자기가 아는 사실들이 급속도로 왜곡되기 시작했다. 지금 여기 있는 수십 명의 방청객들의 머릿속에는 자신이 이 남자와의 성관계를 받아들이는 음란한 모습이 그려지고 있으리라. 레이코는 보이지 않는 무게에 눌려 주저앉을 듯했다.

이 여자아이는 더럽혀졌다. 더럽혀졌다. 더럽혀졌다.

상념의 대합창, 중상모략의 칼날이 몸속을 싹둑싹둑 도려낸다. 그렇게 해서 생긴 공간에 변호사가 말한 대로 남자와의 성관계를 받아들이는 더러운 자신의 모습이 형태를 이룬다. 바뀌어간다.

바로 그때였다.

'그게 아니잖아!'

갑자기 들려오는 한마디. 레이코는 그 목소리가 누구의 것인지 잠시 분간하지 못했다.

'그게 아니잖아! 지면 안 돼. 스스로 싸워서 네 힘으로 이겨내야 해.'

사타였다. 사타가 어딘가에서 레이코를 응원했다.

'싸워서 이겨. 그리고 네 인생을 되찾아.'

레이코는 마음속에서 사타의 작은 손을 잡았다.

'그래, 맞아. 그럴 리 없어. 내가 그런 짓을 받아들였을 리가 없어.'

이렇게 다시 생각했을 때 레이코의 눈은 이미 변호사를 무섭게 노려보고 있었다.

"찰과상이 적은 것이 왜 합의했다는 결론으로 이어지나요? 칼로 협박하고 입을 틀어막고 강제로 밀어붙이는 행동이 합의하에 이루어진 상황입니까? 몸부림치면 또 찔리지 않을까, 죽는 건 아닐까 하는 생각에 저항하기를 포기하면, 그게 성관계를 허락하는 게 되는 겁니까? 변호사님의 논리대로라면 목숨을 걸고 그 남자를 체포한 사타 씨는 죽을 각오를 하고 덤볐기 때문에 죽어도 괜찮다, 합의하에 죽음을 당한 것이다, 이런 말인가요?"

판사가 레이코에게 무어라 주의를 준 것 같긴 하지만 이미 레이코의 귀에는 아무 말도 들리지 않았다.

"말이 된다고 생각합니까? 당신은 부인이 없나요? 애인이나 누나나 여동생도 없어요? 그 사람들이 저와 똑같은 일을 당해도 당신은 합의하에 한 행동이라고 말하시겠습니까? 당신은 사타 씨 앞에서 당신이 각오한 일이니 죽은 것이라고, 그러니 불평하지 말라고 말할 수 있냐고요. 사타 씨의 가족에게…… 아니, 모든 경찰에게 목숨을 잃어도 불만 갖지 말라고 진심으로 말할 각오가 되어 있는지 묻는 겁니다!"

레이코를 제지하기 위해 법원 직원들이 양족에서 뛰어나왔다. 그러다 무슨 이유인지 그들은 멈칫했다. 그들은 레이코가 아니라 그 뒤 방청석에 눈길을 주며 멈춰 섰다.

맨 앞줄 중앙으로 레이코의 부모님과 사타의 부모님이 보였고 다른 피해자들과 그 가족들이 앉아 있었다. 그런데 그들 말고 수십 명의 방청객들이 자리에서 일어나 레이코에게 경례했다. 레이코의 병실을 찾아왔던 형사도 있었다. 레이코를 도와주었던 제복 경찰도 있었다. 그 밖에도 아는 얼굴, 모르는 얼굴, 정장 차림, 제복 차림, 남자, 여자. 그들은 모두 경찰이었다. 피해자 가족이 앉은 자리 외에는 경찰관으로 가득 채워져 있었고, 그 모든 사람들이 일어서서 레이코에게 경례를 하고 있었다. 어떤 사람은 어금니를 꽉 깨물었고, 어떤 사람은 눈물을 필사적으로 참았고, 또 어떤 사람은 분노로 어깨를 들썩였다. 하지만 모두가 하나같이 레이코에게 경례를 하고 있었다.

이것이 경찰…….

납덩이처럼 무겁지만 따스한 파동이 레이코를 감쌌다. 그 파동은 레이코를 감싸더니 두꺼운 벽이 되어 솟아올랐다. 마치 레이코를 보호하려는 듯이.

이것이 바로 경찰!

경찰들 사이의 동료 의식은 단단했다. 평소에는 서로 시기도 하고 질투도 하고 성과 경쟁에서 상대의 발목을 잡기도 하지만, 일단 동료 경찰이 위험에 처하면 하나로 똘똘 뭉쳐 구해낸다. 그것이 바로 경찰이고, 경찰 세계다. 레이코는 이때 처음으로 그것을 피부로 느꼈다.

아마 그들이 한 경례는 레이코 본인이 아니라 레이코 안에 깃든 사타 미치코의 영혼을 향한 것이었으리라. 레이코는 경찰의 결속력에 큰 감동을 받았다. 레이코는 수십 명의 집단 경례가 자아내는 무게감에 압도되었다. 전율이 멈추지 않았다.

나도 저 안에…… 들어가고 싶다.

그 순간 레이코는 경찰이 되겠노라고 결심했다.

경찰이 되고 형사가 되어 사타가 속했던 경시청 본부 수사 1과에 들어가서 경위가 되는 것을 목표로 세웠다. 사타는 순경이었지만 순직 후에 두 계급 특진해서 경위가 되었다. 하지만 죽은 뒤에 그게 무슨 의미가 있겠는가. 레이코는 살아서 경위가 되리라 마음먹었다. 살아서 수사 1과의 주임 경위가 되는 것을 목표로 삼았다.

레이코는 그 목적을 달성했고, 지금도 사타 미치코와 함께 싸우는 중이었다. 경위가 되었고, 과거의 굴레에서 해방되었고, 드디어 살아 있음을 실감했지만 싸움은 아직 계속되고 있었다. 레이코의 목숨은 항상 사타 미치고의 영혼과 함께 했다.

엄마, 역시 내가 옳았어요.

동이 틀 무렵에야 겨우 졸음이 몰려왔다.

내일은 엄마 병문안을 가야지.

이미 내일이 아니라 오늘이었다.

7

오후 2시에 레이코는 어머니 미즈에가 입원해 있는 대학 병원으로 갔다. 면회 신청을 하고 3층까지 계단으로 올라갔다. 312호. 문을 열자 어머니는 눈을 감은 채 수액을 맞는 중이었다. 산소마스크는 끼지 않았다.

조용히 들어가 문을 닫았다. 침대 곁으로 다가가기는 했지만 소리를 내면 안 될 것 같아 의자에는 앉지 않았다.

"엄마, 미안해."

그러자 미즈에가 눈을 감은 채로 미소 지었다.

"웬일이니, 너답지 않게……. 한심하게 쓰러지긴 왜 쓰러지냐며 타박할 줄 알았더니만."

미즈에가 살며시 눈을 떴다.

"뭐야, 깨어 있었어?"

레이코는 발치에 있던 동그란 의자를 당겨 와 앉았다.

"누가 타박한다고 그래? 나도 얼마나 놀랐는데. 걱정이란 것도 했다고요."

"고마워, 우리 딸. 덕분에 바이패스는 안 해도 되나 봐."

레이코는 가지고 온 꽃을 화병에 꽂고, 잠시 자세한 몸 상태와 검사 결과를 들었다. 심각한 상태는 아니었지만 아직 더 지켜봐야 한다고 했다.

오늘은 너무 깊은 이야기까지는 하지 말고 돌아가야겠다고 레이코는 생각했다. 그러나 화제가 떨어지자 오히려 어머니가 먼저 말을 꺼냈다.

"사실 사과해야 할 사람은 엄마야……."

"뭐가?"

알면서 묻는 자신이 조금 혐오스러웠다.

"널 빨리 결혼시키려고 혼자 안달이었잖니. 물론 지금도 결혼하길 바라긴 해. 형사 따위는 때려치우고 평범하게 살면 좋겠어. 하지만 네가 형사가 된 것도 따지고 보면……."

역시 이야기가 그쪽으로 흘러가는구나.

"무슨 소리야. 아까 내가 사과한 이유는 엄마 전화를 무시했던 것 때문이야. 옛날 일하고는 상관없다고."

"상관이 없긴. 이 엄마는……."

레이코가 도중에 말을 끊었다.

"이제 됐어요. 내가 결혼하지 않는 거랑 그 사건은 전혀 상관이 없다니까? 결혼하고 싶은 상대가 없어서 안 하는 것뿐이야."

"그럼 맞선을 보면 되잖니."

"으음, 뭐…… 솔직히 말하면 결혼할 마음이 없다는 게 가장 큰 이유지만."

"거봐."

미즈에가 가슴 아프다는 듯 시선을 떨어뜨렸다.

이거 참.

결국 털어놓지 않고는 집으로 돌아가지 못할 것 같았다. 레이코는 한숨을 쉬고 어머니의 손을 잡았다. 마르고 야윈 손이었다.

"엄마…… 나 말이야. 이젠 형사가 아닌 내 모습은 상상도 못해. 그러니까…… 지금 난 형사라서 그나마 사는 거야. 그 사건은, 물론 괴로워. 하지만 난 그걸 이겨내고 극복했다고 믿어. 증언대에도 섰고 이미 결말도 났어. 판결 내용에 만족하지는 않지만 그래도 내가 이겼다고 생각해. 난 내 스스로 해야 할 일을 했기 때문에 새 인생을 살게 되었다고 믿어. 진심이야. 그 일을 잊을 수 있겠냐고 물으면 그야 물론 평생 힘들겠지. 그 일만 떠올리면 기분 나쁘고 지금도 악몽을 꾸거나 가위에 눌리기도 해. 하지만 그렇다고 내 존재까지 부정하고 싶진 않아. 그런 생각은 이제 안 하게 됐어…… 그때처럼은. 난 이제 형사잖아. 경위가 됐고 부하도 있어. 나는 가치 있는 존재라고 인정받는 중이야. 내가 속한 경찰 세계에서."

이마이즈미와 기쿠타, 오쓰카의 얼굴이 떠올랐다. 그리고 뒤이어 이오카의 간드러지는 얼굴도 비집고 들어왔다.

"언젠가 내 삶을, 과거의 일도, 내가 경위란 사실도, 모두 받아들여 줄 사람이 나타나면 그때는 결혼을 진지하게 생각해볼게. 나도 내가 어떻게 해야 행복할지 정도는 알아. 당장은 엄마 생각과 다를지도 모르지만 그냥 지켜봐 줘요. 다마키도 나보고 변했다고 그러더라. 하지만 그게 사실인데 어쩌겠어. 난 변했어요. 히메카와 집안 장녀로서는 부족할지 모르지만 인간 히메카와 레이코는 그렇게까지 한심하지는 않다고 생각해. 그러니까 조금만 더 날 놔주세요. 무책임해 보이지만, 그냥 지켜봐 주면 좋겠어."

미즈에가 눈을 감고 고개를 끄덕였다.

"그리고 엄마도 더 이상 그 사건으로 자책하지 마. 잘못한 사람은 나도 아니고 엄마도 아니야. 범인이지. 그리고 그 범인은 지금 죗값을 치르고 있잖아요. 그게 전부야. 다 끝났어. 당사자인 내가 그걸로 됐다고 하잖아. 그러니까 다른 사람들이 뭐라고 하건 신경 쓰지 말아요. 그것뿐이야. 이 말을 할까 말까 고민했는데…… 말해버렸네. 미안. 피곤하지?"

레이코가 손등을 만지작거리자 미즈에가 그 손을 꼭 움켜쥐었다. 그리고 입가에 온화한 미소를 지었다.

무거운 내용이었지만 병은 마음에서 온다고 하니 이 문제를 확실해 해두는 편이 미즈에의 몸에도 좋으리라 판단했다. 아니다. 이것도 레이코가 강요하는 셈인가. 지금으로써는 확실치가 않다.

하지만 미즈에의 미소에는 이제 그늘이 보이지 않았다. 이 정도면 됐다고 생각했다.

퇴원하면 보나 마나 또 맞선 보라고 성화겠지.

레이코가 미즈에의 손을 이불 안으로 넣어주려 했는데 미즈에는 손을 놓지 않았다.

레이코는 한동안 그렇게 어머니의 손을 잡고 창밖의 높고 푸른 여름 하늘을 우러러보았다.

날씨 한번 끝내주네.

병원에서 나오자마자 휴대전화를 켜고 음성 메시지가 들어왔는지 확인했다. 메시지가 한 건 있었다.

오쓰카입니다. 수고 많으십니다. 쉬고 계시는 중이라면 굳이 부탁드리지는 않겠지만 저녁에 잠시 시간 좀 내주시겠습니까? 실은 묘한 단서를 잡아서요.

메시지는 오후 2시 50분, 15분 전에 들어왔다.
레이코는 바로 전화를 걸었다.
"여보세요, 난데."
"아, 주임님, 다행이네요. 바쁘신 거 아니죠?"
오쓰카가 웬일로 서두르는 기색이었다.
"응, 괜찮아. 무슨 일인데?"
"네, 보여드리고 싶은 게 있는데 잠시 괜찮으세요?"
"그래, 어디서 볼까?"
"주임님은 어디가 편하세요?"
"이케부쿠로라면 한 시간 반 정도 걸릴 거야."
"그럼 전에 갔던 '백작부인'이라는 카페에서 뵙죠."
"그래, 그럼 4시 반에 보자."
보여주고 싶다니, 대체 뭐지?
레이코는 가장 가까운 가와카도 역에서 도부오고세선을 탔

다. 사카도 역에서 도조선으로 갈아타고 이케부쿠로 역에 도착
했을 때는 4시 20분이었다.

북쪽 출구 바로 앞에 위치한 백작부인은 입구에 서양 갑옷을
세워놓은 복고풍 카페였다. 안을 둘러보니 오쓰카가 안쪽 자리
에서 손을 흔들었다.

"미안, 오래 기다렸어?"

레이코가 맞은편에 앉자 오쓰카는 잠시 눈을 껌벅거리며 쳐
다보았다.

"사복 차림이…… 꽤 예쁘신데요?"

하늘색 여름용 니트에 흰색 바지. 보통은 휴가 중에도 긴급
출동 명령이 떨어질 경우가 있어서 어느 정도 단정하게 차려입
었다. 하지만 수사본부가 설치된 후에 생기는 휴가 때에는 오히
려 소집 가능성이 거의 없었다. 레이코는 어머니에게 병문안을
갔다가 쇼핑이라도 하고 돌아갈 생각이었으므로 옷차림이 간
편했다. 그에 비해 오쓰카는 정장을 갖춰 입은 모습이었다.

"뭐야, 실없기는."

핀잔을 받으면서도 오쓰카는 가슴 언저리를 쳐다보았다.

"너도 그런 변태 같은 눈으로 여자를 보는구나."

"그야 저도 남자니까요. 하지만 주임님 이런 모습은 처음이라."

"아, 왠지 열 받네."

"하하, 하지만 여기서 더 말하다가는 기쿠타 씨한테 한 대 얻
어맞을지도 모르겠는데요."

"뭔 소릴 하는 건지."

최근 들어 오쓰카는 괜히 레이코와 기쿠타의 관계를 의식해 말하는 경우가 많았다. 하지만 지금은 그럴 기분이 아니었다.

바로 본론으로 들어갔다.

"보여주고 싶다는 게 뭔데?"

오쓰카가 입술을 비쭉거렸다.

"하여튼 여자다운 구석은 눈곱만큼도 없다니까. 가끔은 장단 좀 맞춰주고 그러세요."

"싫어. 나중에 가서 안줏감 되는 건 사양하겠어."

"벌써 그런걸요, 뭘."

레이코가 코웃음을 치자 오쓰카도 장난을 그만두었다.

여종업원이 주문을 받으러 왔다. 레이코는 아이스커피를, 오쓰카는 커피를 주문했다.

"으음…… 우선 19일 회의 때 보고드린 일 있잖아요? 나메카와하고 대학 때 친했던 다시로라는 남자요."

"응, 하지만 별다른 성과는 없었다고 했잖아?"

"네, 그 시점에서는 그랬죠. 그런데 그날 밤 회의가 끝난 직후에 다시로한테서 전화를 받았어요. 그때 묘한 이야기를 들었어요."

레이코는 일부러 인상을 썼다.

"잠깐, 그럼 20일, 21일에는 왜 말 안 했어?"

"그건 저도 가끔은 직접 단서를 찾아내고 싶어서요."

오쓰카가 쑥스러운 듯 머리를 긁적였다.

형사는 자기가 얻은 정보를 일일이 회의 자리에서 공개할 만큼 순진한 사람들이 아니다. 물론 때로는 단독 행동이 지나쳐서 실패라도 하면 무거운 책임을 질 때도 있다. 범인을 놓쳤다가는 경찰 전체가 비난을 받기 때문이다. 그러다 보니 단서를 얻으면 적당히 분위기를 보아 직속상관에게만 보고하는 경우가 많다. 하지만 그 전까지는 아무에게도 말하지 않고 자신과 파트너만 아는 비밀로 간직해둔다. 형사란 원래 그런 사람들이다.

여기서 가장 중요한 점은 자기가 찾은 단서가 결국에는 자기 공적으로 돌아오게 해야 한다. 성과를 올릴 때까지 숨겨둔다. 상사에게 보고하는 건 그 후에 해도 문제없다. 그렇게라도 해야 자기 공적을 올릴 수 있다는 뜻이다.

하지만 레이코처럼 부하를 둔 상관 위치에 서면 생각은 완전히 달라진다. 부하들의 행동을 일일이 파악해두는 것만큼 중요한 일도 없는 데다, 단서에 대해서 입을 꾹 다물고 있으면 수사가 진전되지 않기 때문이다. 그래서는 조직 수사도 의미를 잃는다. 결국 부하와도 서로 속내를 떠봐야 한다. 모든 형사는 결국 한 마리 늑대다.

히메카와는 자기 반에 속한 형사들은 그나마 이런 비밀이 적은 편이라고 생각했다. 실제로 이렇게 휴일인데도 따로 불러내서 보고해주니 그렇게 눈을 치켜뜰 일은 아니었다.

"그래, 그럼 얘기해봐."

레이코가 고개를 끄덕이자 오쓰카는 의자에 놓아두었던 커다란 갈색 봉투를 테이블에 올려놓았다.

"다시로가 그러더군요. 인터넷에서 '스트로베리 나이트'를 조사해보라고요. 나메카와가 다시로에게 했던 얘기인데 정작 자기는 별 관심이 없어서 그때는 대충 흘려들었대요. 주임님도 알고 계셨어요?"

"응? 뭘?"

"스트로베리 나이트요."

"딸기 기사?"

오쓰카는 어이쿠, 하며 의자에서 쓰러지는 시늉을 했다.

"아뇨, '나이트'는 '밤'이란 뜻일 거예요."

이번에는 레이코가 입술을 비쭉거렸다.

"몰라. 발음만으로 그걸 어떻게 구분해? 그래서 그 딸기의 밤이란 게 무슨 뜻인데?"

오쓰카의 표정이 진지해졌다.

"네, 그래서 저도 인터넷에서 찾아봤는데 그런 홈페이지는 없더라고요. 하지만 뭐라 그러더라? 악마 숭배라고 해야 하나, 초자연주의라고 해야 하나, 그런 종류였는데요, 엽기 살인을 찬양하고 괴상한 사진을 올리는 홈페이지 게시판에서 스트로베리 나이트가 큰 화젯거리였어요. 그것도 한 사이트에서만 그런 게 아니라 제가 찾아낸 일곱 개 사이트 모두 열기가 아주 뜨거웠어요."

"그래서 그 스트로베리 나이트란 게 뭔데?"

아무리 재촉을 해도 오쓰카는 천천히 고개만 끄덕거렸다.

"그게 아무래도 살인 쇼 같아요."

"살인 쇼……?"

단순한 말이지만 언뜻 무엇을 의미하는지 감이 오지 않았다.

"네, 이게 그 게시판 내용에서 일부만 출력한 건데요."

오쓰카가 봉투에서 인쇄용지 몇 장을 꺼냈다.

"한번 보세요."

건네받은 종이에는 자잘한 글자들이 지면을 빼곡하게 채우고 있었다. 일단 닉네임인가? 맨 앞에 작성자 이름과 게시 날짜가 있었고 그다음에 글이 이어졌다. 자세한 내용을 읽어보았다.

삐걱삐걱 20**/08/08/16:45:20

근데 그런 페이지를 실제로 본 사람이 있어?

잘린 목 등불 20**/08/08/22:01:02

이렇다니까. 진짜로 본 사람 있으면 여기다 좀 올려봐. 아무도 없네.
다들 '내가 아는 사람이' 어쩌고 하는 게 다잖아. 실체를 모르겠어.

내장 미식가 20**/08/09/00:12:36

아니야. 지금 분위기에서 이런 얘기는 왠지 바보 같지만 내가 아는 사람은 ㅋㅋㅋ 정말 봤다던데. 그 녀석은 내가 얼굴도 아는 놈이야. 진짜 살인하는 것 같은 영상이 나오고 그다음에 '스트로베리 나이트'라고 피로 쓴 글자가 뜨더니 그 글자에서 핏물이 흘러내리면서 '당신은 이 광경을, 직접, 보시겠습니까?'라는 글자가 하나씩 뜬대. 너무 무서워서 '네'는 클릭 못 했다나?

잘린 목 등불 20**/08/09/00:15:02

뭐야, 클릭했어야지ㅋㅋ 클릭하면 어떻게 되는데? 진짜 초대장이 날아오는 거 아냐?

"잠깐, 이게 다 무슨 소리야?"

레이코가 종이를 내려놓았다.

"정말 이상하죠?"

오쓰카가 의기양양하게 몸을 내밀며 말했다.

"이 녀석들 사이에서는 이런 이야기들이 계속 오가요. 그러니까 스트로베리 나이트라는 홈페이지가 어딘가에 있는데, 검색으로는 못 찾는 비밀 홈페이지라는 겁니다. 그 홈페이지에 실제 살인 영상이 올라오고 영상이 끝나면 '당신은 이 광경을, 직접, 보시겠습니까?'라는 메시지가 떠요. 그다음에 '네'나 '아니요'를 누르도록 하는데 '네'를 누르면 바로는 아니고 잊어버릴 때쯤 스트로베리 나이트의 초대 메일이 온답니다. 집으로 편지가 온다는 이야기도 있고요. 아무튼 메일 주소나 집주소를 가르쳐주지 않았는데도 초대장이 온다는 게 소름 끼친다는 거예요."

"하지만 이 글만 봐서는 실제로 참가한 사람은 없는 것 같은데 말이야."

"아니에요. 확실하진 않지만 적어도 다른 게시판에 글을 쓴 녀석들 중에 자기는 다 아는 듯한 뉘앙스를 풍기는 애들도 있어요. 게다가 얼마나 신빙성이 있는지는 모르지만 흥미로운 글도 있었고요."

오쓰카는 레이코에게 다른 종이를 보여주었다. 한 줄에 형광펜이 칠해져 있었다.

덤벨디 20**/08/15/01:32:55
개뿔, 뭘 알고들 덤비라고. 산 제물은 무작위로 뽑힌 관객이야. 그리고 매달 13일이라는 것도 틀렸어. 정확히 말하면 매월 둘째 주 일요일이라고.

"이, 이건……."
레이코의 반응에 오쓰카는 만족했는지 코를 벌름거리며 고개를 끄덕였다.

제3장

시체는 녀석의 차에 실었다.

녀석은 참 별종이었다. 내가 자기 친구를 죽였는데도 자기 차에 그 시체를 싣고 나를 태우고는 어떻게 처리하면 좋을지 고민했다. 괜히 고민하지 말고, 나를 무시하고 그냥 경찰에 신고하면 끝날 일인데 그러지도 않았다. 일단 손을 쓰긴 써야겠다고 자기 혼자 이리저리 머리를 굴렸다. 그렇다고 당황한 기색도 아니었다. 어쩐지 이 상황을 즐기는 사람처럼 무슨 방법이 가장 좋을지를 궁리했다.

나는 그에게 연락했다. 그는 바로 달려와 주었다.

"또…… 죽였어?"

그는 애처로운 눈빛으로 나를 보더니 옆에 있는 녀석을 노려보았다.

"저 자식은 누구야?"

정말로 녀석이 뭐 하는 놈인지 아는 게 없어서 대답할 말이 없었다. 나는 그저 녀석이 이 시체의 친구였다는 사실밖에 몰랐다.

"또 태워버리자."

내가 말을 하니 녀석이 깜짝 놀랐다. 나는 오로지 그하고만 대화가 가능했다.

"아니, 태워서는 안 돼. 생각만큼 그리 잘되지는 않을 거야."

"그래, 태워서 없애버리기는 힘들어."

녀석이 그의 말에 동조했다.

"그럼…… 어떡해?"

"그러게. 어떻게 하지?"

실제로 살인을 저지른 나를 제쳐두고 둘이서 시체 처리 방법을 궁리했다. 나는 별로 상관하지 않았다. 시체 따위는 아무래도 상관없었다.

그가 다시 제안했다.

"토막 내서 버릴까?"

"아니, 손이 많이 가서 별로야. 최대한 빨리 처리할 수 있는 방법이 좋아."

"태우지 못하면 물에 빠뜨리든가."

"물에 빠뜨려도 금방 떠올라."

"추 같은 걸 달면 되지."

"그렇게 간단치가 않아. 콘크리트라도 채우면 모를까, 그렇다고 지금 콘크리트 따위를 사러 갔다가는 틀림없이 꼬리가 잡힐 텐데. 그냥 빠뜨리면 배 속에 가스가 차서 풍선처럼 부풀 테고."

녀석이 무턱대고 트집만 잡으려는 심사는 아닌 듯했다.

"배에, 가스?"

"어, 부패 가스 말이야. 장 속에 있는 박테리아가 내장을 부패시키거든. 몸 전체를 풍선처럼 만들어."

"그럼 배에 구멍이라도 내면 되겠네."

"뭐라고?"

"처음부터 부풀지 않게 풍선을 찢어놓으면 되잖아."

그가 생각해낸 묘책에 녀석도 납득해서 이야기가 마무리되었다.

돌이켜 보면 이때부터가 기묘한 공범 관계의 시작이었다.

녀석은 처음에 생각했던 것보다 훨씬 더 성격이 괴팍했다.

"끝내준다! 감동했어. 네 살인은 진짜 예술이야. 넌 천재적인 살인 예술가라고. 난 그날 이후로 쭉 엄청난 감동에 사로잡혀 있어."

대체 무슨 소리인지 하나도 이해가 가지 않았다. 그러나 듣기 싫은 소리는 아니었다. 사실 나도 같은 생각이었다. 어쩌면 나는 사람을 한 번 더 죽이고 싶었는지도 모른다.

나는 부모를 살해하고, '에프'라는 이름을 부여받은 후 폭력을 휘둘러서 내 존재를 확인해왔다. 아니, 목숨을 주고받는 것이라 해도 상관없었다. 사느냐 죽느냐, 죽이느냐 죽임을 당하느냐. 그 순간에만 내가 살아 있음을 실감했다. 그러나 언제나 주변에 누군가가 있어서 내가 목숨을 끊어놓기 직전에 내 행동을 말리는 경우가 많았다. 아무도 진심으로 목숨을 걸고 싸우고 싶어 하지는 않았다. 자칭 조폭이라는 놈들조차 죽음은 원치 않았다.

하지만 녀석은 달랐다.

"내가 너에게 최고의 무대를 준비해줄게. 살인 무대야. 원 없이 사람을 죽여도 되는 무대야, 알겠어?"

알아들었다. 반가운 소리였다. 하지만 정말 그게 가능할까? 그런 짓을 했다가는 금방 잡히고 말 텐데. 적어도 녀석이 말한 '원 없이'는 거짓말이라고 생각했다. 하지만 아무래도 녀석은 진심인 듯했다.

어느 날 밤 녀석이 나를 데리러 왔다. 내일이 첫 무대이니 오늘 중으로 나오라고 했다. 두근거리기도 하면서 어처구니가 없기도 했다. 하지만 녀석이 시키는 대로 했다.

녀석과 합류한 다음 날 저녁이었다. 다 무너져가는 스트립 무대 비슷한 곳으로 나를 데려갔다. 복잡하게 얽힌 복도, 대기실, 무대, 객석이 있었다. 나는 대기실에서 가죽 작업복으로 갈아입으라는 지시를 받았다. 상자 속에 살던 노숙자 아저씨에게 받았던 게 아니라 새 옷이었다. 그런 다음 복면을 썼다. 프로레슬러가 쓸 법한 검은 복면이었다. 구멍은 눈 쪽에만 뚫려 있었고 코와 입 부분은 망사를 덧대어 조금 답답했지만 그래도 거울을 보니 영락없는 살인자 같아 매우 만족스러웠다. 멋있어 보였다.

한동안 혼자 대기실에서 순서를 기다리는데 조금씩 객석에서 인기척이 커졌다. 무언가 엄청난 일이 시작되는 분위기였다.

도대체 뭘까? 녀석의 말이 사실이라면 그것은 바로 내가 무대에서 사람을 죽이는 살인 쇼다. 하지만 나는 대체 누구를 죽이는 걸까? 아무 얘기도 듣지 못했다.

"에프, 이제 곧 네 차례다."

날 부르러 온 사람은 마코를 위해 복수하러 갔던 날 가장 먼저 도망친 놈이었다. 녀석의 동료였다. 그러니 오늘만큼은 우리와 한패인가? 어쩐지 기분이 묘했다.

대기실에서 나온 다음 좁은 복도를 지나 무대 옆에 섰다. 무얼 어떻게 하면 좋을지 전혀 상의하지 않은 상태였다. 하지만 분홍색 커터 칼이 부적처럼 주머니에 있다. 사람을 죽일 때 그 칼밖에 쓰지 않아서 이번에도 사람을 죽이려면 역시 필요할 듯싶었다.

"자, 에프. 마음껏 놀다 와."

녀석의 친구가 하는 말을 들으며 무대로 나갔다.

스포트라이트를 비추는지 번쩍이는 하얀 빛에 눈이 부셨다. 무대만 빼고 사방이 캄캄했다. 이 세상에 나와 무대밖에 없는 느낌이었다. 흰색과 검은색이 뚜렷이 구분되는 세계였다. 무대 한가운데에 병원 복도에서나 보는 바퀴 달린 침대가 놓여 있었다. 그 위에는 청테이프로 눈과 입, 손발이 묶인 여자가 누워 있었다. 만세 자세로 상반신은 발가벗겨진 상태였다. 당연히 가슴도 훤히 드러나 있었다. 조금 민망했다.

침대 바로 밑에는 톱, 식칼, 낫 그리고 못이 촘촘히 박힌 야구 방망이, 깨진 맥주병, 채찍 따위가 가지런히 놓여 있었다. 이것들로 이 여자를 죽이라는 뜻이리라. 하지만 그 여자에게는 아무런 원한도 없었고 난생처음 보는 사람이었으므로 왜 죽여야 하는지 아무런 목적의식도 들지 않았다.

누워 있는 여자를 자세히 살펴보았다. 새하얀 피부에 몸매가 좋았다. 오뚝한 유두가 예쁜 가슴이 움직이는 대로 오르락내리락했다. 흥분했는지 호흡이 거칠었다. 입도 눈도 보이지 않아 확실치는 않았지만 굉장한 미인 같았다. 매끄러운 잿빛 머리카락이 세련되어 보였다.

평범하게 살았더라면 행복했을 텐데.

생각이 거기에 미치자 죽여도 되겠다는 생각이 들었다.

내가 못이 박힌 방망이를 드는 소리를 들었는지 여자는 깜짝 놀라 나를 향해 고개를 돌렸다. 낌새로 무언가를 파악하려는 모양이었다. 입을 우물거렸다. 몸을 비틀면서 자세를 바꾸려 했다. 하지만 소용없었다. 단단히 묶어놓은 듯했다.

야구는 손에 꼽을 만큼 거의 해본 적이 없었지만 눈동냥으로 배운 기억을 되살려서 가슴을 공이라 상상하고 있는 힘껏 방망이를 휘둘렀다. 그러자 방망이는 '쫙'인지 '철썩'인지 모를 소리를 내면서 가슴 위를 멋지게 타격하고는 정확히 턱에서 멈췄다.

"으아아아악!"

덜커덩덜커컹. 침대째로 넘어가는 게 아닐까 싶을 정도로 여자는 거칠게 몸부림쳤다. 캄캄한 객석에서 그제야 사람 목소리가 들렸다. 비명이었다.

왼쪽 가슴은 한입 베어 먹은 토마토처럼 살덩이가 떨어져 나갔다. 오른쪽 가슴에는 긁힌 상처만 조금 생겼을 뿐이었다. 야구방망이를 들어서 자세히 살펴보니 유두 근처의 살이 붙어 있었다. 빨간 피가 마치 원래 있던 곳으로 돌아가고 싶어 하는 듯이 가슴에 난 상처 위로 뚝뚝 떨어졌다. 새빨간 피가 온몸으로 퍼져 나가는 모습은 참 아름다웠다. 색감을 되찾은 내 눈에 여자의 머리카락은 이제 잿빛이 아니라 옅은 갈색으로 보였다.

그제야 비로소 객석이 몹시 소란하다는 사실을 알아차렸다. 틀림없이 즐거워들 하는 거겠지. 그 녀석이 그랬듯이 나에게 환호하는 소리겠지. 이 여자를 조금만 더 이대로 망가뜨려서 처참하게 죽이라고 아우성치는 걸 거야.

환호성과 피비린내가 뒤섞였다. 이 세상에서 가장 아름다운 빨간색이었다. 나도 기분이 점점 좋아지기 시작했다. 내가 살아 있다는 실감이 들었다.

이번에는 얼굴에서 유일하게 솟아 있는 부위인 코를 노려 야구방망이를 휘둘렀다.

빠직, 하고 낯선 소리가 났다. 골프를 치듯이 깨끗하게 코만 날릴 생각이었는데 여자가 얼굴을 쳐드는 바람에 입에 맞고 코를 친 후 그대로 눈두덩에 걸려 내 손목이 틀어지면서 볼품없는 스윙만 날렸다.

그러다가 입과 눈에 붙였던 테이프가 떨어졌고 윗입술이 찢어져 잇몸이 드러났다. 코는 깡그리 뭉개졌고 눈꺼풀도 벗겨져서 눈알이 반쯤 튀어나왔다. 못 박힌 방망이가 쓸고 지나간 자리는 아주 잠시 과학실에서 보는 인체 근육 모형처럼 보였다. 하지만 바로 피가 쏟아져 새빨갛게 변했다.

"아, 예쁘다."

나는 복면 속에서 웃음을 지었다. 관객들의 목소리는 점점 멀어졌다. 나는 여자를 새빨갛게 물들이는 일에만 몰두했다. 마치 잘 익은 딸기처럼 새빨갛게.

못 박힌 야구방망이를 내려놓고 대신 낫을 들었다. 반대쪽 눈을 찔러 휘휘 젓고, 귀를 잘라내고, 입에 물렸다가 위쪽으로 잡아채보기도 했다. 그런데도 여자는 새빨간 가슴을 헐떡이며 숨을 쉬었다. 본래 모습은 거의 사라지고 너덜너덜한 상태였는데도 목숨은 질겼다. 이 여자가 유난히 끈질긴 건가, 아니면 인간이란 이렇게까지 해야 겨우 목숨이 끊어진단 말인가.

나는 이제 때가 되었다고 생각하고 주머니에서 분홍색 커터 칼을 꺼냈다.

1

8월 23일 토요일. 오전 8시.

레이코는 오쓰카와 함께 가메아리 서 1층, 교통과 민원 창구 앞에 서 있었다. 어떻게 해서든 아침 회의 전에 이마이즈미 계장과 하시즈메 관리관을 잡아두어야 했다. 오쓰카가 가져온 정보를 구체적으로 수사에 적용하기 위해서였다. 가네하라와 나메카와는 살인 쇼 '스트로베리 나이트'에 참가했다가 살해당했다. 레이코와 오쓰카는 거의 확신했다.

관할 서와 본청 수사관들이 잇따라 눈앞으로 지나갔다. 그중에는 조간신문을 옆구리에 낀 이시쿠라도 있었다.

"안녕하세요, 주임님. 무슨 일 있으세요?"

"아, 마침 잘됐다. 이시쿠라 씨, 미안한데 작은 회의실 하나 잡아주실래요?"

"네, 그러죠. 또 뭔가 찾아내셨군요."

역시 이시쿠라는 눈치가 빠르다니까.

"맞아요, 오쓰카가 단서를 가져왔어요."

그러자 이시쿠라는 눈을 가늘게 뜨고 오쓰카를 쳐다봤다. 이시쿠라가 오쓰카를 눈여겨본다는 사실은 레이코도 잘 알고 있었다. 두 사람은 형사로서 비슷한 구석이 많았다.

"제법인데!"

이시쿠라가 오쓰카의 가슴을 주먹으로 툭 쳤다.

"아니에요, 그냥 우연이었어요."

"그래그래, 아무튼 잘했어."

이시쿠라는 계단으로 올라가지 않고 경찰 사무국 쪽 복도로 발길을 돌렸다. 그 뒷모습이 평소와 다르게 경쾌해 보인 건 레이코의 착각은 아니었으리라.

회의실에는 레이코와 이마이즈미, 오쓰카, 기쿠타 그리고 이시쿠라가 모였다. 유다에게 현관에서 기다렸다가 하시즈메가 들어오면 곧장 데려오라고 지시해두었다.

잠시 후 문이 열렸다. 들어온 사람은 유다도 하시즈메도 아니었다.

"어이, 아침 댓바람부터 이런 데서 무슨 작당들이야?"

"간테쓰……."

가쓰마타가 자기 부하를 네 명이나 데리고 들이닥쳤다. 그러나 레이코도 이 정도쯤은 예상했다. 가쓰마타라는 인간이 레이코 일행도 없는 본부 회의실에서 얌전하게 마냥 기다려줄 리가 없었다. 이 회의실을 어떻게 알아냈는지는 모르지만 가쓰마타라면 화장실 청소 도구함까지 포함해서 가메아리 서의 문이란 문은 모조리 열어젖히며 찾아다녔을 것이다. 레이코는 애초에 숨을 생각도 없었다. 그래 봐야 가쓰마타와 똑같은 수준밖에 안 되는 인간으로 전락할 뿐이다.

"작당이라뇨. 그냥 수사 회의 시작 전에 의논할 게 있었을 뿐이라고요. 어디까지나 원만한 수사 진행을 위해 모인 거죠."

"호오, 그렇다면 우리가 끼어도 상관없겠지?"

"마음대로 하세요."

가쓰마타는 아주 천연덕스럽게 회의실 안으로 들어와서 이마이즈미 옆에 털썩 자리를 잡고 앉았다. 부하들은 가스마타 뒤에 병풍처럼 둘러섰다.

가쓰마타가 이마이즈미에게 몸을 바짝 붙였다.

"여전히 말 많은 앵무새로군."

레이코는 무슨 뜻인지 알지 못했다.

"네놈 지갑은 많이 얇아진 것 같다만."

"무슨 잠꼬대요?"

"어제 너 신주쿠에서 지갑 잃어버렸지?"

"무슨 말인지 통 알아들을 수가 없네."

레이코도 무슨 이야기인지 알 수 없었지만 이 대화에서 우위를 점한 사람은 이마이즈미 쪽이라는 것만은 어렴풋이 짐작되었다. 계급이 한 단계 위였으니 어찌 보면 당연한 일이다.

이삼 분 후 하시즈메가 유다에게 끌려 들어왔다.

"알았어, 알았으니까 밀지 마."

하시즈메가 좌중을 둘러보며 구성원을 확인했다. 앉은 위치를 보아하니 이 회의를 주도한 사람은 레이코임이 분명했다.

"또 자넨가? 왜, 이번에는 자위대라도 파견해달라고?"

하시즈메는 이마이즈미 옆 빈자리에 앉았다.

"짧게 해. 회의 시간 다 됐으니……."

"걱정 마세요."

레이코가 하시즈메의 말을 잘랐다.

"저희가 제시간에 돌아가지 않으면 회의를 30분 늦춰달라고 지휘 본부에 말해뒀으니까요."

하시즈메는 한마디 하려는 눈치더니 못마땅한 듯 인상만 쓰고 아무 말도 하지 않았다.

"그쪽도 앉으시죠?"

레이코가 맞은편을 가리키며 말하자 가쓰마타의 부하들도 빈자리에 앉았다.

"오쓰카, 시작해."

"네."

오쓰카가 이마이즈미와 하시즈메에게 자료를 건넸다. 내용은 레이코가 이케부쿠로에서 본 출력물 가운데 중요한 것만 추려서 어제 오쓰카와 만든 자료였다. 특히 중요한 부분에는 형광펜으로 표시했다. 가쓰마타가 허락도 받지 않고 이마이즈미의 자료를 들여다보았다.

오쓰카가 보고를 시작했다.

"지금 말씀드리는 것은 제가 지난 19일에 면담했던 나메카와의 동창, 다시로 도모히코에게서 얻은 정보입니다. 나메카와는 다시로에게 인터넷 사이트 '스트로베리 나이트'에 대해 이야기한 적이 있었다고 합니다. 당시 다시로는 대충 흘려들었는데, 나메카와가 살해당한 사실을 알자 그가 생전에 이야기했던 '살인 쇼'라는 말이 마음에 걸렸던 모양입니다. 그 사이트가 혹시 나메카와의 죽음에 관련되지 않았을까 하고 제게 연락을 했습니다. 조사 결과 인터넷상의 일부 게시판에서는 오래전부터 화제였나 봅니다. 나눠드린 자료는 실제로 게시판에 올라온 글들입니다. 이해하기가 쉽지 않으실 테니 그 뒤에 정리된 부분을 봐주십시오. 화제가 되고 있는 스트로베리 나이트는 아주 여러 부분에서 이번 사건과 일치합니다.' 첫째, 살인 쇼가 열리는 날이 매월 둘째 주 일요일이라는 점입니다. 쇼를 했던 날짜는 게시판마다 다릅니다. 어느 게시판에서는 매월 13일이라고도 하고, 또 어떤 게시판에서는 매월 10일이라고도 합니다. 하지만 이 사이트에 대해 잘 아는 누리꾼은 둘째 주 일요일이라고 단언했습니다. 이 사람이 올린 글을 보면 날짜 말고도 흥미로운 점이 몇 가지 더 있습니다. 둘째, 형식입니다. 모처에 있는 무대에서 사람을 죽이는 장면을 관객이 본다, 여기까지는 특이 사항이 없습니다. 흥미로운 점은 그 무대에서 살해될 대상이 당일 모이는 관객 중 하나라는 점입니다. 다시 말해 멀쩡한 관객이 언제 산 제물로 바뀔지 모른다는 뜻입니다. 가네하라나 나메카와도 내내 관객이었다가 어느 날 갑자기 무대에서 살인 쇼의 희생양으로 죽었다고 생각하면, 둘째 주 일요일마다 행방이 묘연했고, 그 둘째 주 일요일에 살해당했다는 추측과 일치합니다. 셋째, 스트로베리 나이트 홈페이지는 평소에는 보이지 않습니다. 인터넷에서 검색하면 특정할 수 없는 어떤 시간에만 노출되는 페이지인 듯합니다. 그것도 정해진 몇 시간밖에 공개되지 않습니다. 그 후에는 같은 홈페이지 주소를 입력해도 연결되지 않고 검색을 해도 나오지 않습니다. 그러다 보니 사이트 접속이 가능한 사람도 소수로 한정됩니다. 게다가 봤다는 사람들이 하는 얘기도 대부분 남에게 전해 들은 말이라 신빙성이 낮습니다. 그럼에도 사이트 게시물은 다름 아닌 커터 칼로 사람 목을 자르는 영상이라는 글이 대다수입니다. 조금 전까지 아무 일 없이 살아 움직이고 있던 사람의 목에 커터 칼을 대고 옆으로 긋는 겁니다. 인터넷상의 영상이라 조작 가능성도 있지만 그 영상물을 본 사람들 대부분은 매우 사실적이었다는 후기를 남겼습니다. 이런 점을 종합해볼 때 가네하라와 나메카와도 이 스트로베리 나이트라는 사이트를 알게 되어 살인 쇼를 보러 갔으며 결국 지난

달에는 나메카와가, 이번 달에는 가네하라가 제물로 뽑혀 살해당했다고 추측할 수 있습니다. 또한 과거 게시물들을 거슬러 읽어보니 현재 남아 있는 가장 오래된 페이지에서도 스트로베리 나이트는 그때 이미 큰 화젯거리였습니다. 날짜는 작년 10월입니다. 그때부터 시작했다고 추정해도 10개월, 따라서 적어도 열명의 희생자가 더 있으리라 짐작됩니다."

"잠깐만."

하시즈메가 손을 들었다.

"닷새 동안 우치다메를 조사했지만 나메카와 이외의 다른 시체는 발견되지 않았어."

무슨 생각인지 가쓰마타가 끼어들었다.

"그러니까 다른 연못도 찾아보라는 말인가?"

하시즈메는 가쓰마타를 힐끗 노려보더니 이내 오쓰카를 보고 이야기했다.

"자네 보고는 어째 죄다 '듯하다', '라고 한다'뿐이니 믿음이 가질 않아. 이래서야 빨간 마스크 괴담하고 뭐가 달라? 정보도 뭣도 아니지."

그래, 그렇게 나와야 하시즈메지.

레이코가 자리에서 일어섰다. 이제 자기가 나설 차례였다.

"하시즈메 관리관님, 지금 상황에서는 스트로베리 나이트가 피해자의 죽음과 의문에 싸인 범행의 연관성을 가장 합리적으로 설명해주는 유일한 가설입니다. 무수히 많은 절창은 공개 린치, 즉 쇼라는 사실을 뒷받침하는 증거입니다. 무대를 빛내는 잔혹한 상처가 쇼의 도입부에서는 꼭 필요한 요소였을 테니까요. 그리고 목 부위에 난 절창, 이것은 아마 인터넷에도 동영상으로 공개되었겠지만 무대에서 살해당했을 때 생겼을 것입니다. 진짜 죽었는지 아닌지 확인이 안 되는 방법으로는 쇼의 의미가 없으니까요. 누가 봐도 분명히 죽었다는 것을 알게끔 과장된 방법으로 죽여야 했겠지요. 그래서 피가 가장 많이 뿜어져 나오는 경동맥을 절단한 것입니다. 그리고 복부의 절창, 그 의문은 이미 풀렸습니다. 시체는 물속에 던져 처리하는 방법이 제일 간단합니다. 저는 스트로베리 나이트가 실제로 있다면 가네하라나 나메카와도 그런 방식으로 희생되었을 거라고 확신합니다. 하지만 관리관님 말씀도 틀리지는 않습니다. 오쓰카가 지금 보고한 내용은 확실히 신빙성이 떨어집니다. 정보는 모두 인터넷에 떠도는 이야기일 뿐이니까요. 실제로 어떤 게시판에서는 스트로베리 나이트를 시시한 괴담쯤으로 여기는 사람도 있었습니다. 그런 만큼 관리관님, 저도 이 스트로베리 나이트를 집중 수사하려는 건 아닙니다. 어디까지나 한 번은 짚고 넘어가야 할 가설이라고 봅니다. 수사본부 전체가 움직일 필요는 없습니다. 저희 팀만으로도 충분하니 수사를 허락해주십시오."

가쓰마타가 레이코를 탐탁지 않은 눈길로 쳐다보았다. 그렇다. 레이코는 하시즈메가 이 괴담 수사를 달가워할 리 없다고 예상해서 미리 자리를 만들어 정보를 터트린 것이다. 이렇게 해두면 스트로베리 나이트라는 단서를 떳떳하게 독점할 수 있다. 가쓰마타도 대놓고 간섭하지는 못한다.

증거 독점은 이렇게 하는 거라고. 간테쓰 씨, 알겠어?

가쓰마타가 이를 악물고 인상을 썼다. 참으로 유쾌한 광경이었다.

"하지만 히메카와 반 전원은 너무 많지 않아? 안 그런가, 이마이즈미?"

이마이즈미가 '그렇군요.' 하며 고개를 끄덕였다.

"레이코, 두 명은 참고인 조사로 빼지."

레이코는 이시쿠라와 유다를 쳐다봤다. 두 사람도 레이코의 뜻을 알아차리고 고개를 끄떡해 보였다.

"그럼 스트로베리 나이트 쪽은 저와 오쓰카 그리고 기쿠타가 맡겠습니다."

하시즈메가 손가락으로 레이코를 가리키며 말했다.

"구체적으로는 뭘 어떻게 할 생각인가?"

"네, 지금까지 수집한 정보로 볼 때 살인 쇼가 실제로 벌어질 만한 곳이라면 그래도 웬만한 번화가가 아닐까 합니다. 그렇지 않은 곳에 사람들이 수십 명씩 모여 있으면 오히려 주변에서 수상하게 여길 테니까요. 우선 신주쿠, 시부야, 이케부쿠로 정도를 조사해보겠습니다. 구체적으로는 객석과 무대가 있는 곳 가운데 평소 영업을 하지 않는 곳, 문 닫은 스트립쇼 극장이나 소극장, 라이브 하우스 같은 곳부터 알아보겠습니다. 지역 정보지나 윤락 업소 광고 잡지, 부동산 업자들을 샅샅이 뒤져서 조건에 맞는 빈 건물 목록을 뽑아볼 생각입니다."

수사가 한 발씩 진척될 때마다 레이코는 온몸이 짜릿짜릿

했다.

'싸우는 거야, 레이코!'

마음속 깊은 곳에서 들려오는 이 목소리는 자기 자신을 고무시키기 위해 스스로 하는 말일까, 아니면 사타의 영혼이 들려주는 말일까. 레이코도 이제는 구분하려 하지 않았다.

"아무래도 위험해."

가쓰마타가 중얼거렸다. 레이코는 이 한마디를 그저 패배한 가쓰마타가 분에 못 이겨 내뱉은 투덜거림으로만 생각했다.

2

오쓰카에게는 기타미와 함께 이케부쿠로 번화가를 조사하라는 명령이 떨어졌다.

도시마 구 이케부쿠로는 신주쿠와 시부야 다음으로 도쿄 도내에서도 손꼽히는 번화가다. 도부 백화점, 세이부 백화점, 미쓰코시, 파르코와 마루이 빌딩, 선샤인 60 빌딩과 열 군데에 이르는 가전제품 매장, 대형 서점, 온갖 종류의 음식점, 영화관, 가라오케, 게임 센터, 파친코 오락실, 윤락 업소, 호텔 등, 이곳에 있는 것보다 없는 것을 찾기가 훨씬 더 어려울 만큼 상품과 정보와 돈이 남아돌고, 사람들로 넘쳐나는 거리다. 오쓰카는 일단 이케부쿠로 역 북쪽 출구로 나가서 가장 먼저 눈에 띈 윤락 업소로 향했다. 낡은 빌딩 지하. 계단참에 고여 있는 공기에서는 곰팡내가 진동했다. 한 층씩 내려갈 때마다 땀이 나서 끈적거렸다. 하지만 끝까지 내려가서 싸구려 페인트로 도색한 문을 열자 냉동 창고라도 연 것처럼 냉기가 흘러 나왔다.

"어서 오세요."

쉰 살은 넘어 보이는 얼굴에 두껍게 화장을 한 여자가 심드렁한 목소리로 손님을 맞았다. 좁다란 카운터에 앉아 있는 그녀 뒤로 젊은 아가씨 사진이 수십 장은 걸려 있었다. 사진마다 대단한 미인은 아니지만 이 여자에 비하면 다들 예쁘장했다. 여자의 얼굴을 보니 어린아이에게 잡혀 상자에 갇힌 두꺼비가 떠올랐다.

"지금 바로 됩니다."

여자가 뒤로 돌며 사진을 가리키려 했다.

"아니요, 그게 아니라…… 경시청에서 나왔습니다."

오쓰카가 경찰수첩을 내보이자 여자는 마른침을 꿀꺽 삼키며 긴장했다. 경찰이 알아서는 안 될 일이 있다는 것쯤이야 오쓰카도 잘 알지만, 오늘 찾아온 목적은 따로 있었다. 오히려 이쪽에서 부탁할 입장이라 너무 겁먹게 하면 안 되었다.

"매매춘 단속이 아니라 사건 조사차 나왔습니다. 뭐 좀 물어볼 게 있는데요."

여자는 반신반의한 표정으로 일단은 오쓰카를 향해 돌아앉았다.

"뭔데요?"

"이 근처에 스트립쇼나 그런 공연을 하는 업소 중에 최근 망한 데 있나요? 혹시 짐작 가는 곳이라도 있는지 해서요."

"네? 망한, 스트립쇼요?"

"네. 쇼 펍*이라든지, 뭐든 상관없습니다."

"아…… 정말 망한 업소를 알고 싶으세요?"

"네."

"참 별난 형사분이시네."

여자는 지방 덩어리에 파묻힌 고개를 갸웃한 채 열심히 기억을 떠올리는 듯했지만 아쉽게도 짚이는 데가 없는 모양이었다. 그래도 별로 상관은 없었다. 애초에 유력한 정보를 기대하고 오지는 않았다.

"그럼 부탁 좀 드릴게요."

"그러세요. 뭔데요?"

"윤락 업소 광고 잡지 같은 거 있잖아요? 과월호가 있으면 좀 주세요."

"날짜 지난 거요? 신간이 아니라?"

"네, 1년 치 정도. 가능하면 많이요."

"진짜 특이한 양반일세."

그나마 옛날 잡지 자료는 충분히 챙길 수 있었다. 여자는 어느 편의점에서나 흔히 눈에 띄는 유명한 윤락 업소 잡지 과월호를 열 권쯤 가져다주었다. 가장 오래된 잡지가 작년 연말에 나온 것이라 그런대로 괜찮은 수확이었다.

* 쇼 펍(show pub): 노래와 춤, 콩트를 즐길 수 있는 대중 술집.

"좀 지저분한데 다 가져가세요. 버리는 수고를 덜어주니 내가 고맙네요."

오쓰카는 인사를 하고, 기타미와 낡은 잡지를 나눠 들고 가게에서 나왔다.

이거, 어디 가서 좀 살펴봐야겠는데. 이대로 들고 다니자니 좀 그렇네.

이번에는 튼튼한 봉투를 구해야 했다.

오쓰카는 기타미와 이케부쿠로 역 서쪽 출구 쪽으로 갔다. 시원한 패스트푸드점 2층에 진을 치고 앉아 잡지를 펼쳤다. 이케부쿠로 지역의 윤락 업소 안내 페이지를 그 전달 잡지와 그다음 달 잡지를 대조해가며 살펴보았다. 사라진 업소는 없는지, 같은 장소에 이름만 바뀐 업소는 아닌지. 특히 쇼 펍과 스트립쇼 극장 중심으로 훑었다.

잠시 후 오쓰카는 2월호에서 본 '사쿠라 하우스'라는 스트립쇼 극장의 광고와 안내문이 3월호에는 빠졌다는 사실을 발견했다. 같은 주소에 다른 업소 이름으로 나왔는지 살펴봤지만 없었다. 4월호와 5월호에도 없었다. 위치는 이케부쿠로 역 북쪽 출구 호텔 거리 근처였다. 얼핏 기억이 났다. 분명히 그 근처에 스트립쇼 극장이 있었다. 오쓰카는 조사 목록에 사쿠라 하우스의 주소를 적어넣었다.

기타미는 기타미대로 최신호를 조사했다. 나메카와의 주변 인물을 조사하면서 단순 조사 업무가 익숙해졌는지 솜씨나 집중력이 전보다 나아졌다. 잠시 후 기타미는 자기가 찾아낸 곳을 간추려서 보고했다. 불경기 탓인지 폐업한 업소가 꽤 많았는데 대부분 윤락 업소였고, 같은 자리에 같은 업종으로 이름만 바꿔서 다시 개업한 경우가 굉장히 많았다.

마사지 숍은 관계가 없으려나?

오후부터는 직접 주소지에 가보았다. 우선 사쿠라 하우스였던 건물은 비어 있었다. 간판에 적혀 있는 연락처의 부동산을 찾아갔다. 잡지에서 찾아낸 대로 1월말까지 영업하고 폐업한 상태임을 확인했다. 그 후로 내내 공실이었고, 건물 구조가 특이해서 아직 다음 임차인을 구하지 못했다고 했다.

"건물주도 다른 업종에 맞게 개조하고 싶어 합니다. 그런데 주위가 온통 러브호텔 천지라서. 이런 데다 호텔을 또 열 수는 없는 노릇이고, 그렇다고 사무실 용도로도 적당치가 않고. 솔직히 골치 아픕니다."

내부를 보고 싶다고 하자 부동산 업자는 흔쾌히 허락했다.

이번에는 세 사람이서 연신 땀을 훔치며 사쿠라 하우스가 있었던 곳으로 돌아갔다. 정문은 자동문이라서 전원을 가동해야 열린다며 부동산 업자는 뒷문을 열어주었다. 당연한 일이지만 실내는 칠흑같이 어두웠다. 푹푹 찌는 더위에다 고여 있던 눅눅한 공기가 더해져서 물을 끓일 때 올라오는 듯한 열기가 얼굴을 덮쳤다. 그나마 외부에서 들어오는 불빛 덕에 사무실로 보이는 방과 거기서부터 좌우로 뻗어나가는 통로가 보였다. 부동산 업자는 전기 차단기를 올리고 전등 스위치를 하나하나 켜면서 안으로 들어갔다.

"여기가 무대입니다."

무대는 몹시 좁았다. 댄서들은 객석 쪽으로 돌출된 곳에서 춤을 추었을 테니 좁아도 별문제는 없어 보였다.

"폐업 후에 누군가 여기를 빌린 적이 있었습니까?"

"아니요, 없었습니다."

"하룻밤만 빌린 경우도 없었나요?"

"네, 없었습니다. 보시다시피 막이고 뭐고 다 떼버렸잖아요. 무대 조명도 이렇게 전구가 전부 빠졌고요, 객석에는 의자도 없는걸요. 이 지경인데 하룻밤만 빌린다 해도 뭘 하겠어요?"

아니, 살인 쇼라면 이걸로 충분하지.

오쓰카는 오히려 이 살풍경한 장소가 스트로베리 나이트와 잘 어울린다고 생각했다. 밝지도 어둡지도 않은 이 무대 위로 온몸을 얽어맨 가네하라를 끌고 나와서 그 몸뚱어리 위에 유리판을 놓고 둔기로 내리친다. 야구방망이나 다른 무언가로 찍어 눌렀을지도 모른다. 피투성이가 된 가네하라는 손발이 묶였지만 애벌레처럼 꿈틀꿈틀 기어서 도망치려 했으리라. 범인은 그런 가네하라의 뒤에서 목을 잡아채 칼로 그었을 것이다.

이런 일련의 행위를 관객들은 무슨 생각을 하며 보았을까? 통쾌하다고 생각했을까? 그랬다면 그들은 더 이상 인간일 자격이 없다. 어서 다들 다음 제물이 되어 사라져버리라지. 아니면 불쌍하다고 생각했을까? 그럼 왜 구해주지 않았을까? 가네하라도 나메카와도 자기들 눈앞에서 죽어갔다. 그렇다. 아무도 구할 생각을 하지 않았다. 그럴 마음이 있었다면 애초에 살인 쇼 따위를 보러 오지도 않았겠지.

"다 보셨나요?"

오쓰카는 퍼뜩 정신을 차렸다.

그렇다. 부동산 업자가 빌려준 일이 없다고 하니 문제의 살인 쇼 무대는 아니다. 하지만 달리 생각하면 무단 침입을 해서 사용했을 가능성도 있지 않을까? 수를 써서 뒷문에 달린 자물쇠만 연다면 다른 문들은 닫혀 있으니 오히려 판을 벌이기가 쉬웠을 것이다. 관객 입장에서도 남의 눈에 띄지 않도록 정문이 아닌 다른 통로로 들어오는 편이 나았을지 모른다.

거기까지 생각이 미치자 인터넷 게시판만 보고 '현장은 번화가의 폐쇄된 스트립쇼 극장, 소극장, 라이브 하우스'라고 단정한 레이코의 감각이 얼마나 탁월했는지 실감했다. 이런 공간을 육안으로 확인하고 나니 살인 쇼를 하기에 적합하겠다는 생각이 들었다. 심지어 레이코는 그런 단서를 독점하려고 간부들 앞에서 연극까지 했다. 상사인 하시즈메 관리관을 자기 뜻대로 조종하고 가쓰마타의 개입까지 차단하는 데 성공했다. 그런 재주는 결코 경험이나 노력으로 얻어지는 것이 아니다. 감각도, 재능도 자신과는 근본적으로 차원이 다르다는 것을 절실히 깨달았다.

뭐, 나는 나대로 착실히 해나가면 되지.

오쓰카는 한 번 더 홀 내부를 둘러보았다.

일단 여기도 감식반에게 알려야겠지?

야간 회의 때 내놓을 보고거리를 얻었다는 안도감에 오쓰카는 발걸음이 가벼워졌다.

사장이 바뀌면서 다른 업소가 된 쇼 펍과 게이 바도 조사했다. 쇼 펍은 대부분 세입자가 수시로 바뀌어서 공실 기간은 3월 중순부터 4월 초까지 약 2주간뿐이었다고 했다. 게다가 그 기간에는 둘째 주 일요일이 없었다. 전후 사정으로 보아 스트로베리 나이트에 이용되었을 가능성은 희박했다.

게이 바의 경우는 쇼 펍을 조사하러 찾아간 다른 부동산에서 정보를 얻었다. 예전 사장이 야반도주를 하는 바람에 3월부터 5월까지 비어 있었다. 지금 새 사장은 무슨 이유인지 또 게이 바를 차렸다고 했다. 석 달간 비어 있을 때 누군가에게 임대한 적 없냐고 묻자 그런 일은 없었다고 대답했다.

참고 삼아 지금의 업소 내부를 보여달라고 하자 대규모 인테리어 공사를 해서 이미 예전 모습은 찾아보기 힘들다고 했다. 홀 바닥, 벽, 천장 모두 새것이었다. 설령 이곳이 스트로베리 나이트에 이용되었다고 해도 더 이상 수사할 방법이 없었다. 감식반을 불러봤자 혈흔 하나 찾기도 힘들 것이다. 예전 내장재는 이미 오래전에 폐자재로 처리되었다. 무엇보다 짐작만으로 영업 중인 업소를 조사하기란 불가능했다.

오후 4시 51분. 오쓰카는 이케부쿠로 역으로 돌아왔다. 지하로 내려가는 계단 앞에서 기타미를 돌아보며 말했다.

"저, 죄송하지만……."

기타미가 보일 듯 말 듯 미간을 찌푸렸다.

"네? 왜 그러시죠?"

오쓰카는 큰맘 먹고 본론을 꺼냈다.

"그게, 저…… 좀 어려운 부탁이긴 한데, 한 시간 정도 개별 행동을 해도 될까요?"

"지금부터요?"

"네, 정말 죄송합니다."

기타미의 미간 주름이 더욱 깊어졌다.

오쓰카는 만나기로 약속한 사람이 있었다. 하지만 기타미 같은 엘리트가 알거나 엮이게 하고 싶지 않은 사람이었다. 그래도 굳이 개별 행동을 하고 싶다고 솔직하게 털어놓은 마음만은 알아주기를 바랐다. 오쓰카는 기타미가 싫지 않았다.

"기타미 씨, 당신이 만약 평범한 관할 서 형사였다면 몰래 당신을 따돌리고 나 혼자 행동했을 겁니다. 1과…… 아니, 본청 형사들 사이에서는 흔한 일이죠. 하지만 난 당신한테 그러고 싶지 않아요. 기타미 씨는 간부 후보 아닙니까? 나중에 어디서 어떻게 만날지 모르는 일이니 이미지 관리 잘하자는 마음도 없지는 않습니다. 하지만 그보다도 당신은 순경인 저한테까지 깍듯하게 정중한 태도로 같이 행동해주셨습니다. 전 그런 당신에게 무례를 범하고 싶지는 않습니다. 그래서 솔직히 말하는 겁니다. 한 시간이면 충분합니다. 제게 시간을 주십시오."

오쓰카가 고개를 숙이자 기타미는 차렷 자세로 서서 한동안 아무 말도 하지 않았다. 표정이 어땠는지는 모르지만 참 긴 침묵이었다.

"오쓰카 씨, 고개 드세요."

오쓰카는 그 목소리가 의외로 차갑게 들렸다. 역시 화가 났나? 아무리 파트너라지만 방해물로 취급했다고 불쾌했나? 아니면 본청 형사 사이에서는 흔한 일이란 말이 괘씸했던 걸까? 이유야 어떻든 화를 내는 게 당연했다. 이런 상황에서는 누구라도 불쾌할 일이었다.

하지만 기타미 씨, 당신에게 진심을 털어놓지는 못합니다.

사실 오쓰카는 지금부터 위법 수사에 들어갈 생각이었다. 어디까지나 그런 의도를 간부 후보인 기타미에게 알리고 싶지 않을 뿐이었다. 괜히 의리니 뭐니 해서 기타미가 따라가겠다고 나서면 더 곤란해진다. 나중에 위법 수사라는 게 들통 나면 틀림없이 큰 문제가 될 것이다. 이제 겨우 쌓기 시작한 기타미의 경력에 흠집이 될 것이다. 나는 몰랐다, 나에게는 책임이 없다고 빠져나갈 수 있게 자기와 거리를 두어주길 바랐다.

오쓰카는 고개를 들었다.

"내 말에 기분이 상했다면……."

"아니에요. 알겠습니다."

기타미의 어색한 웃음이 이상하게 안쓰러워 보였다.

"저도 제 주제는 압니다. 이번 수사본부에는 서장님께 억지를 부려서 끼어들었어요. 참가하라고 허락을 받았을 때 방해꾼만은 되지 말자고 결심도 했습니다. 지금이 바로 그 결심을 실천할 순간 같군요."

"기타미 씨……."

기타미는 한눈에 봐도 고급스러운 시계를 들여다보았다.

"그럼 전 어디 가서 6시까지 시간이나 때우겠습니다. 그런 다음 어떻게 할까요?"

오쓰카는 또 한 번 고개를 숙였다.

"고맙습니다. 시간이 되면 제가 연락드리겠습니다. 그때 만나서 같이 복귀하시죠. 괜찮겠습니까?"

기타미는 조용히 고개를 끄덕였다.

기타미와 헤어진 후에 만날 남자, 다쓰미 게이치가 약속 장소로 지정한 곳은 작은 스낵바였다.

폭이 좁고 긴 가게에는 여섯 명이 앉으면 꽉 차는 카운터 바하나가 전부였다. 주말이라지만 대낮부터 찾아오는 손님은 드문지 오쓰카가 문을 열자 마담인 듯한 여자가 의아한 표정으로 쳐다보았다.

"어서 오세요."

"여기서 누굴 좀 만나기로 해서요."

알아들었다는 듯 마담이 웃어 보였다.

"아, 다쓰미 씨 손님?"

앉으라며 부드러운 손짓으로 카운터를 가리켰다.

오쓰카는 다쓰미와 이 여자가 어떤 관계인지 몰랐다. 다쓰미게이치는 아직 20대 중반인데 이 여자는 분명히 마흔에 가깝다. 일반적인 남녀관계로 생각하면 어색할지도 모르지만, 다른 사람도 아니고 다쓰미니까 아주 불가능한 일도 아니라고 생각했다. 근거는 없지만.

다쓰미는 오쓰카와 차원이 다른 세계, 쉽게 말하면 뒷골목 인생을 살고 있었다. 미행, 잠복, 도청, 몰래 촬영하는 일명 몰카, 해킹 등을 일삼았다. 삼류 탐정이란 호칭도 후하게 쳐준 셈이다. 돈 되는 일이면 수단과 방법을 가리지 않고 정보를 캐오는 브로커였다. 일본 최대 폭력 조직 야마토회가 단골손님이었다.

오쓰카는 관할 서 형사 시절 다쓰미를 주거침입죄로 체포해서 검찰에 송치한 일이 있었다. 지금까지 오쓰카가 제 손으로 체포한 범인은 이 다쓰미 게이치 한 명뿐이었다. 재판 결과 다쓰미는 징역 2년에 집행유예 3년형을 언도받았다. 오쓰카는 다쓰미가 자기를 원망한다는 사실을 알면서도 연락했다. 오쓰카가 아는 뒷조사 전문가는 다쓰미밖에 없었다.

오후 5시 5분. 문에 달린 종이 울리면서 무늬가 요란한 알로하셔츠 차림의 남자가 가게로 들어왔다. 다쓰미였다.

"아, 다쓰미, 이쪽……."

다쓰미는 마담에게 눈길도 주지 않고 오쓰카 옆에 앉았다.

"당신이 날 다 찾다니, 해가 서쪽에서 뜨겠어?"

다쓰미는 한마디 툭 내뱉고 새까만 선글라스를 벗었다. 금발에 치덕치덕 바른 왁스 냄새가 몹시 지독했다. 기계라도 만지다왔는지 카운터에 올려놓은 오른손 손가락 끝이 거뭇거뭇하고 더러웠다.

"응, 일부러 오라고 해서 미안하군."

오쓰카는 용건을 바로 말하지 않았다. 아니, 말하지 못했다.

268

잠자코 있는 오쓰카에게 마담이 무엇을 마시겠냐고 물었다. 술 말고 다른 음료를 달라고 하자 글라스에 우롱차를 따라 내주었다. 다쓰미에게는 병맥주를 내밀었다. 다쓰미는 심드렁한 표정으로 맥주병을 입으로 가져가더니 맥주를 벌컥벌컥 맛있게 들이켰다. 그 모습을 곁눈으로 쳐다보던 오쓰카가 입을 뗐다.

"실은…… 부탁이 있어."

그러자 다쓰미가 갑자기 맥주를 뿜었다. 사레가 들렸는지 컥컥거렸고, 가슴을 두드리며 기침했다. 마담은 카운터 너머에서 다쓰미가 뿜은 맥주 거품을 닦아주었다.

"뭐, 뭐? 당신 지금 뭐라고 했어?"

"음, 놀란 모양인데 진심이야."

"방금 당신이 무슨 말을 했는지 알기나 해?"

"어."

다쓰미가 맥주병을 내려놓았다. 어금니를 악물고 위스키병이 진열된 눈앞의 선반을 노려보았다. 마담은 두 사람을 번갈아 보며 눈치를 살폈지만 끼어들지는 않았다. 노래방 기기 때문에 방음 장치를 해서인지 바깥 소리가 하나도 안 들렸다. 이른 시간이라 가게 안에 음악도 틀어놓지 않았다. 견디기 힘든 무거운 침묵이 좁은 공간에 가득했다. 먼저 말을 꺼내야 하나, 하며 오쓰카가 망설이는 사이에 다쓰미가 먼저 입을 열었다.

"나를 감방에 처넣을 땐 언제고, 당신이 나한테 일을 맡기겠다니 대체 뭔 헛소리야? 형사 나리가 나 같은 인간한테 시킬 일이면 구려도 엄청 구린 일인가 본데. 당신, 전과자 보고 또 죄지으라고 부추기는 거야? 경찰이 그래서 되겠어? 나, 참, 이게 무슨 경우야?"

오쓰카는 바로 대답하지 못했다. 다쓰미의 말이 모두 옳았기 때문이다. 아무리 그렇더라도 다쓰미말고는 달리 뾰족한 수가 없었다.

"알아, 뻔뻔한 얘기인 줄은 나도 다 안다고. 하지만 너밖에 부탁할 사람이 없어. 달리 생각나는 사람도 없고."

"당신이 알긴 뭘 알아?"

오쓰카가 머리를 숙였다.

"그래, 그러니까 내 얘기부터 들어봐. 사실 지금 어떤 살인 사건을 수사하는 중이야. 나는 지금까지 줄곧 보조랄까, 오랫동안 그런 역할만 해왔어. 너를 체포한 것도 실은 엄청난 행운이었지. 솔직히 말해서 그 전까지 나는 한 번도 범인을 잡아본 적이 없었어. 그런데 이번 사건에서 우연하게도 중요한 단서를 잡았거든. 그런데 그게 어딘가 이상해 보여. 지금까지 알아낸 바로는 아주 악질적이고 기괴한 범죄야. 게다가 복잡하고. 아직 전모가 다 드러나지도 않았어. 그래서 내가 찾은 단서로 수사를 주도하고 싶은데, 이게 또 현직 경찰로서는 다루기가 곤란한 일이야. 유력한 단서이긴 한데 경찰 신분으로는 무용지물이라는 거지."

"이게 뭔 개뼈다귀 같은 소리인지."

다쓰미는 코웃음을 쳤다. 당연한 일이다. 사건 내용도 알려주지 않고 무조건 설득부터 하려고 하니. 하지만 응하지 않을 경우를 생각하면 사건에 대해 시시콜콜 이야기해서는 안 된다. 오쓰카와 레이코가 처한 상황을 설명하더라도 다쓰미에게는 아무 상관도 없고, 흥미도 없는 일이었다.

결국 이 방법밖에 없군.

오쓰카는 높은 스툴에서 내려와 카운터와 벽 사이의 좁은 틈에서 무릎을 꿇었다.

"부탁이야, 다쓰미. 제발 아무것도 묻지 말고 나 좀 도와줘."

오쓰카의 머릿속에 레이코의 얼굴이 떠올랐다.

가쓰마타에게 불려 간 후에 기쿠타의 품 안에서 기절한 연약한 레이코. 그런 모습은 지금껏 한 번도 본 적이 없었다. 가쓰마타와 무슨 일이 있었을까. 요즘 들어 부쩍 피곤해 보였다. 어제 이케부쿠로에서 만났을 때도 마찬가지였다. 휴일에 만난 레이코는 형사일 때와 다르게 분위기가 화사했다. 하지만 그보다 눈밑에 짙게 드리운 검은 그늘이 신경 쓰였다. 분명히 레이코를 힘들게 하는 일이 있다. 독기와도 같은 보이지 않는 무언가가 레이코에게 달라붙어서 기운을 빼앗아 가는 듯한 느낌이었다.

바로 지금이 뭔가 보여줄 때다.

그동안 오쓰카는 레이코에게 인정받기를 원했다. 자상한 이시쿠라는 다정한 선생님이 뒤처지는 학생에게 애정을 베풀 듯 잘했다고 오쓰카를 칭찬하기 일쑤였다. 하지만 사실 오쓰카는 레이코처럼 전혀 다른 타입의 형사에게 인정받기를 원했다. 레이코가 자기는 절대로 못 할 일을 오쓰카가 해냈다며 공적을 인정하도록 만들고 싶었다. 레이코가 기운을 잃은 지금이야말로 절호의 기회였다.

다쓰미, 난 포기하지 않는다. 너에게 반드시 이 일을 시키고
야 만다.

오쓰카는 그 자리에서 꼼짝하지 않았다. 다쓰미가 그래 봐야
소용없다고 해도, 마담이 카운터 안에서 나와 그만하라고 말려
도 오쓰카는 고개를 숙인 채 요지부동이었다. 제발 부탁을 들어
달라며 닳아버린 붉은색 카펫 위에 머리를 조아렸다. 그것은 오
쓰카가 할 수 있는 최선이었다. 자기가 바보 같다는 생각은 들
지 않았다. 계속 이러고 있으면 틀림없이 부탁을 들어주리라 믿
었다. 단순한 행동이었지만 열심히 머리를 조아리다 보면 다쓰
미가 굽힐 거라고 믿었다.

잠시 후 다쓰미가 길게 한숨을 지었다.

"내가 뭘 어째야 하는데?"

"어?"

오쓰카는 그제야 고개를 들었다.

"내가 뭘 해야 하냐고."

"해, 해주려고?"

"내용을 들어보기 전까지는 뭐라고 말 못 해."

"그러니까 내용에 따라서는 가능하다 이거지?"

"그렇다니까. 당신 고집은 못 꺾겠어."

됐다!

자기도 모르게 실실 웃음이 나왔다. 그 모습을 본 다쓰미도
풋 웃음을 터뜨렸다.

"당신, 그때도 그랬어. 난 가만히만 있으면 잡힐 일 없었는데 내가 움직일 때까지 당신은 세 시간이나 거기서 꿈쩍을 안 했잖아. 그때 난 빌딩 벽에서 떨어진 게 아니었어. 버틸 의욕이 사라져서 다 포기하고 당신 앞으로 내려간 거였다고."

오쓰카는 자리에서 일어나 다쓰미의 두 손을 덥석 잡았다.

"고마워, 정말 고마워."

하지만 다쓰미는 얼른 오쓰카의 손을 뿌리쳤다.

"잠깐! 공짜는 사절이야."

"당연하지. 하루에 얼마더라?"

"나 참, 그건 내용을 듣기 전엔 모른다니까."

오쓰카는 고개를 끄덕이며 가방에서 봉투를 꺼냈다. 그리고 내용물을 꺼내 넘겨주었다. 다쓰미는 두세 장 쓱 훑어보았다.

"BBS잖아?"

BBS란 인터넷 게시판이라는 뜻이다.

"맞아. 여기 글을 올린 사람들의 개인 정보를 알아봐 줘. 예를 들어 이 '덤벨디'라는 사람의 이름하고, 가능하면 주소까지. 되겠어?"

다쓰미의 입에서 뜻 모를 소리가 흘러나왔다.

"아…… 이자가 매번 같은 닉네임으로 글을 쓰면 언젠간 가능하겠지."

"그리고 프록시 서버라고 하나? 그것밖에 못 찾는다고 하던데, 너라면 개인 신상 정보도 문제없지?"

다쓰미는 자신만만하게 고개를 끄덕였다.

"프록시 서버가 어쩌고 하는 건 초짜들 얘기고. 난 프로니까 개인 정보까지 다 털어다 줄게. 그런데 문제가 하나 있어. 조사를 하려면 한 번은 그 녀석하고 동시에 접속해야 하거든. 그 녀석이 인터넷에 접속한 동안에만 내가 조사를 할 수 있다는 뜻이야. 반대로 말하면 그 녀석이 접속하지 않으면 내가 몇 날 며칠 작업해도 아무것도 못 건진다는 얘기지. 시간과 끈기가 무지 필요한 작업이야."

"아, 그건 괜찮아. 내가 알고 싶은 녀석들은 전부 게시판 단골들이라 밤마다 틀림없이 접속할⋯⋯."

다쓰미는 손을 들어 오쓰카의 말을 막았다.

"잠깐, 단골들이라니? 조사하려는 사람이 한 명이 아니야?"

"어, 여덟 명 정도."

"아까도 말했을 텐데. 난 공짜로는 일 안 해."

그렇다. 의뢰를 받아준 것까지는 좋았지만 보수가 문제였다. 오쓰카가 감당할 만한 액수인지가 관건이었다.

"얼마나 들까?"

"이런 일은 1인당 5만 엔은 받으니까."

"5만 엔. 여덟 명이면 40만 엔인가?"

무척 큰돈이었다. 오쓰카가 마련하기에 힘든 액수였다. 게다가 불법 조사였으므로 본부에서 예산을 내줄 리가 없었다. 전액 자비로 치러야 한다는 결론인데, 아무리 그래도 40만 엔은 너무 큰돈이었다. 월급도 30만 엔이 안 되는데 40만 엔이라니, 꿈도 못 꾼다.

"미안하지만 조금…… 깎아줘."

오쓰카는 6시까지 남은 30분을 가격 협상으로 소비했다.

3

8월 24일 일요일.

레이코는 시부야에서 빈 건물을 조사했다.

어제 하루는 수확이 없었고, 오늘 오전에 찾아간 라이브 하우스도 허탕이었다.

"주임님예, 인자 슬슬 방향을 바꿔서 조사하는 게 낫지 않을까예."

이오카의 제안에 레이코는 PC방으로 갔다.

"서에서 접속하믄 서버 조사했을 때 경찰인 거 들통날지도 모릅니데이. 그니까 PC방에서 접속하믄 우리가 형사인지 누가 알겠는교? 이메일 주소를 사용하믄 서에서 답을 기다려도 되거든예."

지금 이오카는 오쓰카가 찾아낸 게시판에 직접 글을 써서 내용을 잘 아는 이용자들과 접촉하자는 말을 하고 있었다.

"아이디어는 좋은데 과연 걸려들까?"

"그야 해보기 전엔 모르지예."

바로 사이트에 접속해서 게시판에 올라온 글들의 흐름을 읽어 내려갔다. 현재는 별로 관심을 끌지 못하는지 스트로베리 나이트를 언급한 글들은 페이지 하단으로 밀려나 있었다.

"아 참, 닉네임 정해야지."

"맞네요. 남자 이름을 대야 하나?"

"뭐가 좋을까?"

"마, 여긴 남자가 많은 거 같으니 여자 이름이 좋지 않겠는교?"

"그런가? 하지만 이름만 가지고 남자인지 여자인지 어떻게 알아?"

"여자한테서는 은근히 냄새가 난다 아인교."

이오카가 레이코의 어깨에 얼굴을 들이댔다.

"뭐, 뭐야? 내 냄새 맡는 거야?"

"이야, 냄새 직이네."

"으, 이 변태!"

"으음, 쪼매만 더……."

일단 따귀를 한 대 때려주었다. 조용한 PC방 안에 뺨 때리는 소리가 철썩 하고 경쾌하게 울려 퍼지자 사람들의 이목이 두 사람에게 집중되었지만 그런 것까지 일일이 신경 쓰다가는 이오카와 함께 다니지 못한다.

매일매일 싫증도 안 나나. 대단해.

레이코는 성희롱에는 비교적 엄격하게 대처했다. 지금까지 전철 안에서만 해도 치한의 손가락을 열일곱 번, 팔을 두 번 부러뜨렸다. 직장에서는 팔까지 부러뜨리는 일은 없었지만 부러진 손가락이 여섯 개, 무릎으로 급소를 걷어차인 남자가 세 명, 레이코의 발에 걸려 넘어져 뇌진탕으로 일상생활에 지장이 생긴 남자가 두 명에 이른다. 그런데 이오카는 하루가 멀다 하고 집적거리는 빈도에 비해 아직 골절이나 실신 한 번 당하지 않았다.

레이코는 이오카가 싫지만 한편으로는 일종의 호의가 있기도 해서 자기도 모르게 봐주는지도 모른다고 아주 잠시 생각했다.

아니, 그것만은 절대로 아니야.

아마 이오카가 평균 이상으로 뻔뻔하기 때문일 거라고 혼자 중얼거렸다.

"모모, 어떤교?"

이오카가 검지를 탁 세워 보이며 물었다.

"그게 뭔데?"

"제 고향 집 햄스터 이름이라예."

"안 어울려."

"아니, 주임님 닉네임으로 말인데예."

한 대 더 때려줄까?

"나보고 이오카네 햄스터 이름을 쓰라고?"

"그라믄 가스미는 어떤교?"

시라토리 가스미잖아.

"너무 경박한 여자 같아서 싫어."

"그라믄 주임님이 실컷 음란녀 연기를 하면 되겠네예."

"음, 그건 재미있겠는데."

그때 레이코의 휴대전화가 테이블 끄트머리에서 부르르 떨렸다. 발신자는 수사본부였다.

"네, 레이코입……."

"이마이즈미다. 지금 즉시 도다 공원으로 가봐."

"네? 도다 공원이면 사이타마 현 도다 시에 있는 공원 말씀이세요?"

"그래. 도다 조정 경기장에서 파란 천막에 싸인 시체가 발견됐어. 많이 부패한 상태지만 이쪽 사건과 비슷해."

"알겠습니다."

레이코는 등줄기에서 무언가가 꿈틀거리는 움직임을 느꼈다.

사이쿄선을 타고 도다 공원 역에서 내려 도다 조정 경기장으로 향했다. 이마이즈미의 설명에 따르면 시체 발견 장소는 도쿄와 사이타마의 경계선인 아라카와 강을 건너자마자 보이는 도다 공원 사무소 근처라고 했다. 지도를 보니 역에서 도쿄 쪽으로 상당히 거슬러 올라간 곳이었다.

턱이 높은 아라카와 강 제방을 왼편에 두고 죽 걸어가자 도다 공원 표지판이 보였다. 현장 부근에는 감식반 차량인 듯한 미니밴과 경찰용 일반 차량 여러 대, 사이타마 현 경찰차가 서 있었다. 구경꾼들도 20명 남짓 모여 있었다.

레이코는 경비를 서는 제복 경찰에게 수첩을 내밀었다.

"수고하십니다……."

매번 그렇듯이 경찰관은 미심쩍은 표정으로 레이코를 훑어봤다. 그러면서도 노란 출입 통제 띠는 올려주었다.

얼마쯤 걸어가자 단층짜리 창고가 보였다. 도쿄 대학교를 비롯한 도내 유명 대학들의 보트 창고인 듯했다. 거기서 조금 더 가자 기다란 하천 형태의 보트 연습장이 나왔다. 그곳이 바로 도다 조정 경기장이었다.

공원 부지는 출입 금지 구역이라 조정 경기장 안쪽에는 구경꾼이 한 명도 없었다. 하지만 맞은편 도로에는 사람들이 새까맣게 모여 웅성거렸다. 그럴 만도 했다. 여기 나란히 놓여 있는 것들이 전부 시체라면 누구든 흥미롭게 여길 일이었다. 무섭기도 하면서 한편으로는 눈으로 보고 싶기도 한 게 사람 마음이다. 내리쬐는 뙤약볕도 문제가 되지 않았다. 맞은편은 밀고 밀리는 사람들로 난장판이었다.

확실히 이상한 광경이었다. 콘크리트로 덮인 물가에 나란히 누워 있는 파란 비닐 꾸러미들. 사람만 한 크기의 덩어리가 아홉 개였다. 레이코는 복잡한 표정으로 시체들을 바라보고 있는 남자들에게 다가갔다. 수사 1과 완장을 두른 중년 형사에게 인사했다.

"경시청 수사 1과의 히메카와 레이코입니다."

"수고 많으십니다. 현경 수사 1과의 아즈마입니다."

뜻밖에도 아즈마는 푸근한 미소를 지으며 명함을 내밀었다. 사이타마 현 경찰서 형사부 수사 1과 경위 아즈마 후미히코. 몸집은 딱 이시쿠라 정도였다.

"마침 잘 오셨습니다. 제가 그쪽에 연락하라고 지시했는데, 어떤가요? 비슷합니까?"

오사카 부 경찰과 가나가와 현 경찰 가운데에는 경시청를 향

279

해 유별나게 라이벌 의식을 갖는 자들이 많았다. 그러나 사이타마 현 경찰에게서는 그런 분위기가 느껴지지 않아서 레이코는 혼자 과민하게 의식한 것 같아 머쓱했다. 아즈마뿐 아니라 주변 형사들의 시선도 별로 따갑지 않았다.

그러고 보니 사타 씨와 같은 부서 사람들이네.

레이코는 이번 사건에서 인연 같은 것을 느꼈다.

"천막은 동일 종류로 보이는군요. 안을 좀 살펴봐도 될까요?"

"네, 그러십시오."

아즈마는 맨 끝에 있는 꾸러미 쪽으로 레이코를 안내했다.

"이쪽부터 최근에 유기된 순서로 놓았습니다. 정확하지는 않지만요."

"아, 네."

그렇군. 이 시체 아홉 구는 훼손 정도가 각각 다르다는 말이지? 한 달에 한 구씩 빠뜨렸다면 맞는 판단이리라.

"이게 가장 최근 것입니다."

아즈마가 천막을 벗겼다. 레이코는 숨을 멈추고 시체를 바라보았다.

얼굴은 알아보기 힘들 만큼 훼손되었지만 체형으로 보아 틀림없이 여자였다. 유방에 X자로 절개한 흔적이 있었다. 아무래도 이 여자의 쇼는 'X'가 테마였는지 상반신에 난 X자 상처만 20군데였다. 모두 하얗게 불어터진 상처는 마치 몸에 꽃이 핀 것처럼 보였다. 물론 그 상처와는 별개로 경동맥과 복부에 난 절창도 확인했다. 이 시체가 나메카와 바로 전에 살해된 희생자라면 두 달 반쯤 지났을까? 왜 이렇게까지 부패했는지 충분히 납득이 갔다. 레이코는 아즈마에게 고개를 끄덕여 보였다.

"최근 게 맞습니다. 그나저나 시체는 어떻게 발견하셨어요?"

아즈마가 레이코를 따라서 시체를 확인하려고 숙였던 몸을 일으키며 대답했다.

"네, 이 시체의 천막은 얼마나 세게 묶었던지 머리 부근에 가스가 차서 새어 나가지 못한 겁니다. 그러다가 발에 묶여 있던 끈이 끊어지고 천막이 풍선 역할을 하면서 물 위로 떠올랐던 거고요."

갑자기 등 뒤의 보트 창고 쪽을 엄지로 가리켰다.

"최초 발견자는 오전 연습 중이던 도쿄 대학교 학생들이었어요. 보트를 타고 가는데 옆에서 이게 둥실 떠올랐대요. 깜짝 놀랐겠죠. 하지만 금방 가라앉더랍니다. 여느 때 같으면 무시했을 텐데 부원 중 한 명이 뉴스를 챙겨봤나 봐요. 도쿄의 낚시터에서 발견된 파란 천막 변사체 사건을 알고 있었던 거죠. 그래서 신고를 했고, 관할 서가 현장에 출동해서 본부 잠수사를 불러 수색한 결과 아홉 구나 나온 겁니다. 잠수사는 봄베의 산소가 다 떨어져서 오늘은 철수했어요. 내일 다시 수색할 겁니다. 그나저나 도쿄에서 발견된 지 얼마 안 지났는데 이쪽에서 또 시체가 물에서 나오다니……. 뭔가, 원한이랄까. 죽은 자의 원통함이 느껴지는 사건이에요."

아즈마가 한숨을 쉰 후 다음 천막 꾸러미를 풀었다.

두 번째 시체는 이미 성별조차 분간하기 힘들 정도였다. 순서가 맞다면 이것은 석 달 반 정도 지났으리라. 백골화가 진행되었고, 그나마 정수리에서 옆에까지 난 짧은 머리카락으로 보아 남성이 아닐까라는 추측이 전부였다. 당연히 목이나 복부의 절창은 확인이 불가능했다. 만약 범인들이 가네하라의 시체를 실수 없이 물속에 버렸고, 이쪽 시체들이 먼저 발견되었다면 수사는 지금보다 훨씬 더 난항을 겪었으리라. 그렇게 생각하자 스트로베리 나이트라는 단서까지 찾아낸 지금 상황이 그리 나쁘지만은 않다고 생각했다.

세 번째, 네 번째, 그쯤부터는 대부분 완전히 백골로 변해 레이코도 어느 것이 먼저인지 판단하기 힘들었다.

더 이상 볼 필요 없다고 생각했을 때였다.

"이야! 날도 더운데 고생이 많으십니다."

지금 가장 듣고 싶지 않은 목소리가 등 뒤에서 들려왔다.

돌아보니 더위에 달아오른 구릿빛 얼굴에 땀방울이 송골송골 맺힌 가쓰마타가 서 있었다. 본부에서 여기로 가보라고 지시한 걸까, 아니면 가쓰마타가 제 힘으로 알아내서 멋대로 찾아왔을까. 어느 쪽이든 오늘 일 다 했다.

"수고 많으십니다. 경시청 수사 1과 가쓰마타입니다. 이거 정말 푹푹 찌네, 푹푹 쪄."

"수고하십니다. 사이타마 현경 수사 1과의 아즈마입니다."

레이코가 왔을 때와 마찬가지로 아즈마가 가쓰마타에게 명함을 내밀었다. 그런 모습을 보자 괜히 부아가 치밀었다.

레이코는 일부러 기침을 하며 주의를 끌었다.

"가쓰마타 주임님, 여긴 어쩐 일이세요?"

"너 혼자만 아는 줄 알고 신났었지? 네가 아는 걸 내가 왜 몰라? 촌뜨기 주제에 잘난 체도 정도껏 하라고."

아즈마가 가쓰마타 옆에 서서 의아한 표정을 지었다.

"별로 잘난 체는……."

"신났구먼, 뭐. 잘됐네. 이걸로 네 애완 금붕어가 물어 온 살인 쇼라는 단서에 신빙성이 생겼으니."

"주임님!"

레이코가 말을 막자 그와 동시에 아즈마가 끼어들었다.

"그 살인 쇼라는 게 뭡니까?"

그러자 가쓰마타가 은근히 즐기는 듯한 표정으로 아즈마를 보며 대답했다.

"아닙니다. 좀 희한한 정보가 들어와서요. 실은……."

"가쓰마타 주임님!"

레이코가 어깨를 붙잡으며 말을 막자 가쓰마타는 작고 새카만 눈을 쫙 찢어 도끼눈을 뜨고 노려보았다. 하지만 레이코는 개의치 않고 가쓰마타를 밀쳤다.

"아즈마 주임님, 이 건에 대해서는 정식으로 합동 수사가 결정되면 제가 보고서를 제출하겠습니다. 잠시 실례할게요. 가쓰마타 씨, 저 좀 봐요."

가쓰마타를 그대로 부여잡고 뒤쪽 응원석으로 끌고 갔다. 가쓰마타의 파트너인 중년 형사도 따라오려고 했지만 레이코는 눈짓으로 물리쳤다.

"뭐야, 왜 이래? 거참, 난폭하네."

가쓰마타가 한마디 할 때마다 기온이 1도씩 올라가는 느낌이었다.

"가쓰마타 씨."

레이코가 그를 정면으로 노려보았다.

"아직 합동 수사가 결정되지도 않았는데 쓸데없이 그런 말은 왜 하세요?"

가쓰마타가 한쪽 눈썹을 추켜올렸다.

"이런 돌대가리를 봤나. 상황이 이쯤 되면 합동으로 가는 게 당연하지. 이런 일로 야박하게 굴 건 없잖아? 쩨쩨하기는."

그러더니 레이코의 발치에 침을 퉤 뱉었다.

쩨쩨해? 지금 누가 할 소리인데!

레이코는 그 말을 꿀꺽 삼켰다. 하지만 치민 화가 진정되지 않았다. 이런 식으로 얼굴을 마주칠 때마다 싫은 소리를 들어주고 심술을 감당하려니 신물이 났다. 레이코는 이번 기회에 아예 단단히 못을 박아야겠다고 마음먹었다.

"가쓰마타 주임님, 말 나온 김에 묻겠는데요. 왜 항상 제 일을 방해하시죠? 제가 주임님께 무슨 잘못이라도 했나요?"

가쓰마타가 코웃음을 쳤다.

"방해라니, 듣는 사람 거북하네. 내가 방해한다고 느끼는 건 네가 둔한 탓 아니겠어? 제멋대로 따라다니더니 이젠 방해물 취급까지 하는군."

"여긴 제가 먼저 왔잖아요."

"이건 또 어디서 나오는 자신감이야? 넌 이마이즈미 지시를 받고 왔을 뿐이잖아."

"그럼 가쓰마타 주임님은 어떻게 알고 오셨는데요?"

"너한테 그런 것까지 보고할 의무는 없지."

"그럼 시라토리 가스미 면담 때는 어떻게 된 거죠? 원래 제가 조사할 사람이었잖아요."

"네가 꾸물거리니까 내가 대신 했을 뿐이야. 그러니까 둔하다고 하지, 촌뜨기야."

"왜 자꾸 제게 촌뜨기, 촌뜨기, 하시는 겁니까?"

"사이타마 현 우라와 시가 시골이 아니면 어디가 시골이야? 나 같은 도쿄 토박이 눈에는 넌 그냥 촌뜨기에다 세상 무서운 줄 모르고 설치는 촌스러운 계집애라고. 그런 촌뜨기는 말이지, 저 시골 공원 화장실 뒤에서 몸이나 파는 게 딱……."

"뭐라고?"

레이코는 자신도 모르게 말보다 먼저 오른손을 치켜들었다. 칠 거야. 가쓰마타를 치겠어. 진심이었다. 하지만 그 손을 누군가가 가만히 붙잡았다.

"주임님…… 그만하시지예."

어느새 이오카가 뒤에 서 있었다.

"이라믄 진짜로 수사 물 건너가는 기라예."

이오카…….

이오카 말이 맞았다.

여기서 레이코가 가쓰마타의 따귀라도 때린다면 가쓰마타는 부끄러운 줄도 모르고 폭행당했다며 사방팔방 떠들고 다닐 것이다. 설령 그런 발언이 죄가 되지 않는다 해도 가쓰마타는 침소봉대해서 난리를 피울 게 틀림없다. 단 한순간이라도 레이코를 제일선에서 밀어내기 위해서.

대체 왜 이자는 나를 이렇게까지…….

레이코는 끓어오르는 분노를 간신히 억누르며 가쓰마타를 남겨놓은 채 발길을 돌렸다.

"너의 그런 발상이 얼마나 위험한지 알기나 해?"

가쓰마타가 뒤에서 무어라 떠들었지만 레이코는 들은 척도 하지 않고 계속 걸었다.

4

8월 24일 일요일, 오후 7시 30분.

오쓰카는 야간 수사 회의에 참석했다.

"오늘 오전 11시에 들어온 사이타마 현 도다 시 도다 조정 경기장에 유기된 변사체의 사법해부 소견 및 감식 결과를 발표하겠다. 총 아홉 구의 시체는 모두 이번 사건에 사용된 것과 동일한 미노와 자재에서 만든 비닐 천막에 싸여 유기되었다. 가장 최근 것으로 보이는 시체에서는 경동맥이 끊긴 절창과 복부를 세로로 길게 가른 절창이 확인되었다. 그리고 각 시체의 부패 정도는 거의 한 달씩 차이가 난다는 점도 밝혀졌다. 이러한 사실은 나메카와와 가네하라가 살해된 시간 차하고도 일치한다. 따라서 도다 조정 경기장 변사체 유기 사건과 나메카와, 가네하라 사건을 동일범의 소행으로 간주하여 공조수사에 들어간다. 당장 도다 사건 본부와 정식으로 합동 수사에 들어가지는 않겠지만 어디까지나 상호 협력 차원에서 수사할 방침이다. 여러분은 실질적으로 하나의 수사본부라 생각하고 행동해주길 바란다. 당연히 지금까지 우리가 수집한 정보는 모두 현경 측에 보고해야 한다. 현경 측에서도 새로 입수한 정보는 우리 쪽에 알려주기로 했다. 이번 기회에 우리가 먼저 확보한 단서네 어쩌네 하는 편협한 파벌주의는 그만두기 바란다. 무엇보다도 이 비열하고 흉악한 엽기적 살인범을 체포하는 것이 최우선이다. 희생자가 벌써 11명이나 나왔고 언론도 주목하고 있다. 수사가 길어지면 경찰 체면에도 영향을 미친다. 여러분 모두 좀 더 분발하고 헌신해주기를 바란다. 유연한 발상과 강인한 의지로 내일부터 더욱 새롭게 수사에 임하도록."

보고인가, 연설인가. 오쓰카는 와다 1과장의 장황한 이야기를 들으며 수사본부를 둘러보았다.

가쓰마타는 맨 앞줄에 앉아서 팔짱을 끼고 눈을 감은 채 와다 과장의 이야기를 듣고 있었다. 가만 보니 은근히 경직된 표정이었다. 어쩌면 웃고 있는지도 모른다. 하고 싶은 말이라도 있나? 하지만 무슨 말이 됐든 사이타마 현경과의 협력이 반갑지 않은 지금 상황에서는 부적절한 웃음이었다. 솔직히 말해 꺼림칙했다. 무언가 나쁜 짓을 꾸미는 게 아니기를 바랐다.

그에 비해 레이코는 어떤 기분인지 태도로 드러나 알기 쉬웠다. 아랫입술을 지그시 깨물고 코로 연신 한숨을 쉬었다. 당연한 일이다. 사건 초기부터 지금까지 수사본부를 이끌어온 사람은 다름 아닌 레이코였다. 시체 복부에 나 있는 절창의 수수께끼를 풀고, 호수에 시체를 유기한 범인이 후카자와라는 사실을 밝히고, 나메카와의 시체를 찾은 장본인이 바로 레이코였다. 스트로베리 나이트의 정보를 가져온 건 오쓰카였지만 그것을 수사에 활용하기 위해 뛰어다닌 사람도 레이코였다. 빈 건물을 수사하는 과정에서는 아직까지 눈에 띄는 성과를 얻지 못했지만 조만간 결실이 있으리라고 오쓰카는 생각했다. 아니, 믿었다. 특히 이번에는 오쓰카가 직접 찾은 단서가 아닌가. 어떻게든 그 단서로 사건을 해결하고 싶었다.

하지만 지금은 그 모든 것이 다른 곳으로 사라지려 하고 있었다. 물론 모든 공적을 사이타마 현경에게 빼앗기게 되었다고 단정하긴 어렵지만, 지금 상황에서 히메카와 반이 스트로베리 나이트에 대한 단서를 계속 독점하지는 못할 가능성이 높았다. 특히 이번에 발견된 시체는 모두 나메카와 이전 희생자들이었다. 시체가 심각하게 손상되어 검시를 해도 얻어낼 정보는 별로 없을 것이다. 범행이 일어난 뒤 시간이 꽤 흘렀기 때문에 앞으로 별다른 성과는 없다고 봐도 무방하다. 감식도 특별히 눈에 띄는 단서는 찾지 못한 듯했다. 피해자의 신원이 밝혀지지 않으면 피해자 주변 조사는 불가능하다. 즉, 사이타마 현경 측에는 수사 거리로 삼을 만한 단서가 거의 없다는 뜻이었다.

그렇게 되면 현경에서는 여러 단서가 숨어 있을 스트로베리 나이트에 입맛을 다실 가능성이 높았다. '살인 쇼'의 존재를 얼마나 진지하게 받아들이는가의 문제였다. 안 그래도 총 11명이라는 희생자 수는 단순 살인 사건의 범주에서 크게 벗어났다. 무엇으로든 이 상식 밖의 사건을 알기 쉽게 설명해주어야 했다. 여기서 '살인 쇼'라는 키워드는 커다란 설득력을 가졌다.

그래서인가?

오쓰카는 가쓰마타의 기분 나쁜 웃음의 의미를 알 것 같았다.

어쩌면 가쓰마타는 자기가 스트로베리 나이트 수사를 맡고 싶은지도 모른다. 얼마 전 사전 회의 때는 그 단서에 대해 좋다 나쁘다 아무 말도 안 했지만 속으로는 '바로 이거야!' 하며 무릎을 쳤는지도 모른다. 하지만 그것은 최근 들어 자신들과 충돌이 잦았던 히메카와 반에서 찾아낸 단서였다. 욕심은 나지만 자기가 하겠다고 끝까지 우기지 못한 채 속만 태웠을 것이다.

이런 와중에 엉뚱하게도 사이타마 현경이 아홉 구의 시체를 발견했다. 뜻밖의 공조수사 덕에 모든 정보를 공개해야 하는 상황으로 바뀌었다. 가쓰마타는 자기 손을 쓰지 않고도 히메카와 반에서 찾아낸 단서를 가로챌 기회가 생겼다. 가쓰마타는 지금 그 사실을 기뻐하는 걸까, 아니면 그 이상의 꿍꿍이가 있는 걸까? 오쓰카는 가쓰마타의 속내가 무척 궁금했다.

역시 내가 그것을 받아 와야 하나?

오쓰카는 이제 와 새삼 다쓰미에게 의뢰한 조사 결과를 받으러 가기가 두려웠다. 그런 뒷조사는 엄연히 불법이기 때문이었다. 지금까지 오쓰카는 공개될 경우 곤란해질 수사는 한 번도 한 적이 없었다. 하지만 이번 사건으로 그 선을 넘었다. 스트로베리 나이트가 본청에 배속된 후 처음으로 자기 손으로 낚은 '대어'이기 때문이었다. 한편으로는 가쓰마타 반이 끼어들면서 히메카와 반이 열세에 놓이는 분위기도 선을 넘게 한 원인이었다. 초조했다. 그래서 자기가 잡은 이 단서로 어떻게든 수사를 진척시키고 싶었다. 사이타마 현경과의 수사가 확실해진 지금, 그 바람은 한층 더 강해졌다.

그렇지만 솔직히 말해서 다쓰미를 만나기가 겁이 났다. 다시 만나기로 한 시각은 내일 저녁 5시다. 보수를 건네주고 정보를 받는 순간 불법 수사가 성립된다. 그저 무섭기만 했다. 하지만 가만히 있어서 해결될 일은 아니었다.

범행은 언제, 어디서, 누가, 어떻게, 왜 저질렀을까.

현재 아는 사실은 '언제? 매월 둘째 주 일요일', '어떻게? 린치 후 경동맥을 잘라서'뿐이다. 하지만 다쓰미에게 의뢰한 조사가 제대로 이루어졌다면 오쓰카가 점찍은 여덟 명 가운데 적어도 한 명은 스트로베리 나이트에 참가한 자라는 것이 드러날 테고, '어디서' '누가' 그랬는지가 확실해진다. 그것이 밝혀지는 순간, 그때부터 수사는 일사천리로 풀릴 것이다.

오쓰카는 지난번에 1인당 5만 엔이라는 보수를 깎기 위해 협상했다. 결국 다쓰미는 1인당 3만 엔까지 내렸다. 여덟 명에 24만 엔. 그 돈도 오쓰카에게는 부담이 컸지만 어떻게든 마련할 수 있는 액수였다.

보수를 깎아주는 대신 다쓰미는 조건을 붙였다. 조사 기간은 이틀이며, 그 안에 여덟 명 모두의 정보를 찾지 못하더라도 보수는 전액 지불할 것. 오쓰카는 그 조건을 받아들였다. 자칫하면 오쓰카는 한 사람을 조사해준 금액으로 24만 엔을 날릴지도 모른다. 다쓰미가 무슨 심사로 자기 의뢰를 승낙했는지는 알 수 없었다. 지금은 그저 다쓰미가 하나라도 더 많은 정보를 찾아오기만을 기도할 뿐이었다.

수사 보고는 벌써 오쓰카 바로 앞 순서인 기쿠타 차례였다.

오늘 오쓰카 조는 특별히 보고할 내용이 없었다. 어떤 건물을 찾아가 봤고 결과는 이랬습니다, 조사 결과 살인 쇼에 이용한 흔적은 없었습니다, 이런 식으로 보고할 때가 가장 죽을 맛이었다. 하지만 대부분 그런 내용이었다. 오늘도 구역 수사, 부검, 빈 건물 수사에 관한 모든 보고가 '성과 없음'이었다. 이런 상황에서 사이타마 현 경찰과 공조수사까지 해야 한다.

역시 그걸 받아 와야겠다.

오쓰카는 혼자 가만히 고개를 끄덕였다.

8월 25일 월요일. 오쓰카는 그저께처럼 기타미에게 단독 행동을 눈감아달라고 부탁했다. 오쓰카는 이번이 마지막이라며 머리를 조아렸다.

"저한테 그렇게 신경 안 쓰셔도 돼요. 전 완전히 초보 형사잖아요. 오쓰카 씨가 단독 행동이 필요하다고 판단하셨으면 전 상관 말고 뜻대로 하십시오."

기타미는 의외로 밝게 웃으며 대답했다. 생각보다 이해심이 많은 사람인지도 모른다. 오쓰카는 기타미에게 한 시간 뒤 다음 조사 대상이자 예전에는 라이브 하우스였던 '록맨' 앞에서 보자고 약속한 뒤 일전에 다쓰미와 만났던 스낵바로 향했다.

가게 문은 오후 5시 5분 전에 열렸다.

"어머, 오쓰카 씨."

마담인 노노무라 에리코가 오쓰카를 보자 반갑게 미소를 지었다.

"다쓰미는 아직 안 왔어요. 앉아서 기다리세요."

"네, 감사합니다."

오쓰카는 마담이 권하는 대로 전에 앉았던 의자에 앉았다. 오늘도 근무 중이냐고 묻기에 그렇다고 대답했다. 에리코는 말없이 유리잔에 우롱차를 따라주었다.

"저랑 다쓰미가 무슨 관계인지 궁금하시죠?"

그러더니 에리코는 유리잔을 내려놓고 손을 빼면서 눈에 힘을 주고 오쓰카를 쳐다보았다. 오쓰카는 지난번 처음 보았을 때 그런 의문을 품기는 했다. 하지만 수사와는 무관한 일이므로 굳이 묻지는 않았다. 혹시 자기도 모르게 궁금해하는 기색이 얼굴에 드러났던가? 그랬다면 형사 자격 상실이다.

"아뇨, 딱히……."

오쓰카는 대답을 얼버무리며 우롱차를 한 모금 마셨다.

잠시 뒤 묻지도 않은 말에 에리코가 사연을 풀어놓기 시작했다.

"다쓰미가…… 절 구해준 적이 있어요."

이 여자는 결국 다쓰미 게이치에 대한 이야기를 하고 싶었나? 오쓰카의 마음을 꿰뚫어보고 하는 말이 아니라, 오쓰카가 모르는 다쓰미의 '다정한 모습'을 알려주고 싶었는지도 모른다. '고집도 세고 불법적인 방법으로 밥벌이를 하는 브로커지만 알고 보면 다정하고 좋은 사람이에요.'라고 말이다. 하지만 아쉽게도 그 이야기는 문에 달린 종이 울리는 바람에 거기서 끊겼다.

"아, 다쓰미, 오쓰카 씨가 많이 기다렸어요."

"상관없어. 난 안 늦었으니까."

다쓰미는 오늘도 지난번과 색은 다르지만 요란하기는 마찬가지인 알로하셔츠에 청바지 차림을 하고 불량한 태도로 오쓰카 옆에 앉았다.

"다쓰미, 미안하게 됐네."

정보를 돈으로 사는 이상 대등한 비즈니스 관계였다. 오쓰카가 사과할 필요는 없었지만 저절로 입에서 튀어나왔다.

"그래…… 진짜 힘들어 죽는 줄 알았다고."

다쓰미가 답답한 듯 한숨을 쉬었다.

"녀석들이 접속할 시간을 얼추 때려잡은 다음 그 시간 전후로 한 시간씩 여유를 두고 컴퓨터 세 대를 풀가동했거든. 새로고침을 100만 번은 했을 거야."

"그랬군."

"이런 건 이틀 연속으로 할 일이 아니야."

"수고했어. 정말 고마워."

그래서 결과는?

오쓰카는 1초라도 빨리 결과를 듣고 싶었다. 하지만 어서 내놓으라는 말이 나오지 않았다. 에리코에게 병맥주를 받은 다쓰미는 이번에도 심드렁하게 맥주병을 기울이더니 표정과는 달리 벌컥벌컥 소리를 내며 맥주를 맛있게 들이켰다. 그렇게 뜸을 들이는 다쓰미의 행동을 보고도 못 본 척했지만 마냥 기다렸다가는 아무 결말도 나지 않을 것 같았다. 오쓰카는 땀이 밴 양복 안주머니에서 도시 은행 봉투를 꺼냈다.

"약속한 대금이야. 확인해봐."

다쓰미는 잠자코 봉투를 받아 들더니 지폐를 꺼내서 세어보았다. 24장이 틀림없는지 확인한 다음 다시 봉투에 집어넣었다. 그러고는 그대로 카운터 끝에 놓아두었다.

"이봐, 오쓰카 씨…… 결과를 얘기하기 전에 물어볼 게 있어."

다쓰미의 눈빛이 험악해졌다.

뭐야, 왜 이리 뜸을 들여?

설마 한 명도 못 찾았나? 그러고는 괜히 심각한 척하면서 얼버무리는 거 아냐? 불안감이 엄습했다.

"뭔데?"

다쓰미가 어금니를 악물고 입을 삐죽거렸다.

"당신…… 이 스트로베리 나이트라는 살인 쇼를 진짜 조사하는 거야?"

게시판 글 내용을 읽고 이용자 명단을 대조해보면 오쓰카가 찾으려는 것이 무엇인지는 다쓰미도 당연히 알아차렸을 것이다. 잡아떼도 소용없다. 그런데 질문의 의도를 모르겠다. 아무것도 모르는 에리코 앞에서 함부로 대답할 수도 없었다.

"그야, 그렇지."

그것이 오쓰카가 생각해낸 최선의 답이었다.

다쓰미가 턱을 당기더니 목소리를 깔았다.

"오쓰카 씨, 웬만하면 이 일에 깊이 관여하지 말지."

다쓰미가 무슨 생각을 하는지 점점 더 아리송했다.

"깊이 관여하지 말라니. 나도 좋아서 캐고 다니는 게 아니라고. 수사니까 마지못해 하는 거지."

"아무튼, 그만두는 게 좋아. 악귀는 당신들 바로 뒤까지 와 있다고."

악귀? 바로 뒤라니?

"뭐야? 알아냈어?"

오쓰카가 다쓰미의 어깨를 움켜쥐려 하자 다쓰미는 그 손을 거칠게 뿌리쳤다. 하지만 그 정도로 포기할 오쓰카가 아니었다.

"이봐, 대체 뭘 알아낸 거야? 말해봐. 중요한 거지? 너 뭔가 알고 있지?"

"이게 어디서 지랄이야?"

오쓰카가 다그치자 다쓰미는 아까 오쓰카의 손을 뿌리쳤던 손으로 맥주병을 쳐내면서 벌떡 일어섰다.

맥주병이 둔탁한 소리를 내며 바닥에 떨어졌지만 깨지지는 않았다.

좁다란 병 입구에서 하얀 맥주 거품이 콸콸 쏟아졌다.

"이래서 짭새는 안된다니까. 잘 들어. 현대사회에서 정보는 엄연한 상품이야. 돈으로 사고파는 거라고. 당신들, 경찰수첩만 들이대면 누구든 원하는 대로 술술 불어줄 줄 아는데, 큰 오산이야. 정말 내 입에서 무슨 말이 나올지 알고 싶으면 정확히 100만 엔 가져와. 그럴 수 있어? 그럴 능력이나 있냐고? 못 하겠지? 당신은 못 해. 고작 40만 엔도 없는 주제에. 기껏해야 이게 다겠지."

다쓰미는 바지 뒷주머니에서 꺼낸 조그만 봉투를 카운터 바에 거칠게 던져놓고서 오쓰카가 건넨 봉투를 움켜쥐고 출구로 향했다.

"다쓰미!"

이름을 불러놓고도 생각과 달리 몸이 움직이지 않았다.

여기에 원했던 결과가 있다. 이제 거래는 끝났다. 악귀라니, 무슨 뜻일까? 넌 대체 무엇을 알아낸 거야? 공짜로는 얻지 못할 정보였다. 오쓰카의 능력으로는 기껏해야 여기까지가 한계라고 방금 그가 말하지 않았던가.

"오쓰카 씨……."

다쓰미가 문 앞에서 돌아보았다.

"내가 양심에 걸려서 한마디 하지. 좋은 뜻으로 하는 말이니 잘 들어둬. 이 사건에서 손 떼. 그게 내가 해주고 싶은 말이야."

다쓰미는 문을 열고 찜통이나 다름없는 이케부쿠로 거리 속으로 사라졌다.

에리코는 스툴 밑에 쪼그려 앉아서 안쓰러운 표정으로 쏟아진 맥주를 닦았다. 자세히 보니 맥주병에 맞아 생겼는지 벽에 작은 흠집이 생겼다.

오쓰카는 다시 스툴에 앉은 다음 다쓰미가 놓고 간 서류 봉투를 집어 들었다. 어디에서나 파는 평범한 갈색 서류 봉투였다. 봉투 속에 든 것은 B5 용지 두 장이 전부였다. 다쓰미에게 지불한 24만 엔은 대체 몇 명분의 정보였을까.

대충 세어보아도 닉네임은 전부 여덟 개였다. 다쓰미는 약속대로 이틀 동안 여덟 명의 신상 정보를 완벽하게 찾아냈다.

뭐야, 다 했잖아.

오쓰카는 좋아서 덩실덩실 춤이라도 추고 싶은 기분을 억누르고 내용을 천천히 살펴보았다.

개개인의 정보는 이름과 주소만이 아니었다. 어떤 사람은 직장과 은행 계좌 번호, 또 어떤 사람은 인터넷 홈페이지 이름과 비밀번호까지 덤이 잔뜩 붙어 있었다.

다쓰미 녀석…….

다쓰미는 그저 쑥스러워서 고함을 치고 화를 내면서 사라진 걸까? 속뜻은 모르겠지만 깊게 관여하지 말라고 충고까지 했다. 에리코의 이야기를 듣지 않더라도 근본은 좋은 녀석 같았다. 아니, 그렇지 않아도 딱히 나쁜 인간이라고 생각한 적은 없었다. 명백한 범죄를 저질러서 체포하긴 했지만 천성이 나쁜 놈이라고 여기지는 않았다. 그래서 더 다쓰미에게 이 일을 맡길 마음이 들었는지도 모른다.

계속 문서를 읽어나갔다. 두 번째, 세 번째, 네 번째. 여섯 번째에서 닉네임과 본명을 본 순간이었다. 오쓰카는 자기도 모르게 신음을 토해냈다.

"이 사람은……"

실로 뜻밖이었지만 자기 눈으로 보고 나니 지극히 당연하게 느껴지는 이름이었다. 오쓰카는 자기가 범한 수사상의 과오를 스스로 확인한 셈이었다.

"이 자식……"

에리코가 의아한 눈빛으로 쳐다보았지만 그것까지 신경 쓸 여유가 없었다.

이 새끼가 누굴 바보로 알고!

오쓰카는 인사도 하는 둥 마는 둥, 문이 부서져라 열어젖히고 가게에서 나왔다.

오쓰카는 고민했다. 이대로 본부로 돌아가서 레이코에게 알리고 싶었다. 하지만 이 사실을 어떻게 보고해야 좋을지 막막했다. 레이코에게는 이런 불법 조사에 대해 아무 언질도 하지 않았다. 무엇보다 아직 수사 회의까지는 시간이 있었다. 기타미와 만나기로 한 약속도 지켜야 했다. 오쓰카는 일단 2년 전에 문을 닫은 라이브 하우스 록맨이 있던 곳으로 향했다.

먼저 이케부쿠로 역 지하도로 들어갔다가 동쪽 출구로 나왔다. 선로를 따라 기타이케부쿠로 방향으로 나가자 환락가에서 조금 벗어난 곳에 그 건물이 있었다. 하얀 외벽에 금이 가고 그을음과 물때가 끼어 지저분했다. 영업 중이었을 때는 전구 장식으로 화려했겠지만 지금은 거무스름하게 녹슨 배선만 남아서 'ROCKMAN'이라는 글자가 유령처럼 보였다. 이런 광경을 꿈을 잃은 이들의 비통함에 비유한다면 지나친 감상일까?

약속한 시간까지는 아직 10분 정도 여유가 있었다. 오쓰카는 우선 예전 록맨이 어떤 모습이었는지 살펴보기 위해 건물 오른쪽으로 향했다.

옆 빌딩과의 사이에 틈이 있었다. 사람이 드나들기에 충분한 골목이었다. 몇 미터를 들어가니 건물 뒤편이 나왔다. 맞은편은 술집 주방인지 무언가를 굽는 냄새가 연기에 섞여 피어올랐다.

더 안쪽으로 가서 문을 발견했다.

그 문은 건물 끝에 있었다. 조금 더 돌아가니 지하로 내려가는 계단이 나왔다. 하지만 창살문으로 막혀 있는 데다 잠긴 상태라 지하로 내려가지는 못했다.

무단 침입을 하려면 역시 이 뒷문으로 들어가야겠지? 아마 잠겼을 거야.

오쓰카는 열리지 않을 거라 생각하면서도 문고리를 돌려보았다. 뜻밖에도 손잡이는 싱겁게 돌아갔다. 문고리 내부의 축이 휘어졌는지 헛도는 느낌이 들었다. 몸 쪽으로 당기자 듣기 싫은 쇳소리와 함께 문이 열렸다.

정말 허술하군.

내부는 캄캄했다. 골목 끝에서 석양이 비쳐 들기는 했지만 방향이 맞지 않아 오쓰카가 있는 곳까지는 빛줄기가 거의 닿지 않왔다.

오쓰카는 말버릇처럼 '실례합니다!'라고 크게 외치고서 안으로 들어갔다.

눅눅한 공기에서 나는 곰팡내는 전에 갔던 스트립쇼 극장 '사쿠라 하우스'에서 나던 냄새와 비슷했다. 오랫동안 방치된 누군가의 흔적, 그 숨 막히는 냄새. 이 도시 도쿄에는 이런 곳들이 대체 얼마나 많이 존재할까?

끝이 보이지 않는 불황의 그늘일까? 최근 몇 년 동안 도심에도 빈 건물이 눈에 띄게 많이 늘었다. 어떤 번화가든 중심가에서 조금만 벗어나면 입주자를 찾는 광고가 여기저기 붙어 있었다. 이곳이 스트로베리 나이트로 이용할 만한 곳인지 아닌지는 둘째 치고 이런 장소를 보고 있으려니 왠지 도쿄를 무대 뒤에서 지켜보는 듯한 기분이 들었다. 앞에서는 보이지 않아도 뒤에서는 훤히 보인다. 화려하게 장식된 도시의 뒷모습은 사실 싸구려 무대 장치 같았다.

이런 도시의 무대 뒤에서 은밀하게 살인 쇼가 벌어졌다면, 어떤 의미에서는 도시의 실상을 상징하는 현실적인 장소에서 비현실적인 쇼가 벌어진 셈이었다.

말하라면 괴담도 괴담이 아니라 현실이란 얘기로군.

이런 생각에 젖어 있을 때 갑자기 귀를 찌르는 쇳소리가 등 뒤에서 울려 퍼지며 문이 닫혔다. 돌아봤을 때는 이미 아무것도 보이지 않았다. 희미하게 들어오던 빛마저 사라지자 오쓰카는 캄캄한 어둠 속에 갇힌 꼴이었다.

문득 인기척이 느껴졌다.

누구지?

물어볼 틈도 없이 둔기로 머리를 얻어맞았다. 의식이 흐려졌
다. 어둠 속에서 조금 전까지 보지 못했던 빛깔을 띤 무언가가
나타났다.

시, 실수다!

끝내 무릎을 꿇고 말았다. 머리 위에서 정체 모를 빛이 쏟아
져 내렸다.

고통과 싸우며 간신히 한쪽 눈을 떴다. 두 사람의 다리 같은
것이 흐릿하게 보였다. 한 명은 청바지, 다른 한 명은 검은 가죽
바지로 보이는 옷을 입었다.

"기다려."

젊은 남자의 목소리였다. 아마 청바지 쪽이 그렇게 말하며 손
전등을 건네받은 모양이었다. 곧바로 청바지가 오쓰카의 배, 가
슴, 어깨, 팔을 걷어찼다.

"크윽."

오쓰카의 머리를 무릎으로 눌렀다. 청바지를 입은 자가 무릎
에 체중을 실어서 찍어 누르며 주머니를 여기저기 뒤졌다. 명색
이 형사인데 한심하게도 아무 저항도 하지 못했다.

이 자식들 대체 뭐지?

경찰수첩 같은 소지품이 이리저리 내던져졌다. 먼지 쌓인 콘
크리트 바닥에 지갑과 휴대전화, 메모장과 손수건이 사방으로
흩어졌다.

이윽고 남자는 다쓰미에게 받은 봉투까지 안주머니에서 꺼냈다.

머리 위에서 부스럭거리는 소리가 났다.

"여기까지 조사했다니……."

둔탁한 소리와 함께 목덜미를 걷어차였다. 의식이 가물가물했다. 남자가 오쓰카의 두 팔을 등 뒤로 꺾었다. 허리께에서 쇳소리가 났다. 아무래도 상대는 형사인 자기에게 수갑을 채우려는 모양이었다.

5

8월 25일 월요일.

레이코는 저녁 회의가 끝난 후 홀로 돌아온 기타미 경위를 불러놓고 회의실 지휘석에 앉아 따져 물었다.

"어떻게 된 거야? 설명해봐."

기타미는 선생님께 혼나는 학생처럼 고개를 푹 숙였다.

야무지고 반듯한 얼굴이었다. 깔끔하게 완전히 뒤로 넘긴 검고 곧은 머리칼. 몸의 선은 가늘지만 떡 벌어진 상반신. 레이코가 생각하는 엘리트의 이미지와는 정반대로 스포츠맨 타입이었다. 레이코는 기타미의 목덜미를 보며 군살 하나 없는 근육질의 몸을 상상했다. 남자의 몸은 목만 봐도 어느 정도 가늠이 되는 법이다.

하지만 이렇게 멋진 기타미가 지금은 풀이 죽어서 바닥만 쳐다보았다.

"어서 대답해, 기타미 경위."

레이코가 더욱 거칠게 몰아붙이자 구석에 있던 가메아리 서서장과 형사과장의 얼굴은 점점 더 시커멓게 변해갔다. 하지만 레이코는 기타미가 방면 본부장의 아들이든 도쿄 대 출신 엘리트든 상관없었다. 지금은 자기와 같은 경위, 경찰관으로서 같은 직급이라는 게 전부였다.

"오쓰카는 지금 어디 있지?"

기타미는 아무 대답도 하지 않았다. 무언가를 꾹 참는 듯 입을 굳게 다물고 미간을 찡그렸다. 레이코는 기타미가 입을 열지 않는 이유도, 오쓰카가 돌아오지 않는 이유도 전혀 짚이는 데가 없었다. 뒤에서 기쿠타가 오쓰카의 휴대전화에 전화를 걸었지만 아무래도 전파가 닿지 않는 곳에 있는지 연결되지 않는 모양이었다. 대체 이 조에게 무슨 일이 있었단 말인가.

"언제부터 따로 행동했지?"

레이코가 목소리를 낮춰 물었지만 기타미는 여전히 묵묵부답이었다.

"왜 혼자 돌아온 거야? 오쓰카가 먼저 돌아왔을 거라고 생각했어?"

기타미는 얼굴을 조금 찡그렸다.

"말을 안 하면 모르잖아. 어린애도 아니고, 사정이 있었으면 똑바로 말을 해야지. 오쓰카랑 어디서 헤어졌어?"

기타미가 어금니를 꽉 깨물었다.

"기타미 경위, 내 말 안 들려?"

그러자 기타미는 시선을 맞추었다가 다시 고개를 푹 숙이고는 입을 열었다.

"오쓰카 경관은…… 단독 수사를…….'

레이코는 자기도 모르게 한숨이 새어 나왔다. 단독 수사. 가슴을 죄는 말이었다.

"오쓰카가 단독으로 뭘 수사했는데?"

"그건…… 저도 모릅니다. 아무 말도 해주지 않았습니다.'

"언제부터?"

"그저께 한 번…… 오늘이 두 번째였습니다.'

"하루 종일?"

"아뇨, 저녁 5시에 헤어져서 6시에 만났습니다. 그러니까 단독 행동은 한 시간 이내였습니다. 그제도, 오늘도 6시까지 공원 카페에서 시간을 보내다가 약속 장소로 갔는데 아무리 기다려도 오지 않았습니다. 전화를 해봐도 연결이 안 되고…… 7시까지 기다리다가 포기하고 돌아왔습니다. 죄송합니다.'

고작 한 시간 동안 단독 행동을 하는 사이에 대체 무슨 일이 벌어졌다는 말인가?

"각자 행동하자는 건 어디까지나 오쓰카 쪽에서 먼저 제안했다는 말이네?"

기타미는 다시 입을 다물었다.

"기타미 경위!"

"네…… 그렇습니다."

"도대체 왜 그런 제안을 들어준 거야? 이런 수사는 2인 1조가 철칙이잖아. 오쓰카가 너보다 선배라고는 해도 경위인 네가 그런 걸 허락하면 조직 수사가 어떻게 되겠어? 내 말이 틀려?"

"아니요, 맞습니다."

"아직 복귀하지 않은 오쓰카는 그렇다 치고, 너도 그냥은 못 넘어간다. 이건 중대한 근무 수칙 위반이야."

"네."

회의실이 조용해졌다. 남은 사람은 하시즈메 관리관, 이마이즈미 계장, 가메아리 서 서장, 부서장, 형사과장, 기쿠타, 이시쿠라, 유다뿐이었다. 무슨 일인지 이오카와 다른 가메아리 서 형사들과 가쓰마타 반 사람들은 벌써 나가고 없었다.

"난 여기서 오쓰카를 더 기다려볼 거야. 조금이라도 책임감을 느낀다면 너도 같이 남아."

"네."

기타미가 레이코를 향해 깊이 고개를 숙였다.

결국 히메카와 반 네 명과 이오카 그리고 기타미가 회의실에 남았다. 오쓰카에게 계속 전화를 걸었지만 11시가 넘어도 받을 기미가 없어 보였다. 그때 이마이즈미가 회의실로 돌아왔다.

"레이코."

"네."

레이코가 자리에서 일어나자 이마이즈미가 천천히 다가왔다.

그리고 여섯 사람이 둘러앉은 곳에 이르자 엄격한 눈빛으로 한 사람씩 쳐다보았다.

그 시선은 마지막으로 레이코에게 멈추었다.

"레이코, 정신 똑바로 차리고 들어."

이마이즈미는 심호흡을 한 후 침을 꿀꺽 삼켰다.

단단해 보이는 목울대가 희미하게 떨렸다.

"오쓰카의…… 시신이 발견되었다."

그 순간 레이코는 자기 표정이 어떠했는지 알지 못했다. 하지만 지금까지 한 번도 본 적 없는 표정으로 레이코를 바라보는 이마이즈미의 얼굴을 묘한 기분으로 마주볼 뿐이었다. 이마이즈미의 표정은 금방이라도 울음이 터질 듯했고 화가 난 것 같기도 했으며 살의라도 품은 듯이 보였다.

"시신이라니……."

이렇게 중얼거린 사람이 이시쿠라였던가? 레이코는 그것조차 알 수 없었다.

"방금 이케부쿠로 서에서 연락이 왔다. 이케부쿠로에 있는 텅 빈 라이브 하우스, 자세히는 모르겠는데 아마 기타미 경위가 얘기한 그 약속 장소였겠지. 거기서 총에 맞은 것……."

레이코는 끝까지 듣지 않고 뛰쳐나가려 했다. 하지만 이마이즈미가 레이코를 끌어안아 제지했다.

"진정해, 레이코."

"보내줘요, 보내주세요."

"넌 안 돼. 지금 구사카를 그쪽으로 보냈다. 이건 경찰관이 순직한 일이기도 하지만 이케부쿠로 서 입장에서는 명백한 살인 사건이야. 지금 네가 가봐야 아무것도 못 해."

레이코는 이마이즈미의 팔을 뿌리쳤다.

"오쓰카는 제 부하예요. 왜 구사카를 보내셨어요?"

그러면서 몸싸움 비슷한 소란이 벌어졌다. 어찌 보면 가출하려는 딸을 힘으로 붙잡아놓으려는 아버지의 모습이었는지도 모른다. 잠시 후 기쿠타와 이오카까지 이마이즈미에게 가세하여 결국 레이코를 주저앉히고 상황을 수습했다.

"주임님, 심정은 잘 알지만 진정하세요."

"맞아예. 이럴 때는 일단, 일단……."

양팔을 붙들린 레이코는 신음밖에 내지 못했다.

오쓰카, 대체 왜 오쓰카가…….

왜 오쓰카가 죽어야만 했는지 도무지 이해가 가지 않았다. 심지어 총에 맞았다니, 그럴 리 없었다.

오늘 아침, 오쓰카와는 야마노테선 전철 안에서 헤어졌다. 기타미와 함께 출근 인파로 혼잡한 승강장에 내려서 뒤도 안 돌아보고 인파 속으로 사라져가던 모습. 그것이 레이코가 본 오쓰카의 마지막 모습이었다.

오쓰카…… 내 첫 부하가…….

오쓰카는 레이코보다 늦게 1과에 들어왔다. 100퍼센트 순수하게 자기 부하라고 할 만한 첫 번째 형사였다.

오쓰카를 동생처럼 여겼다. 자매라고는 다마키밖에 없었고, 학교도 여자 대학교를 나온 레이코였다. 관할 서 교통과에서 일할 때도 부하는 대부분 여자였던 레이코에게 남자면서도 나이 어린 부하는 참으로 신선한 존재였다. 히메카와 반이 가족이었다면 이시쿠라는 아버지, 기쿠타는 오빠, 오쓰카와 유다는 동생이었다. 오쓰카는 나이 차가 얼마 나지 않는 바로 아래 동생 같았다. 최근에는 좀 친해졌는지 곧잘 건방진 소리도 했다. 성실하고 신뢰할 만한 동생 같은 존재였다. 일솜씨는 눈에 띄지 않았지만 눈 감으면 코 베어가는 수사 1과에서는 오히려 개성으로 보였다.

오쓰카…… 어쩌다…….

눈물은 나지 않았다. 그게 지금 레이코가 형사로서 부여잡고 있는 마지막 자존심이었다.

날짜가 바뀌어 밤 12시 반이 되었다.

"늦어서 죄송합니다."

구사카 마모루 경위가 가메아리 서 회의실로 들어왔다. 언제나 날카롭고 권위적인 구사카였으나 오늘 밤만은 기운이 없어 보였다. 평소에는 만나기만 하면 으르렁대는 구사카 반과 히메카와 반이었지만 같은 10계 형사가 순직했다고 하니 평소와는 다른 심정인가 보다.

"수고했어."

맞아주는 이마이즈미의 표정도 어둡기는 마찬가지였다.

"레이코……."

구사카가 말을 걸었지만 레이코는 대답하지 않았다.

구사카는 레이코가 세상에서 두 번째로 싫어하는 남자였다.

첫 번째는 물론 옛날 사건의 범인이었고 구사카가 그다음이었다. 싫어하는 이유는 단순했다. 얼굴이 그때 범인과 왠지 모르게 닮았기 때문이다. 푹 꺼진 이마, 부리부리하고 커다란 눈, 비정한 인상을 주는 얇은 입술. 착각할 정도로 닮지는 않았지만 레이코 안에 있는 그 거무죽죽한 기억을 자극하기에는 충분했다. 최근 들어 익숙해지긴 했지만.

같이 일하는 동안 레이코는 구사카가 점점 더 싫어졌다. 수사에 임하는 방식이 레이코와 정반대였다. 레이코가 감에 의지해서 한 발 먼저 결론에 도달하려는 데 비해 구사카는 상황, 물증, 자백을 지나치게 중요시했다. 수사 매뉴얼에 따른 답답하리만큼 진지한 수사가 그의 신조였다. 그렇다고 해서 수사 진도가 느리지도 않았다. 로봇처럼 뚜벅뚜벅 동네를 돌아다니며 청소기처럼 정보를 빨아들여서 무시무시한 속도로 조서를 꾸몄다. 레이코는 그런 기계적인 수사에 숨이 막혔다.

분명 구사카가 수사하는 방식은 정확하고 빈틈이 없었다. 하지만 거기에는 감정이 눈곱만큼도 섞이지 못했다. 피해자의 감정적인 면을 무시하기 일쑤였고, 증거만 갖춰지면 무고한 죄라도 뒤집어씌울 기세였다. 게다가 조서 작성 실력이 뛰어나서 명백한 유죄 입증에 쓸모 있는 형사라고 검찰들 사이에서는 평이 좋았다. 유죄 판결 제조기. 그게 바로 레이코가 생각하는 구사카 형사에 대한 이미지였다.

하지만 구사카도 감정은 있었다. 영문도 모르고 미움을 받았으니 당연히 기분이 나빴으리라. 레이코의 태도를 불쾌하게 여겼던 적이 한두 번이 아니었을 것이다. 언제부터인가 구사카도 레이코를 멀리하면서 두 사람 사이는 말 그대로 견원지간이 되었다.

그러나 구사카도 오늘만큼은 레이코에게 동정을 표했다.

"오쓰카 일은 정말 안됐어. 나한테 이런 말 듣고 싶진 않겠지만 너희 반에서 제일 싹수 있는 녀석이라고 생각했는데. 정말 아까워."

레이코는 다른 사람 일인 듯 그저 멍하니 듣기만 했다. 주변에서 일어나는 모든 일에 현실감이 들지 않았고 혼자 붕 떠 있는 듯한…… 아니, 오히려 가라앉은 듯한 묘한 기분이었다.

얼마 전 어머니 미즈에가 입원했다는 말을 들었을 때는 식은 땀이 흘렀다. 하지만 이번 일은 그것과는 비교도 안 될 만큼 심각한 일이었다. 처음으로 같이 일했던 동료가 순직했다. 앞으로 다른 동료나 자기에게도 똑같은 위험이 닥칠 수 있다. 이 나라에서 총에 맞아 죽는 경우는 예삿일이 아니었다. 형사라는 직업에 따라붙는 위험성과 삶은 언제나 죽음과 등을 맞댄 한 몸이라는 사실을 다시 인식하는 순간, 그 엄중함이 물밀듯 밀려들었다.

경악했다. 잊고 있었다. 알고는 있었지만 하루하루 살면서 무뎌진 의식이었다. 경위라는 지위가 주는 만족감 때문이었는지, 자신부터가 기본적인 위험을 의식조차 하지 않았다. 다마키가 변했다고 지적한 말이 레이코의 이런 부분이었을까? 그게 사실이라면 히메카와 집안의 장녀로서는 물론이고 형사로서도 자격이 없다고 레이코는 생각했다.

"그래서…… 어떻던가?"

이마이즈미가 재촉했다. 구사카가 가만히 고개를 끄덕이고 대답했다.

"오쓰카의 시체는 예전에 라이브 하우스였다가 지금은 비어 있는 '록맨'이라는 건물에서 발견되었습니다. 9밀리 파라블럼 총탄 한 발이 왼쪽 눈으로 들어가서 후두부 중앙으로 나왔습니다. 범인의 유류품으로 보이는 물건이나 흔적은 아직 발견하지 못했습니다. 6계의 이시이 반이 수사본부를 설치했고, 내일은 계장님과 기타미 경위에 대한 참고인 조사를 할 예정입니다. 오쓰카는 등 뒤로 수갑이 채워져 있었고, ……믿기 어렵지만 머리가 반쯤 날아간 상태에서 깜깜한 곳에서 약 3미터 정도 기어가 자기 힘으로 뒷문을 열었습니다. 상반신이 빠져나온 상태로 숨이 끊어져 있었다고 합니다. 맨 처음 발견하고 신고한 사람은 라이브 하우스 맞은편에 있는 음식점 직원입니다. 만약 오쓰카가 기어 나오지 않았다면 지금껏 발견하지 못했을 겁니다."

구사카는 레이코를 힐끗 쳐다봤다.

"……집념일까요, 경찰의 투혼이 느껴지더군요."

양손이 묶인 채 왼쪽 눈을 잃고 머리에서 피를 철철 흘리는 오쓰카가 어둠 속을 기어가는 모습이 머릿속에 떠올랐다. 너무나도 참혹하여 상상 속에서조차 눈을 돌리고 말았다.

"다른 특이 사항은 없었나?"

이마이즈미의 질문에 구사카가 얼굴을 찡그렸다.

"근데 그게 좀 이상합니다. 경찰수첩을 비롯해 오쓰카가 평소에 가지고 다니던 물건은 전부 현장에 남아 있었습니다. 그런데이상한 것은 지갑에서 도시 은행 이용 명세서가 나왔습니다. 오쓰카는 오늘 점심, 정확히 말하면 어제 오후 1시, 경찰청 직원 신용 조합의 자기 계좌에 있던 24만 엔을 도시 은행 현금인출기에서 꺼냈습니다. 하지만 지갑에는 3만 6천 엔과 잔돈뿐이었습니다. 20만 엔에 가까운 돈을 사용한 영수증은 없었습니다."

이마이즈미가 쳐다보자 기타미가 슬쩍 침을 삼켰다.

"오쓰카 씨는 점심을 먹은 후에 분명히 현금인출기를 이용했습니다. 그런 뒤 5시에 헤어질 때까지 이렇다 할 물건을 사지는……."

이마이즈미가 팔짱을 끼고 신음했다.

"24만 엔이라. 대체 어디에 썼을까?"

구사카가 고개를 갸웃했다.

"액수가 많은 것 같으면서 적기도 하고. 애매하군요."

"단독 행동과 관계가 있다고 봐도 되겠지?"

"수사에 관계된 일이 아니라 공갈 협박을 당했다거나 그런건 아닐까요?"

구사카는 레이코에게 답을 구할 생각이었다.

"글쎄요…… 저는…… 전혀……."

레이코는 무의미한 대답밖에 못 하는 자신이 싫었다. 지금 같아서는 기타미가 더 이성적으로 보였다.

"오쓰카는 누군가에게 돈을 주기 위해 단독 행동을 한 게 아닐까?"

이마이즈미는 다시 주변을 둘러보았다. 하지만 히메카와 반 구성원 가운데 짐작 가는 사람은 아무도 없었다.

"레이코⋯⋯."

구사카의 목소리가 징그럽게 들릴 만큼 다정했다.

"아직까지는 우리가 이케부쿠로로 들어갈지, 그쪽에서 지원이 올지 확실하게 정해지지 않았어. 하지만 어느 쪽이든 이건 오쓰카를 위한 복수전이야. 이번만큼은 네가 말하는 대로 움직여 주겠어. 어느 쪽 수사본부에 들어가든 너와 함께 움직일 거다. 그러니까 정신 차려. 평소처럼 범인을 집어내 봐. 오쓰카를 쏜 녀석이 이번 사건과 관계가 있든 없든, 누구보다도 네가 잡아야 오쓰카에게도 큰 위로가 될 거야. 알았어? 정신 차리라고!"

레이코는 대답하지 않았다. 고개를 끄덕이기도 귀찮았다.

나도 알아, 너 같은 녀석이 말하지 않아도 안다고⋯⋯.

하지만 말이 나오지 않았다. 말을 꺼내는 순간 오쓰카가 입이 거칠다고 잔소리를 할 것만 같아 눈물이 흐르려 했다.

오쓰카⋯⋯ 대체 왜⋯⋯?

내일부터 시작될 수사에 대해서도, 이케부쿠로에 설치될 수사본부에 대해서도 아무 생각이 들지 않았다. 지금은 그저 오쓰카가 죽은 일, 자기가 이끄는 팀에서 순직자가 나왔다는 사실, 자신이 이런 험한 세계에 몸을 담고 있다는 사실에 쓰디쓴 현실감만 느껴졌다. 오한과도 비슷한 그 감정은 레이코의 몸 구석구석에 사무쳤다.

구사카가 돌아가려는 듯 가방을 들더니 문득 무언가 생각났는지 레이코를 쳐다보았다.

"그리고…… 간테쓰 조심해. 그 녀석은 동료의 순직을 고양이 시체보다도 우습게 여기는 인간이야. 그렇게 맥 놓고 있다가는 발목 잡힌다."

그렇게 말해도 대답하지 않자 조금 뒤 구사카는 이마이즈미에게 인사를 하고 회의실에서 나갔다.

6

8월 26일 화요일, 오전 11시 반.

가쓰마타는 혼자 사우나에서 땀을 빼며 생각했다.

어젯밤 히메카와 반의 오쓰카가 순직했다는 보고를 받았다. 오늘 아침 회의에서 가네하라, 나메카와 사건과는 또 다른 사건이라고 보는 의견도 나왔으나 가쓰마타의 생각은 달랐다. 오쓰카는 이번 사건과 관련해서 건드려서는 안 되는 어떤 부분에 접근했다가 살해당한 것이라고 추측했다. 그리고 경찰 직원 신용조합에서 인출한 24만 엔이 살인 사건과 밀접하게 연관되어 있으리란 사실은 의심할 여지가 없었다.

그 애송이가 무슨 잔재주를 부렸을까?

누군가에게 공갈 협박을 당한 것은 아닐까라는 의견도 있었지만 가쓰마타가 보기에는 가소로운 소리였다. 가쓰마타가 아는 한 오쓰카는 누군가에게 협박당할 사람이 아니었다. 칭찬하자는 것이 아니다. 협박당할 만큼 눈에 띄는 활동을 해온 형사가 아니란 뜻이다.

형사란 언제 어디서든 남의 원한을 사기 쉬운 직업이다. 단순한 조사 행위만으로도 미움을 산다. 잡아들이기는 했으나 징역형에 그쳤다면 설령 살인범이라 해도 언젠가는 풀려나기 마련이다. 즉, 일을 하면 할수록 세상에는 자신을 원망하는 위험 인물이 늘어난다는 뜻이다. 형사는 그처럼 억울한 직업이다. 물론 원망을 사거나 협박당하는 이유가 예전에 체포한 범인에게 있다고 단정할 근거는 없다. 하지만 평소 행실에 별문제가 없었던 오쓰카가 협박을 이기지 못해 근무 중에 은행 돈을 인출해 갖다주었다고 생각하기는 어려웠다. 게다가 24만 엔은 아무래도 애매한 금액이었다.

그런 오쓰카가 살해당했단 말이지.

어쨌든 이번 사건과 관련되어 살해당했으리란 느낌이 강했다. 그러나 가쓰마타는 동료 형사가 순직했다고 해서 애도하거나 분하게 여기는 마음을 버린 지 이미 오래였다. 지금은 자기가 똑같은 위험에 빠지지 않도록 늘 조심할 뿐이었다.

그런 의미에서 잠깐 쉬어 가자고.

의자에서부터 벽은 물론 천장에 이르기까지 전나무로 마감한 사우나였다. 평일 오전이어서인지 가쓰마타 혼자 사우나를 통째로 빌린 듯 주위가 한산했다.

지금 자기가 맡은 피해자 나메카와 유키오의 주변 인물 조사는 답보 상태였다.

최근 회의에서 가네하라 다이치가 개인 계좌에서 매월 10만 엔을 인출했다는 사실이 보고되었다. 그것도 둘째 주 일요일 바로 이틀 전인 금요일이었다. 다시 말하면 살인 쇼 입장료가 10만 엔이라고 봐도 무방했다. 스트로베리 나이트가 실재할 가능성이 점점 더 높아졌다.

그러나 나메카와의 통장에서는 비슷한 출금 기록이 나오지 않았다. 평소에도 돈을 함부로 쓰는 남자였으므로 10만 엔 정도를 어디에 썼는지 정확히 집어내기는 어려웠다. 가쓰마타는 지금까지 자기가 해온 조사가 허사로 돌아갈까 그게 걱정이었다.

뭐, 씨는 뿌렸으니, 굳이 내가 아등바등할 필요는 없잖아.

행운을 만나려면 느긋하게 기다리라고 했다. 가쓰마타는 천천히 누워 땀을 닦았다.

한쪽 발을 의자에 올리려는데 문에 달린 쪽창으로 누군가가 안을 들여다보는 듯했다. 하지만 신경 쓰지 않았다. 한 명 정도 더 들어와도 눕는 데는 아무 지장 없었다. 뜨겁고 건조한 의자에 몸을 눕히자마자 문이 열렸다. 시원한 바람이 휙 불어오더니 인기척이 느껴졌다.

참! 혹시라도 이자가 오쓰카를 살해한 놈이라면 위험하잖아?

누운 몸을 일으키려는 순간이었다.

"주임님…… 가쓰마타 주임님도 참말로, 이런 데 계셨네에."

본능적으로 혐오감을 일으키는 목소리였다. 고개를 들어보니 목소리의 주인공은 허리에 수건도 두르지 않은 완벽한 알몸이었다.

"너, 넌……."

"예, 접니더."

발가벗은 이오카였다.

가쓰마타의 파트너는 거의 매일 바뀌었다. 오늘부터는 이오카였다. 어제까지만 해도 레이코와 한 조였던 이오카가 어째서 자기와 짝이 되었는지 알다가도 모를 일이었다. 이마이즈미는 이의 제기라면 받지 않겠다는 말투로 '오늘부터 이오카 경장을 잘 부탁하네.'라며 자기에게 보냈다. 누구와 한 조가 되든 상관없었다. 하지만 따돌린 녀석에게 따라잡히는 일은 도저히 참을 수 없었다.

"이 자식…… 내가 여기 있는 건 어떻게 알았어?"

가쓰마타가 노려보았지만 이오카는 그러든 말든 무시하고 맞은편 의자에 앉았다. 가리지도 않은 그것은 의외로 위풍당당한 보물이었다.

"글쎄예, 우째 알았을까요? 어쩐지 주임님은 목욕하고 싶으신 게 아인가 딱 감이 오더라고예. 마사지방도 찾아가 볼까 하다가 지 생각엔 아무래도 사우나다 싶어가꼬, 그냥 느낌이 그렇더라고예."

그럴 리가 없다. 수사본부는 가메아리에 있다. 지역을 한 군데만 정해놓고 수사하지 않는 가쓰마타를 이렇게 멀리 떨어진 신오쿠보 사우나에서 찾아내다니, 불가능한 일이었다.

이놈, 방심하면 안 되겠어.

게다가 자기를 찾으러 왔을 뿐이라면 굳이 옷까지 벗을 이유는 없었다. 그런데도 홀딱 벗고 알몸으로 쳐들어왔다. 이미 가쓰마타가 여기에 있으리라 확신하고 움직였다고 해석해야 옳았다.

돌이켜 보면 지금까지 가메아리 서에서 만난 파트너들은 허깨비 같은 녀석들뿐이었다. 아주 잠시 시간 차를 두어 전철에서 내리기만 해도 떼버리기가 쉬웠고 푼돈만 쥐여주면 얼마든지 고분고분하게 굴었다.

조금은 쓸 만한 놈이라고 해야 하나?

오랜만에 가쓰마타의 가슴에서 투지가 불타올랐다.

일단 야마노테선을 타고 요요기에서 내려 빌딩 몇 개를 지나쳤다. 큰길에서 재빨리 택시를 타고 신주쿠 방향으로 가다가 역 바로 앞 신호등에서 정차했을 때 내렸다. 사람들 틈을 헤치며 걸어가다가 역 안으로 들어갔다. 연결 통로를 따라 백화점으로 들어갔다. 에스컬레이터를 타고 위아래로 오르내리다가 레스토랑 주방 문을 밀고 들어가서 뒷문으로 나왔다.

가쓰마타는 공안 시절 자기가 당하고서 몹시 불쾌했던 수법을 전부 동원했다. 인적 없는 길에서 뒤를 돌아보며 이오카가 따라오지 않는지 계속 확인했다. 가쓰마타를 따라오는 사람은 아무도 없었다.

이렇게까지 했는데도 실패하면 이 천하의 가쓰마타 님도 손들어야지.

만약을 위해 아는 가게로 들어가 30분 정도 시간을 죽였다.

"가쓰마타 씨…… 뭘 그렇게 신경 쓰세요?"

골동품 가게 주인이 컵에 차를 따라 권하면서 바깥을 내다보았다.

"쫓기고 있어. 다른 사람도 아닌 이 몸이 말이야."

주인은 다 알고 있다는 듯 웃음을 지었다.

"하하! 드디어 우익과의 유착이 들통 났군요."

가쓰마타는 주인의 솜뭉치 같은 백발의 머리를 움켜쥐었다.

"영감, 낮말은 새가 듣고 밤말은 쥐가 듣는다는 속담 몰라? 오래 살고 싶으면 주둥이 함부로 놀리지 말라고."

주인은 가쓰마타의 협박에 겁먹기는커녕 오히려 재미있다는 듯 씩 웃었다. 익숙한 장면이었다. 이제 두 사람 사이에서 이런 말들은 장난에 불과했다.

"주둥이를 함부로 놀린다 하면…… 야마토회나 종교 단체처럼 친한 친구분들 말씀입니까?"

"영감, 당신은 그냥 저기 앉아서 원래 값어치보다 백배는 비싼 엉터리 접시나 돌리라고."

"그게 아니면 월급 말고 따로 번 돈의 사용처가 문제인가요?"

"아! 네에네, 바로 그렇습죠."

그때 주머니에서 휴대전화가 요란하게 울렸다. 번호를 보니 가메아리 서 본부에서 온 전화였다.

"네, 여보세요."

"가쓰마타 주임님, 접니다. 지휘 본부 스야마입니다."

스야마. 수사본부에 참가하자마자 10만 엔으로 구워삶아 자기 심복으로 만든 지휘 본부 담당 경사였다. 낮게 속삭이는 목소리가 기대감을 부추겼다.

"그래, 뭔데? 뭐 좀 나왔어?"

"네, 방금 레이코 주임님에게 다쓰미라는 남자로부터 전화가 왔습니다."

"다쓰미? 성은 뭔데?"

"그건 잘 모르겠습니다."

"나, 참, 이래서 첩자 노릇 하겠어? 내 돈 다시 뱉어!"

"그래서요, 제가 물었죠. 레이코 주임님은 지금 안 계시지만 하실 말씀이 있으면 전해드리겠다고요. 처음에는 본인에게 직접 말해야 된다더니 계속 물고 늘어지니까 다쓰미라는 남자가 얘기해주더라고요."

"호오, 제법인데! 물론 레이코에겐 아직 아무 말도 안 했겠지?"

"네, 그야 당연하죠. 아직 안 했습니다."

"좋아, 잘했어. 그래서 그 남자가 뭐라던가?"

"네, 레이코 주임이 전해 듣는 즉시 바로 연락을 달라고 하기에 휴대전화 번호를 물어봤죠. 메모 가능하십니까?"

"불러봐."

가쓰마타는 스야마가 불러주는 번호를 손바닥에 적었다.

"알았어. 수고했어. 내가 다음에 크게 한 턱 쏘지."

"네, 감사합니다. 근데…… 이 일을 레이코 주임님에게 전해야 할까요?"

"절대로 말하지 마. 시치미 뚝 떼."

"그래도 괜찮을까요?"

"그럼. 나만 믿으라고."

전화를 끊었다.

다쓰미, 다쓰미, 다쓰미…….

최근에 어디에선가 들은 적이 있는 이름이었다. 혹시 서류에서 봤던가? 다쓰미, 다쓰미, 다쓰미라…….

뭐? 다쓰미 게이치?

다쓰미가 그 다쓰미라면 오늘 아침에 받은, 죽은 오쓰카의 경력 기록 중에 있던 이름이었다. 오쓰카 녀석이 유일하게 제 손으로 체포한 남자였다. 이케부쿠로 근방에서는 모르는 사람이 없는 퇴물 탐정이다. 브로커 다쓰미 게이치.

그런 녀석이 왜 레이코에게 연락을 했지?

살인 쇼 관련해서 파고다닌 오쓰카라면 이해가 가지만 그는 이미 죽었다. 오쓰카에게서 아무 이야기가 없자 이제는 레이코를 만나겠다는 심산인가? 그게 아니라면 오쓰카가 죽어서 레이코와 만나려는 걸까? 오쓰카의 순직에 관한 기사는 오늘 모든 조간신문에 실렸다. 다쓰미는 그 부고를 접하고 레이코와 만나려는 게 아닐까?

그런데 브로커가 레이코에게 무슨 볼일이 있지?

가쓰마타는 미지근해진 녹차를 단숨에 들이켰다.

예전 동료를 통해서 간단히 알아본 결과 다쓰미 게이치는 결코 위험한 인물이 아니었다. 그렇다면 오쓰카가 다쓰미를 체포했던 것은 그저 젊은 혈기로 어쩌다 얻은 운이었단 말인가. 하긴 가쓰마타 눈에도 성급하게 덤비는 듯 보였다. 사실 다쓰미 같은 놈들은 보고도 못 본 척하면서 은밀하게 감시하고 자유롭게 행동하도록 내버려두는 게 상책이다. 여차하면 한 방 먹이고 그걸 협박거리로 삼아 필요할 때 써먹으면 그만이다.

아, 그거였나?

오쓰카는 다쓰미에게 어떤 뒷조사를 맡겼는지도 모른다. 그렇다면 두 차례의 단독 행동은 다쓰미를 만나기 위해서? 그런 건 업무를 마친 뒤에 할 일이다. 괜히 근무 중에 하려니까 의심을 사는 것이다. 천하에 이런 멍청이가 없다고 해야 하나 말아야 하나.

아무리 그래도 죽일 필요까지는 없었잖아.

가쓰마타는 골동품 가게의 방탕한 딸을 대역으로 내세워 다쓰미에게 연락했다. 골동품 가게 주인집 딸은 현역 연극 배우여서 연기력이 아주 훌륭했다. 29세, 주임 경위, 큰 키, 외모에 자신 있음, 다쓰미와는 아마도 모르는 사이. 이 정도 정보만 갖고 레이코인 척 멋지게 연기했다. 사례금은 1만 5천 엔이었다.

"알겠어요. 그럼 3시에."

전화를 끊은 딸이 메모를 내밀었다. '선샤인 60 빌딩 지하 1층 분수 광장 앞, 오후 3시'라고 휘갈겨져 있었다.

"그래, 잘했어."

가쓰마타는 1만 엔짜리 지폐를 두 장 건넸다. '번번이 고마워.'라며 딸은 지폐를 주머니에 넣었다.

"이봐, 잔돈은 내놔야지. 5천 엔."

가쓰마타가 손을 내밀자 딸은 뜬금없이 자기 손을 그 위에 포 갰다.

"쩨쩨하게 굴기는. 용돈 받은 셈 칠게. 정 뭣하면 하룻밤 놀아 줄까?"

소름이 돋아 기겁을 하며 손을 뿌리쳤다.

"웃기고 있네. 네 몸은 기껏해야 1,500엔이다, 이 호박아. 됐 으니까 5천 엔 내놔."

그래도 계속 성가시게 굴기에 결국엔 머리를 세게 후려쳤다. 잔돈이 바닥에 굴러떨어지자 웃고 있던 골동품 가게 주인이 주 워 내밀었다. 못 말리는 부녀다.

선샤인 60 빌딩 앞에서 택시를 세웠다. 시계는 2시 53분을 가리 켰다. 가쓰마타는 재빨리 지하로 내려가 분수 광장으로 향했다.

넓은 지하 통로 양옆으로 젊은 층을 겨냥한 옷을 빼곡하게 진 열한 가게들이 죽 늘어서 있었다. 여름방학 기간이어서인지 평 일 점심시간인데도 사람들로 북적거려 슬그머니 속이 꼬이기 시작했다. 시야에 가득 들어오는 화려한 색깔들 때문에 머리까 지 어지러웠다.

조금 걸어가자 오른쪽에 분수 광장이 보였다. 특별히 예정된 행 사는 없겠지. 분수 앞 무대는 크레이프와 햄버거를 볼이 미어지게 밀어 넣는 커플과 수다 떠는 여학생 부대가 점령한 상태였다.

무대 정면으로 올라가는 계단 끄트머리에 화려한 알로하셔츠를 입은 남자가 앉아 있었다. 가쓰마타가 휴대전화로 본 사진 속의 다쓰미는 머리가 검은색이었다. 알로하셔츠를 입은 남자는 금발이기는 한데 이목구비가 흡사했다. 틀림없다. 저자가 다쓰미 게이치다.

가쓰마타는 정면으로 다가갔다. 남자도 미심쩍은 눈으로 가쓰마타를 쳐다보았다.

"다쓰미."

"당신은 누구야?"

"수사 1과 가쓰마타다."

다쓰미는 인상을 찌푸리며 불쾌함을 드러냈다.

"내가 만나고 싶은 사람은 수사 1과의 레이코라는 여자 주임이었어. 그 여자가 오지 않으면 난 그만 돌아가겠어."

가쓰마타는 자리에서 일어서려는 다쓰미의 어깨에 손을 올리며 제지했다.

"잠깐 기다려. 레이코는 급한 일이 좀 생겼거든. 너도 알고 있겠지? 전에 너를 체포했던 오쓰카라는 형사가 살해당했어. 레이코는 지금 그 일 때문에 정신이 없다고. 그래서 내가 대신 온 거야. 같은 수사 1과이고 같은 주임 경위라고. 문제 될 거 없잖아?"

그래도 다쓰미는 태도를 누그러뜨리지 않았다.

"됐어. 죽은 오쓰카가 전에 그러더군. 만약 무슨 일이 생기면 레이코 주임은 믿을 만한 사람이니 그를 찾아가라고."

왠지 말에 가시가 느껴졌다.

"무슨 일이라도 있었나?"

다쓰미는 어금니를 꽉 깨물었다.

"누군가가 내 방을 뒤졌어. 어제 밤 10시 넘어서. 친절하게도 컴퓨터 다섯 대 전부 바이러스를 심어서 하드디스크를 통째로 날려버렸더군. 뭐, 영업용 자료는 항상 백업해서 갖고 다니니까 별로 큰 피해는 없었지만."

다쓰미는 어깨를 으쓱했다. 그 백업 파일이 어디에 있는지 가쓰마타는 알 수 없다.

"어쨌든 나는 레이코가 아니면 말하지 않겠어. 너 같은 늙은 너구리는 필요 없다고."

무례한 놈이군.

가쓰마타는 평정을 가장하며 다쓰미 옆에 앉았다.

"그렇게 예민하게 굴 필요 없잖아. 오쓰카가 죽기 전에 당신에게 뭔가 조사해달라고 부탁했다는 거지? 착실하고 반듯한 오쓰카가 한 일이니 지금 조사 중인 사건에 관련된 게 틀림없겠지? 아마 스트로베리 나이트라는 살인 쇼에 관한 일 같은데, 내 말이 틀렸나? 당신은 오쓰카가 살해당한 사실을 알았고, 당신 방이 난장판이 되기도 해서 레이코에게 알리려고 연락했어. 내가 대신 온 건 예상 밖의 일인지는 몰라도, 뭐, 당신에게 불이익을 주지는 않아. 오쓰카는 당신이 조사한 결과물을 받았어. 그건 그 자식이 24만 엔을 어딘가에 지불한 사실만 봐도 분명해. 그럼 이러면 어떨까? 그 결과물을 나에게 다시 팔지그래? 당신은 한 번 움직여서 보수를 두 배로 버는 거야. 괜찮은 제안 같지 않아? 어때?"

가쓰마타는 상냥한 목소리로 말했다. 자기가 인심 한번 크게 써서 양보했다고 생각했다. 하지만 노려보는 다쓰미의 눈빛은 자기를 얕잡아 보는 느낌이었다.

"누굴 호구로 아나. 보수는 원래 40만 엔이었어."

"그럼, 나와 거래하면 48만 엔을 주지. 나쁘지 않지?"

"턱도 없어. 같은 정보를 얻고 싶으면 넌 50만 엔 가져와."

뭔 개소리야? 건방이 아주 하늘을 찌르는구나.

가쓰마타는 한쪽 눈썹을 추켜올렸다.

"잠깐! 왜 계속 값을 올리지? 잡다한 경비가 드는 일도 아닌데 24만 엔 정도면 되잖아."

"오쓰카는 자기가 알고 싶은 사항만 짚어서 가져왔어. 당신은 그것까지 덩달아 얻는 셈이니까 액수가 커지는 게 당연하지."

확실히 일리 있는 말이다. 하지만 아니꼽다.

"그렇군. 그럴지도 모르지. 참, 아까 백업은 제대로 해뒀다고 하지 않았나? 네가 새로 해야 할 일은 없는 거네. 아무것도 하지 않고 매상은 배로 오르니 그것만으로도 감지덕지일 텐데."

"아니, 오늘 나는 처음부터 거래 따위 하려고 나온 게 아니야. 그저 할 이야기가 있었을 뿐이야."

"그렇다면 내가 24만 엔이나 준다는데 잘된 일 아닌가?"

"오히려 그 반대야. 거래할 마음이 없으니까 당신이 대금을 못 치르겠다고 해도 상관없어. 없던 일로 쳐도 눈 깜짝 안 해."

이 자식이 정말.

가쓰마타는 차명 계좌의 잔고를 떠올렸다. 그것은 이혼한 아내와 낳은 딸의 명의를 빌려 만든 통장이었다. 분명히 지난달 말에 확인한 잔고는 300만 엔 정도였다. 물론 내놓기 어려운 금액은 아니었다. 하지만 이런 퇴물 탐정이 가져다주는 정보에 50만 엔이라니 화가 치밀었다. 그런데 범인은 일부러 다쓰미의 집에 침입해서 그 정보를 삭제하려고 했다. 정보의 가치는 보증된 셈이다.

가쓰마타는 화를 참았다.

"알았어. 50만 엔이랬지? 줄게. 부르는 값으로 계약하지."

조건을 받아들이면 좋아할 줄 알았더니 다쓰미는 오히려 거북하다는 듯 실눈을 떴다.

"당신, 밑바닥부터 시작해서 성공한 형사치고는 위세가 당당하군."

다쓰미는 가쓰마타를 머리끝에서 발끝까지 침이 흥건한 혀로 핥듯이 훑어보았다. 그대로 시선을 죽 위로 올리다가 공중에서 멈추더니 마침내 떠오르는 게 있는지 손뼉을 탁 쳤다.

"수사 1과…… 가쓰마타. 그러고 보니 들은 적이 있어. 공안 퇴물 형사. 내부 정보를 팔아서 제 주머니나 채우는 수사 1과의 악덕 형사, 일명 간테쓰."

이야, 이거 놀라운걸!

"이런!"

가쓰마타는 칭찬할 셈으로 감탄사를 흘렸다. 악덕 형사라는 말은 마음에 들지 않았지만 대충은 맞는 말이었다.

"대단한데. 아니면 이 몸이 그쪽 세계에서는 유명인인가?"

"실없는 소리 그만하지."

다쓰미는 코웃음을 쳤지만 표정은 한결 누그러진 듯했다.

"결국 당신도 나와 같은 부류야. 뭐든 간에 나는 당신이 어디의 누구를 원하든 내 조건만 받아들이겠다면 아무 불만 없어. 대신 현금이야."

그래, 이런 인간은 다루기가 쉬워 좋다. 정이라느니 신념이라느니 흐느적거리는 것에 얽매이는 놈치고 변변한 놈이 없다. 돈이면 돈. 확고한 가치관 아래 대등하게 대화가 통하는 인간을 가쓰마타는 더 신용했다.

그중에서도 으뜸가는 인간이 바로 이 몸이시지.

가쓰마타도 미소를 쓰윽 지었다.

"알았어. 지금 준비하지. ……여기서 기다리겠나, 아니면 같이 가겠나?"

다쓰미는 잠시 생각하고는 같이 가겠다며 일어섰다.

가쓰마타가 선샤인 알파 내부에 있는 현금인출기 박스 안으로 들어가자 다쓰미도 따라 들어오려고 했다.

"어이, 밖에서 기다리지?"

"늙은이라 컴퓨터에 서툴잖아. 내가 봐줄게."

"느, 늙은이라니, 이 자식이……."

"됐으니까 얼른 돈이나 뽑아."

이렇게 되면 능숙하게 현금인출기 다루는 모습을 보여주어야 한다.

"이봐! 훔쳐보지 마."

"안 봐, 멍청아. 비밀번호 알아내는 것쯤은 식은 죽 먹기라고."

가쓰마타는 카드를 집어넣고 딸의 출생 시 몸무게를 입력했다.

"오, 그러셔? 그럼 왜 그 기술로 벌어먹지 않는 거야?"

정확하게 '5'와 '0'을 누르고 나서 '만'을 눌렀다.

"지금 같은 정보화 사회는 온라인으로 연결된 이상, 시스템에 접근하는 방법이 반드시 있기 마련이야. 그걸 알아내는 게 전문가의 실력이지. 하지만 돈은 언젠가 현금화해야 해. 어디론가 옮기려고 해도 계좌를 정해야만 하지. 스위스 은행에 넣는 방법도 있지만 거긴 적은 금액으로는 계좌를 열어주지 않아. 결국엔 어딘가에서 발목이 잡히고 말아. 난 그딴 일로 위험해지긴 싫어. 정보를 입수해서 파는 일이 가장 적당해."

가쓰마타는 수다를 늘어놓는 다쓰미가 의외였다. 어떻게 보면 이런 부류일수록 자기 자랑을 늘어놓을 자리가 별로 없겠다는 생각이 들었다. 상대가 동업자라면 자기 기술을 까발리는 셈이고, 일반인이라면 자기는 범죄자라고 고백하는 셈이다. 설령 고백했다 해도 결국 자존심은 회복되지 않는다. 뭐, 그런 것 아닐까?

내가 형사라는 걸 까맣게 잊고 있었군.

그러나 이상하게 불쾌하지 않았다. 오히려 웃고 싶은 기분마저 들었다.

"옜다, 50만 엔."

현금인출기에 비치된 봉투에 넣어 건네주었다.

"음……."

다쓰미는 확인도 하지 않고 뒷주머니에 쑤셔 넣었다.

"이봐, 안 세어봐?"

"아, 당신한테는 쉽게 벌어들인 더러운 돈이고, 나한테는 푼돈이야. 두세 장 모자라도 트집 잡지 않을 테니 걱정 마."

다쓰미는 50만 엔이 든 주머니 반대쪽에서 갈색 봉투를 꺼내어 내밀었다. 가쓰마타가 받으려고 봉투를 쥐었으나 무슨 일인지 손을 떼지 않았다. 땀으로 축축해진 봉투 양쪽을 서로 붙들고 있는 꼴이었다.

"뭐야, 내놔."

"잠깐, 그 전에 묻고 싶은 게 있어."

가쓰마타는 다쓰미에게 호감을 느꼈던 만큼 공연히 화가 났다.

"치사하게. 이쪽은 달라는 대로 50만 엔이나 줬잖아?"

"착각하지 마. 이제부터는 내 양심을 걸고 묻는 거야. 대답하기 싫으면 안 해도 상관없어."

"너 이 자식, 그게 뭔데?"

남 뒷조사나 해서 벌어먹는 놈이 양심 운운하니 어이가 없었다. 가쓰마타는 보이지도 않는데 강요당하는 이런 도덕적 가치관이 딱 질색이었다.

다쓰미, 날 너무 실망시키지 마라.

가쓰마타는 다쓰미의 눈을 노려보면서 가볍게 고개를 끄덕였다.

"뭔데? 용건만 간단히!"

"아, 사실 난 오쓰카에게 이 사건에서 손을 떼라고 충고했어. 그런데 결과적으로는 안타깝게 됐지만. ……죽은 오쓰카의 소지품에 이것과 똑같은 봉투가 있었나?"

가쓰마타는 서로 붙들고 있는 봉투를 다시 한 번 쳐다봤다.

"아니, 봉투는 없었어."

다쓰미는 한숨을 쉬었다.

"그렇군. 신문에 난 사망 추정 시각으로 볼 때 놈이 살해당한 건 내가 이것과 똑같은 봉투를 건넨 직후였어. 놈은 내가 생각했던 것보다 철저하게 감시당했다는 뜻이야."

"그래? 이거부터 보자."

가쓰마타가 무심코 끌어당겼는데 다쓰미는 싱겁게 봉투를 놓았다. 하지만 이번에는 가쓰마타 쪽에서 다쓰미의 이야기가 궁금해졌다. 이대로 물러나서는 안 되었다.

"이봐, 네놈이 뭣 때문에 오쓰카한테 손 떼라고 충고씩이나 했지? 뭔가 알았던 거군."

다쓰미는 크게 숨을 들이마셨다가 노여운 기색으로 콧김을 내뿜었다.

"나는 주워들었을 뿐이야. 우리 사이에서도 한때 이 스트로베리 나이트가 화제였거든. 당시에 동업자 말로는 어떤 폭력 조직이 흥미를 보이면서 자기에게 조사해달라고 의뢰했다는 거야. 나는 결과가 뜻밖이었다는 말밖에는 듣지 못했지만. 그 녀석이 조사 결과를 보고했더니 폭력 조직에서 손을 떼래. 무서워서가 아니라 한 발짝 떨어져서 구경하는 게 훨씬 재밌으니까 손을 뗐다더군. 이게 무슨 말일까? 놈들이 무서워서 손을 뗀 거라면 얘긴 간단해. 자기들보다 덩치 큰 조직과 관련이 있든지, 아니면 머리가 어떻게 된 엄청난 부자가 배후에 있든지 둘 중 하나니까. 하지만 무서운 게 아니라잖아? 오히려 재미있어 했다는 거야. 내버려두는 게 훨씬 재미있다는 건, 배후에 이해관계가 대립하는 놈이 버티고 서 있다는 뜻이지. 세상에 알려져도 상관없는 놈이란 거고. 무슨 말인지 알겠어?"

가쓰마타는 대답하지 않았다. 몰라서 대답하지 않는 게 아니었다. 말로 하고 싶지 않아서였다. 입을 다물고 있으니 다쓰미가 뒷말을 계속했다.

"나는 이번 일의 진상은 몰라. 하지만 옛날 동업자가 했던 말은 배후에 경찰 관계자가 있다는 의미라고 생각해. 그래서 내가 오쓰카에게 충고했던 거야. 악귀는 당신들 바로 뒤에 와 있다고. 당신도 조심해. 이 봉투를 가졌다가 오쓰카처럼 살해당할지도 몰라."

가쓰마타는 자기 손에 든 봉투를 노려보고는 안주머니에 넣었다.

"거기까지 아는데 넌 무사할까 몰라."

"글쎄, 나도 몸 사리는 중이야."

다쓰미는 곧장 밖으로 나가려 했다.

가쓰마타가 당황하며 그의 손을 잡았다.

"잠깐 기다려. 혹시 너 누가 오쓰카를 노리는 걸 알았던 건 아니지?"

다쓰미는 가쓰마타의 손을 힘껏 뿌리쳤다.

"사람을 뭐로 보고."

으르대며 가쓰마타를 뚫어져라 노려보았다.

마음에 드는 눈빛이야, 다쓰미…….

다쓰미는 다시 등을 돌렸다.

"이 자식, 잠깐 기다리라니까."

가쓰마타가 현금인출기에 카드를 쑤셔 넣었다.

"얼마야?"

"뭐?"

"내가 다시 의뢰하지. 그 배후를 밝혀내. 얼마야? 얼마를 주면 받아들이겠나?"

다쓰미는 한동안 아무 말도 하지 않았다. 주저하는 기색이었다. 형사도 아무렇지 않게 저세상으로 보내버리는 그 배후 인물이 무서운 걸까, 아니면 어떻게 밝혀낼지 막연해서 이러는 걸까, 그것도 아니면 그저 액수를 정하지 못해서?

"얼마냐고?"

비밀번호 인증까지 마쳤다. 이제 금액만 입력하면 끝난다.

다쓰미가 침을 삼켰다.

"200만 엔……. 그 정도면 확실하게 알아봐 주지."

목소리가 조금 떨렸다.

젠장. 꽤나 거들먹거리는군.

그러나 값을 깎을 생각은 없었다. 깎아 부르면 다쓰미는 절대로 받아들이지 않을 것이다. 조금 전 반응만 봐도 확실하다. 아깝다는 생각은 들지만 가쓰마타는 화면에서 '2'를 한 번, '0'을 두 번 그리고 '만'을 눌렀다.

제길, 비자금을 또 열심히 채워야겠군.

마지막 확인 버튼에는 느린 동작으로 손을 가져다 댔다.

1만 엔짜리 지폐를 헤아리는 소리가 촤르르륵 아주 길게 이어졌다.

7

8월 26일 화요일.

레이코는 죽은 오쓰카 대신 기타미 경위와 함께 수사를 계속했다. 어제까지 파트너였던 이오카는 가쓰마타와 한 조가 되었다. 레이코는 어쩐지 소중한 것들을 계속해서 빼앗기는 기분이었다.

시부야 수사는 잠시 중단하고 오늘은 이케부쿠로를 돌았다. 오쓰카가 살해당하기 전 사흘 동안 이 거리를 걸었다는 생각만해도 가슴이 아팠다. 오쓰카는 이곳에서 무엇을 보고, 듣고, 생각했을까. 그리고 왜 살해당했을까. 레이코는 어찌 해야 좋을지 막막했다. 그가 혼자서 무엇을 조사했는지도 몰랐다. 지금 눈에 보이는 풍경처럼 온통 잿빛이었다.

아침부터 온종일 하늘은 구름으로 가득했다. 오가는 사람들과 번쩍이는 네온사인은 물론 휘황찬란한 간판까지도 레이코의 눈에는 빛바랜 풍경이었다.

오쓰카…….

마음이 납덩이처럼 무거웠다. 그 무게로 몸의 중심이 땅바닥에 가라앉는 듯했다. 차라리 이대로 쓰러졌으면 하는 충동을 간신히 억누르며 내딛는 걸음이 무엇보다 괴로웠다.

오쓰카…… 정말 죽은 거야?

레이코는 아직 오쓰카의 죽은 얼굴조차 보지 못했다. 그런데도 오쓰카의 죽음은 그가 이 세상에 존재하지 않는다는 엄연한 현실이 되어 레이코를 무너뜨리려 했다. 한 사람의 죽음에 이다지도 큰 무게가 실린단 말인가? 이렇게도 괴로운 일이었나? 소중한 사람을 잃었다는 슬픔에 레이코는 그동안 가졌던 모든 의욕이 사라졌다. 한동안 경험하지 못한 아픔이었다.

또 다른 죽음들.

자신이 일상에서 마주치는 피해자의 죽음을 얼마나 가볍게 여겨왔는지 레이코는 새삼 깨달았다. 지금까지 피해자의 한을 풀어주겠다는 마음을 원동력 삼아 수사해왔다고 믿었다. 하지만 그것은 역시 껍데기였을 뿐 사실은 동정이었던 모양이다. 스스로 몰인정한 인간, 허울뿐인 형사라고 자책했다.

여동생 다마키도 레이코가 변했다고 하지 않았나. 하지만 그 말은 이런 깨달음과는 근본적으로 다른 문제다.

레이코가 이것이 바로 형사가 지녀야 할 태도라고 규정했던 계기는 당연히 사타 미치코의 죽음이었다. 형사가 되겠다는 레이코의 결심도 사타 미치코의 죽음에서 비롯되었고, 사타처럼 피해자 입장에 서는 형사가 되려고 노력했다. 적어도 그럴 생각이었다. 그리고 사타가 순직하면서 얻은 경위라는 계급을 자기는 살아서 얻겠다고 결심했다. 엄청난 노력 끝에 남보다 빨리 목표를 달성했다. 그래서 자만하지 않았느냐고 묻는다면 부인할 자신은 없었다.

경위라는 목표를 이루어 승진한 순간, 이전까지 존재했던 자기를 버렸던 게 아닐까? 사타 미치코를 보면서 품었던 굳은 결심을 어느새 소홀히 여기지는 않았을까?

지난 사건들 하나하나에 자신이 어떤 자세로 임했는지 또렷하게 기억나지 않았다. 지금은 수사에 착수한다고 하면 신이 날 뿐이었다. 예전에는 수사를 핑계 삼아 집에 들어가지 않아도 된다고, 말도 안 되는 이유를 아무렇지도 않게 입에 담았다. 결국 어머니가 아프다는 사실도 눈치채지 못했고 만약 돌아가셨다면 임종도 지키지 못할 뻔했다.

억장이 무너지는 기분이었다. 오쓰카의 죽음과 끝이 보이지 않는 수사, 형사라는 직업, 어머니의 입원까지. 이 모든 일이 가슴을 무겁게 짓눌렀다.

"주임님…… 이쪽입니다."

창문 너머로 메이지도리 대로가 내려다보이는 패스트푸드점의 창가 자리. 기타미는 레이코의 몫까지 해서 쟁반 두 개를 들고 왔다.

"어, 고마워."

오후 2시의 가게 안은 빈자리가 많았다. 지금 레이코는 주문도 하지 않고 자리만 차지한다고 싫은 소리를 듣지 않는 것만으로도 고마운 일이었다.

레이코가 음식에 손을 대지 않으니 기타미도 편히 먹지 못하는 눈치였다.

"어서 먹어. 나 신경 쓰지 말고."

"네, 죄송합니다."

기타미는 어깨를 움츠린 채 감자튀김을 집어 먹었다.

젊고 말랐지만 다부진 체격을 가진 기타미였다. 평소였다면 햄버거 따위는 좀 더 덥석덥석 베어 물어 한두 입만에 해치웠을 텐데. 그런 그가 오늘은 아침부터 계속 주눅 들어 있었다. 오쓰카의 죽음에 얼마간 책임을 느끼는 모양이었다.

"그렇게 계속 미안하단 소리만 할 거야? 오쓰카 일은 기타미 책임은 아니라고."

"아, 네, 죄송합니다."

"또 그러네."

"아…… 네."

레이코는 미소를 지을 생각이었는데 표정이 얼마나 자연스러웠는지는 알 수 없었다. 둘이서 이케부쿠로 거리를 어슬렁거리면서 수사라고 부르기도 민망할 정도로 애매모호한 시간만 흘려보내는 중이었다.

난 이제 다 틀렸어.

작게 한숨 쉬더니 레이코도 감자튀김을 집어 들었다.

오쓰카가 살해당한 라이브 하우스는 바로 근처였다. 하지만 다른 사건으로 취급해 수사하는 중이었으므로 레이코가 끼어들면 상대 수사관들에게 폐만 끼칠 뿐이다. 수사 1과 10계 구성원에 대한 사정 청취는 이마이즈미가 대표로 받는 중이었다. 기타미도 오늘 아침 첫 번째로 조사를 받았지만 레이코는 그 내용을 묻지 않았다. 솔직히 무서워서 듣고 싶지 않았다. 기타미를 옆에 두고서 오쓰카가 그의 마지막 날 이케부쿠로에서 어떤 모습이었는지 알게 되는 것이 두려웠다. 그것을 아는 순간 자신도 이 자리에서 먼지처럼 사라질 것만 같았다.

"기타미…… 뭐든 재밌는 얘기 좀 해봐."

당연히 기타미는 당황하는 기색이었다.

"갑자기 재미있는 얘기라니요?"

뜬금없는 소리인지는 알지만 오쓰카에 관한 일도, 수사에 관한 일도 생각조차 하기 싫었기에 달리 방법이 없었다.

"아무거나 괜찮아. 예를 들면…… 아, 맞다. 너 도쿄 대학교 법대 출신이지?"

레이코가 빨대를 입에 물자 기타미는 긴장한 얼굴로 고개를 끄덕였다.

"네…… 뭐, 그렇기는 한데."

"뭐가 그렇기는 한데야? 대단하잖아. 당당하게 '그렇습니다.'라고 말해야지."

"아, 네. 죄송합니다."

"거봐, 또 죄송!"

"아, 아니요, 그런 뜻이 아니라……."

기타미는 이목구비가 참 반듯했다. 분명히 또래 여자들에게 인기가 아주 많겠지. 그런 기타미의 눈에 자기 같은 여자는 어떻게 보일까?

그저 괜찮은 노처녀겠지?

문득 함께 수사했던 오쓰카는 기타미를 어떻게 생각했을지 상상해보았다. 도쿄 대학교 법대를 졸업한 젊은 미남에, 시작부터 경위라는 지위를 가진 이 남자를 어떻게 생각했을까.

역시 부러워했겠지?

이제는 더 이상 그런 질문조차 오쓰카에게 직접 하지 못한다. 같이 술 한 잔 마시는 것도, 회의에 참석하는 것도 불가능하다.

코끝이 아렸지만 레이코는 한껏 밝은 목소리로 물었다.

"몸이 꽤 다부진데, 학생 때 무슨 운동 했어?"

"네? 아, 네, 뭐……."

엉뚱한 질문이라 당황했나? 기타미는 무슨 말인지 모르겠다는 눈빛으로 레이코를 쳐다보았다. 하지만 레이코는 개의치 않고 계속 물었다.

"키가 크니까 농구? 아니면 배구?"

"그런 건, 아니고요……."

기타미는 쑥스러운 듯 고개를 저었다.

"그럼 공수도?"

"아니요. 격투기 종류는 전혀 못 해요."

"아니면 테니스?"

"구기 종목도 젬병이고요."

"뭐야, 그럼 승마?"

"아뇨…… 아무럼 어때요. 어차피 실력도 변변찮은데요."

어디까지나 겸손이겠지. 걷는 모양을 보면 대강 그 사람의 운동 신경이 엿보인다. 수사 중에도 눈에 들어오던 기타미의 경쾌하고 힘 있는 발걸음은 운동 신경이 뛰어나다는 증거였다.

"그보다 레이코 주임님."

기타미의 말투에서 화제를 돌리려 하는 의도가 엿보였다.

"오쓰카 씨와 개별 행동을 할 때 정처 없이 돌아다니다가 발견한 곳이 있어요. 아마도 부도 난 건설 회사였는지 짓다 말고 방치한 곳 같았어요. 거의 완성됐지만 비어 있는 빌딩이에요. 공사용 담장도 여기저기 뚫려 있어서 들어가려고 마음만 먹으면 들어가기가 쉬웠고요. 한번 확인할 필요 없을까요?"

'오쓰카 씨와 개별 행동'이라…….

조심스러운 거겠지. 기타미는 '단독 수사'라는 단어를 피하고 있었다. 고인에 대한 배려일까, 아니면 한심한 여자 주임에 대한 동정일까.

평소 레이코였다면 '간부 후보에게 동정을 받다니, 딱 질색이야!'라고 단호하게 말했겠지만 오늘은 그것마저도 고마웠다.

레이코, 너도 나이가 들었나 보다.

자기도 모르게 쓴웃음이 나왔다. 한심하지만 이상하게 마음은 편했다. 지금은 억지로 우울한 기분을 바꾸려고 애쓰지 않는 게 나을지도 모른다.

"그래, 그럼 계획대로 다 돌고 나서 한번 가볼까?"

"아, 네."

시간은 벌써 3시를 지나 있었다.

8

다쓰미가 건네준 봉투 안에는 B5 사이즈 인쇄용지 두 장과 사진 세 장이 들어 있었다.

"내 방에 설치해둔 적외선 카메라에 찍힌 사진과 조사 자료를 PC방에서 출력해 왔어. 사진이 별로 선명하게 찍히지는 않았지만 줄 테니 가져가. 오쓰카 살인 사건 해결에 참고하면 좋을 거야."

전체적으로 초록색을 띤 사진에는 두 사람이 찍혀 있었다. 거무스름한 폴로셔츠에 청바지를 입은 체격 좋은 남자와 검은 가죽 레이싱 슈트 같은 옷을 입은 몸집이 작은 남자였다. 오쓰카를 죽인 용의자도 2인조라고 했다. 동일범으로 간주해도 무방했다.

"네놈 방에 적외선 카메라라, 꽤 조심성 있는데!"

"난 찍소리도 못 하고 죽을 만큼 그렇게 호락호락하지 않아."

"그래도 한 번은 집에 들어갔었나 보군. 용케 살아 나왔는걸."

"숨어드는 데는 귀신이거든."

B5 인쇄용지는 가쓰마타의 흥미를 끄는 내용으로 가득했다.

오쓰카도 이 사진을 보고 분명히 깜짝 놀랐겠지. 자기가 수사하던 남자의 이름이 들어 있었으니까.

다시로 도모히코. 하세다 대학교에 다니던 시절 나메카와 유키오와 함께 산악회에 들었던 사이로, 지금은 전기 제품 회사에서 영업을 하는 39세의 남자였다.

오쓰카에게 스트로베리 나이트를 알려준 게 바로 다시로였다. 이자가 나메카와에게 들었다며 오쓰카에게 이것저것 떠벌렸는데 모두 터무니없는 거짓말이었다. '덤벨디'라는 닉네임으로 인터넷 게시판에 올린 글을 읽어보면 다시로는 스트로베리 나이트에 직접 참가했다. 가네하라와 나메카와가 살해당한 것과 똑같은 살해 수법을 마치 직접 본 듯 묘사했다. 이 녀석은 자기도 참가했으면서 나메카와에게 전해들은 것인 양 오쓰카에게 말해서 수사의 초점을 스트로베리 나이트로 돌려놓았다.

네놈도 참가했으면서 친구가 살해당하니까 이번엔 경찰한테 일러바쳐? 가쓰마타는 어울리지 않게 정의감에 차서 분노로 불타올랐다.

"일솜씨가 깔끔하군, 다쓰미. 급한 대로 배후 인물까지 잘 부탁할게."

다쓰미와 헤어지고 나서 가쓰마타는 곧바로 지휘 본부 담당인 스야마에게 전화를 걸었다. 다시로의 연락처를 알아보게 한 뒤 곧장 그 번호로 전화를 걸었다.

"네, 마쓰모토 전기 산업, 도쿄 제2영업소입니다."

젊은 여자가 전화를 받았다. 가쓰마타는 그것만으로도 짜증이 났다.

"경시청의 가쓰마타인데, 거기 다시로 도모히코 씨 계시나?"

아직 '씨'자를 붙일 마음의 여유는 있었다.

"죄송합니다. 다시로 씨는 지금 외출 중입니다."

"그래? 아주 급한 용건인데, 휴대전화는 갖고 있겠지?"

"네, 실례지만 무슨 용건이신가요?"

그 말에 신경이 곤두서면서 관자놀이 근처가 지끈거렸다.

"시끄러워. 그런 건 너같이 차나 따르고 전화나 받는 여자는 몰라도 돼. 그러니까 상관 말고 전화번호나 대봐. 안 되겠으면 다시로에게 먼저 연락해서 경시청 형사에게 번호를 알려줘도 되느냐고 허락을 받아. 절대 싫다고는 안 할 테니까. 어쩔 거야? 지금 당장 네가 알려주겠나, 아니면 다시로에게 허락을 받겠나? 어느 쪽이야? 허락을 받겠다면 3분 뒤에 다시 전화하지. 그때는 대답 똑똑히 하라고, 알겠어?"

대답이 없었다.

"듣고 있어? 이 쓸모없는 여자야!"

그러고도 두세 번쯤 더 고함을 치자 전화를 받던 여자가 울먹이는 소리로 다시로의 휴대전화 번호를 불러주었다.

"……에 7091, 맞지? 알았어. 그리고 당신, 앞으로는 돌대가리 굴리지 말고 그냥 상대가 하는 말에 얌전히 따르기나 해."

전화를 끊고 나자 속이 조금 후련했다.

다시로는 지금 다카다노바바에 있다고 했다. 바로 갈 테니 시간 좀 내라고 하자 '4시 반이라면.' 하고 대답했다. 그때도 괜찮으니 꼭 나오라고 다짐을 받았다. 도망가면 곤란하므로 가능한 한 상냥하게 이야기하려고 조심했다.

약속 장소인 패밀리 레스토랑에 도착한 시각은 4시 25분이었다. 다시로의 얼굴을 모르는 가쓰마타는 아까 받은 번호로 다시 전화를 걸었다. 대기 손님용 소파에 앉은 남자 품에서 벨이 울렸다. 그자의 눈앞으로 다가가서 일단 나긋나긋한 목소리로 말을 걸었다.

"다시로 도모히코 씨 되십니까?"

"네. 아, 가쓰마타 씨세요? 무슨 일로…….."

말이 채 끝나기도 전에 가쓰마타는 그의 넥타이를 움켜쥐고 끌어 올렸다.

"너냐, 이 새끼야! 이리 와! 이봐, 아가씨, 이 자식 자리 취소해."

그대로 가게에서 나와 주차장까지 끌고 갔다. 차에서 내리던 남녀 한 쌍이 의아하다는 눈으로 가쓰마타 쪽을 쳐다봤지만 신경 쓰지 않고 구석까지 데려갔다.

"뭐, 뭡니까?"

거의 울기 직전인 다시로는 넘어지면 일어나고 일어나면 넘어지기를 반복하며 가쓰마타에게 질질 끌려갔다.

구석진 담벼락 옆에서 그를 풀어주었다.

"이 새끼야, 오늘은 다시로 도모히코에게 묻는 게 아니거든. 덤벨디인가 뭔가 하는 놈에게 물을 작정이니까 그런 줄 알고 대답해."

먹살을 잡아서 벽에 밀어붙였다. 다시로는 잔뜩 겁먹은 표정을 하고 시선을 피한 채 긴장했다.

"너 인마, 살인 쇼 스트로베리 나이트에 참가한 적 있지?"

울음을 터트릴 듯 얼굴이 일그러졌다.

"그런 적 있냐고 묻잖아!"

"······흐흑."

다시로가 어렸을 적 우는 표정이 어땠을지 눈에 훤했다.

"너 말이야, 잠자코 있으면 아무 일 없었다는 듯이 내일이 밝아오겠거니 생각하나 본데 착각이거든! 네놈이 한 짓은 아주 제대로 된 '살인 방조'야. 이 정도 사건이면 방조범으로 실형도 살 수 있어 알겠나? 감방에 가는 거야. 하지만 지금이라면 내 재량으로 네 놈에 대해서 눈감아 줄 수 있지. 죄다 불든지, 아니면 입 다물고 있다가 콩밥을 먹든지, 네놈이 선택해."

다시로는 흠칫 놀라서 등줄기를 곧게 폈다가 주르륵 미끄러져 주저앉았다. 그 자리에 오줌이 흘렀다.

"으윽, 더러운 새끼······!"

가쓰마타는 콘크리트 바닥에 번지는 검은 얼룩을 피해 뒷걸음질 쳤다. 바지에 오줌을 싼 채 흐느끼는 서른아홉 먹은 남자라니. 이 인간은 대체 무슨 생각으로 살인 쇼 따위를 보러 갔을까?

"어서 말해. 그럼 팬티와 바지 정도는 사다줄 테니."

가쓰마타는 담배에 불을 붙이고 다시로가 울음을 그칠 때까지 기다렸다. 한 개비를 다 피웠을 때쯤 다시로가 '처음엔 정말로, 우연이었습니다.'라며 띄엄띄엄 입을 열었다.

다시로가 스트로베리 나이트라는 사이트를 우연히 발견한 때는 작년 9월이었고, 10월이 되어서야 실제로 처음 참가했다고 했다. 동기는 단순히 흥미 차원이었다. 인터넷에 올라온 생생한 살인 영상에 이끌려서 '이 광경을 직접 보시겠습니까?'라는 메시지에 반은 장난으로 '네'를 클릭했다. 하지만 더 이상 아무 일도 일어나지 않았고 초대장 따위가 진짜 오겠나 싶어 우습게 여겼다고 했다. 하지만 착각이었다.

　"보름 정도 지난 뒤였어요. 집에 새까만 봉투가 와 있더군요. 우표도 없는 그냥 새까만 봉투였어요. 앞면에는 하얀 글씨로 '친애하는 다시로 도모히코 귀하'라고 써 있었어요. 뒷면에는 그 사이트에서 본 것과 똑같은 빨간색 글씨로 '스트로베리 나이트'라고……. 소름이 끼쳤어요. 그 홈페이지를 보고 클릭만 했을 뿐인데 녀석들은 우리 집을 알아냈어요. 장만한 지 얼마 되지도 않았는데. 신축 건물을 샀거든요……. 굉장히 무서웠어요. 그것만으로도 제가 살해당할 것만 같은 기분이 들었어요. ……내용물을 꺼내보고 더 무서웠어요. 제 생년월일과, 어디서 찍었는지 제 얼굴 사진까지 들어 있더군요. 지금 사는 집 주소는 말할 것도 없고, 본적과 직장, 아내와 아이 이름까지 적혀 있었어요. 편지 마지막에는 '위 내용에 잘못된 부분이 없는지 확인해주십시오', '사실과 다름이 없으면 다시로 도모히코 씨 본인이라고 판단하여 회원 등록을 완료하겠습니다.'라고 써 있었어요. 하지만 잘못된 부분이 있다면 연락을 달라든지 하는 내용은 어디에도 없었어요. 이건 협박이라고 생각했죠. 우리는 너에 대해 이렇게까지 알고 있다, 너는 우리 손아귀에서 도망치지 못한다, 그런 의미라고 생각했습니다."

맞는 말이었다. 편지 내용은 둘째 치고 방법은 고리대금업자가 하는 짓과 별반 다르지 않았다. 이를 테면 정신적으로 궁지에 몰아넣고 상대가 냉정하게 판단할 능력을 빼앗아버릴 속셈이었다. 아마추어가 써먹기엔 비교적 효과가 좋은 수법이었다.

"그래서?"

가쓰마타는 뒷말을 재촉했다.

"그러니까…… 사흘쯤 후에 정식 초대장이 도착했습니다. 개최일은 작년 9월 13일 둘째 주 일요일이었어요. 신주쿠 구 가부키초에 위치한 어떤 주소와 오후 6시 15분이라는 시간, 요금은 15만 엔이라고 써 있었어요. 가지 않으면 그 영상처럼 나도 죽을 거라고 진짜 믿었어요. 그래서 가자, 일단 가서 경찰에게 말하지 않을 테니, 죽을 때까지 입 다물고 있을 테니 이번 한 번만 참가하고 그만두겠다고 말해야지 결심을 했습니다. 그러고 나니까 이상하게 마음이 편해지더라고요. 처음부터 나를 죽이겠다는 말은 한마디도 하지 않았잖아, 오히려 살해하는 걸 보러 가는 거잖아, 하면서 계속 마음을 가라앉혔어요. 그런 일이 정말 벌어지기나 할까, 그냥 정교하게 만든 영상이나 고약한 협박성 장난이겠지, 생각했더니 실제로 시간이 지날수록 괜찮아지더군요. 그런데 당일이 되어 현장에 가봤더니 얼마나 용의주도하던지 새삼 겁이 났어요. 간판이고 뭐고 아무것도 없는 버려진 건물 앞에 몇 사람이 어슬렁거리고 있었어요. 시계를 쳐다보다가 한 명이 들어가고, 잠시 후에 또 한 명이 들어가고…… 그때 6시 15분이라고 시간을 자세하게 지정해주었던 기억이 떠올랐어요. 한 명씩 들어가도록 입장을 제한했던 겁니다."

건물 앞에 관계자처럼 보이는 사람은 없었는지 묻자 다시로는 없었다고 대답했다. 지정받은 시간이 되면 알아서 들어가는 식이라고 했다.

"제 차례가 되어 빌딩 안으로 들어갔는데 통로 안쪽에 검은 막이 쳐져 있었어요. 거기 말고는 입구가 없었기 때문에 그 안으로 들어갔죠. 검은 막 안에 또 막이 있어서 마치 터널 같았어요. 그 길을 지나는데 갑자기 누가 '멈추십시오.'라고 했어요. 바로 옆에 있는 틈에서 검은 복면을 쓴 남자가 손전등으로 저를 비췄어요. 입장하는 사람이 지나갈 때마다 이름을 묻고 얼굴을 확인했어요. 요금을 그때 냈습니다. 그렇게 절차를 거치고 나서 좀 더 들어가자 그제야 무대가 나타났어요. 안쪽은 조금 넓은 공간이었고 빛도 약간 새어 들었어요. 무대 말고는 아무것도 없었어요. 그때는 이미 관객들도 십여 명쯤 들어와 있었는데 제가 입장한 다음에도 계속 들어왔어요. 전부 20명 정도였을 거예요. 등 뒤에서 쾅 하고 큰 소리가 났어요. 문이 닫히는 소리였어요. 하지만 되돌아 나갈 생각은 하지 않았어요. 일단은 어떤 일이 일어나는지 끝까지 지켜보려고 했죠. 혹시 무슨 일이라도 생기면 저와 입장이 같은 사람만 해도 20명 가까이 있으니까 그리 쉽게 위험에 빠지지는 않을 거라고 믿었어요."

다시로의 젖은 눈이 기괴하게 빛이 났다. 가쓰마타는 왠지 아주 기분 나쁜 물체를 보는 듯한 느낌이었다.

"그렇게 쇼가 시작됐어요. 처음에는 십자가에 매달린 남자가 등장했어요. 검은 복면을 쓴 남자 둘이서 십자가 채 무대로 들고 들어왔어요. 남자는 상반신은 나체였지만 바지는 입고 있었어요. 눈과 입은 검은 천 비슷한 걸로 가렸더군요. 뒤이어 뜬금없이 화로를 들고 올라왔어요. 그 이유도 금방 알겠더라고요. 다음에는 검은 복면을 쓴 남자가 혼자 무대로 올라왔어요. 그 남자는 화로에 꽂힌 부젓가락을 뽑아서 한참 들여다보더니 십자가에 매달린 남자의 배에 대고 아무렇게나 치익…… 배에서 연기가 솔솔 피어올랐고 남자는 신음 소리를 냈어요. 배에는 부젓가락 모양으로 검붉은 화상이 남았지요. 복면을 쓴 남자는 즐거운 듯 덩실거리면서 남자의 살에 부젓가락을 계속 그어댔어요. 부젓가락은 한 개가 아니었어요. 찌르다가 식어버리면 다시 다른 걸 뽑았어요. 그런 다음 코에, 이렇게 콧구멍에 쑤셔 넣는 거예요. 주위에서도 비명이 들렸어요. 이윽고 귀며 뺨이며, 천으로 재갈이 물려 있어도 상관하지 않고 입에까지. 그리고 눈에…… 눈은 특히 더 집요했어요. 찔러서 빙글빙글 후비는데 눈알이 데굴데굴 굴러 나왔어요. 피도 나고 연기도 나고. 냄새는 제가 있는 곳까지 진동했어요. 고기가 익는 맛있는 냄새 같았어요. 결국엔 축 늘어져서 움직이지 않자 검은 복면 사나이가 남자의 뺨을 짝짝 소리가 나게 수도 없이 때렸어요. 정신을 잃은 거죠. 전혀 반응이 없었어요. 물을 끼얹기도 했지만 정신이 돌아올 기미는 없었어요. 그러더니 말이죠, 이번엔 커터 칼을 꺼내더라고요. 싸구려 커터 칼. 그걸로 쓰윽 하고 말이에요, 이렇게 목을……."

자기 목을 베는 시늉을 했다.

"행동은 싱겁고 허망했지만, 피가 아주 끝내줬어요. 목에서 솟는 피가, 슈욱, 슈욱, 푸악 하고 분수처럼 치솟았어요. 그 피가 몸에 튄 사람도 있었겠죠? 그게 더 혼란을 일으켜서 분위기가 한층 고조됐어요. 그건 어떤 의미에서는 예술이었어요. 예, 술. 엄청난 충격이었죠. 죽음이란 걸 눈앞에 두고 보니 인생관이 싹 바뀌더라고요. 무대와 객석이 구분되지 않는 장소에서 사람 하나가 너덜너덜하게 살해당하는 거예요. 삶과 죽음을 나누는 건 커터 칼 하나였어요."

다시로의 표정이 복잡해졌다. 웃었다가 겁내다가 눈을 반짝반짝 빛내기도 하고 금방이라도 울 것 같은 얼굴이 되기도 했다. 사람이 미쳐가는 과정을 빠른 재생으로 보면 이런 느낌일지도 모른다.

"나중에 눈치챈 일인데요. 살해당하는 사람은 쇼에 참가한 관객 중 한 사람이었어요. 한번은 공연장에 들어가기 전에 언뜻 본 여자의 치마와 무대에서 살해당하는 여자가 입은 치마가 같더라고요. 아마도 공연장에 들어가는 통로와 그 검은 막으로 만든 터널이 운명의 갈림길이었겠죠? 거기서 납치를 당해 무대 위로 갈지, 아래 객석으로 갈지 운명이 갈리는 거죠. 그걸 깨달았을 때엔 정말 무서웠어요. 그런데요, 신기하게도 다음에 또 가고 싶더라고요. 아니, 오히려 가고 싶은 욕망은 더 커져만 갔어요. 오늘 내가 무대에 올라가게 될지 모른다는 두려움이 생겨도 가야만 했어요. 무사히 관객석으로 들어갔을 때의 그 안도감이란. 나였을지도 모르는 저 제물이 눈앞에서 갈기갈기 찢겨 피로 칠갑을 하며 죽어가는 것을 보며 느끼는 그 한없는 우월감은 말도 못 하거든요. 나는 오늘도 살아남았다, 내일부터 다시 적어도 한 달은 더 살 수 있다, 더할 나위 없는 기쁨이었어요. 자기삶이 잔혹한 죽음과 서로 마주보고 있다는 것을 실감하는 그런충족감이었죠. 얼마나 멋지던지…… 세상이 넓게 보이더군요."

가쓰마타는 벌어진 입이 다물어지지 않았다.

뭐가 우월감이고, 뭐가 더할 나위 없는 기쁨이라는 거야?

다시로는 킥킥 소리를 내며 웃기 시작했다. 황홀한 표정으로살인 쇼에 대해 말하는 서른아홉의 오줌싸개 남자. 아무리 좋게봐주려고 해도 정상은 아니었다. 완전히 정신 이상자였다.

오무로라는 정신과 의사라도 소개해줄까?

가쓰마타는 몇 개비째인지 모를 담배꽁초를 다시로의 소변으로 얼룩져 말라붙은 바닥에 던졌다.

"그런데 나메카와는 어쩌다 참가하게 된 거지? 네가 소개한거냐?"

"네, 제가 소개했어요. 아니, 소개했다기보다 슬쩍 찔러주기만 했어요. 최근에 녀석은 부쩍 기운을 잃은 모습이었어요. 그쇼를 접하면 분명히 삶의 의미를 재확인할 거라고 생각해서 권했어요. 나메카와가 어떨 때는 자포자기하는 모습까지 보였거든요. 하지만 어디까지나 나메카와가 직접 사이트를 찾아 들어

351

가서 참가한 겁니다. 그것 말고는 방법이 없으니까요."

"얘기 잘 들었어. 어쨌든 네놈의 '살인 쇼 생중계'는 끝내줬어. 지금부터 중요한 질문을 할 테니 제대로 대답해. 대체 어디의 누가 그 스트로베리 나이트를 진행하는 거지?"

다시로는 여전히 황홀한 표정으로 고개를 가로저었다.

"전혀, 아무것도 몰라요."

"그럼 주최자나 운영자는 몇 명이야?"

"정확히는 모르지만 다섯 명 정도……?"

"확실해?"

"아니, 그러니까, 아마 그 정도일거예요. 더 적을지도 모르고 더 많을지도 모르고…… 참!"

다시로는 갑자기 제정신으로 돌아온 듯 가쓰마타를 올려다보았다.

"한번은 무대 끄트머리 가까이 앉았을 때 말소리가 들렸어요. 누군가가 이제 슬슬 '에프'를 불러오라고 하더군요."

"에프? 알파벳 에프 말인가?"

"그건 몰라요. 아무튼 잠깐 들은 것뿐이라서……. 그 후에 바로 쇼가 시작됐어요. 그래서 그 살인마 이름이 에프구나, 하고 저 혼자 짐작했지요."

살인마 에프…….

"그러니까 불러오라고 명령한 놈, 명령을 받고 부르러 간 놈 그리고 에프, 이렇게 적어도 세 명은 있단 소리군."

"아마…… 그럴 거예요."

에프, 에프, 에프……

단순하게 생각하면 에프는 알파벳 'F'이리라. 상식적으로는 이름을 영어로 바꿨을 때의 이니셜이다. 이번 사건 관계자 중 첫 글자가 에프인 사람은 일단 후카자와 야스유키다.

하지만 후카자와가 실행범이라면, 그건 나메카와가 살해되기 전까지로 한정된다. 후카자와는 가네하라를 죽이지 못한다. 이건 틀림없는 사실이다. 그렇다면 가네하라 살인 때만 다른 놈이 쇼를 했다는 말인가? 동료가 그의 살해 방법을 흉내 냈다면 충분히 가능한 이야기다.

"이봐, 네놈은 나메카와가 살해당했을 당시에 출장 중이었다고 했지?"

다시로가 기분 나쁘게 웃기 시작했다.

"그게 사실은 오사카에서 일을 서둘러 마치고 급하게 돌아와서 공연장에 갔어요. 그랬더니 이게 웬걸! 나메카와가 재물이 되어 있더라고요. 깜짝 놀랐지만 한편으론 흥분이 최고조에 달했어요. 오랜 친구가 눈앞에서 살해당하는 광경을 보는 복잡한 우월감이나 강렬한 생존 의식, 뭐, 그런 충만함 비슷했어요."

가쓰마타는 엉겁결에 말을 가로막았다.

"그만 됐어. 또 하나 더 중요한 질문이 있다. 그 나메카와를 죽인 녀석과 가장 최근, 바로 얼마 전 8월 10일에 죽인 녀석이 동일 인물이었나? 아니면 실행범은 계속 같은 놈인가?"

"글쎄요."

다시로는 고개를 갸웃했다.

"아무튼 모두 검은 복면을 쓰고 있어서 장담은 못 하지만 같은 사람이었던 것 같아요. 항상 검은 가죽 레이싱 슈트를 입었고, 키는 별로 크지 않은 마른 남자였어요."

검은 가죽 레이싱 슈트.

드디어 연결되는군.

가쓰마타는 재빨리 봉투를 꺼내서 안에 든 사진을 꺼내 보여주었다.

"그러니까 에프라는 게 이 녀석이란 말이지?"

다시로는 몇 번이고 고개를 짧게 끄덕였다.

"네, 맞아요. 이놈이 에프예요."

"그럼 이건 누구야? 그때 얼굴을 봤던 남자 아냐?"

"그건 잘…… 음, 겉모습도 다르고. 확실히 이 남자라고는 말씀드리기 어렵군요."

다시로는 중요한 증언을 했지만 가쓰마타가 생각했던 가능성을 부정하기도 했다.

이번 사건의 관련자 가운데 이름 첫 글자가 에프인 사람이 한 명 더 있다. 물을 것도 없이 후카자와 야스유키의 여동생, 후카자와 유카리다. 그러나 사진에 찍힌 검은 가죽 레이싱 슈트를 입은 사람은 아무리 봐도 남자였다. 몸매에서 여성다운 굴곡이라고는 전혀 보이지 않았다.

이게 어떻게 된 일이지?

무언가 한 군데, 어딘가 단 한 군데의 단추를 잘못 끼운 듯한 불쾌감으로 가슴이 울렁거렸다.

어쨌든 유카리를 만나봐야겠다.

가쓰마타는 '좋아!'라며 혼자 중얼거리고는 사진을 안주머니에 넣었다.

"이봐 다시로, 네놈은 나중에 다시 한 번 조사할 테니 그런 줄 알아. 그리고 그땐 깨끗이 빤 팬티나 입고 오라고."

그 말 한마디만 남기고 가쓰마타는 발길을 돌렸다. 뒤에서 다시로가 큰 소리로 무언가 정신없이 떠들어댔지만 무시하고 손을 들어 택시를 잡아탔다.

제4장

1

　레이코는 기타미와 함께 최근에 주인이 바뀌었다는 쇼 펍 한 군데와 부동산 두 군데를 돌았지만 별다른 수확은 얻지 못했다.

　아, 내가 지금 대체 뭐 하는 거지?

　이케부쿠로 거리를 돌아다니다가 뜻밖의 장소에서 본청 사람들이 눈에 들어왔다. 물론 오쓰카 살인 사건 때문에 탐문 수사를 하는 중이었다. 안면이 있는 기동수사대와 1과의 형사들이라 평소 같으면 인사 정도는 했겠지만 자기도 모르게 숨게 되었다.

　오쓰카의 순직에는 자기도 책임이 있었다. 왜 오쓰카가 단독 행동을 했는지는 아직도 수수께끼였지만 자기가 모르고 있었다는 점만으로도 레이코의 통솔력에는 분명히 문제가 있었다. 그것을 마음의 빚으로 여기지 않고 태연할 만큼 자신은 그리 강한 사람이 아니었다. 레이코는 동료들 앞에 나서지도 못하고 슬그머니 피하고 있었다. 탐문 수사를 하면서도 일이 손에 잡히지 않았다. 상대의 말을 듣기는 듣되 순발력 있게 내용을 파악하고 분석하지는 못했다. 그것은 수사도 아니었다. 그저 말의 표면적인 뜻만 머리로 쫓을 뿐 무의미한 작업이었다. 이래서는 절대로 범인이 잡힐 리 없었다. 스스로도 한심했다. 그럼에도 자신을 무겁게 짓누르는 이 혐오감은 쉽사리 사라질 것 같지 않았다. 자책과 자학에 빠져서 시간만 헛되이 흘러갔다.

시계를 보니 6시 반이 조금 지났다. 이대로 복귀해도 되는 시간이었지만 낮에 기타미가 빈 건물을 발견했다고 한 말이 떠올랐다. 수사 회의에 참석하는 것도 내키지 않았다. 차라리 시간이나 좀 더 때우고 들어가야겠다는 생각이 들었다.

"아까 말했던 빈 건물에 한번 가볼까?"

기타미는 그 소리가 반가운지 고개를 끄덕였다. 두 사람은 아직 완전히 날이 저물지 않은 이케부쿠로 거리를 다시 걷기 시작했다.

실외기가 뿜어내는 후끈한 공기. 온몸을 벽처럼 가로막는 소음. 스쳐가는 사람들의 땀 맺힌 이마. 사방에서 밀어닥쳐 뒤얽히고 풀렸다가 흩어지는 혼돈. 지금 레이코의 눈에는 이런 도시의 일상마저 한낱 허상으로 비쳤다.

메이지도리 대로에서 메지로 방면으로 내려가 세이부 백화점 앞을 지나갔다. 레이코와 같은 방향으로 걷는 사람보다 엇갈려 역을 향해 가는 사람이 점점 많아졌다.

이윽고 행인의 수가 줄었을 때쯤 '여기였나.'라며 기타미가 자신 없는 말투로 중얼거리더니 오른쪽으로 꺾어 들어갔다. 레이코도 말없이 뒤를 따랐다.

"여기쯤이었는데…… 진짜 거의 다 지은 건물이었어요. 창틀에 유리도 끼워져 있었고요. 단지 입구에 아직 문은 달려 있지 않았지만요. 부동산에 들러서 알아볼걸 그랬나."

이 주변은 메이지도리 대로에서 고작 이삼 분밖에 걸리지 않는 곳이었다. 역에서도 그리 멀지 않았다. 사람들이 모이기에 나쁜 위치도 아닌 듯했다.

드디어 기타미가 '여기입니다.'라며 건물을 가리켰다. 하지만 아쉽게도 그다지 스트로베리 나이트 쇼에 적당한 장소로 보이지 않았다.

"왠지 그냥 맨션 같은데……."

"아…… 그래도 저기를 보세요. 이삼 층은 세를 줘도 될 만큼 넓어요."

"넓어도 창문이 저 모양이면 밖에서 훤히 보이겠네."

"그래도 안쪽 깊은 곳은 보이지 않아서 쓸 만할지도 모르죠."

"으음…… 그래."

"위치도 나쁘지 않아요."

"아, 뭐…… 그럴지도."

기타미는 도로와 경계를 짓는 공사용 담장을 한 손으로 밀었다.

"자, 보세요. 쉽게 열리잖아요."

"어, 그러네."

레이코는 애매하게 고개를 끄덕였다.

이건 아닌 듯해.

아무리 생각해도 레이코는 이 건물을 둘러볼 필요가 없어 보였다. 하지만 이상하게 의욕을 보이는 기타미에게 정색을 하고 '여긴 됐어.'라고 말하기가 어려웠다. 기타미는 오쓰카의 순직에 책임을 느끼고 수사에 도움을 주기 위해 노력하는 중이었다. 간부 후보라고는 하지만 스물서넛밖에 안 된 도련님이다. 기특하게 봐줄까…….

"그래, 좀 둘러보지."

레이코가 미소를 짓자 기타미는 다시 한 번 기쁜 얼굴로 고개를 끄덕였다.

확실히 담장은 외부 침입자를 막는 기능을 잃은 지 오래되어 보였다. 입구에는 문조차 없었고 콘크리트 벽이 사각형으로 뻥 뚫린 채였다. 한 걸음 들어가자 모래와 쓰레기들이 자루에 가득 담겨져 방치되어 있었다.

아무리 살인 쇼라도 이런 데다 관객을 불러놓을 것 같진 않아.

안으로 들어가니 통로 좌우로 길게 뻗은 벽에서 아직 열기가 느껴졌다. 바람이 통하지 않는 실내는 바깥보다 더 후텁지근했다. 안쪽에는 옥상까지 올라가는 엘리베이터를 설치할 통로가 뚫려 있었고, 그 오른쪽에는 콘크리트가 그대로 드러난 계단이 보였다.

"올라가시죠."

한층 들뜬 기타미를 따라 레이코도 그 계단을 올라갔다.

2층에 올라가 보니 기타미 말대로 넓은 홀이 두 곳이었다. 게다가 3층은 홀이 하나로 뻥 뚫려 있어서 공간이 더 넓었다. 여기에 가게를 낸다면 뭐가 좋을까. 미용실, 음식점, 옷가게.

레이코는 홀 안으로 걸어가 창문 밖을 내려다봤다.

방금 지나온 담장과 입구 사이는 생각보다 거리가 있었다. 밖에서 볼 때는 몰랐는데 주위를 둘러보니 근처에는 창문 안쪽을 엿볼 만한 건물이 없었다. 정면으로는 주차 빌딩의 뒤편이, 옆으로는 유료 주차장이 보였다. 역 근처의 불빛과는 멀었다. 실제로 발을 들여보니 생각보다 인적이 드문 장소라는 사실을 깨달았다.

오쓰카는 이런 건물을 발견하고서 살해당했다.

원래는 라이브 하우스였던, 아무도 없는 빈 건물. 오쓰카를 살해한 범인은 캄캄한 실내에서 쥐도 새도 모르게 그의 등 뒤로 살며시 다가갔다. 그리고 둔기로 때려눕히고 수갑을 채운 뒤 권총으로 머리에 구멍을 냈다.

누굴까? 대체 누가?

오쓰카는 단독 수사로 무언가를 알아냈을까? 아마 매우 중요한 내용이겠지. 어쩌면 그 무언가를 이미 이케부쿠로 수사본부는 밝혀냈을지도 모른다. 그렇다면 오쓰카 살인 사건도, 살인 쇼도 전부 이케부쿠로 서에 빼앗기고 만다.

하지만 지금은 수사가 어떻게 흘러가든 상관없었다. 평소 레이코였다면 무조건 제 손으로 체포해 보이겠다며 동분서주했을 테지만 지금은 아무 의욕도 없었다. 솔직히 이제는 누구라도 좋으니 어서 빨리 오쓰카를 죽인 범인을 잡아주었으면 하고 바랐다.

이게 바로 피해자 측 심정이구나.

생각이 거기까지 미치자 자기는 이제껏 살인 사건 수사를 그저 '게임'으로밖에 여기지 않았다는 사실을 깨달았다. 창피하게도 살인 사건을 '출세 게임'에 사용할 카드로 여긴 것이다. 구사카는 레이코에게 네 손으로 범인을 체포하라고 자극했지만 지금 자기에게 그럴 자격이 있을까? 오쓰카 살인 사건을 도다 수사본부에서 해결한다 해도 상관없었다. 누군가가 나서서 이 일련의 사건을 빨리 해결해주기만을 원했다.

사이타마 현경 쪽 수사본부는 어떻게 됐을까?

레이코는 도다 조정 경기장 물가에 나란히 놓여 있던 아홉 개의 꾸러미를 생각했다. 파란 천막에 싸인 아홉 구의 시체. 가네하라나 나메카와보다 먼저 살해당한 아홉 명의 희생자.

가네하라, 나메카와 그리고 아홉 명. 가네하라, 나메카와, 그전에…… 아홉 명?

갑자기 레이코는 의문이 들었다. 어째서 가네하라와 나메카와는 우치다메고, 이전 희생자 아홉 명은 도다 조정 경기장이었을까? 범인은 도다 조정 경기장을 계속 유기 장소로 쓰다가 어째서 지난달부터 우치다메로 바꾸었을까?

그걸 왜 이제야 깨달았을까?

문득 이오카가 했던 말이 머리를 스쳤다.

'지난달에 다시 이짝으로 발령받아서 신세 지고 있지예.'

지난달, 즉 7월에 이오카는 가메아리 서로 이동해 왔다. 이오카는 춘구석에서 왔다고 했지만 사건은 도다에서 가메아리로 건너왔다. 도다에서, 가메아리로 이동한 것이다.

그리고 오쓰카가 살해당했다.

마치 모래 기둥이 무너지듯 레이코는 온몸에서 핏기가 가시는 느낌이었다. 그러나 결코 불쾌하지만은 않았다. 오히려 지금 자신이 이 상황에 놓여 있다는 사실에 흥분됐다. 레이코는 온몸의 털이 쭈뼛 곤두서도록 밀려오는 공포심을 몸과 마음을 다해 받아들이겠노라 결심했다.

역시 이렇게 되는구나. 이런 건 나에게 굴러오게 되어 있어. 그렇죠, 사타 씨?

레이코는 뒤를 돌아보지 않고 등 뒤에 있는 기타미에게 물었다.

"그런데…… 기타미, 학생 때 혹시 보트부 아니었어?"

"네?"

괴상한 목소리. 길고 긴 침묵.

이윽고 기타미는 낮은 목소리로 말했다.

"뭐라고 지껄이는 거야, 뜬금없이. 당신이란 사람은 참……."

말투가 상스럽기 짝이 없었다. 전혀 다른 사람인 듯한 음색이었다.

무언가를 꺼내는 기척이 느껴졌다. 부스럭부스럭 옷자락 스치는 소리에 뒤를 돌아보니 눈앞에 총구가 있었다.

"방심하면 안 되지."

기타미가 오른손으로 안전장치를 풀었다. 레이코는 재빨리 고개를 숙였다.

"악!"

불꽃, 총성, 뜨거운 화약 연기.

총알이 레이코의 오른쪽 귀를 뚫고 지나갔다. 머리 오른쪽에서 보이지 않는 풍선이 부풀어 오르는 느낌이었다. 그쪽 귀로는 아무 소리도 들리지 않았다.

"갑자기 움직이면 어떡해! 위험하게. 놀라서 쏴버렸잖아."

레이코는 단 몇 초 전까지 바로 이 상황을 가정하고 각오했었다. 그런데도 지금은 오히려 믿어지지 않았다. 예상이 정확하게 들어맞아 스스로도 놀랐다.

기타미…… 정말 네가 범인이야?

레이코는 아무 말도 못 하고 오른쪽 귀를 감싸 쥐고 무릎을 꿇었다.

아직 긴장한 채 눈앞에 서 있는 기타미가 손에 든 총은 38구경 오토매틱이었다. 오쓰카의 머리를 관통한 총알은 9밀리 파라블럼. 일치했다. 하지만 오쓰카가 습격당한 시간에 기타미는 분명히 카페에 있었다. 어떻게 된 일이지?

기타미는 단정한 얼굴에 썩 잘 어울리는 차가운 미소를 지었다.

"맨 처음 당신이 범인이 가네하라의 배 속을 휘저은 게 아니냐고 했을 땐 어찌나 황당했던지 나도 모르게 웃음이 나더라고. 하지만 바로 물속에 유기한 게 아니냐는 말에는…… 진짜 깜짝

364

놀랐어. 결국 한 달도 더 전에 죽은 후카자와 일마저 들춰냈잖아. 정말이야, 참 대단해."

이번엔 권총이 아닌 기타미의 손끝이 레이코의 배를 찔렀다.

"우욱."

아까 먹은 점심이 거꾸로 올라오려 했다. 얼굴은 차갑게 식어갔고 돌멩이가 가득 들어찬 것처럼 목이 뻣뻣해졌다. 숨이…….

"분명히 우리도 몇 가지 실수를 했지만 당신네 형사들 움직임은 정말 예상 밖이었어. 우습게 보면 안 되겠더라고. 설마 이런 짓까지 해야 할 줄은 몰랐는데 말이야……."

기타미는 주머니에서 천천히 수갑을 꺼냈다.

2

가쓰마타는 주오 의대 부속병원에서 엘리베이터를 타고 신관 6층에서 내렸다.

전에 이곳을 찾아왔을 때 가쓰마타는 간호사 한 명을 포섭하는 데 성공했다. 구라하라 아키코. 의국이 어디냐고 물은 후에 다용도실 앞에서 다시 마주쳤다. 그저 화장 잘하고 돈깨나 밝힐 듯한 인상의 여자였다.

"이봐, 당신, 구라하라 씨가 어디 있는지 알아?"

만나는 사람마다 물으며 찾아다니다가 불쑥 본인과 마주쳤다.

"어머! 잠깐만요."

서로 얼굴이 마주치자 구라하라가 먼저 가쓰마타의 손을 잡았다. 인기척이 없는 계단으로 끌고 갔다.

　뭐야, 왜 이래?

　한 층 아래 계단참까지 가서는 걸음을 멈추었다. 구라하라는 밑에서 누가 올라오지 않는지 살핀 다음 가쓰마타 쪽으로 돌아섰다.

　"마침 잘됐어요. 저도 연락하려고 했는데."

　"뭐야, 무슨 일 있었어?"

　자못 진지한 눈으로 고개를 끄덕였다.

　"유카리가 그저께 한밤중에 병원에서 도망쳤어요."

　"뭐라고?"

　그 말은 곧 어제 오쓰카가 살해된 시각에 유카리는 병원에 없었다는 뜻이다.

　그럼 왜 그저께 알려주지 않았지? 내가 뭣 때문에 용돈씩이나 쥐여줬다고 생각하는 거야? 그렇게 소리치고 싶은 욕구를 필사적으로 억눌렀다. 여기서 폭발하면 나중에 다른 여러 일들까지 망쳐버린다.

　"구라하라, 그런 건 말이야, 좀 더 적절한 타이밍에 알려줬어야지……."

　"아니, 그게……."

　구라하라는 삐친 듯 입을 삐죽 내밀었다.

　"저는 야근을 하지 않는 조건으로 여기서 일한다고요. 게다가 어제는 비번이었고 담당도 아니었어요. 저도 방금 들었으니 어쩌겠어요?"

맞다. 이런 부류의 여자는 흔히 말하는 '적반하장'의 고수다. 가쓰마타는 '알았어, 알았어.'라며 그녀를 달래고 자초지종을 들었다.

"사실 유카리는 예전에도 병원에서 도망친 적이 몇 번 있었어요. 하지만 항상 날이 밝을 때쯤이면 돌아왔죠. 그런데 이번엔 하루하고도 반나절이 지나도록 돌아오지 않았어요. 의사 선생님이나 원무과하고 몇 번인가 의논해봤지만 아직 경찰에 알릴 생각은 없는 모양이에요. 조금 더 상황을 지켜보고 판단하자는 거겠죠……. 아시겠지만 이런 곳은 어찌 됐든 경찰 사건에 연루되기 싫어하거든요. 그러니까 오히려 지금이 기회일지 몰라요. 오무로 선생님도 유카리에 대해서 죄다 털어놓을지도 모른다고요."

가슴속의 흥분이 당장이라도 온몸을 타고 퍼져 나갈 듯했다.

"오무로는 지금 어디 있어?"

"제3진찰실에요. 제가 같이 따라갈게요. 만약 환자분이 계시면 데리고 나와야 하잖아요."

짐작대로 꽤 쓸모 있는 여자였다.

구라하라가 예상한 대로 제3진찰실에는 환자가 진료를 받고 있었다.

"요시무라 씨, 우리 잠깐 밖으로 나갈까요?"

구라하라는 가쓰마타에게 눈짓을 하며 동작이 굼뜬 중년 여성을 데리고 복도로 나갔다. 가쓰마타도 슬쩍 눈짓을 하고 두 사람이 나간 뒤에 문을 닫았다.

오무로는 이전과 똑같은 자리에 앉아서 가쓰마타를 쳐다보았다. 달가워하지 않는 태도는 여전했지만 표정에서는 난처함이 느껴졌다.

"오무로 선생, 뭔가 일이 커진 모양이지? 나라도 괜찮다면 무슨 고민인지 들어줄 의향이 있는데 말이야."

가쓰마타는 환자용 의자에 털썩 앉아 실내 금연 규정을 알면서도 담배에 불을 붙였다. 오무로는 아무 말도 하지 않았다.

"중증 정신병 환자가 도망쳤어. 그런 무단 이탈을 눈감아주는 게 여기선 흔한 일인가? 내 눈에는 문제 있어 보이는데."

휴대용 재떨이를 진찰대 위에 올려놓았다. 뚜껑을 열어 재를 떨었다. 그러는 모습을 오무로는 계속 눈으로 좇았다.

"유카리가 밖에서 무슨 짓이라도 하면, 당신 어쩔 거야?"

그의 숨이 잠깐 멈췄다.

"예를 들어 사람이라도 죽이면…… 당신이 어떻게 사태를 수습할 거냐고?"

오무로는 가쓰마타를 힐끗 쳐다보더니 가만히 숨을 내쉬며 엉뚱한 곳으로 시선을 돌렸다. 가끔 발생하기도 하는 일이라고 자인하는 것과 다름없는 행동이었다.

"이봐요, 의사 양반, 사실 벌써 우려하는 일이 일어난 듯해. 그런데 아직 이해가 안 되는 부분이 아주 많아. 그 문제들을 해결하지 않으면 더 이상 앞으로 나아가지 못한다고, 알겠나? 전에도 말했는지 모르겠는데 나는 유카리의 병에 대해 이래라저래라 한다든가, 머리가 돌았으니 하지도 않은 짓을 죄로 뒤집어씌우자든가 그런 게 아니라고. 유카리가 죄가 없다면, 혹은 유카리를 지켜주고 싶은 마음이 있다면, 오히려 당신이 나서서 도와줘야 하지 않겠어? 나는 그게 유카리를 위한 일이고 더 나아가서는 당신을 위한 일이라고 생각해."

오무로는 천천히 천장을 올려다보았다. 눈을 감고 결심을 하듯 크게 숨을 내쉬었다. 가끔 용의자들이 자백하기 전에 하는 행동이다.

가쓰마타는 일부러 잠자코 있었다. 오무로는 피곤에 절어 쉬었는지 걸걸한 목소리로 입을 열었다.

"유카리는…… 아버지에게 심각하게 학대받았을 가능성이 높습니다. 아버지가 전직 폭력배였고 약물중독자였다고 들었습니다. 아마도 성적인 학대도 받았겠죠. 그것이 유카리의 정신을 망가뜨린 겁니다."

가쓰마타도 전에 이 병원을 다녀간 뒤 어느 정도 공부를 해서 아는 이야기였다. 그때 오무로가 어려운 병명들만 줄줄이 늘어놓아 사람을 바보로 취급하는 듯이 느껴졌기 때문이다.

"그러니까 유카리는 다중인격인가 뭔가 하는 그런 건가?"

딸이 아버지에게 성적 학대를 받을 경우, 다시 말해 근친상간을 강요당할 경우 당연히 딸의 마음속엔 아버지를 향한 증오가 생긴다. 하지만 한편으로는 아버지를 좋아하려고도 한다. 낳아준 아버지를 미워하고 싶지 않은 마음도 있기 때문이다. 그런 모순된 감정이 딸의 정신을 파괴한다. 그 결과 무의식중에 '학대를 받는 사람은 내가 아니라 전혀 다른 누군가다.'라며 자신을 설득한다. 마음속에 또 다른 한 명, 혹은 여러 명의 다른 인격을 만들어낸다.

아버지에게 성적 학대를 받은 소녀가 해리성 정체감 장애에 빠지기 쉬운 이유는 이러한 정신적 메커니즘 때문이라는 사실을 책을 읽고 그제야 이해했다.

"아니요, 그건 아닙니다."

오무로가 단호하게 부정했다. 가쓰마타는 쓸데없는 소리로 망신만 당한 느낌이었다.

괜히 아는 척했다가 손해만 봤군.

담배를 비벼 끄고 재촉했다.

"그럼 뭔데?"

"그건 상대가 어디까지나 친아버지일 경우입니다. 유카리를 학대한 사람은 그녀의 어머니와 재혼한 상대니까 그것과는 조금 다른 경우였어요. 하지만 그녀가 괴로워했다는 점에서는 마찬가지입니다. 유카리는 자기가 여자라는 사실을 근본적으로 싫어했어요. 새아버지에게 더럽혀진 자신의 몸을 그녀는 무엇보다 증오했습니다. 그 결과 그녀가 무슨 행동까지 했는지 아십니까?"

가쓰마타는 이제 분명하지 않은 것은 말하지 않을 작정이었다. 입을 다물고 고개를 젓자 오무로는 고통을 참듯 짧게 숨을 토해냈다.

"유카리는 처음부터 이 신경정신과에 다니지 않았어요. 처음에 그녀는 이 병원에 응급 환자로 들어왔어요. 유카리는 아동 양호 시설에서 자기 오른쪽 유방을 자기가 직접 커터 칼로 잘라 냈거든요……. 그래서 실려 온 거고요."

스스로 유방을…….

천하의 가쓰마타도 얼굴이 굳어졌다.

"그때 왼팔은 칼로 너무 많이 그어서 이미 너덜너덜했고, 부작용으로 온몸의 피부가 딱딱해진 상태였습니다. 유카리 같은 상황에 빠지면 자신의 피를 보는 것이 그 어떤 약보다 효과 좋은 신경안정제가 됩니다. 흔히 말하는 '리스트 컷 증후군'이죠. 자신은 살 가치가 없다, 돌이키지 못할 만큼 더러워졌다, 역겹다, 추하다, 인간이 아니다, 오물이다……. 하지만 한편으로는 나는 그런 사람이 아니라고 거부하려는 마음도 있습니다. 어떻게든 인간으로서의 가치를 확인하고 싶다, 나는 살아 있다, 나에게도 다른 사람과 똑같은 빨간 피가 흐른다……. 그런 당연한 사실조차 실제로 확인해보지 않으면 견디지를 못합니다. 유카리의 정신은 막다른 지경에까지 몰려서 비명을 지르고 있었어요. 그리고 팔은 더 이상 그을 데가 없자 결국 유방을, 여성의 상징인 가슴을 스스로 잘라낸 겁니다. 불행하게도 유카리는 일종의 특이 체질입니다. 간단히 말하면 피가 쉽게 굳는, 비교적 출혈이 빠르게 멈추는 체질이죠. 그 덕에 목숨은 건졌지만 오히려 그녀의 괴로움을 지속시키는 결과로 이어졌어요. 그녀는 이 병원에 있으면서 왼쪽 유방도 잘라냈습니다. 퇴원 후에 신주쿠 대로변에서 엉덩이와 배의 살까지 베어버렸죠. 한낮에 가부키초 거리에서 알몸 상태로 자기 살을 잘라냈어요."

여성만이 갖는 특징을 전부 스스로 잘라 없앤 소녀. 그 결과 체형이 어떻게 변했는지는 어느 정도 상상이 갔다. 이미 유카리가 '에프'라는 사실은 의심할 여지가 없었다.

"선생…… 잠깐 이 사진 좀 봐주지."

다쓰미에게 받은 사진 세 장을 진찰대 위에 펼쳐놓았다. 오무로의 표정 변화로 봐서는 굳이 물어보지 않아도 알 만했다.

"여기에 찍힌 게 유카리 맞나?"

오무로는 힘없이 고개를 숙이며 끄덕였다.

"네, 많이 닮았군요."

"그럼 이 남자는? 본 적 있어?"

오무로는 고개를 저었다. 하지만 사진 세 장에서 가운데 사진, 유카리가 아닌 자가 비교적 선명하게 찍힌 사진에 얼굴을 가까이 들이댔다.

"그러고 보니 사촌 오빠라는 젊은 남자가 한두 번 유카리를 면회 온 적이 있었는데 그 남자와 조금 닮은 듯하군요."

"확실해?"

"오래전의 일이라 기억이 확실하지는 않지만 이런 분위기였던 것 같아요."

"이름이 뭔지 알아?"

"원무과에서 보관하는 면회자 명단이 있을 텐데, 보관 기간이 지나서 처분하지 않았다면 아마 확인이 될 겁니다."

"그럼 빨리 알아보라고 해."

오무로는 '그러죠.'라며 고개를 끄덕이고 수화기를 들었다.

가쓰마타는 담배 한 개비를 다시 물고 불을 붙였다.

용건을 전하고 수화기를 내려놓은 오무로는 마치 자기가 용의자인 양 모든 것을 단념한 듯한 태도를 보였다.

"유카리는 평소에도 종종 이곳을 빠져나갔다던데……."

아무 말 없이 고개만 가만히 끄덕였다.

"그때가 매월 둘째 주 일요일 아니었나?"

오무로는 잘 모르겠다는 듯 고개를 갸웃거렸다.

"그럼 그것도 나중에 알아보도록 해. 보나 마나 틀림없을 테지만."

오무로는 알았다는 듯 천천히 머리를 숙였다.

창밖으로는 비가 쏟아질듯 잔뜩 구름 낀 하늘이 보였다. 가만히 지켜보니 그 구름들이 조금씩 자기를 향해 흘러들어오고 있음을 깨달았다. 아무렴 무슨 상관이겠느냐마는 별로 기분 좋은 풍경은 아니었다.

원무과에서 면회자 명단을 확인하는 데 앞으로 얼마나 걸릴까, 생각하고 있을 때 갑자기 오무로가 입을 열었다.

"최근 1년 정도는 유카리의 상태가 진정 기미를 보였습니다. 그런데 7월 중순쯤 유카리의 오빠가 죽었다는 소식이 들려왔어요. 유일한 혈육이라 알리지 않을 수가 없었죠. 우리도 유카리가 엄청난 충격을 받을 거라고는 예상했지만…… 상상 이상이었습니다. 심각한 우울 상태에 빠졌고, 대인 기피증, 자해 행위를 넘어 다른 사람을 해치려 하는 행동도 눈에 띄게 늘었습니다. 간호사를 뒤에서 제압한 뒤 어디에선가 꺼내 든 커터 칼을 목에 갖다 댄 적도 있었어요. 그러는 유카리를 가까스로 설득해서 무사히 넘겼지만, 그때 유카리는 소름 끼치는 말을 했어요. '내가 사람을 죽이면 분명히 오빠가 구해주러 올 거야.'라고."

가슴이 메케한 연기로 그을리는 느낌이었다.

"그건 언제적 얘긴가?"

"지난달 말쯤입니다."

시간적으로는 니시아라이 서의 경장이 병원에 찾아오기 전에 발생한 일이었다.

"선생…… 나는 당신이 환자의 인권을 지키려고 직분을 다하는 것을 두고 비난할 생각은 없어. 그렇지만 말이야, 지금 했던 말을 그 도도로키라는 경찰에게 해줬더라면, 어쩌면 가네하라 다이치라는 남자는 죽지 않았을지도 몰라. 그게 어려웠다면 적어도 일전에 내가 여기 왔을 때만이라도 유카리의 이상한 점에 대해 뭐라도 알려줬어야지. 그랬으면 우리 과에 있던 오쓰카라는 젊은 형사는 죽지 않았다고. 그것만큼은 확신해."

안주머니에서 휴대전화가 진동했다.

"가쓰마타다."

"아, 나 다쓰미야. 전에 말한 검은 복면, 알아냈어."

묵직한 무언가가 가슴 한가운데를 뚫고 지나갔다.

"뭐야, 제법 빠른데!"

"당연하지. 당신이 준 200만 엔을 몽땅 쏟아부었거든. 아니,

이런 실없는 소리나 하고 있을 때가 아니라고. 놀라지 마. 검은 복면은 말이야, 경시청 3방면 본부장의 아들 기타미 노보루다. 지금 당신들이 수사본부를 세운 가메아리 서에서 연수 중인 애송이가 바로 그 검은 복면이라고."

"젠장."

가쓰마타는 오무로에게 '다시 오지.'라는 한마디를 남기고 문으로 향했다.

3

기타미는 휴대전화에 대고 누군가에게 고함을 쳤다.

"네가 그렇게 말할 자격이 있기나 해? 이미 쏴버렸는데 어쩌란 말이야. 됐으니까 여기로 와. ……아, 그러니까 전에 찍어놨던 데 있잖아. 이케부쿠로에 있는 그 버려진 빌딩 말이야. ……에프에게도 확실하게 전해. ……뭔 개소리야! 그런 건 내버려둬. 어쨌든 넌 튀어 오기나 해!"

기타미는 휴대전화를 탁 닫더니 발치에 침을 뱉었다. 같은 공간의 콘크리트 바닥에는 레이코가 등 뒤로 수갑이 채워진 채 뒹굴고 있었다. 살해당한 오쓰카처럼.

"레이코 주임, 당신의 사망 예정 시각은 8시 반에서 9시 사이입니다. 마침 내가 수사 회의에 들어갈 때지."

동료를 불러 자기 대신 레이코를 살해하고 자기는 태평하게 회의에 들어가 알리바이를 만들겠다는 속셈인가? 오쓰카의 사망 추정 시각에 그가 카페에 있었던 것도 같은 수법이었나?

기타미는 레이코의 얼굴 근처로 다가와 쭈그리고 앉았다. 이른바 '양아치 자세'였다. 그 상태로 관자놀이에 총구를 겨누고 있어서 어떠한 저항도 할 수 없었다.

"나는 말이야, 학생 때부터 나쁜 짓을 밥 먹듯이 해왔어. 폭주, 코카인, LSD, 헤로인, 대마초등 각종 마약도 했고, 흥분제에 취해 여자를 범하기도 했고, 다이산케힌 도로에서 폭주족 놀이도 즐겼지. 그래, 맞다, 눈에 드는 여자가 있으면 납치해서 감금하거나 강간도 서슴지 않았어. 돈은 부족하지 않았지만 재미로 비디오를 찍어서 인터넷에 올리기도 하고. 시부야나 신주쿠가 마치 제 집 마당인 양 우쭐대며 돌아다니는 놈들은 꽁꽁 묶어서 하네다 공항 활주로에 내다 버렸지. 그런데 말이지, 그런 놀이도 시간이 지나니까 싫증이 나더라고. 한계가 있더라 이거야. 내게는 경찰 관료라는 미래도 있었고 세상에 알려지면 곤란하니까, 그쯤에서 망나니짓도 그만두고 싸움질도 약도 끊었어. 문제가 생기면 돈으로 합의해서 덮어버렸고. 딱 그때쯤이었어. 내가 에프를 만난 건."

"에프?"

레이코가 되물었다. 기타미는 분명히 조금 전 통화 중에도 그 이름을 거론했다.

"그래. 이제 슬슬 올 시간인데 말이야. 바로 근처 호텔에서 묵고 있거든."

잠시 후 기타미 말대로 사람 그림자가 입구를 막아섰다.

"오, 주인공이 등장하셨네. 어서 와, 기다렸어."

하지만 그림자는 들어오지 않았다.

"길 헤맸어?"

대답도 하지 않았다.

"뭐, 상관없고."

기타미는 익살맞은 표정으로 레이코의 얼굴을 들여다보았다.

"소개하겠습니다, 레이코 주임님. 이 녀석이 에프야. 살인 예술가, 스트로베리 나이트의 여주인공. 다른 이름은…… 아니, 본명은 후카자와 에리코."

이 사람이 실행범……? 후카자와 에리코?

'에리코'라는 이름을 듣고 머릿속에서 막연하게 그려지는 이미지와 입구에 선 모습은 너무나 동떨어진 느낌이었다. 키는 레이코와 비슷했지만 막대기처럼 깡마른 체형이었다. 머리카락도 잘랐다기보다는 쥐어뜯어서 짧아진 듯 보였다. 피부병을 앓는 들개를 연상케 했다.

"이 녀석이 내 말썽쟁이 친구를 찾아왔을 때 처음 만났지. 사정이 있기도 해서 나는 돈으로 해결하려고 했는데 그런 방법이 이 녀석에게는 전혀 통하지 않더라고. 갑자기 쓰윽 하고 여기, 친구의 여기를 일자로 그어버렸어. 그게 어찌나 신선하던지. 사람 죽이는 솜씨로나 피를 뿜게 하는 기술로나 이 녀석의 존재감까지 모든 게 예술이었어. 죽은 친구도 살아 있었다면 지금쯤 어느 기관의 관료 후보가 되어 있겠지. 하지만 나와 비슷한 길을 살아온 녀석이 눈 깜짝할 사이에 피투성이가 돼서 바르르 경련을 일으키며 죽어버리더라고. 이 녀석이 갖고 있던 싸구려 커터 칼에 인생이 싹둑, 잘린 거지. 그 시절 나는 마음 한구석에 아무리 나쁜 짓을 해도 메워지지 않는 공허함이 있었어. 치기 어린 방황은 접고 이대로 에스컬레이터를 타듯 경찰 관료로 계단을 하나하나 밟아가겠지, 그런 막연한 느낌밖에 없었어. 인생이란 이런 건가, 하고 쓸쓸함을 느낄 때 유카리를 만난 거야."

기타미는 황홀경에 빠진 눈빛으로 유카리를 쳐다보았다.

"그런 무뎌진 근성을 다시 새롭게 일깨워준 게 바로 저 에프였어. '봐, 죽음이란 이렇게 우리 가까이에 생생하게 존재한다고. TV에서도 보기 힘든 진짜 죽음이 지금 네 눈앞에 있어.'라고 말이야. 이 녀석이 그걸 나에게 가르쳐준 거야. 어릴 때부터 높은 곳만 보며 자라온 나는 확실히 밑바닥 인생이 어떤지 몰라. 목이 아플 정도로 위만 죽어라 쳐다봤으니 내가 지금 얼마나 높이 서 있는지 전혀 알지 못했지. 그런데 이 녀석 덕분에 깨달았어. 나는 바닥에 납작 엎드려서 살아가는 놈들의 머리 꼭대기에 서야 한다는 사실을. 하지만 아무 생각 없이 살다가 너무 익어서 썩어버린 딸기처럼 시뻘건 시체로 남은 친구 놈 꼴이 되었다가는 모든 게 말짱 도루묵이란 걸 깨달았지. 그래서 나는 이 살인 예술가를 지원하는 후원자가 되기로 한 거야. 무엇보다 내가 이 녀석의 공연을 보고 싶었거든. 분명히 관객들도 나와 같은 감동을 맛보았을 거야. 눈앞에 놓인 '죽음'이라는 현실, 그 반대편에 존재하는 '살아 있다'는 가치관. 살아 움직이는 자기 자신을 다시 한 번 깨닫게 해주는 거지."

기타미는 눈을 감고 양손을 벌리면서 마치 오케스트라 연주를 온몸으로 느끼듯 황홀한 표정을 지었다. 실제로 벌였던 살인 쇼의 한 장면을 떠올리는 중이리라.

"생각해보면 현대인은 병원에서 태어나 병원에서 죽어. 누구도 죽음을 생생하게 느낀 적이 없어. 분명히 누구나 느끼고 싶어 하고, 보고 싶어 하지. 그래서 내가 그걸 보여준 거야. 생생한 죽음을, 그 반대편에 있는 삶을. 스트로베리 나이트라는 이름은 내가 생각한 거지만 이 녀석도 찬성했어. 한마디도 하지 않았지만 고개를 끄덕이며 찬성했지."

레이코는 기타미의 말을 듣는 척하면서 또 다른 일당이 오기 전에 어떻게든 이 상황에서 빠져나갈 방법이 없을까 하고 기회를 노렸다. 그러나 우쭐해져 떠드는 기타미도 사실 날카로운 눈으로 레이코를 계속 감시하는 중이었다. 레이코는 적어도 뒤로 꺾인 손을 앞으로 돌리기만 하면 기회가 생길 것 같았다.

"당신이 짐작한 대로 처음엔 시체를 도다의 물속에 버렸지만 가메아리에 왔더니 우치다메 저수지가 있더라고. 그래서 7월부터는 거기다 던져 버리기로 했지. 그런데 설마 야스유키가 죽을 거라곤 생각지도 못했어. 그것도 그런 식으로. ……당신 직감에는 두 손 들었어. 전혀 납득할 수는 없지만 결과적으로는 맞췄지. 그걸 보니까 당신을 어떻게 감당할지 막막하더군. 오쓰카 따위보다 당신부터 먼저 처리할걸 그랬어."

무슨 생각인지 기타미는 레이코에게 들이댔던 총구를 잠시

치웠다. 그리고 턱을 추켜올리며 일어서라고 지시했다. 레이코는 천천히 일어섰다.

"아까워. 당신 같은 여자, 싫지 않은데 말이야."

기타미가 레이코의 가슴에 손을 갖다 댔다. 땀이 밴 블라우스 위에서 가슴을 주물렀다. 지금 저항하면 어떻게 될까? 레이코는 냉정하게 생각을 집중하려고 노력했다. 하지만 거리낌 없이 레이코를 능욕하는 손가락의 움직임이 집중력을 흐트러뜨렸다. 목에서부터 맨살을 쓰다듬으면서 속옷 안으로 비집고 들어왔다. 유두를 찾아내 아프게 꼬집었다.

"당신도 잘 알걸. 당신도 그랬을 거야. 똑같았을 거라고. 수사 1과에서 날마다 처참한 시체를 보면서 무슨 생각을 했지? 이런 꼴은 되고 싶지 않다고 생각한 적 없었나? 있었지?"

총구를 여전히 관자놀이에 댄 상태였다. 기타미는 레이코를 뒤에서 안아 그녀의 바지 지퍼를 내리려고 했다.

"나는 살아 있어, 살아 있어서 다행이야, 그렇게 생각했지? 우월감이 느껴졌지?"

아니야, 나는 한 번도 그런 생각 한 적 없어.

그러나 말로는 나오지 않았다. 기타미의 손끝은 레이코의 민감한 부분을 더듬었다. 여름밤의 악마가 레이코의 의식을 사로잡았다.

"당신도 다르지 않아. 아니, 그 관객들보다 더 악질적일지도 몰라. 방법만 다를뿐 당신도 어차피 시체를 보며 돈을 벌잖아? 일이라는 핑계로 그럴싸한 얼굴을 하고서 속으로는 '이렇게 되면 끝이지.'라고 생각했을걸. 형사라서 다행이라고 생각하지 않았어?"

기타미의 손끝에서 음습한 소리가 났다. 이미 레이코에게는 그것조차도 먼 남의 일처럼 느껴졌다. 단지 여름밤의 악마에게 사로잡혀 무력해진 자신이 느껴질 뿐이었다.

나는 이걸 또 받아들이는 건가?

그런 생각이 들려는 찰나였다.

"아니야!"

갑자기 가냘픈 목소리가 들려왔다. 누구의 목소리인지 알 수 없었다. 기타미가 레이코의 가랑이에서 손가락을 뺐다.

"아니야. 넌 나와, 전혀, 달라."

유카리였다. 겉모습으로 봐서는 상상이 되지 않는, 소녀의 투명한 목소리였다. 그런데 왜 남자처럼 하고 다니지?

"뭐가 다르다는 거야, 에프?"

기타미의 목소리가 의외로 부드러웠다.

"나는, 위를, 본 적 따위, 없어. 단지, 내가, 살아 있다고, 남들과 똑같은, 피가 몸속에 흐르고, 살아가고 있다고, 느끼고 싶었어. 나도, 인간이라고, 생각하고 싶었다고."

숨이 끊어질 듯한, 그야말로 유령의 목소리였다. 하지만 이상하게도 말에서 힘이 느껴졌다.

기타미는 레이코를 내버려두고 휘청거리며 유카리에게 다가갔다.

지금이 기회다.

레이코는 두 사람에게 들키지 않도록 천천히 그 자리에 앉았다.

"무슨 말을 하는 거야? 같아. 우린 같다고. 너와 나는 동지잖아. 생생한 죽음을 느끼고, 생생한 삶을 느껴서 지금이 있는 거잖아."

"아니야!"

검은 그림자가 고개를 저었다.

레이코는 등 뒤에 묶여 있던 두 손을 슬쩍 발밑으로 돌렸다.

"나는…… 죽음밖에, 느끼지 못했어. 내가 살아 있다고는, 전혀, 믿을 수, 없었어. 당연하다는 듯, 살아 있는 것밖에, 느끼지 못하는, 너와는, 전혀…… 달라."

"무, 무슨 말을 하는 거야? 이제 와서 그게 무슨 말이야?"

기타미의 뒷모습에 당황한 기색이 역력했다.

지금이다!

레이코는 엉거주춤한 자세 그대로 기타미의 등을 향해 몸을 던졌다.

"억."

기타미는 뒤돌아서 무릎으로 레이코를 후려쳤다. 레이코는 몸을 숙여 충격을 최소화했다.

"이게, 누굴 우습게 보고!"

다시 기타미가 손끝으로 레이코의 명치를 쳤다. 한 번, 두 번. 하지만 레이코는 급소를 피하며 견뎠다. 세 번째 공격. 마침내 수갑이 채워진 손으로 기타미의 발목을 잡아서 그대로 들어 올렸다.

"으악! 감히 네가! 가만두지 않겠어."

기타미가 크게 비틀거렸다. 레이코는 그 틈을 타 출입구를 향해 달렸다. 밖으로 나가서 소리치면 누군가 들을지도 모른다. 그 순간.

"윽."

등 뒤로 총성이 들리는 것과 동시에 레이코는 다리가 사라진 것마냥 앞으로 쓰러졌다. 눈앞에 펼쳐진 광경은 콘크리트 바닥이 아니라 떡하니 입을 벌린 네모난 통로였다. 엘리베이터가 설치되었어야 할, 돌출된 부분도 없이 그저 깊게 뚫린 통로였다.

떠, 떨어진다!

순간적으로 몸을 비틀었다. 통로에 몸의 오른쪽이 반쯤 걸쳐 있기는 했지만 바닥 끄트머리를 오른손으로 붙잡았다. 아니, 손끝에 간신히 걸쳤다. 허리 아래쪽이 미끄러져 떨어졌다. 왼손으로도 버텼지만 떨어질 것 같았다. 앞으로 몇 초나 더 이렇게 버틸 수 있을까? 여기는 3층. 떨어지면 목숨을 건지기는 힘들다.

레이코는 절망에 휩싸였다.

기타미의 얼굴이 보이더니 가까이 다가왔다.

총구의 검은 구멍이 레이코를 응시했다.

그때였다.

"으악!"

"어?"

여러 발의 총성이 울렸다.

"멈춰, 기타미!"

"움직이지 마!"

또다시 몇 번의 총성.

"윽, 아앗!"

"기타미!"

레이코는 누가 누구를 쏘는지 도무지 알 길이 없었다.

눈 깜짝할 사이에 3층에서는 많은 일이 벌어졌다. 엘리베이터 통로에 겨우 매달려 있는 레이코는 기타미의 이름을 외치는 사람이 누군지도 몰랐다.

"헉……."

돌연 피투성이가 된 유카리의 얼굴이 불쑥 눈앞에 나타났다. 유카리는 납작 엎드려 레이코의 손목을 꽉 붙잡았다. 믿기 힘들 정도로 힘이 센 유카리는 레이코를 끌어 올리려 했다.

"마코…… 널, 구해주러, 왔어."

유카리는 그 한마디만 짧게 말한 후에 바로 눈을 감았다.

4

가쓰마타는 택시 안에서 레이코에게 쉬지 않고 전화를 걸었다. 그때마다 '연결이 되지 않아……'라는 음성이 들려왔다.

젠장, 이 멍청한 여자는 휴대전화까지 말썽이네.

그러는 사이 이케부쿠로에 도착했다.

오늘 기타미는 레이코와 이케부쿠로의 빈 건물을 조사할 예정이었다. 합류만 잘하면 그 자리에서 기타미를 몰아세워 긴급 체포까지도 노려볼 만했다. 넝쿨째 굴러들어온 호박이오, 손 안 대고 코 풀기였다. 다쓰미에게 250만 엔을 뜯긴 일은 속이 조금 쓰렸지만 어차피 쉽게 번 돈, 미련은 없었다.

그렇지만…….

이케부쿠로 동쪽 출구 근처 번화가를 바라보았다. 세이부 백화점, 미쓰비시 백화점, 가전제품 매장. 이런 곳에 레이코가 있을 리 없었다. 빈 건물을 조사하는 중일까, 부동산을 돌아다니고 있을까. 어느 쪽이든 이 넓은 이케부쿠로에서 형사 두 명을 찾아내기란 쉬운 일이 아니었다. 그것도 혼자서.

응? 혼자? 그러고 보니…….

문득 이오카가 떠올랐다. 그 녀석은 헤어진 뒤로 어디서 무얼 하고 있을까? 가까이 있으면 불러내볼까? 한 명보다야 두 명이 나서면 찾을 확률이 조금이라도 높아지겠지.

곧장 휴대전화로 이오카의 번호를 눌렀다. 벨이 울리자마자 전화를 받았다.

"예어, 지는 가메아리 서의 프린스! 이오카 히로미쓰……."

"나다, 얼간아."

가쓰마타는 삼거리의 북적이는 사람들도 개의치 않고 큰 소리로 통화했다.

"야, 인마! 너 지금 어디야? 나 이케부쿠로에 있으니까 당장 튀어 와!"

"어라? 신기하네예. 지도 이케부쿠로라예."

가쓰마타의 등줄기로 뜨뜻미지근한 땀이 흘러내렸다.

혹시 나를 계속 미행한 건 아니겠지?

가쓰마타는 자기도 모르게 주위를 두리번거렸으나 이오카의
모습은 보이지 않았다.

"너, 이, 이케부쿠로에서 뭐 하고 있어?"

"예? 아, 그게…… 저어, 말하기 창피한데 지가예, 우리 사이
를 좋게 하려고마……."

"너, 너 이 자식……."

"예, 예, 알겠심더, 솔직히 말할게예. 말하믄 되잖습니꺼. 지가
예, 레이코 씨가 하도 걱정이 되가꼬……."

레이코가 걱정된다고? 이오카가 벌써 사건의 전모를 파악했
나, 하는 생각이 스쳤지만 그 정도는 아니었다.

"실은 레이코 주임님이 오늘부터 그 간부 후보랑 한 팀이라
예. 그놈아가 그래도 쪼매 반반하다 아인교. 우짜믄 레이코 씨
가 홀딱 빠지지나 않을까 걱정이 되가꼬…… 안 그래도 빈 건물
조사한다 카는데, 아무도 없는 데로 기타미하고 레이코 씨가 들
어가가꼬…… 이상한 짓이라도 하믄 우짜노, 이래 상상하니까
방구석에만 처박혀 있을 수 없어서예."

이오카가 엄지를 깨물며 말하는 모습이 눈앞에 생생하게 그
려졌다.

"어휴, 정말. 그래서 지금은 뭘 하는데?"

"그니까 진짜로, 지지배 같은 생각인 줄은 알지만예, 지가 이

386

케부쿠로에서 레이코 씨를 찾아나섰다 아인교. 근데 진짜 찾았다 아닌교. 창피해도 우짜겠는교. 계속 따라붙었지예."

정말?

바라지도 않았던 행운이었다. 가쓰마타는 침을 삼켰다.

"그래서 이, 이오카 경장, 너 지금 레이코와 기타미가 있는 장소를 안다 이거지?"

"예, 근데 하필이면 시방 으슥한 데 있는 만들다만 빌딩에 들어가가꼬예. 저 안에서 만약, 만약에 말입니데이, 기타미 그놈아가 응큼한 생각이라도 해가꼬 레이코 씨를 덮쳐뿌믄 우짜노 상상하니까네, 내는 정말로 살아갈 맴이……."

잘했다, 이오카. 너 좀 하는구나.

가쓰마타는 얼른 달려가고 싶은 심정을 애써 참으며 냉정하게 지금 위치와 역에서 가는 길을 물었다.

"……그기서 두 번째 모퉁이로 돌아가꼬, 쭉 오다가 세 번째 골목에서 오른쪽으로 꺾으시면 됩니데이."

이오카가 갑자기 말을 멈추었다.

"이봐, 오른쪽으로 꺾어서, 그다음엔?"

"어어……! 방금 무신 빵, 하는 소리가 들린 것 같기도 한데, 아닌가?"

총성이다. 오쓰카를 쏘아 죽인 게 기타미인지 아닌지는 모르지만 범인이 또 빈 건물에서 오쓰카처럼 레이코를 해치울 가능성이 없는 것도 아니다.

이거, 큰일인데.

일단은 찾아가는 길을 좀 더 자세히 들었다. 이오카에게는 절대로 그 자리에서 움직이지 말라고 명령하고 전화를 끊었다.

가쓰마타는 곧장 근처 가전제품 매장으로 뛰어 들어가서 사람들을 헤치고 에스컬레이터를 타고 올라갔다. 요즘은 완구 매장이 위층에 있다. 분명하다.

제발 있어야 하는데!

숨을 고르며 7층에 도착해보니 짐작대로 백화점 못지않게 훌륭한 장난감 매장이 그곳에 있었다.

옆으로 지나가는 점원을 불러 세워 장난감 총이 어디 있는지 물었다. 점원은 수상쩍은 눈으로 가쓰마타를 쳐다봤지만 얼버무릴 여유도, 소리칠 시간도 없었다.

"어디야, 빨리 안내해!"

"이, 이쪽으로 오세요."

커다란 진열대 두 개를 지나 점원이 가리킨 진열장을 단숨에 훑어보았다. 눈은 무의식적으로 손에 익은 일본 경찰 전용 권총, 뉴난부 M60을 찾았지만 그런 마니아틱한 모델이 있을 리 없었다. 리볼버는 시대가 지났다. 진열되어 있는 건 전부 오토매틱이었다.

발터 P88, S&W·M3906, 베레타 M92F, SIG/ 자우어 P228. 남자의 마음을 제법 흔들어대는 물건들이었다.

뭐, 무난하게 이 정도면 되겠지? 어차피 위장용이니까.

"이봐, 이걸로 줘."

가쓰마타는 P228을 가리켰다.

"이거 소리는 잘 나지?"

"네, 그거야, 뭐, 소리는 물론이고 진짜처럼 열세 발에 한 발 더 장전하게끔 되어 있어요."

"탄환은 들어 있나?"

"네, 풀 장전이라 열네 발 들어 있습니다."

"소리는 제대로 나는 건가? 불발은 없겠지?"

"글쎄요…… 아마 없을 거예요. 걱정되시면 이걸…….."

점원이 별도로 판매하는 탄환을 권했다.

"당신 장사 잘하네. 좋아. 그것도 살 테니 새 탄환을 꽉 채워 줘. 바로 쓸 거니까."

점원이 다시 수상쩍게 쳐다보았지만 신경 쓸 시간이 없었다.

가쓰마타는 현금으로 계산한 뒤 이번에는 계단을 뛰어 내려가서 매장을 나왔다.

밖으로 나와서도 또 뛰었다.

오늘은 죽어라 뛰는 날이군.

천하의 가쓰마타도 슬슬 지치기 시작했다. 하지만 사태가 사태인 만큼 우는소리 할 때가 아니었다. 관할 부서에 지원 요청을 할까도 생각했지만 마땅한 이유가 떠오르지 않았다. 애당초 불법으로 입수한 정보라 공개하지도 못한다.

이리저리 궁리하는 사이 목적지인 빌딩에 도착했다.

"주임님예, 여기, 여기라예."

저쪽 골목에서 이오카가 목소리를 죽여 가쓰마타를 부르며 손짓했다.

"하, 하아, 하아, 헉헉…… 어, 상황 어때?"

이오카는 아랫입술을 깨물고 빌딩을 올려다보았다.

"안 나오네예. 그라고 이상하게 말라 삐틀어진 아가 나중에 들어가…….'

뭐라고? 말라 삐틀어진 애?

가쓰마타는 이오카의 멱살을 쥐고 목소리를 낮추어 물었다.

"혹시 그 애, 검은 레이싱 슈트를 입지 않았나?"

"아, 맞심더. 입었어예, 입었어예. 근데 뭔교? 주임님 아는 사람이었능교?"

더 이상 말하기도 귀찮아서 그냥 주먹을 날렸다.

"그 애가 범인이다, 범인. 그 검은 녀석이 실행범 유카리고, 뒤에서 조종하는 검은 복면이 기타미라고."

"예? 근데 그게 뭔 말인교?"

이오카가 코웃음을 쳤지만 가쓰마타는 무시하고 종이봉투를 열었다.

"이제는 지원 요청할 시간도 없어. 바로 들어간다."

가쓰마타가 준비한 P228을 보고 이오카는 또 웃었다.

"거 장난감 아인교?"

"괜찮아, 소리는 충분히 위협적이니까. 저쪽은 진짜 총을 가졌어. 보기엔 이래도 어두운 데서 자세까지 잡으면 그럭저럭 쓸 만할 거야."

사실 오쓰카 사건 때문에 본부 수사관은 오늘 아침부터 전원 권총을 휴대할 예정이었다. 하지만 무슨 문제가 생겼는지 점심 때가 지나서야 권총이 도착한다고 오늘 이른 아침에서야 본청에서 연락이 왔다.

　기다릴까 말까. 가쓰마타도 솔직히 잠깐 망설였지만 결국은 무기 없이 그냥 나와버렸다. 그 후 이오카와 술래잡기를 하느라 권총은 머릿속에서 깨끗이 잊고 말았다.

　"넌 갖고 있지?"

　"예? 뭐 말인교?"

　"권총 말이야. 오늘부터 휴대하라는 명령 내렸잖아."

　"아…… 아니, 퍼뜩 정신 차리고 보니까네 가쓰마타 주임님이 안 계셔가꼬, 큰일 났네, 나를 내삐두고 갔구나 싶어가꼬 후딱 나오느라…… 지는 없는데예."

　이런, 쓸모없는 놈.

　이상하게 냄새는 잘 맡지만 역시 쓸모는 없는 놈이다.

　"됐어. 들어간다."

　빌딩으로 향하자 이오카도 묵묵히 뒤를 따라왔다. 소리가 나지 않게 담장으로 들어가서 입구로 향했다. 귀를 기울이니 위에서 누군가의 말소리가 들렸다. 하지만 무슨 내용인지는 들리지 않았다. 통로 막다른 곳에는 텅 빈 엘리베이터 설치용 통로, 그 옆에는 콘크리트가 그대로 드러난 계단이 있었다. 발소리를 죽이고 올라갔다. 2층. 아무도 없다. 그 위쪽에서 인기척이 느껴졌다.

　"으악! 감히 네가! 가만두지 않겠어."

별안간 계단 위에서 분노에 찬 목소리가 울려 퍼졌다.

"서둘러!"

"예!"

더 이상 발소리를 죽일 이유가 없었다. 마지막 힘을 쥐어짜서 두 칸씩 올라갔다. 3층에 얼굴을 드밀자마자 총성이 메아리쳤다. 다음 순간 거의 슬라이딩하듯이 레이코가 미끄러졌다. 그대로 오른쪽 벽으로 모습이 사라졌다.

저기, 엘리베이터 통로잖아? 떨어진 거 아냐?

어떻게 보면 우스운 장면이었지만 웃을 일이 아니었다. 재빨리 총을 거머쥔 가쓰마타는 그곳으로 다가갔다.

형사의 습성대로 가쓰마타는 '움직이지 마, 기타미.'라고 경고하려 했다. 하지만 다시 생각해보니 쓸데없는 짓이었다. 자신이 갖고 있는 건 장난감 총이다. 어차피 방아쇠를 당겨도 진짜 총알은 나가지 않는다. 갑자기 장난감 총을 보고서 기타미가 반사적으로 진짜 총을 쏜다면 어떻게 하나 망설이고 있을 때였다.

"으아아악!"

기타미의 등 뒤로 유카리가 다가갔다. 손에 무언가를 쥐고 있었다.

"헉."

뒤를 돌아본 기타미는 갑자기 유카리를 향해 총을 두 발 쏘았다.

"멈춰, 기타미!"

"움직이지 마!"

순간적으로 가쓰마타도 총을 몇 발 쏘았다.

기타미도 가쓰마타를 알아차리고 그쪽을 향해 총구를 겨눴다.

유카리가 바로 일어나 손으로 가격하는 프로레슬링의 필살기 방식으로 기타미의 목을 그었다. 빗나갔나? 아니, 제대로 당했다.

"윽, 으아악."

기타미는 목을 감싸 쥐고 또다시 유카리를 향해 총을 쏘았다.

"기타미!"

탕탕탕, 타다탕탕탕.

기타미는 쓰러지면서도 총을 쏘았다. 가쓰마타도 쏘았다. 하지만 소리만 요란할 뿐 탄환은 나가지 않았다. 유카리가 튕겨나갔다. 그런데 무슨 까닭인지 쓰러지면서 레이코에게 손을 뻗었다.

"기타미!"

"레이코 주임님예!"

가쓰마타는 유카리를 뛰어넘어 기타미에게 뛰어갔다. 총을 발로 걷어차고 무릎으로 명치를 가격했다. 모형 총이라는 사실을 눈치채지 못하게 턱 밑에 총구를 들이댔다.

"다 끝났다, 이 자식아."

칼에 베인 목을 누르고 있는 기타미의 오른손에 수갑을 채웠다. 출혈은 별로 심해 보이지 않았다. 아무리 열 명 넘게 죽인 유카리라도 상대를 묶어놓지 않으면 경동맥을 정확하게 자르지는 못하는 모양이다.

"손 놔라, 마. 콱! 뭐꼬? 이 기분 나쁜 자슥은."

이오카가 레이코를 끌어 올려 옆으로 안았다. 레이코의 손목을 아직도 유카리가 쥐고 있었다. 이오카가 떼어내려 했지만 악력이 엄청났다. 쉽사리 떨어지지 않았다. 레이코의 손목에는 무슨 일인지 수갑이 채워져 있었다.

"나 괜찮아, 이오카……."

레이코의 목소리가 생각보다 침착했다. 레이코는 엎어져 있는 유카리를 똑바로 눕힌 다음 상체를 무릎 위에 올려놓고 안았다. 그리고서 자신의 손목을 잡고 있는 가는 손가락을 다른 손으로 어루만졌다.

유카리는 배와 다리에 총을 맞은 듯 했다. 뺨에도 총알이 스쳤는지 피가 흘렀다. 호흡이 거칠었다. 목숨을 구하기는 어려워 보였다.

"고마워, 구해줘서. 괴로웠지. 이제 괜찮아, 괜찮아……."

레이코가 울음을 터뜨렸다. 옆에서 이오카가 구급차를 부르려고 했지만 통화가 힘들 만큼 큰 소리로 울었다.

"아, 안 돼, 죽지 마. 죽으면 안 돼!"

가쓰마타는 그런 레이코를 차가운 시선으로 바라보았다.

동병상련인가…….

가쓰마타는 문득 생각났다는 듯 손목시계를 보았다.

"아 참! 넌 긴급체포다. 으음, 오늘이 며칠이더라. 8월 26일인가? 오후 7시 18분. 혐의는 일단 살인미수와 권총 불법 소지, 총기 및 도검류 소지법 위반이다. 알았냐?"

가쓰마타는 한숨을 쉬며 먼지로 더러워진 유리창을 무심코 흘끗 쳐다보았다.

먹물이 번지듯 잔뜩 흐린 하늘이었다. 음울한 잿빛 세계였다.

그러나 아주 조금, 아직 불그스름한 석양이 서쪽 하늘에서 빛나고 있었다.

종장

8월 26일 화요일, 오후 7시를 넘긴 시각.

'미즈모토 공원 연속 변사체 유기 사건'을 시작으로 한 일련의 사건은 기타미 노보루, 후카자와 유카리 외 한 명을 체포함으로써 종결되었다.

기타미 노보루의 부상은 목숨에 지장을 줄 정도로 심각하지는 않아서 경찰병원에 수용되었고, 지금은 별문제 없이 조사를 받는 중이었다. 한편 다른 병원에 수용된 공범 후카자와 유카리는 중태였다. 흉부에 두 발, 얼굴, 복부, 오른쪽 대퇴부에 각각 한 발씩을 맞았지만 목숨은 붙어 있었다. 그러나 참고인 조사는 불가능한 상태였다. 유카리의 과거 행적에 불분명한 점들이 많아서 앞으로 진행될 수사는 그 이력에 초점을 맞출 전망이었다.

또 한 명의 공범 오카와 하루노부도 같은 날 체포되었다.

오카와는 기타미가 불러서 자가용을 타고 현장으로 왔지만 공교롭게도 곧이어 도착한 구급차와 이케부쿠로 서 경찰차에 포위당했다. 현장 앞에 정차한 오카와의 차를 수상하게 여긴 이케부쿠로 서 경찰이 불심검문을 하자 오카와는 황급히 시동을 걸고 경찰들과 구급대원 여러 명을 치면서 도주하려 했다. 하지만 얼마 못 가서 전봇대를 들이받고 뒤쫓던 경찰들에게 상해와 공무집행방해 현행범으로 체포되었다.

도쿄 대학교 물리학과 4학년으로 정보과학을 전공하는 오카와는 일련의 사건에서 정보 처리 등을 맡았던 것으로 보여 현재 계속 취조 중이었다.

또한 이케부쿠로 서가 조사한 바에 따르면 오카와가 가진 권총과 오쓰카 순경을 살해할 때 사용한 권총이 같다고 판명되었다. 기타미 노보루, 오카와 하루노부, 두 사람은 살인과 살인미수, 살인 교사(敎唆), 살인 방조, 시체 유기, 총기 및 도검류 소지법 위반 등의 혐의를 받아 극형을 피하기 어려웠다. 앞으로는 '도다 사건'을 담당한 사이타마 현 와라비 서와 '오쓰카 순경 살해 사건'을 담당한 이케부쿠로 서가 합동 수사본부를 설치해서 전담하기로 정해졌다.

8월 27일 수요일. 레이코는 도내 대학 병원에 입원 중이었다.

기타미가 쏜 총에 맞아 날아간 줄 알았던 오른쪽 귀는 사실 총알이 스치기만 했다. 고막은 찢어졌지만 청력은 언젠가 회복될 것이라는 진단을 받았다. 주치의는 이렇게 설명했다.

"총탄은 빠른 속도로 회전하기 때문에 귀에 맞으면 스치기만 해도 송두리째 뽑히는 듯한 충격을 받습니다. 게다가 아무것도 들리지 않게 되니 귀가 날아간 것 같은 느낌이 더했을 겁니다."

오른쪽 귀는 이제 없어졌다고 우울해하던 레이코는 멀쩡하다는 말을 듣고 기뻤지만 이 부상으로 호들갑을 떨고 엄살을 부렸던 기억이 나서 조금 멋쩍기도 했다.

그것 말고는 달리 총상을 입은 곳은 없다고 했다. 상처도 기껏해야 타박상이나 찰과상이었고 남들 눈에 띄기 쉬운 이마의 상처도 큰 흉터는 남지 않을 것이라고 했다.

그럼 그때 난 왜 넘어졌지?

레이코는 엘리베이터 통로로 떨어지기 직전의 기억을 떠올렸다.

기타미는 분명히 등 뒤에서 레이코를 쏘았다. 하지만 그 총알은 아무 데도 맞지 않은 듯했다. 그러나 레이코는 다리에 극심한 통증을 느껴 넘어진 기억이 있다. 그건 도대체 뭐였지?

환자복 바지 자락을 걷어보니 오른쪽 정강이와 발목 부근에 심한 타박상이 있었다.

혹시…… 유카리?

그때 유카리는 도망치려고 하는 레이코의 왼쪽에 서 있었다. 어쩌면 유카리가 총을 쏘려는 기타미를 보고 순간적으로 레이코의 발을 걸었는지도 모른다. 넘어지게 해서 레이코를 구하려고 했는지도 모른다.

그 애는 '마코…… 널, 구해주러, 왔어.'라고 중얼거리는 거 같왔는데…….

마코가 누굴까? 레이코는 모르는 이름이었다. 하지만 유카리가 레이코를 마코라고 생각했거나 무언가 착각을 해서 구해주려 했다는 짐작도 충분히 가능했다.

유카리는 인상적인 소녀였다. 서 있는 모습은 마치 유령 같았지만 목소리는 신기할 정도로 투명했다. 몸은 허수아비처럼 가늘면서도 악력이 굉장히 셌다. 처음으로 가까이서 본 얼굴은 피투성이여서 알아보기 힘들었다. 실제로는 어떤 얼굴일까? 그녀는 무슨 과거가 있기에 스트로베리 나이트에 몸을 던졌을까? 죽음밖에 느끼지 못했다고 했는데 그것은 대체 무슨 뜻이었을까?

알고 싶다.

스트로베리 나이트의 실행범인 후카자와 유카리의 죄는 대단히 무거웠다. 듣기로는 열여덟 살이라고 했다. 극형을 피하기는 힘들 나이였다. 하지만 정신과에서 입원과 퇴원을 반복한 병력이 있으니 심신 미약이 인정된다면 죄는 한결 가벼워질 것이다. 레이코는 그것이 좋은 일인지 나쁜 일인지 가늠할 수 없었다.

하지만 레이코는 유카리가 뼛속까지 검은 악인이라고는 생각되지 않았다. 어제 현장에서 처음 본 인상만으로 최소한 11명을 죽인 인간에 대해 악인이 아니라고 말하기는 어려웠지만 레이코의 마음은 아니라는 쪽으로 기울었다.

기분 참 찝찝하네. 아아, 이런 내가 정말 싫다. 범인을 동정하다니…….

아침을 먹고, 체온을 재고, 거즈를 갈아 붙이고, 치료가 끝나면 개인 병실에서 지내는 생활은 따분하기만 했다. 면회 시간이 시작되자마자 다마키가 찾아왔지만 어머니와 언니, 두 명씩이나 수발할 여유가 없다며 갈아입을 옷이 든 종이봉투를 놓고는 금방 돌아갔다.

창밖에는 비가 내렸다. 에어컨 바람이 돌아 실내 공기가 선선한 탓인지 비 내리는 경치마저 서늘해 보였다. 하늘이 활짝 갠다면 마음도 조금은 편해질 텐데, 지금 이런 날씨에서는 우울하기만 할뿐이었다.

오쓰카의 순직. 기타미에게 당한 폭행. 검거 실패. 심지어는 범인 중 한 명에게 목숨을 빚졌고 지금은 아부라도 하듯 그 범인을 동정하려고 하다니. 자기혐오가 밀려왔다. 비에 젖어 질척해진 차가운 진흙이 끈적끈적 달라붙어 턱 밑까지 파묻힌 기분이었다.

11시 반이 지났을 때였다.

"몸은 좀 어떤가, 레이코."

"주임님, 뭡니까? 심각한 줄 알았더니 멀쩡하네?"

"안색도 좋고 말이야."

"레이코, 지였어예. 끌어 올리가꼬 구해준 사람이 바로 지였다고예."

이마이즈미와 히메카와 반 멤버들 그리고 이오카가 문병을 왔다.

"……죄송해요, 계장님. 다들 바쁜데 뭐 하러 왔어."

말은 그렇게 했지만 실은 눈물이 날 만큼 기뻤다. 시간으로 보면 아침 회의가 끝나자마자 달려온 모양이었다. 복도에서 기다리는 사람들은 각자의 파트너겠지.

이오카는 여전했다. 이시쿠라도 항상 그래왔듯이 부드러운 표정으로 바라보았다. 하지만 기쿠타는 아무 말도 하지 않고 표정이 굳어 있었다. 레이코를 보려고도 하지 않았다.

뭐라고 말 좀 해봐, 기쿠타.

레이코는 그 심정을 대충 짐작했다. 아마도 기쿠타는 레이코가 위험에 처했을 때 함께 있어 주지도, 구해주지도 못했던 자신을 나무라는지도 모른다. 결국 실제로 구해준 사람은 이오카와 가쓰마타였다. 기쿠타 입장에서 보면 최악의 조합이었다.

하지만 그건 불가항력이었어.

레이코가 가끔 시선을 주어도 기쿠타는 고집스럽게 끝까지 돌아보지 않았다. 하지만 그 순간만큼은 말 그대로 불가항력이었다. 한동안 저대로 내버려두는 편이 나을 듯했다.

유다는 이상하게 수다스러웠다. 오쓰카의 빈자리를 메우려는 모양이었지만 오히려 오쓰카의 존재감만 더 뚜렷이 느껴졌다. 이오카 때문에 사람 수로 보면 일단은 다 모인 듯했지만 아무래도 기쿠타와 유다 사이, 그 빈틈이 매워지지 않았다. 이제 더는 오쓰카가 없다는 사실이 새삼 실감 났다.

미안해, 모두들. 나는 주임 자격도 없어.

잠시 침묵이 흘렀다. 레이코를 배려하듯 이시쿠라가 모두를 재촉했다.

"자, 우린 그만 가볼까요? 응? 기쿠타."

고개를 끄덕이는 기쿠타는 마치 체포당한 피의자 같았다.

"바쁠 텐데 와줘서 고마워. 미안해. 별일 아니니까 이제 안 와도 돼."

"당연하죠. 빨리 퇴원해서 주임님도 일하셔야죠."

유다의 밉살맞은 말투가 오른쪽 귀에 난 상처를 파고들었다.

"기어오르지 마라!"

이시쿠라가 옆구리를 쿡 찔렀다.

"지는 또 올지도 몰라예."

이오카가 그런 말을 해도 기쿠타는 아무 반응이 없었다.

이오카, 넌 정말 못 말리는 남자다.

"오, 지, 마."

진심은 그 반대였다. 가능하면 이오카는 빼고.

"그럼 계장님, 먼저 가보겠습니다."

인사를 하는 이시쿠라에게 이마이즈미가 고개를 끄덕였다.

"응, 수고해."

"와줘서 고마워요. 내 몫까지 부탁해요."

"네. 그럼."

"잘 가요, 몸조심하고."

이시쿠라와 유다가 나갔다. 기쿠타도 아무 말 없이 그들을 따라 나갔다.

"퍼뜩 일어나이소. 지는 참말로 쓸쓸하고 또 쓸쓸합니데이."

"갑시다, 이오카 씨."

"아아…… 이별이 아쉬워가꼬…….'"

"자, 문 닫습니다."

"아아, 레이코……."

네 사람이 나가고 복도에서 들려오던 인기척도 사라졌다. 이마이즈미만 남아 단둘이 되었다.

정적이 흘렀다. 이마이즈미는 허리에 손을 얹고 창밖을 바라보았다.

"기타미 가쓰요시 3방면 부장이 목을 맸어."

"목을 매다니…… 자살인가요?"

얼굴도 모르는 중년 남성이 다다미방 미닫이틀에 일본 전통옷의 허리끈을 걸고 목을 매는 장면이 머릿속에 그려졌다.

"응, 오늘 아침 5시였어. 아들이 저지른 불상사를 자신이 책임지려고 했던 걸까? 뒤가 좋지 않아."

이마이즈미의 입술이 쓴 것을 삼키기라도 하듯 몹시 일그러졌다. 하늘을 올려다보며 깊게 숨을 들이마셨다.

"이번에는 간테쓰에게 한 방 먹었어. 그놈 혼자만의 승리야."

넌지시 이쪽을 쳐다보았다.

"네, 그때 간테쓰 씨와 이오카가 오지 않았다면…… 솔직히 아찔해요."

구사카에게 들은 충고가 나쁜 의미에서 현실이 되었다. 그런데도 이상하게 분하지는 않았다. 오히려 자기가 체포하지 않아 다행이라는 생각까지 들었다. 거짓 없이, 진심이었다.

한 인간으로서 가쓰마타는 질색이지만 형사로서는 한 수 위라는 사실을 깨달았다. 지금은 깨끗이 인정한다. 그러면 이 사건을 깔끔하게 정리해서 검찰로 송치할 것이다. 그것으로 충분하다. 자신의 능력으로는 하지도 못하고, 할 자격도 없다.

문득 쓸데없는 의문 하나가 떠올랐다.

"계장님, 가쓰마타 주임님 별명이 왜 간테쓰죠?"

이마이즈미가 웬일로 눈썹을 움찔하며 우스꽝스러운 표정을 지었다.

"너, 지금까지 그것도 모르면서 그 이름을 부른 거야?"

"네……."

이마이즈미가 한숨을 쉬더니 다시 하늘을 올려다보았다.

"그 녀석 젊었을 때는 '간코잇테쓰*'였어."

뭐라고요?

"그러니까 간코잇테쓰의 앞뒤 글자를 따서 간테쓰?"

"응, 상상이 안 돼?"

"아, 아니요, 꼭 그런 건 아니지만……."

솔직히 알 듯도 하고 모를 듯도 한 게 영 기분이 찝찝했다.

이마이즈미는 고개를 끄덕이며 말을 이었다.

"녀석도 젊었을 때는 지금처럼 무법자가 아니었어. 융통성 없는 '백문이 불여현장'이었지. 고지식한 형사였어. 그때 모습을 보았다면 너도 간코잇테쓰라는 말에 동의했을 거야. 하지만 놈은 공안부로 간 다음부터 달라졌어. 수사 현장에서 떠난 뒤 8년 동안 녀석에게 무슨 일이 있었는지 자세히는 몰라. 어느 정도

---

* 간코잇테쓰(頑固一徹): 끈질기고 완고하다는 뜻.

상상은 가지만 말이야. 공안에서 돌아온 녀석은 이미 지금 같은 괴물로 변해버린 상태였어. 하지만 변한 게 없다고 보면 또 그렇기도 해. 너는 모르겠지만 녀석은 경찰의 내부 정보를 팔아서 뒷돈을 챙겨왔어. 윗선에서도 어느 정도는 알지만 모른 체하는 게 사실이야. 윗대가리들도 가쓰마타에게 약점을 잡혔기 때문에 묵인하는 거겠지. 그런데 다른 불법을 저지르는 인간들과는 조금 달라. 녀석은 자기 배만 불리려고 뒷돈을 챙기는 게 아니야. 정보를 팔아 만든 돈은 전부 수사상 필요한 뇌물, 매수…… 뭐, 좋게 말하면 사례금으로 쓰는 거지. 절대로 자기를 위해 쓰거나 하지 않아. 단 한 푼도 사적으로 사용하지 않아. 요컨대 녀석은 아직도 홀로 '공안'을 하는 중이야. 그것도 녀석의 끈질기고 완고한 면 중 하나인 셈이지."

이마이즈미는 즐거운 듯 미소 지었다.

옛 생각에 빠져 흐뭇한 표정을 지은 게 부끄러웠는지 '그러고 보니…….' 하며 수사 쪽으로 화제를 돌렸다.

날이 저물어 오후 면회 시간도 끝나갈 무렵 갑자기 가쓰마타가 문병을 왔다.

"귀가 날아갔다고 소란 피우던 놈, 죽다 살아난 놈 병실이 여기냐?"

"이봐요, 그런 걸 큰 소리로……."

"뭐야! 1인실이야? 촌뜨기가 주제넘게."

가쓰마타는 어이없다는 듯 코웃음을 치면서 권하기도 전에 멋대로 의자에 앉았다.

이, 이 양반이 정말! 역시 진짜 싫다, 싫어!

문병하는 사람이 가져왔다는 게 재미있는 기사만 골라 읽고 처치 곤란해진 주간지 뭉치였다. 필요 없다고 했더니 '귀여운 구석이라고는 하나도 없다니까.'라며 질렸다는 표정을 지었다.

다마키가 놓고 간 파자마를 보며 '어린애도 아니고 꽃무늬가 뭐냐, 꽃무늬가. 서른 살이나 먹은 주제에!' 하고 트집을 잡았다. '맨얼굴은 정말 못 봐주겠다. 요강이라도 닦아다 줄까? 썩은 내가 진동하는군.'이라며 입에서 나오는 대로 함부로 지껄이기도 했다.

그래도 레이코는 이것만은 말해야 한다고 생각하고 가쓰마타의 험담이 멈추는 순간을 잡아 말을 꺼냈다.

"저기…… 고마워요. 덕분에 살았습니다."

가쓰마타는 어색한 표정을 지으며 눈을 피했다.

"으이그! 네 그런 점이 귀엽지 않다는 거다, 이 촌뜨기야."

갑자기 말투에서 퉁명스러움이 사라졌다.

무거운 침묵이 길어지자 결국은 무료했는지 가쓰마타는 안주머니에 손을 집어넣었다. 하지만 아무것도 꺼내지 않고 다시 손을 무릎 위에 놓았다. 담배를 피려고 했으나 장소가 병실이라 관뒀다, 이거겠지.

"가쓰마타 주임님."

말을 걸어도 고개를 돌린 채 대답이 없었다. 눈도 맞추지 않고 가만히 한숨을 쉬었다. 문득 그 얼굴이 피곤해 보인 것은 기분 탓이 아니었다. 가쓰마타도 사람이구나, 하는 생각이 들었다.

지금이라면 물어봐도 되겠지, 그런 느낌이 들었다.

"저기…… 주임님은 제게 몇 번이나 위험하다고 말씀하셨어요. 그게 무슨 뜻이었죠?"

"흥!"

또 코웃음을 쳤다.

"그럼 그 전에 나도 묻고 싶은 게 있는데, 대답하면 알려주지."

가쓰마타는 말꼬리 잡는 데는 선수였다. 하지만 이번에는 들어줘도 괜찮겠다는 느낌이었다.

"대답해드릴게요. 뭔데요?"

가쓰마타는 얼굴을 찡그렸다.

"뭐야…… 갑자기 다른 사람 같잖아?"

고개를 갸웃하고는 '뭐, 괜찮겠지.' 하며 자세를 고쳐 앉았다.

"우선…… 어제 일인데, 나는 이오카와 통화를 하다가 너희가 있는 장소를 알았거든. 그 통화 중에 첫 번째 총소리가 들렸는데, 넌 그때 어떻게 죽지 않았지? 총알이 귀만 스치고 지나가다니 말이야."

"아, 그거요?"

레이코는 그때 기타미가 대학생 시절 만약 보트부 소속이었다면, 하는 생각을 했다. 그 사실로 시체 유기 현장이 도다 조정 경기장에서 미즈모토 공원 우치다메로 이동한 이유가 설명될 듯했다. 유기 현장이 바뀐 시기와 기타미가 대학교를 졸업하고 경찰대학을 나와 가메아리 서에 연수하러 온 시기가 신기하게 일치했다. 가쓰마타에게 그 사실을 깨달았다고 설명했다.

"그래서 총 맞을 걸 각오하고 기타미에게 물어봤죠. 학교 다닐 때 보트부 아니었냐고요. 그랬더니 아니나 다를까 총을 쏘기에 피했죠. 조금 맞기는 했지만요."

가쓰마타는 낙담한 듯 표정을 일그러뜨렸다.

"네 녀석의 감은 날카로운 건지 아닌지 분간이 안 돼."

"네? 왜요? 아주 날카롭지 않나요?"

"멍청아, 보트부였던 놈은 기타미가 아니라 공범인 오카와 하루노부였어."

정말? 아니, 그럴 수가.

레이코는 이마에 맺힌 식은땀을 닦았다.

"유기 장소를 가메아리로 바꾼 건 기타미가 우치다메를 보고 그쪽이 차를 대기 쉽다고 판단해서였다더군. ……뭐, 결과적으로 넌 그것 때문에 살았으니 상관없겠지만. 나도 니들을 왜 쫓아갔는지 그 이유를 보고서에 어떻게 써야 할지 곤란했는데, 그 정보 유용하게 활용해주지."

가쓰마타가 안주머니에서 볼펜을 꺼냈다.

"네? 뭐가 곤란해요?"

"됐어, 넌 알 거 없고."

"아, 그래요? 네에, 얼마든지 활용하세요."

"흐음."

가쓰마타는 손바닥에다 직접 적었다.

"그리고 다음 질문이다. 우리가 갈 때까지 시간이 꽤 흘렀을 텐데 그동안 니들은 거기서 뭘 했어? 설마 기타미와 유카리, 세 명이서 야릇한 짓이라도 한 건 아닐 테고."

으윽.

천하의 가쓰마타도 그 시간에 거기서 있었던 일까지는 모르리라. 레이코는 기타미가 주물럭거린 건 덮어두고, 오카와가 도착하기를 기다리는 동안 기타미가 자기 무용담을 늘어놓기에 그걸 듣고 있었다고만 설명했다.

"기타미는 항상 높은 곳만 보며 살아왔다고 했어요. 그래서 죽음이라는 바닥을 목격한 뒤로 자기가 서 있는 위치를 확인하고 싶었다더군요. 반대로 유카리는 밑바닥 말고는 본 적이 없다, 그래서 다른 사람을 상처 입히고 살해해서 누구나 자신과 똑같은 동등한 인간이라는 걸 느끼고 싶었다, 자기도 남들처럼 붉은 피가 흐르는 인간이라는 사실을 확인해야 했다, 그러더군요. 사실 스트로베리 나이트를 함께 운영하면서도 그 두 사람의 동기는 전혀 달랐던 겁니다. 두 사람의 차이가 그 자리에서 드러난 거죠."

"그래서 우리가 도착했을 땐 둘 사이가 갈라졌다?"

"네."

레이코도 한숨을 쉬었다.

"기타미가 제게 그랬어요. 너도 똑같다고, 수사 1과에서 살인 사건을 맡아 일상적으로 시체를 보면서 '아, 이렇게 되고 싶지 않아. 형사라서 다행이야.'라고 생각할 거라고요. 죽음을 눈앞에 두고 살아 있는 자신을 재확인하며 우월감에 빠졌을 거라고요. 솔직히 충격이었어요. 그가 한 말이 틀리지 않았거든요."

그러자 가쓰마타는 질렸다고 말하려는 듯 양손을 벌렸다.

"내가 말이야, 너한테 위험하다고 했던 게 바로 그거였어. 네 감은 확실히 날카로워. 천성적으로 프로파일링 감각이 뛰어나다고 해도 과언이 아니거든. 실제로 그 방법으로 지금까지 범인을 잡아왔으니까. 그 점은 나도 인정해주지. 하지만 엄밀히 말해서 네 방법은 프로파일링과는 달라. 너는 몇 가지 정보로 범인을 찾아내는 게 아니야. 아마 무의식적으로 범인의 의식에 동조하는 걸 거야. 아무 근거도 없이 범인을 짐작해서 맞추고 행동을 읽는 게 가능했던 이유는 어쩌면 네가 범인들과 아주 비슷한 사고 회로를 가졌기 때문일 거다, 이 말씀이야. 넌 기타미의 말을 듣고 충격이라고 했지? 현장에선 상처 입은 유카리를 안고 소리 높여 울었어. 그리고 그 전에도 내가 물었잖아. 후카자와 야스유키가 죽었는데도 놈들이 수풀에 시체를 방치한 이유를 말이야. 그건 네 말대로 오카와가 실수로 연락하지 않았다는 군. 사실로 밝혀졌어. 그러니까…… 네 발상이 위험하다고 말했던 건 바로 그런 면이었다고."

범죄자와 비슷한 사고 회로.

레이코는 자기에게 그런 점이 있다고는 생각지도 못했다. 그런 말을 들으니 충격이라고 하면 충격이지만 반론할 마음은 들지 않았다. 찔리는 구석이 있었기 때문이다.

전에도 레이코는 범죄를 거듭하다 체포 직전에 자살한 소년을 끌어안고 운 적이 있었다. 그때도 주변에서는 전혀 이해하지 못하겠다는 눈초리로 쳐다보았지만 레이코는 그 소년이 범인이라 확신하고 신병을 구속하려 했다. 그런 일들이 지금까지 몇 번인가 있었다. 그때마다 레이코는 범인을 동정하고 눈물을 흘렸다.

물론 극악무도한 살인범도 분명히 있었다. 그렇다고 해서 레이코가 그런 인간들을 위해 눈물을 흘릴 정도로 무분별한 울보는 아니었다. 경우에 따라서는 범인이 피해자보다 훨씬 더 고통스럽게 궁지에 몰리는 경우가 있었다. 살인은 이유를 막론하고 악질적인 범죄지만 불가피한 경우도 간혹 있었다. 그럴 때 레이코는 형사라는 사실도, 법률을 따라야 한다는 사실도 잊고서 눈물을 흘렸다. 범인에게 동조하는 것이다.

유카리가 그런 류의 범죄자인지는 아직 모른다. 하지만 아마도 그러리라 생각했다. 이마이즈미가 돌아가면서 알려준 유카리에 대한 정보를 되짚어보았다.

"심폐 기능, 면역력, 모든 것이 급격하게 저하되고 있대. 의식도 거의 없을 텐데 간호사가 눈만 떼면 바로 링거를 잡아 빼버리는 모양이야. 마치 죽고 싶어 안달 난 사람 같다고 담당 의사가 그러더군. 애당초 살아 있는 게 신기한 몸인데도 말이지."

유카리는 곧 죽겠지. 그럴 것이다. 그리고 유카리가 죽으면 사건 해결에 큰 구멍이 뚫릴 거라는 사실을 알지만 죽게 놔두고 싶었다. 남들이 납득할 만한 이유는 없었다. 하지만 그래야 한다고 생각했다.

형사는 내 일이 아닐지도 몰라.

다시 한숨을 짓자 가쓰마타가 심드렁하게 콧김을 뿜었다.

레이코는 지금 자신이 어떤 얼굴인지 몰랐다. 그러나 가쓰마타가 자기를 어떤 눈으로 보는지는 분명하게 알았다. 한심한 녀석, 쓸모없는 녀석이라고 생각하겠지. 불쾌함을 노골적으로 드러낸 가쓰마타의 시선이 따가웠다. 하지만 감수하고 받아들여야 했다.

"너 말이야……."

"네……."

"왜 그런 한심한 얼굴을 하는 거지?"

역시 예상한 대로 그런 얼굴인가 보다.

"죄송합니다."

일단 사과는 했지만 그것이 무엇을 위한 사죄인지는 자신도 알 수 없었다.

가쓰마타는 벌떡 일어섰다. 에어컨이 돌아가는데도 창가로 다가가서 창문을 열어젖혔다.

"너 말이야, 시시한 범인 놈들 허튼소리 따위에 하나하나 갈팡질팡 반응하지 마라. 높은 곳만 봤으니까 바닥이 보고팠다고? 아래밖에 보이지 않으니까 위가 보고 싶다고? 말도 안 되는 소리 집어치우라고 해. 그건 말이야, 위다 아래다 오른쪽이다 왼쪽이다, 쓸데없는 것만 보니까 중요한 걸 놓쳐서 못 보았을 뿐인 거야!"

가쓰마타는 뒤돌아서서 강렬한 눈빛으로 레이코의 시선을 붙잡았다.

"알아들어? 인간이란 말이지, 똑바로 앞만 보고 살아가면 되는 거야!"

자기도 모르게 레이코는 숨을 죽였다.

앞만 보고 살아! 이 말은 처음 듣는 게 아니다.

맞다. 그건 사타가 일기에 남긴 말이었다.

레이코가 다시 일어섰으면 좋겠다. 앞을 바라보고 살아갔으면 좋겠다.

그런가. 앞이란 말인가.

옛날부터 알았던 듯한, 하지만 잊고 있었던 듯한 말이었다.

"바빠서 난 이만 가야겠다."

멍한 얼굴로 꼼짝 않고 있는 레이코를 남겨둔 채 가쓰마타는 제 갈 길로 가버렸다.

열어젖힌 창문으로 에어컨 냉기가 빠져나가고 대신 열기 가득한 뜨거운 공기가 밀려들었다. 춥지 않다. 지금은 여름. 자신이 질색하는 여름. 하지만 지금은 그 뜨거운 공기가 레이코의 얼어붙은 마음을 녹여줄 것만 같았다.

"그래, 앞을 봐야 해."

레이코는 어느 한 곳 맑게 갠 곳 없는, 잿빛 구름으로 뒤덮인 하늘을 올려다보았다. 이렇게 구름 낀 하늘도 영원한 것은 아니다. 언젠가는 분명히 활짝 갠다. 그리고 다시 흐려지고 비가 오고 눈도 내리겠지만 언젠가는 다시 맑게 갠다. 틀림없이 맑아진다. 그런 당연한 사실이 새삼 고맙게 느껴지는 지금이 그 어느 때보다도 기뻤다.

414

사타 씨.

레이코는 하늘을 바라보았다.

나 조금만 더 싸워볼까요?

이제 곧 그날처럼 높고 맑고 푸른 하늘이 펼쳐지겠지.

레이코는 오랜만에 짧은 치마가 입고 싶어졌다.

옮긴이 이로미

1974년 성남에서 출생하였고, 인하대학교 사학과를 졸업했다. 대학 때부터 한일 간의 문화와 역사에 깊은 관심을 가져, 세종대 정책과학대학원 국제지역학과에서 일본학 전공으로 석사 학위를 받았다. 일본 문학지 『후네』, 『쎔썽』, 『구자쿠센』 등에 한국 시인의 시를 다수 번역하여 소개했으며, 이효석이 1940년대에 발표한 『녹색의 탑』을 포함한 소설 다섯 편과 산문 열일곱 편 등 일본어 작품을 한국어로 번역한 바 있다. 그 밖에도 과학 인문서 『아인슈타인과 원숭이』를 비롯하여 『고양이와 함께 행복해지는 놀이 레시피』, 『산월기 · 이릉』, 『삼색털 고양이 홈즈의 등산열차』 등 일본 소설을 번역하였고, 혼다 데쓰야의 레이코 형사 시리즈 일곱 편의 역자이기도 하다.

스트로베리 나이트

초판 1쇄 발행일 2018년 8월 25일
초판 2쇄 발행일 2019년 3월 15일

지은이   혼다 데쓰야
옮긴이   이로미
펴낸이   정은영
제작   현대엽 박규태
마케팅   이재욱 백민열 이혜원

펴낸곳   ㈜자음과모음
출판등록 2001년 11월 28일 제2001-000259호
주소   04047 서울시 마포구 양화로6길 49
전화   편집부 (02)324-2347 경영지원부 (02)325-6047
팩스   편집부 (02)324-2348 경영지원부 (02)2648-1311
이메일   neofiction@jamobook.com

ISBN   978-89-544-3858-2 (04830)
         978-89-544-3857-5 (set)

잘못된 책은 교환해드립니다.

이 도서의 국립중앙도서관 출판시도서목록(CIP)은 서지정보유통지원시스템 홈페이지(http://seoji.nl.go.kr)와 국가자료공동목록시스템(http://www.nl.go.kr/kolisnet)에서 이용하실 수 있습니다.(CIP제어번호: CIP2018024697)